내가 키운 S급들

근서 장편소설

내가 키운
S급들

CONTENTS

1장　　　　오래된 검　　　7p

2장　　　　바깥에서　　　41p

3장　　5년 전 또는 5년 후　　71p

4장 똑똑똑, 덕네 집 앞입니다　111p

5장　　　덕네 집이었는데　　143p

6장 피곤하지만 할 일은 해야지 201p

7장　　　　명절입니다　　　231p

8장　　　세 배로 안전합니다　　279p

9장　　　　형제 싸움 (1)　　　317p

[외전]　　　　출장　　　　343p

[외전]　　　　치과　　　　357p

1장 오래된 검

1장
오래된 검

 시시오의 명령에 아마테라스 길드원들이 빠르게 움직였다. 내 계획을 듣고 가장 기뻐한 것은 다름 아닌 아마테라스 길드장 고문 키요시였다. 저번에도 한번 만났었지. 시시오 옆에서 어떻게든 자기 길드장을 말리려고 애쓰고 있었었고.
 이번에도 고생했겠구나.
 "진심으로 감사합니다, 한 소장님!"
 덕분에 일이 잘 풀릴 것 같다며 키요시가 기뻐했다. 양심이 살짝 따끔거리네.
 "아니 뭐, 저도 이득이니까요."
 "자칫하면 아마테라스 길드 혼자 뒤집어쓰게 될 수도 있다고 말려 보았지만 소용이 없었습니다."
 저런. 한번 꽂히면 다른 소리가 귀에 안 들어올 성격이긴 하지.
 "고생 많으시네요. 그런데 어쩌다가……."

덩치 큰 어린애 뒷바라지를 하게 되셨나.

내 물음에 키요시가 목소리를 낮춰 대답했다.

"그나마 제일 낫습니다."

"아, 예."

아마테라스 길드가 1위에 앉아 있는 게 최선책이라는 뜻이겠지. 다른 두 S급 헌터는 어떻기에. 좀 안타깝다.

'이 사람은 있는 편이 나을까.'

나름 인상 좋아 보이는 중년 남자를 살펴보았다. 처음에는 던전만 먹고 돌아갈 생각이어서 시시오의 주위 사람들까진 조사해 보지 않았는데. 지금으로선 일 잘하는 사람 하나 옆에 붙여 두는 편이 낫겠지. 나중에 혹 계약 빠져나가려고 수 쓰거나 하면 그때 처리해도 늦진 않을 거고. 무엇보다도.

시시오(S)

감화 완료 대상자 목록에 시시오도 떠 있으니까. 근데 진짜 이름이 시시오는 아니지 싶었는데 시시오로 되어 있네. 내가 부르고 인식하는 이름으로 등록되는 걸까.

누구로 인식되었는지도 궁금했다. 사랑 타령 네 번쯤 한 거 같은데 아마 마지막 말에 적용되었겠지. 갑자기 챙겨 주려고 들었고 밥 적게 먹는단 소리도 했고. 양육자라기에는 반대되는 태도인데, 좀 연약한 사람인가? 시시오 상대론 웬만해선 약해 보이겠지만 유현이랑 예림이도 날 챙기려 들긴 하고.

"아마테라스 길드장님께 키요시 씨 말씀을 귀담아들어 달라 말해 드리겠습니다."

"예? 아, 감사합니다만 들으시지는 않을 겁니다."

"이번 일도 있고 하니 전처럼 무시하지는 않겠지요. 연락처 하나 드릴 테니 혹시 문제가 생긴다면 제게 말씀해 주세요. 아마테라스 길드장님과 의외로 마음이 잘 맞아서, 앞으로 종종 연락하고 지내기로 했거든요."

최소 한 달 정도는 말 잘 듣겠지. 태도를 보면 양육자와 사이가 좋은 편이었던 것도 같고. 내 말에 키요시가 의아해하면서도 연락처를 받아 갔다. 앞으로 열심히 일해서 길드 부흥시켜 주세요.

일은 일사천리였다. 아마테라스 길드를 누르려고 연합했던 두 S급 헌터는 순식간에 붙잡혔다. 여럿 나설 거 없이 시시오가 몸으로 막고 예림이가 얼려 버리는 걸로 끝났다.

이어 두 S급 헌터를 묶어서 무릎 꿇리고 협조한 길드 명단 펄럭이며 방송에 들어갔다.

방송 내용은 미리 말한 그대로였다. 한국의 해연 길드장이 일본 열도를 멸망의 위기에 빠뜨린 SS급 몬스터 다섯 마리를 물리쳤다며 찬사해 주고, 자료화면도 비추어졌다.

"대단합니다! 도시의 흔적이라곤 조금도 찾아볼 수가 없습니다!"

"모든 것이 녹아내렸습니다! 놀라운 광경이네요~"

자료화면이라고 해 봐야 전투가 끝난 후의 흔적이었지만. 그것만으로도 대단하기는 했다. 예전의 도시 사진과 지금의 황폐한 풍경이 비교되자 절로 감탄사가 흘러나올 정도였다.

이어 일본을 구해 준 해연 길드장을 두 S급 헌터가 습격했다는 이야기가 나오자 여기저기서 욕설이 터져 나왔다. 미리 준비해 둔 게스트들이었지만 실감 나게 흥분하며 화를 낸다.

근데 방송을 이런 식으로 해도 되는 건가. 좀 예능 같은데.

유현이는 증언을 해 주기는커녕 저것들 전부 거슬리고 귀찮다는 기색이었기 때문에 같이 있었던 내가 대신 나섰다.

"아마테라스 길드장님께서는 믿을 수 있는 분이시라는 사실을 다시 한 번 확인했습니다. 일본 최고의 길드를 이끄는 길드장으로서 부족함이 없는 태도셨지요."

방송에서 대놓고 거짓말을 늘어놓으려니 가슴이 아프구나. 하지만 혀 한 번 놀리면 S급 장비가 하나, 둘, 셋, 넷……. 보상금도 한가득. 우리 예림이 이번 기회에 S급으로 도배해 줘야지.

시시오와 악수하고 앞으로도 신뢰와 우정을 이어 나가자며 활짝 웃어도 보이며 방송을 끝냈다. 그리고 드디어.

"진짜 마음대로 골라 가져도 돼요?"

예림이가 기대로 가득 찬 목소리로 말했다. 얼굴이 어찌나 밝고 환한지 빛이 뿜어져 나오는 것만 같았다.

"물론이지! S급 아닌 장비 뭐뭐 있어? 다 챙겨."

"아저씨 최고! 길드장님도 지금만큼은 최고! 물론 나도 버프 받았음 SS급 몬스터 혼자 잡을 수 있었겠지만!"

우리 앞에는 각종 장비들이 진열되어 있었다. 전부 A급 이상이었다. 아마테라스 길드는 물론 명단에 있던 중대형 길드들의 아이템을 거의 다 가져다 놓았다.

다만 각 길드에서 사용 중인 주 장비들은 제외해 주었다. 도구까지 다 빼앗아서야 앞으로 들어올 수익이 사라지니까. 채집을 시키려면 곡괭이 정도는 쥐여 줘야지.

"S급은 생각보다 많이 없더라. 무기는 저 세 개뿐이고. 그래도 예림이 넌 무기는 있으니 다른 장비 위주로 골라."

"네!"

저 세 가지도 남아도는 게 아니라 원래 주인이 있던 것들이었다. S급 장비를 놀려 둘 일은 거의 없다.

"장검은 이거 하나밖에 없는데, 어때?"

일반적인 롱소드 형태의 검을 들어 보였다. 검신이 1미터 이상으로 상당히 길었다. 은백색 바탕에 검은빛을 약간 띤 칼날에, 가드와 그립, 폼멜까지 온통 검었다. 장식이 거의 없는 심플한 형태다.

"실랑스 강의 검. 보자, 관통력 증가에 부분 마비 효과 붙어 있네. 마비는 B급이라 네가 주로 상대하는 몬스터들에겐 잘 안 통하겠지만. 옵션은 괜찮고."

S급치고는 그리 좋은 무기는 아니다. 한국 돌아가면 바로 신입한테 가서 검 하나 내놓으라고 해야지. 유현이가 내게 검을 받아 들어 가볍게 휘둘러 보았다.

"당장 사용하기엔 나쁘지 않아. A급보다는 쓸 만할 테니까."

검의 무게와 균형을 확인하고 빙그르르 돌려 인벤토리에 집어넣는다.

"그 외엔 내가 가지고 있는 게 더 낫고."

"아무래도 그렇지? 실사용 중인 주요 장비 빼니까 질이 그저 그러네. 길드원들 챙겨 줄 거 있는지 정도나 봐 봐. 나중에 좋은 거 나오면 그때 다시 가져가면 되니까."

"아저씨, 전 어제 말한 것처럼 마력 옵션 위주에 제 스킬과 잘 맞는 거로 고르면 되죠?"

예림이가 팔찌 하나를 들어 보이며 물었다.

"응. 지금 당장은. 하지만 너한테 최적인 장비를 다 마련하고 나면 그 뒤부터는 상황에 따른 예비 장비를 구해 둬야 해. 던전마다 특성이 다르고 항상 골라 갈 수는 없으니까. 각종 저항 아이템은 기본 중의 기본이고."

유현이도 수중전투를 해야 할 때가 있고 예림이도 사막에 떨어질 수도 있다. 그러니 자신에게 맞지 않는 전투에 대비한 장비도 어느 정도는 갖춰야 했다. 예림이는 아직은 자기 속성에 맞춰 다닐 수 있지만 언젠가는 정보가 없는 신규 던전 공략도 하게 될 테니까.

"해독 해주 등급 더 높은 장비 가지고 싶은데. 여긴 없네요."

"잠깐만… 음, 목록에도 B급뿐이네. A급은 일본 관련 속성 던전 공략 때 필요하다고 해서."

"등급 높은 저항 장비는 드문 거 같아요."

"대체로 그렇더라."

A급도 드물고 S급은 진짜 찾아보기 힘들었다. 내 기억으론 아직 독 저항 S급 아이템은 없었지.

"명우야, 해독 해주 아이템은 S급 만들기 힘들까?"

내가 있긴 하지만 던전까지 따라 들어갈 순 없으니 애들 하나씩 챙겨줄 수 있으면 좋을 텐데. 진열된 아이템들을 살펴보던 명우가 내게로 고개를 돌렸다.

"재료부터가 문제야."

"재료?"

"응. 어제 마석마다 특성이 있다고 했잖아. 그 특성을 최대한 살려 내면 아이템에 붙는 스킬이 되는 거야. 그런데 마석에는 한 가지 특성만 담긴 경우가 드물거든."

명우가 마석 하나를 꺼내 보이며 설명을 이었다.

"이 마석에는 방어력 강화, 화염 저항, 육체 재생, 독 저항, 순간가속 특성이 담겨 있어. S급이지. 이걸로 장비를 만들어 특성이 모두 S급 스킬이 된다면 참 좋겠지만, 아쉽게도 그건 불가능해. 심지어 그중 하나만 뽑아내 S급으로 만드는 것조차 어렵지. 다섯 개의 특성이 S급 마석이라는 그릇 한 개 속에 전부 담겨 있는 꼴이거든."

"전부라면, 어, S급으로 만들기엔 담겨 있는 특성의 분량이 모자란 거겠네? S급 스킬을 만들려면 그릇 전체의, 100의 특성이 필요하지만 다섯 개가 각각 20씩 차지하고 있다거나, 그런 건가."

"맞아. 정확히는 분량도 제각각이야. 이 마석은 방어력 강화가 60 정도

되고 육체 재생이 35쯤? 장비로 만든다면 방어력 강화 A급에 육체재생 C급 스킬이 달리게 되겠지. 그것도 부재료까지 완벽하게 맞춰서 성공적으로 잘 만들어졌을 때고 보통은 방어력 강화 B급쯤 될 거야."

그럼 S급 독 저항 아이템을 만들려면 SS급에 독 저항 특성이 높은 마석을 구해야 한다는 건가. 없을 만하네.

"명우 너 전문가 같다."

"전문가 맞습니다. 그것도 유일하지."

"몇 달 안 되었는데 십 년은 던전 아이템 분야 공부해 온 학자 같아."

내 칭찬에 명우가 멋쩍은 미소를 머금었다.

"그건 좀 쑥스러운데. 아무튼 그래서 마석이나 기타 재료를 조합하는 방식을 시험해 보는 중이야. 잘만 보충하면 S급 재료로 S급 장비를 만드는 게 가능할 듯싶어서."

"와, 그럼 S급 장비 찍어 내게 되는 거 아니냐. S급 마석이야 자주 나오는 편이잖아."

"아직 멀었어, 아직. SS급 마석들로도 시도해 봐야지."

그럼 SS급 장비가 나올 수도 있다는 건가. 기대되네. 명우가 장비 몇 개를 골라 들더니 사라졌다. 대장간에 가져다 놓으려는 모양이었다.

예림이가 이것저것 가지고 와 내게 보여 주길 반복하고 유현이도 찬찬히 아이템들을 살폈다. 기승수용 장비도 꽤 있어 피스를 불러다 채워 보기도 했다. 예림이도 블루 거 챙기겠다며 열을 올렸다. 하지만 노아는 그다지 의욕이 없어 보였다.

"노아 씨는 안 고르세요?"

"저는 명우 형이 적당한 장비를 개조해 주기로 했어요. 수화한 채로도 쓸 수 있게요. 인간 상태의 장비는 있으니까요."

"잘됐네요. 수화 상태로 쓸 수 있는 장비는 드물 텐데."

"네. 고맙죠."

노아가 연회색 눈을 깜박이며 근처에 놓인 장비를 내려다보았다.

"명우 형은 정말 대단한 거 같아요. 어느 누구도 대체할 수 없는, 세상에서 유일한 사람이잖아요."

"그렇죠. 아무도 대신 못 하죠. 아이템 제작이 가능한 사람들이 더 나타난다고 해도 명우를 넘기는커녕 비슷해지기도 힘들걸요."

원래 가지고 있던 재능, 스킬에 더해 든든한 후원자까지 붙었으니 말이다. 내 말에 노아가 작게 고개를 끄덕였다. 그 모습이 어딘지 모르게 처연해 보였다. 기운을 냈으면 좋겠는데. 상담 권유라도 해 볼까. 따지고 보면 가정폭력에 오래 시달려 온 셈이니⋯ 헌터 전문 상담사가 있다고 했었지.

'그런데 성현제는 대체 어디로 간 거지.'

문현아 또한 보이지 않았다. 둘이 같이 볼일이라도 생긴 걸까. 던전 건물에 보관해 뒀던 휴대폰이 박살 나서 연락도 불가능하고. 괜히 신경 쓰이네. 아마테라스 길드에 찾아 달라고 부탁이라도 해 볼까 하는데 문이 벌컥 열렸다.

"늦은 거 아니지?"

문현아였다. 혹시나 싶어 뒤쪽을 기웃거려 보았지만 따라 들어오는 사람은 없었다.

"내가 챙길 만한 건 별로 없고, 애들 선물이나 해 줘야겠다."

현아 씨도 거대 길드 길드장인 만큼 유현이와 마찬가지로 교체할 정도의 장비는 없었다.

"혹시 세성 길드장 못 보셨어요?"

내 물음에 문현아가 고개를 끄덕이며 내게 다가왔다.

"봤지. 그 인간 갔어."

"⋯예?"

"아까 출발했지. 지금쯤 동해로 접어들지 않았을까."

이게 갑자기 무슨 소리야. 당황스럽기도 하고 어이없기도 했다. 갔다고? 혼자? 아니, 갑자기 일이 생겼을 수도 있겠지. 나한테 말해 줄 이유도 뭐, 딱히 없고. 세성 길드장님이 외부인에게 일일이 보고하며 다니는 게 더 이상한 일일 거다.

하지만 그래도, 그냥 갔다니. 말도 없이.

"한 소장한테 이거 전해 주라더라."

문현아가 인벤토리에서 무언가 꺼내었다. 둥근 테에 실 같은 게 얽혀 있고 깃털이 달린 장식품이었다.

"…뭐예요, 이게."

"드림캐처요!"

예림이가 이쪽으로 순간이동 해 오며 외쳤다.

"예쁘다!"

"드림캐처? 그게 뭔데?"

"이걸 걸어 두면 악몽은 막아 주고 좋은 꿈을 꾸게 해 준대요."

"…아, 진짜."

무심코 인상이 쓰였다. 예림이가 무슨 일이냐는 듯 의아해하고 유현이와 노아도 이쪽으로 다가왔다.

"아니야, 그냥."

이걸 뭐라고 해야 하나. 설명하기 힘든 복잡한 기분이었다. 울컥거리는 걸 눌러 참으며 드림캐처인지를 인벤토리에 집어넣었다.

"다른 말은 안 하고요? 기분은 어때 보였습니까?"

"기분이야 계속 별로였잖아. 그런 식으로 티 내는 건 처음 봤는데."

"그게 기분 나쁜 거였어요? 전 그냥 무게 잡는 건 줄 알았어요."

예림이가 고개를 갸웃했다.

"나도 처음에는 애매했어. 기분이 나쁘면 어중간하게 참지 않고 바로 푸는 편이니까."

"맞아요. 기분 상하게 한 상대를 곧장 눌러 버리거나 최소한 경고라도 던지죠."

노아가 문현아의 말에 동의했다. 그 말들을 들으니 더욱 기분이 이상해졌다. 설마 날 참아 주는 게 힘들어서 가 버린 건가. 그건 괜찮다. 괜찮은데, 마지막까지 챙겨 주는 건 또 뭐야. 차라리 그냥 화를 내라.

"신경 쓰지 마, 형. 혹시 형 때문인 거 같으면 조심하고. 한동안 만나지 않는 게 좋겠다."

"…조심할 필요 없을걸."

혹여 사고라도 칠까 봐 스스로 물러나 주기까지 하신 모양인데.

"먼저 간 사람 신경 쓰지 말고 챙길 거나 마저 챙겨서 우리도 집에 가죠. 한국 공기가 그리워 죽겠습니다."

집에나 가자. 일단 돌아가서. 그리고 제대로 봅시다.

올 때와 달리 돌아갈 때의 공항은 한산했다. 아직 몬스터들에 의한 피해 수습이 되지 않았으니 당연한 일이었다. 아마테라스 길드도 뒷정리에 바빠 시시오를 비롯한 몇 명만이 배웅을 나왔다.

"언제 다시 보게 될지는 모르겠지만 잘 지내십쇼. 좋은 일 있으면 연락하시고요."

SS급 아이템을 얻었다거나 하는 일 말이다. 내 말에 시시오가 고개를 끄덕이고는 자신의 덥수룩한 머리털을 긁적였다.

"짧은 시간에 많은 일이 있었지."

그가 내게 안긴 피스를 바라보다가 다시 시선을 올렸다. 피스에게 미련 많이 남은 눈빛이다. 피스가 기분 나쁘다는 듯 작게 크흥거렸다.

"이 말, 할지 말지 고민했는데."

"고민할 정도면 안 하는 게 낫죠."

"한 소장을 보면 생각나는 사람이 있어."

어, 잠깐만. 설마 양육자 말인가. 궁금하면서도 듣기 싫기도 했다. 댁 표정이 좀, 좀 많이 아련하신데.

"내 어머니는 작고 약하―"

"안녕히 계세요! 수고하시고요! 다시는 만나지 맙시다!"

설마 했던 그게 와 버렸다. 나는 못 들은 척하고 곧장 등을 돌려 비행기에 올라탔다. 아니, 왜 하필 그거야! 두 번 다시는 일본 안 와!

[몬스터 분포 현황을 확인 중입니다.]

기내에 방송이 흘러나왔다. 떡밥으로 대다수의 몬스터를 끌어내 몰살시켰지만, 일본 전역이 완벽하게 깨끗해진 것은 아니었다. 아직 상당수의 몬스터가 남아 있었으며 그중에는 비행형도 존재했다. 비행기의 속도와 높이를 따라올 몬스터는 거의 없지만 이착륙 때는 조심해야 한다.

"현아 씨, 잠시만요."

시간 좀 내주실 수 없겠느냐며 그녀를 불렀다. 한국에 도착하면 여러모로 바빠질 테니까 지금 말고는 여유가 없다.

"무슨 일인데?"

"음, 상담이요. 괜찮을까요?"

물론이라며 응접실처럼 만들어 놓은 곳으로 따라오라며 앞서갔다. 유현이와 예림이가 궁금해하자 어른들끼리 할 이야기 있다며 손을 휘휘 내젓는다.

"그래서 뭘 상담하고 싶은데?"

테이블에 당연하다는 듯이 맥주병이 놓였다. 둘 다 안 취해도 분위기는 잡자는 걸까.

"고민거리는… 이래저래 많습니다."

평범하게 상담이 불가능한 내용이라서 그렇지. 특히 유현이와 성현제에 대한 건 말이다. 하지만 문현아는 두 사람 모두와 오래 알고 지낸 사람이다. 같은 S급 헌터이기도 하고.

"사실은 성현제 씨에게 유현이에 대해 상담하고 싶었거든요. 하지만 그럴 분위기가 아니라서요. 그렇다고 성현제 씨 왜 저러냐고 유현이에게 묻기엔 그냥 무시하란 대답이나 돌아오겠죠."

"어차피 도련님은 성현제 그 인간에 대해 잘 모를걸? 관심이 없어서."

"그래도 나름 가깝지 않아요? 절 세성 길드에 맡긴 적도 있는데."

"가깝기는, 전혀 아냐. 형님 맡긴 거야 나 같아도 그랬을걸. 성현제는 자기 길드를 확실하게 장악하고 있으니까. 나나 죽은 최석원과는 다르게. 정확히는 선택지가 거기밖에 없는 거지."

잔 두 개가 테이블에 놓였다. 맥주병을 따서 잔에 따랐다. 안주로 아몬드 봉지를 뜯어 펼쳐 놓았다.

"애초에 도련님에겐 형님과 관련되지 않고선 사적으로 잡담 나누는 상대 자체가 없을 거야. 내가 보기엔 그래. 그러니 성현제보다 오히려 예림이랑 훨씬 더 가깝고 서로 잘 알겠지. 종종 형님 두고 싸우기도 하고."

"집에서도 가끔 다투긴 하는데, 밖에서도 그래요?"

"응. 주로 전화나 메시지로지만. 제법 유치한 게 도련님도 어린 티가 나더라. 덕분에 예림이도 더 마음 편해 하는 거 같고. 어쨌든 남의 집이잖아. 무조건 오냐오냐 잘 대해 주는 것보다 으르렁거리며 다투기도 하는 게 맘 붙이기 더 좋을 때도 있거든."

문현아의 말에 가슴이 뜨끔해졌다.

"역시 예림이도 불편하게 느끼는 부분이 있겠죠."

"없는 게 더 이상하지. 그래도 형님네가 균형이 잘 맞아. 내가 보기엔 딱 좋아."

그렇게 말해 주니 안심이 되었다. 유현이도 남들이 보기에도 예림이와 잘 지낸다니 다행이고. 이 아몬드 맛있네. 톡 쏘는 와사비 맛이 자꾸 손이 가게 만든다.

"그래서 성현제와 도련님이 고민이라고?"

"네. 그리고 예림이도 신경은 쓰이고요. 노아 씨는 더더욱 걱정이에요. 또 송 실장님도 어떻게 설득하나 고민되고요."

"연년생 애들 다섯쯤 돌보는 얼굴인데."

"둘은 저보다 나이 많습니다만. 아무튼 지금 당장은 유현이와 세성 길드장님이요."

"근데 도련님은 해연 쪽에도 물어볼 사람 많지 않아? 석시명이나 김성한 같은, 길드 세울 때부터 함께한 사람들 있잖아. 하연 언니도 있고. 나나 성현제보다 훨씬 잘 알겠지."

"…그렇긴 하죠."

분명 그 사람들이, 특히 석시명이 그간의 유현이에 대해 속속들이 알고 있긴 할 텐데. 편하게 물어보기가 좀 껄끄러워지고 말았다. 회귀하자마자 물어볼걸. 그땐 대하기 그나마 괜찮았는데. 김하연 팀장님을 찾아가 볼까.

아니면 유현이야 이린이 말한 대로 정신계로 들어가 살펴본다는 방법이 있다.

"유현이는, 그래도 괜찮아요. 하지만 성현제 씨는 어떻게 해야 할지 잘 모르겠습니다. 현아 씨는 저보단 잘 알 거 아닙니까. 그 사람에 대해."

"뭐, 조금은? 아니면 소영이 부르거나, 송 실장님은 어때? 도련님에 대해서도 그렇고. 그 두 사람과 제일 많이 엮인 거야 역시 송태원이지. 직접 여러 번 부딪친 만큼 둘의 주위 사람은 모르는 부분에 대해서도 알고 있을지도 몰라."

송태원에게는 평소와 다른 모습도 보여 주었을 거라는 말에 절로 고개가 끄덕여졌다. S급 헌터들을 공직자로서 무력적으로 관리한다는 특이하고도 유일한 위치다. 나는 잘 모르는 두 사람에 대한 평을 들을 수 있을지도.

"돌아가면 셋이서 술자리 한번 잡자고."

"바쁘시지 않겠어요?"

"그 정도 틈도 못 내겠냐. 우리 송 실장님 취하게는 해 드려야지! 미리 술병 바꿔 놓을까. 그편이 안전하겠지. 못 먹어 본 거라야 하니까 비싼 걸로."

문현아가 장난스럽게, 즐겁게 웃었다. 아몬드 맛있다. 허니버터라, 이것도 맛있어.

"현아 씨는 송 실장님과 생각보다 더 친하신 거 같아요. 사실 두 분 잘 어울린다고도 생각, 아야."

아몬드가 날아와 내 이마를 쳤다. 문현아가 시큰둥하게 말했다.

"한 소장님, 나는 연하가 더 좋아."

그렇구나. 이마에 묻은 가루를 툭툭 쳐 냈다. 연하. 어, 설마. 설마.

"…음, 나이 차가 이왕이면 다섯 살 이하인 게 좋겠지만, 현아 씨는 믿음직스럽다고 생각해요. 어쨌든 앞자리는 같고요. 열 살 이상 차이 나고 그러면 죽어도 반대하겠지만요. 그러니까 저는 찬성—"

"얼씨구, 무슨 생각을 하는 거야 형님."

또다시 아몬드가 날아왔다. 이번에는 아슬아슬하게 피했다.

"연하가 좋다고 하셔서. 국내 S급 헌터 중에 현아 씨보다 연하는……."

"하이고, 한유현이 어디가 이쁘다고 연애까지 하겠냐? 일적으로 마주치는 것도 귀찮아."

"아니, 왜요."

예쁜데. 객관적으로 잘생겼잖아.

"아, 그럼 혹시 노아 씨? 평소에 관심도 많이 보이셨죠!"

"도련님도 그렇지만 솜털 보송보송한 애기들 데리고 뭐 하라고. 연하라 해도 한 소장님 나이대는 되어야지."

"…네?"

가, 갑자기 왜 내가 나오냐. 속은 서른 살인데요.

"아니, 저는."

"생각해 보니까 괘씸한데. 한 소장님은 쏙 빼놓고 말이야."

문현아가 몸을 일으켜 테이블을 돌아 내게로 다가왔다. 기다란 소파 위에 그녀의 한쪽 무릎이 닿고 몸이 내 머리 위쪽으로 숙여졌다. 무심코 마른침이 꼴깍 목구멍 안쪽으로 넘어갔다.

"나는 눈에 안 찬다, 이건가?"

무게감을 실은 나직한 목소리와 반대되게 눈매는 부드럽게 웃음기를 띤다. 머릿속이 하얗게 메말라 가는 듯했다.

"아, 아, 아뇨, 그럴 리가요. 그러니까 전, 스탯 F고요."

"스탯보다는 사람이 먼저지."

"그, 그렇긴, 한데. 아니, 전……."

나를 내려다보던 문현아의 입술 사이에서 푸흡, 하고 웃음소리가 비집고 나왔다. 이내 참지 않고 커다랗게 웃더니 내 옆에 털썩 앉아선 어깨에 팔을 휘감아 왔다.

"뭘 그렇게 긴장해! 우리 한 소장님 정말 귀엽네!"

"…예? 네?"

"형님이 내 동생이었으면 엄청 귀여워해 줬을 텐데. 동생 놈은 산에서 며칠 굶주리다 기어 내려온 멧돼지 같은 새끼라! 그놈 각성하면 최소 B급 방어계야, 분명해."

"그, 그래요?"

현아 씨 동생도 각성을 했었던가. 들은 적 있는 것도 같다. 기억이 잘 안 나는 거로 봐선 S급은 아닐 테고 현아 씨 말대로 B급쯤 되었을지도.

"형님은 연애해 봤어? 어떤 사람이 좋아? 남한테 참견하려면 형님도 털어놓아야지."

"…죄송합니다. 제가 괜한 소리를 해서."

"그래서 누구?"

누구라고 해도.

"연애해 본 적은 없고 고백했다가 차인 적은 있는데요."

연애 운이라고는 손톱만큼도 없는 인생이었지. 사주 보면 평생 혼자 살 팔자라고 나오지 않을까. 용한 무당이 넌 여기 있으면 안 되는 운명이야! 하는 이야기도 있던데 회귀 알아보는 무당도 있으려나.

문현아가 그럼 이상형은? 하고 캐물어 왔다. 이상형이라고 해도 딱히, 음.

"역시 성격이 중요하겠죠. 제가 개인적으로 호감인 사람이 있긴 한데요. 사람 대 사람으로 말입니다."

"오, 누군데? 고백했다가 차였다는 사람? 다시 시도해 볼 생각 없어? 누나가 밀어줄게."

"아 그냥 인간적인 면이 좋은 거라니까요? 애초에 제대로 만나 본 적도 없습니다."

말하자면 팬 같은 거지. 한번 만나 보고 싶어서 시도해 보긴 했는데 잘 안 됐고. 문현아가 만면에 웃음꽃을 피운 채 내 어깨를 토닥토닥 두드렸다.

"대체 누구기에 우리 한 소장님이 제대로 만나 보지도 못했을까. 보통 사람은 아니지 싶은데. 나도 아는 사람이야? 다리 놓아 준다니까."

"그런 거 아니라고요. 애초에 제가 좀, 많이 부족해서 그런 쪽으로 생각하긴, 힘들 거고요."

"아니, 형님이 뭐 어때서!"

"…저보다 25센티쯤 더 큽니다."

문현아가 입을 다물었다. 짧은 침묵이 흘렀다.

"음, 힘내. 그런 거 신경 안 쓰는 사람일 수도 있고."

"단순한 팬입니다. 실제로 볼 일도 딱히 없어요."

어쩌다 이야기가 이리로 흘렀냐. …나 때문인가. 역시 혓바닥이 모든 문제의 근원이다.

"아무튼 한국 가서 세성 길드장 만나 보긴 해야 하는데, 어떻게 대해야 할지 잘 모르겠습니다. 전 그냥 대놓고 쌓인 거 말해 줬으면 싶은데 그러기엔 제가 약한 게 사실이긴 하니까요……. 그렇다고 이대로 멀거니 지켜만 보기엔 걱정되고요."

유현이도 그렇고. 결국 둘 다 내가 약하기 때문인 건가. 내가 받아 줄 수 없다고 생각하니 자꾸 참고 숨기는 거겠지. 그건 역시, 속상하다.

문현아가 조금 묘한 표정으로 나를 바라보았다.

"솔직하게는 형님이 그 인간 걱정을 왜 하냐고 묻고 싶다만. 내버려 둬도 자기 감정쯤 알아서 잘 갈무리할 인간이잖아. 세상에서 성현제 걱정하는 사람 형님밖에 없을걸. 보통은 성현제가 아니라 그 주위 사람들을 걱정하지."

"잘난 거 잘 알지만, 그래도요."

"하긴 형님은 도련님도 싸고도니까. 특이하다니까."

거기에 대해서는 조언해 줄 만한 게 없다며 문현아가 맥주잔을 단숨에 비웠다.

"누구한테 물어도 답은 똑같아. 그냥 놔두세요. 대부분은 성현제를 걱정하는 한 소장님을 걱정할 거고."

나도 예전이라면 세성 길드장 걱정을 왜 하냐고 했겠지만. 초승달과의 일을 알게 되어서일까. 결국 다른 사람에게 답을 구할 순 없는 문제였다.

대화 중에 곧 이륙한다는 방송이 흘러나오고 비행기가 출발했다. 좌석으로 돌아갈까 하고 문을 열자 기웃거리고 있는 유현이와 예림이가 보였다.

"뭐가 그렇게 궁금해?"

"그게, 아저씨. 웃음소리도 들리고 그래서요. 자세히는 못 들었어요."

방음 완벽하다더니 S급 청력까진 막기 힘들었나 보다. 내 뒤를 따라 나온 문현아가 웃으며 말했다.

"한 소장님은 키 2미터 넘는 사람이 좋으시단다!"

"아니, 제가 언제요!"

"맞잖아, 형님보다 25센티 더 큰 사람."

틀린 말은 아니지만 아니라고! 문현아의 말에 유현이와 예림이가 동시에 굳었다가 앞다투어 입을 열었다.

"형, 나 아직 키 크고 있어!"

"전 한참 성장기예요!"

"둘 다 그렇게까지 클 필요 없어! 잘 크면 좋긴 하지만 어떤 모습이든 둘 다 최고야."

2미터는 너무 크긴 하고. S급 헌터인 만큼 작은 것보단 큰 게 더 유리해도 유현이는, 특히 예림이는 마력 위주라 신체적인 스펙은 좀 떨어져도 괜찮다. 그래도 예림이도 나보다는 커지려나. 스탯 S급치고 키 안 큰 사람은 없었으니.

문현아가 비행기가 떨어져라 쩌렁쩌렁 소리쳐 준 덕분에 명우와 노아까지 그놈의 2미터를 듣고 말았다. 쪽팔려서 비행기에서 뛰어내리고 싶어졌다.

"저도 더 클 수 있어요! 수화하면 2미터 넘어요!"

"지금도 충분해요, 노아 씨. 2미터든 3미터든 아주 멋진걸요."

"스탯이 오르고는 있는데 2미터까지 되려나 모르겠네."

"야, 2미터는 너무 크지 않냐. …괜찮을 거 같기도 하고."

어울릴지도. 부럽다. 명우 녀석 지금도 180은 넘긴 듯한데. 아무튼 키가 중요한 게 아니라 성격, 인성이 중요하다니까. 현아 씨, 제발.

잠깐 떠들썩하는 와중에 비행기는 무사히 일본을 벗어났다. 한국은 피해가 별로 없었다곤 하지만 그래도 걱정이 되었다. 이제 돌아가면, 도하민에게 찾아 달라고 부탁했던 사람들을 만나 봐야지. 회귀 전에는 일어나지 않았던 사고인데 다들 괜찮겠지.

"무기 살펴보고 있어?"

아몬드 좀 챙길까 싶어 응접실에 다시 가자 유현이가 테이블 위에 일본에서 얻은 무기들을 펼쳐 놓고 있는 게 보였다. 장검 하나와 그보다 짧은 쇼트 소드. 그리고 무기 라인에 들어가지 않는 보조용 나이프다.

스킬로 소모해 버린 무기를 보충할 정도는 되었지만 플러스마이너스 제로라 아쉽긴 했다.

"던전 안이었으면 SS급 무기 하나쯤은 나와 줬을 텐데."

아쉬워하자 동생 녀석이 웃었다. 뭐가 좋다고 웃냐.

"내가 진짜 확실하게 뜯어 낼 테니 믿고만 있어."

"무리하지는 마."

"무리라니. 솔직히 당연한 보상 아니냐. 남은 포인트도 가득이고, 이거 날려 버리라고 하면 파업해 버릴 테다. 최소한 포인트 상점이라도 다시—"

❰ ◐▽◐어서 오세요! 포인트 상점!◑△◑ ❱

짜라랑~ 음악 소리와 함께 포인트 상점이 나타났다. 뭐야 미친?

"형?"

"아, 아니. 이게 왜 여기서……."

왜 아직 있는 거냐. 반가움과 동시에 걱정이 덜컥 들었다. 그 동네 시스템이 나한테로 그대로 따라온 건가? 그래서 포인트도 남아 있었고? 이거 괜찮은 거냐. 문제 생기는 거 아냐?

"포인트 상점이… 있네."

"뭐?"

그것도 온갖 아이템이 다 들어가 있는 그때 그대로의 상점이었다. 무심코 마른침이 삼켜졌다. 지금 내게는 5억이 넘는 포인트가 있었다. 이거면, SS급 무기를 하나 살 수 있다. 어차피 스킬은 효율도 나쁘고 사 봤자 다른 사람들에게 넘기지 못하니까, 무기. 역시 무기지.

"검, 장검류로……."

SS급 장검, 2억 3천 포인트부터 시작했다. 유현이한테 맞는 거. 유현이 스킬에 어울리는…….

> 침식하는 군림자의 검(SS) - 455,000,000P

눈에 들어오는 검 하나가 있었다. 4억 5천 5백만 포인트. 티 한 점 없이 검고 검은 검이었다. 빛을 발하는 듯한 그 새카만 색이 눈에서 떨어지질 않았다. 마치, 검은 불꽃 같은.

'…이런 검이 있었나?'

아이템 상점의 SS급 무기는 그림의 떡이라고 해도 전부 살펴보았었다. 그중에서도 검류는 아쉬움에 가득 찬 채 똑똑히 확인했었는데. 내 기억으로는 분명 처음 보는 검이었다. 봤다면 잊을 리가 없었다.

신상인가.

무기의 설명창을 열어 보았다.

> 침식하는 군림자의 검 - SS급
> 어린 혼돈의 첫 번째 검. 쇠의 강을 삼키던 흑룡의 외뿔을 직접 뽑아내어 만들었다.

'…어린 혼돈은 또 누구야.'

잘은 모르겠지만 뭔가 있어 보이는 설명이었다. 한두 푼 하는 게 아니니 아이템 상세설명을 확인…….

> 해당 상품의 설명서 가격은 30,000P입니다!

"야!"

"왜, 왜 그래?"

"아니, 이 망할 아이템 상점이! 설명서도 포인트를 받아 먹잖냐. 고객이 왕까진 아니어도 기본 대접은 해 줘야지 더럽게 치사하네! 용팔이 뺨친다, 아주!"

SS급이라서 특별 취급이냐! 하지만 억 단위의 포인트로 잘못된 쇼핑을 할 순 없었다. 울며 겨자 먹기로 설명서를 구입했다.

> L급 이하의 불길에서는 절대 녹지 않는 검입니다. 녹은 금속을 삼키는 성질을 지니고 있습니다. 어린 혼돈이 검을 제작할 때 흑룡의 푸른 심장을 부숴 검날을 장식하였으나 오랜 시간이 흘러 심장이 멈추었습니다. 흑룡의 심장을 부활시킬 시 최대 L급까지 성장이 가능합니다.

헐, L급. 순간 눈이 크게 뜨여졌으나 심장을 부활시키는 방법에 대해선 나와 있지 않았다. 3만 포인트나 받아먹었으면 좀 가르쳐 주지. 신입 붙잡고 물어볼까.

> 현재 적용된 스킬은 총 세 가지입니다.
> 속성 최적화(S) - 원하는 한 가지 속성에 검을 최적화시킬 수 있습니다. 30일에 1회 변경 가능합니다.
> 흑룡의 꼬리(A) - 채찍과 같은 연검으로 일시 변화합니다.
> 최대 길이 5m입니다.
> 무안무이(A) - 적의 시력과 청력을 일시 마비시킵니다.
> 대상의 능력치에 따라 효력과 지속시간이 달라집니다.
> 성장 시 추가로 얻을 수 있는 스킬은 두 가지입니다.

추가 스킬에 대해서는 나와 있지 않았다. 그 밖의 스탯 옵션은 마력이 가장 높았지만 대체로 균형적이었다.

'효과가 자세히 나와 있진 않지만 속성에 맞출 수 있다면 나쁠 건 없겠지. 다른 두 스킬도 괜찮은 것 같고.'

무엇보다 성장 가능하다는 사실이 끌렸다. 녹은 금속을 삼키는 것도 어쩌면 도검 포식자와 연계할 수 있지 않을까. 다만 포인트를 써 버리는 게 마음에 걸렸다.

'신입한테 더 좋은 거로 바꿀 수 있을지도 모르지만⋯ 하지만 거절할 가능성도 없진 않지. 아이템 상점이 언제까지 내게 남아 있을지도 알 수 없고.'

그래, 아끼다 날려먹고 땅 쳐 봐야 늦는다. 그냥 이걸로 하자! 마음은 먹었지만, 손끝이 살짝 떨렸다. 4억 포인트면 저는 SSS급 검으로 바꿔 줄 수 있었는데요, 허니! 한다거나. 설마. 아냐, 그럴 리가 없지. 그랬다간 환불해 달라고 우길 테다.

마른침을 삼키며 군림자의 검을 구입했다. 5억이 넘던 포인트가 순식간에 8천만으로 줄어들었다. 그래도 1억 가까이 남았으니 이건 만약을 대비해 잘 보관⋯⋯.

| 좀 더 자세한 설명을 들으시겠습니까? |
| YES/NO |

응? 그래도 포인트 들었다고 추가 서비스를 해 주는 건가. 거절할 이유가 없었기에 수락했다. 직후, 주위가 어두워졌다.

"안녕."

열두엇쯤 되어 보이는 소년이었다. 몸에 비해 큰 로브를 치렁하게 걸치고 문양이 들어간 검대에 장검을 차고 있다. 곱슬기가 있는 검은 머리카락. 흰 피부. 붉은 눈동자. 커다란 바위에 걸터앉아 있는 소년은 동생과 닮아 있었다.

그것을 보자마자 반사적으로 이를 악물었다.

"…또 내 동생의 모습을."

"그건—"

"알아."

해파리에게 들었다. 내게 친숙한 모습이 이 세계에 들어오기 쉽고 어쩌고저쩌고. 그 검, 함정이었나. 날 선택해! 라고 광고하는 수준이긴 했어. 하지만 시스템에, 아이템 상점에 직접적으로 문제를 일으킬 거라곤 생각하지 못했다. 체인질링이 막아 준 직후기도 하고.

"해파리 뒈진 지 얼마나 되었다고 그새 신입이 온 건가."

"오, 신입 취급해 주는 거야? 고맙네."

소년이 소리 내어 웃었다. 귀엽다. 젠장. 속지 말자. 겉모습만이야, 안 귀여워.

"용건이나 빨리 말해. 내 동생이 걱정—"

소년의 모습이 사라졌다. 그것을 제대로 인식하기도 전에 내 몸이 기울어졌다. 다리를 툭, 가볍게 차이는 것만으로 나무토막이라도 된 것처럼 힘이 빠졌다. 동시에 내 한쪽 팔과 어깨를 잡고 살며시 바닥에 눕힌다.

단순히 쓰러뜨려서 눕혔다, 라고 설명하기엔 너무 다른 움직임이었다. 내게는 작은 충격 하나 오지 않았다. 다리를 쳤을 때도 살짝 두드리는 수준의 느낌 이상은 들지 않았다. 바닥 또한 분명 단단할 텐데도 침대에 눕는 것보다 더 부드럽게 등이 닿았다.

현실감이 느껴지지 않아 머릿속이 다 멍해졌다.

"…스킬?"

"기술이긴 하지. 의미가 약간 다르지만."

소년이 허리를 약간 굽혀 나를 내려다보며 말했다. 의미가 다르다면,

마력을 쓰는 그런 스킬이 아니라 순수한 자신의 기량, 그런 건가. …살짝 소름이 돋았다.

"왜 이렇게 비실비실해. 피죽도 못 얻어먹은 거 같게."

그가 치렁한 소매를 걷으며 내 가슴을 가볍게 눌러 보았다. 마치 진료라도 하는 듯한 동작이었다. 그리곤 인상을 확 찌푸렸다.

"마나각인 새긴 놈 누구야? 솜씨가 없으니 마구잡이로 쑤셔 넣어 놨잖아."

…경력 제일 많고 실력도 최고라는 가드가 맡아 준 거였는데. 아무튼 분위기가 어째 묘했다. 새로 온 효도중독자인가 했건만 적의는 조금도 보이지 않았다. 오히려 나를 걱정해 주는 듯했다. 뭐랄까, 태도가 꼭 아무것도 모르고 물가에서 노는 어린애 보고 혀를 쯧쯧 차는 노인 같았다.

"돌아봐."

"…어?"

"엎드리라고."

머뭇거리다가 돌아누웠다. 상의가 획 걷어 올려졌다.

"저기, 동생이 걱정할 거 같은데."

"걱정 마. 모를 테니. 마나 맥을 여는 건 천천히 시간을 들여야지 이렇게 한 번에 터놓으면 감당이 되나. 원맥자라 해도 부담될 짓을 해 놓았어."

"…원맥자요?"

"태생 S급이라고도 하지. 막아 놓아서 그나마 다행이지, 애 몸을 회 쳐 놓을 뻔했네. 그대로 놓아뒀으면 오감이 서서히 마비되면서 마나 감각만 극대화돼 결국 미쳐 버리고 말았을 거다."

무서운 소리였다. 그런 살벌한 부작용이 있었을 줄이야.

"천천히 트이도록 손봐 줄게. 10만 포인트."

"…예?"

"대가 없이는 못 움직여."

저 소년의 말이 사실이라면 아깝지는 않았다. 설마 사기 치는 건 아니겠지. 고개를 끄덕이자 눈앞에 10만 포인트를 지불하겠냐는 메시지창이 나타났다. 수락한 직후 따뜻한 기운이 등에 닿았다.

"이래도 근본적인 문제는 그대로야. 오래 살고 싶다면 최대한 얌전히 웅크리고 있어야겠다만, 그럴 아이였으면 이렇게 만날 일도 없었겠지."

"동생보다는 오래 살아야 하는데요."

"원맥자는 마나가 극히 부족한 환경이거나 일부러 생기를 소진하지 않는 한 최소 이백 년은 살아."

동생 수명이 긴 건 좋다만 내가 자신이 없어졌다. 이백 년은 무린데.

"제가 이백 년쯤 더 살려면 어떻게 해야 할까요."

"몸 관리 잘하면 20년 정도는 더 살겠다."

"너무 짜네. 백만 포인트 더 드릴게요."

"지금 상태로 수명을 늘리려면 보다 격 높은 상대에게 종속되는 것뿐이다만. 널 받아 줄 만한 사람은 별로 없어."

"나름 인기 많은데."

해파리는 나한테 관심 많았다고.

"그런 문제가 아니라. 10년 뒤에도 살아 있으면 도와주마."

등을 어루만지는 손길이 온열마사지라도 받는 것처럼 기분 좋았다. 절로 눈이 스르륵 감겼다.

"다 됐어."

"…벌써요?"

아쉬워하며 몸을 돌려 일어나 앉았다. 소년이 한쪽 손을 펼쳤다. 손바닥 위로 칠흑색 검이 나타났다. 침식하는 군림자의 검.

"자, 내 검이다."

저 소년의 검이라면.

"…어린 혼돈?"

"이 나이에 어리다는 소리 듣긴 쑥스럽지만."

내미는 검을 받았다. 매끄러운 가죽으로 만들어진 검집은 약간 따스했다. 무심코 뽑아 보려는 나를 어린 혼돈이 막았다.

"성질 더러운 녀석이야. 너한텐 위험해."

"살아 있어요?"

"지금은 잠든 상태지만 잠꼬대 정도는 하거든."

"신기하네요. 심장을 넣어서 그런 겁니까?"

"통째로 다 들어갔지."

"네? 설명창에는 뿔로 만들었다고 적혀 있던데요."

"뿔을 뽑아 기본 틀을 만들고 심장을 꺼냈지. 날개를 자르고 비늘을 벗기고 가죽을 뜯어내어 뼈로 화로를 만들고 기름진 살덩이를 쌓아 불을 피워 내어."

화르륵, 검은 연기와도 같은 불길이 그의 주위를 한 바퀴 맴돌았다.

"녹아내린 비늘로 검신을 감싸고 두들기고 다시 감싸고. 다섯 수레에 가득 찬 검은 비늘이 넉 자 검신에 남김없이 스며들 때까지. 가죽은 검집으로, 가장 큰 송곳니는 슴베로, 날개와 발톱은 자루로. 마지막에 심장을 부숴 검날에 새겨 넣음으로써 완성되었지. 흑룡 그 자체인 검이."

…생각보다 더 대단한 검인 듯했다. 그래서 흑룡의 심장을 부활시키면 L급까지 성장한다는 건가. 그렇다는 건 설마.

"그 흑룡, L급이었습니까?"

"아마도. 잡느라 고생했어. 청동과 흑쇠로 이루어진 산맥에 자리 잡아 제 불길로 금속을 녹여 강을 만들어 삼키며 계속해서 재생해서, 산부터 날려 버려야 했지."

옛일을 회상하던 어린 혼돈이 다시 바위에 걸터앉으며 나를 바라보았다.

"검에 관련된 건 뭐든지 물어봐. 나는 설명서로 온 거니까."

"다른 건요?"

"안 돼. 이미 충분히 말했어. 아이템 설명서 범위 밖이야."

검에 관한 것만 된다 이건가. 잠깐 고민하다가 입을 열었다.

"검을 만든 사람, 주인에 대해 자세히 알고 싶습니다."

"시도는 좋았다만 안 돼."

"검이 왜 아이템 상점에 들어가게 된 겁니까? 원래는 없었던 것 같은데."

"이것도 애매한데. 일종의 투자야."

그 밖의 이것저것 검과 억지로 엮어 가며 물어봤지만 대부분은 답변을 거부당했다. 어쩔 수 없이 검에 대해 가장 궁금한 것을 물었다.

"흑룡의 심장은 어떻게 부활시킬 수 있습니까."

"이제야 물어보네. 아이템 상점에 흑룡의 심장 조각이 있을 거다. 그걸 키워."

"키우라고요?"

"그 마석처럼."

소년의 손가락이 내 심장 위를 가리켰다.

"앞은 이미 자리가 찼으니 등을 내 검으로 갈라 심장 조각을 넣어."

"위험한 건 아니죠? 말씀드렸다시피 제가 동생보다 오래 살아야 해서."

"조합한 마석을 성장시키는 것과 비슷해."

그렇다면 당연히 해야지. 얼른 아이템 상점에서 흑룡의 심장 조각을 구매했다. 단돈 만 포인트였다.

"그럼 부탁드리겠습니다."

검을 나름 공손히 내밀었지만 어린 혼돈은 받지 않았다.

"새 주인에게 맡겨."

아니, 그건 좀……. 유현이가 해 줄까. 설득할 거 생각하면 벌써부터 골머리가 아파 온다.

"해 주시면 안 돼요?"

"안 돼."

"그럼 다른 사람은요? S급 여럿 있는데. 같은 태생 S급도 있고."

"안 돼. 그것도 조건 중 하나야."

어쩔 수 없지. 하지만 성장 방법을 모르는 것보다는 훨씬 나았다. 잘 꼬드겨 보는 수밖에.

"아무튼 감사합니다. 잘 쓰겠습니다."

꾸벅 머리 숙여 인사해 주었다. 눈치를 보아하니 원래 L급쯤 되는 무기를 SS급으로 낮춰 보내 준 거나 다름없는 듯한데, 정말 고마운 일이다. 패륜아 놈들도 이렇게 잘해 주면 얼마나 좋아. 정확한 이유를 모른다는 게 찝찝하긴 했지만 마나각인도 손봐 줬고, 일단은 매우 땡큐다.

붉은 눈이 고개 숙이는 나를 가만히 바라보았다. 그러다가 에휴, 하고 과장된 한숨을 내쉰다.

"처음부터 마나가 풍부한 세계였으면 훨씬 나았을 텐데. 하필 그런 곳이어서. 너도 그렇지만 네 동생도 말이다."

"제 동생도라니, 차이가 큽니까?"

"당연히 크지. 주변 마나가 풍족하다면 원맥자는 가만히만 있어도 열 살쯤에 S급의 능력치를 갖추고 스무 살쯤엔 SS급으로 성장해. 하지만 너희 세계에는 마나가 희박했으니 평범한 인간보다 조금 나은 정도였을 거다. 성장할 수 있는 시간을 무의미하게 흘려보낸 셈이지."

그런, 진짜 손해잖아. 원래라면 유현이가 이미 SS급이었을 거라니, 무척이나 아쉬웠다.

"하지만 그런 환경이라면 양육자 노릇 하기는 또 힘들었을 것이니."

어린 혼돈이 훌쩍 내 앞으로 다가왔다. 어느새 나는 허리를 숙이고 있었다. 내 머리를 가볍게 쓰다듬는 손길이 느껴졌다.

"다음에 또 보자."

그리고 주위가 확 밝아졌다. 눈을 깜박였다. 내 앞에 유현이가 서 있었다. 걱정스러운 표정으로 내 얼굴을 들여다보고 있다.

"형, 괜찮아?"

"어? 어."

"갑자기 멍하게 서서 말이 없던데, 역시 아직 피곤한 거지?"

"아니, 아!"

군림자의 검! 얼른 손을 내려다보았으나 아무것도 들려 있지 않았다. 화들짝 놀라며 인벤토리를 확인하자 검이 있었다. 다행이다. 얼른 새카만 검을 꺼내어 동생 앞에 자랑스럽게 내보였다.

"이것 봐, 유현아."

"웬 검이야?"

"포인트 상점 나타났다고 했잖아. 방금 샀지. 무려 SS급 검이라고."

유현이의 눈이 동그랗게 커졌다. 뿌듯한 심정으로 얼른 확인해 보라며 검을 내밀었다. 유현이가 검을 받아 들었다. 자루를 잡고, 소리도 없이 스르르 뽑아 든다. 검날은 반사광조차 없이 그저 검었다. 그러면서도 그 짙은 어둠이 스스로 빛을 흘리는 듯했다.

아이템 설명창을 확인하지 않고 단순히 눈으로만 보아도 예사 무기가 아니다. 검을 찬찬히 살펴보는 동생의 모습에 절로 입꼬리가 올라갔다. 어떠냐고 묻고 싶은 걸 꾹 참았다.

한참 만에 유현이가 작게, 탄성 같은 숨소리를 내뱉었다.

"오싹해."

"응?"

"SS급 장비는 내게도 있지만 이건 다른 느낌이야. 무거워."

흑검이 앞으로 내밀어졌다. 유현이의 손끝에서부터 불길이 일었다. 검푸른 불이 검신을 길게 훑어 올라가며, 그 아래로 푸른색 문양이 희미하게 드러났다가 이내 사라진다. 공기를 날카롭게 가르며 반 바퀴 빙글 돈 검의 끝이 흰 손 위에 내리 놓였다. 검을 양손으로 받쳐 든 채 유현이의 눈길이 다시금 자신의 새 무기를 살펴보았다.

"하지만 정말, 정말로 좋아."

가볍게 취한 듯 몽롱하게까지 느껴지는 목소리였다. 그러고는 이내 환히 웃는다. 잠깐 긴장했던 나도 얼굴을 활짝 폈다.

"원래 L급 무기였다더라."

"L급?"

"응. 오래되어서 등급이 떨어진 거래. L급 이하 불에는 녹지도 않고 성장시킬 수도 있어. 지금 스킬 세 개잖아, 성장하면 두 개 더 늘어난다? 원래 L급이니 지금 있는 스킬도 따라 등급이 올라갈지도 몰라."

그럴 가능성이 충분히 있었다. L급 무기에 S급, A급 스킬은 어울리지 않으니. 유현이가 감탄 어린 눈으로 나와 검을 번갈아 바라보았다.

"형… 고마워. 정말 고마워."

"고맙긴, 내가 네 무기 책임진다고 했었잖냐."

"하지만 형도 그냥 얻은 건 아닐 텐데. …포인트만 쓴 거 확실하지?"

"당연하지! 사억 오천만짜리다, 그거. 다른 SS급 검은 이삼억 정도 했는데 제일 비싼 검이라고. 마음에 들어?"

"응, 여태까지 썼던 무기들과는 비교가 안 돼. 언제나 그랬지만 형이 진짜 최고야!"

심장 키워야 한다는 소리는 나중에, 집에 가서 하자. 스킬도 기대된다며 유현이가 방긋방긋 웃었다.

"최대 길이가 5미터나 된다면 바로 적응하기 힘들겠지만, 빨리 써 보고 싶어."

"참아라. 여기서는 절대 안 돼."

"던전 안에 들어가서 연습해 봐야겠지. 하급 던전이라도 하나 구해서 바로 들어갈까."

"나도 한번 가야 하니까, 같이 가자."

신입 만나서 회귀 사실 말할 거라고도 하고 SS급 몬스터들 잡은 보상도 뜯어내야지.

유현이가 몇 번이나 재차 검을 살펴보고 그걸 보며 나도 뿌듯해하는 사이 비행기가 한국에 들어섰다. 곧 착륙한다는 방송이 흘러나왔다. 현실에서는 며칠 안 지났지만 내 체감으론 정말 오랜만이다. 집에 가면 하루 정도는 아무것도 안 하고 푹 쉬어야지, 생각하는데.

"아저씨, 저기 좀 봐요!"

예림이가 소리쳤다. 무슨 일인가 싶어 예림이가 가리키고 있는 창밖을 바라보았다.

"…뭐야, 저게."

반파된 비행기가 보였다. 그 주변 또한 멀쩡하지 않았다. 몬스터라도 나타난 건가 싶었지만 한국은 분명 빠르게 정리되었다고 했었다. 하지만 저 광경은 만들어진 지 얼마 안 되어 보였다.

검게 타 버린 비행기의 일부와 그을린 바닥. 설마.

"성현제인 거 같지?"

어느새 다가온 문현아가 말했다. 흔적을 보면 십중팔구라는 소리에 입 안이 절로 메말랐다. …대체 뭘 한 거야.

2장 바깥에서

2장
바깥에서

그 탑에는 세상의 왕이 갇혀 있었다.

처음에는 마을이었다. 사막으로 도망쳐 온 이들이 세운 마을은 모든 것이 부족했다. 부족해야 맞았다. 무엇보다 가장 필요한 것은 물이었다.

지도자인 주술사는 물을 끌어모으기 위한 주술을 행하였다. 한 줄기 작은 개천을 유지하기 위해 그는 한 장소에서 꼼짝하지 못한 채 계속해서 마력을 움직여야만 했다. 그렇게 마을은 살아났고 조금씩 커져 갔지만, 어디까지나 주술사의 희생을 바탕으로 한 것이었다.

주술사가 사라지면 마을도 사라진다. 사람의 수명은 영원하지 않으니 다음 대가, 또 그다음 대가 계속해서 필요했다. 마나를 다루는 데에 소질을 보이는 아이들을 교육시키고, 마을의 지도자이자 수호자가 될 것이라 혀가 닳도록 찬양을 하고.

그렇게 새로운 주술사가 태어나고, 죽고, 다시 태어나기를 반복하던 어느 날, 유래를 찾아볼 수 없으리만치 뛰어난 재능을 지닌 아이가 나타났다.

작은 개천은 강이 되었다. 숲이 늘어나고, 작물이 우거졌다. 과거의 다른 주술사들처럼 단순히 물을 끌어오는 것에서 그치지 않았다. 아이는 범인이 따라 하기 힘든 섬세한 마력 조절 능력으로 환경 자체를 바꾸기 시작했다. 시기적절하게 비를 뿌리고, 바람을 일으켰다. 흙과 돌로 된 커다란 인형을 만들어 내 그것들을 움직여 지형을 다듬었다.

녹음으로 뒤덮인 풍요로운 땅이 점차 늘어나며 마을은 도시로 커져 갔다. 동시에 사람들은 귀중한 보물을 빼앗길까 두려워졌다. 아이가 사라지면 도시는 쇠락하게 된다. 가는 개천에 의지해 종일 힘든 노동에 시달려도 수확물은 지금의 반 토막도 채 못 될 것이다.

"우리가 너를 보호해 주마."

주술사의 작은 집은 점차 커져 갔다. 저택 주위로는 높은 벽이 세워졌다. 외부인은 접근조차 하지 못하게 철저히 감시되었다.

아이가 밖으로 나오는 것 또한 당연히 금지되었다. 이전의 주술사들과는 달리 자유롭게 돌아다녀도 충분히 도시를 번성시킬 능력을 가진 아이였지만, 전통과 외부의 위험을 들며 집 안에 묶어 놓았다.

아무리 순한 아이라 해도 불만이 생기지 않을 수는 없었다. 하지만 수많은 사람이 입을 모아 같은 말을 하자, 자연히 그것이 진실이라 믿고 따르게 되었다.

그러나 결국.

"사막에 숨겨진 보물이 있다."

도시 사람들의 노력에도 신비로운 변화에 대한 이야기는 멀리 퍼져 나가고 말았다. 사막을 초록빛으로 뒤덮은 번영의 힘을 지닌 보물. 오래된 전설도, 근거 없는 뜬소문도 아니었다. 고작 십여 년 사이 완전히 뒤바뀌어 버린 땅을 직접 눈으로 확인한 이들이 부지기수였다.

자연스럽게 욕심을 내는 권력자들이 나타났다. 도시에 낯선 사람들이 자주 나타나다가 이윽고 군대가 움직였다는 소식이 들려왔다. 도시의 사람들은 이제는 어른인 나이의, 하지만 예전 모습 그대로인 아이에게 몰려갔다. 네 힘으로 도시를 지켜 달라며.

아이는 그들이 원하는 대로 강력한 인형들을 만들어 냈다. 수십 센티미터의 작고 빠른 것도 있었으며, 수십 미터의 거대하고 위압적인 것도 있었다.

군대는 감히 덤벼들지 못하였다. 대신 권력자들은 아이가 머무는 저택으로 사람을 보냈다. 어두운 밤 감시자들의 눈을 피해 소리 없이 숨어들어 간 전령이 아이에게 물었다.

"어째서 당신과 같은 힘을 가진 사람이 이곳에 갇혀 있는 겁니까."

언제든지 빠져나가 자유롭게 모든 것을 누리며 살 수 있을 것인데도. 아이는 당연하다는 듯 대답했다.

"저 하나만 참으면 모두가 행복해지니까요."

대대로 주술사를 묶어 놓기 위해서 재능 있는 아이들은 모두 그렇게 배웠다. 한 명의 희생으로 모두가 살 수 있다. 그것이 옳은 일이다. 훌륭하고 위대한 업적이다.

아이의 대답에 전령이 다시 말했다.

"이 도시의 사람은 고작해야 만 명입니다. 하지만 대국에는 수천만 명의 사람이 있습니다. 당신의 말대로라면 대국을 위해 작은 도시 사람들이 희생해야 하지 않겠습니까."

아이는 머뭇거리다가 고개를 끄덕였다. 전령의 말이 옳았다.

권력자들은 아이를 위한 크고 높은 탑을 세웠다. 내부를 호화롭게 채우고, 외부는 그 누구도 드나들 수 없도록 단단히 막았다. 까마득한 높이에 작은 창 하나만을 남겨 두고. 아이를 온 세상의 가장 위대한 왕으로 추대하며 영원한 번영을 바랐다.

시간이 흐르며 세상은 계속해서 더욱더 풍요로워졌다. 아이의 능력이 닿는 범위는 점차 넓어져 가, 이윽고 전 세계가 그 은혜를 받게 되었다.

단순히 살기 편해진 것을 넘어서서 작은 인형들이 사람들이 해야 할 노동을 맡아 주기까지 하였다. 그저 누리기만 하면 되는 천국이었다.

수백 년이 그리고 천 년 이상이. 탑의 왕은 전설처럼 생각되어졌다. 매년 그를 기리는 축제가 열리고 감사를 표하였지만 그 실체에 대해 궁금해하는 사람은 아무도 없었다.

'눈이다.'

높디높은 창 너머로 바람결에 실린 눈송이가 하늘하늘 춤추었다. 그러다 안쪽으로 하나둘 들어오기도 하였다.

호화롭게 꾸며졌던 탑의 내부는 이미 오래전에 낡고 바래었다. 비단으로 뒤덮은 벽은 모조리 삭고 곱게 칠한 나무 기둥도 무너졌다. 당시 가장 단단한 돌로 모든 기술자를 동원해 정성껏 쌓아 올린 탑만이 세월의 흔적을 품은 채로도 굳건하게 서 있었다.

아이의 힘이라면 그 모든 것을 예전 그대로 만들 수도 있었다. 더욱 호화롭게 바꾸는 것도 가능했다. 하지만 그는 자신을 위해 힘을 사용하지 않았다. 생존하는 것 외의 능력은 모두 밖의 사람들을 위해 썼다.

그것이 옳고 바람직한 일이었으니.

창문 너머 한 조각 하늘을 애달프게 바라보면서도 가지려 들지 않았다. 눈송이조차 자연스럽게 넘어 들어오는 것만을 반겼다. 그래서 겨울이 좋았다. 빗물과는 다르게 쌓이고 손에 움켜쥘 수 있는 하얀 눈이.

다시 시간이 흘러갔다. 원래부터 마수란 것이 존재하던 세상이었다. 그런데 어느 순간부터 그 마수들이 보다 더 강해지기 시작했다. 인형들이 무장을 하고 마수를 해치웠지만 피해는 조금씩 늘어났다. 사람들의 불만이 커져 가고 아이 역시 초조함을 느껴가던 어느 날 밤에.

[무척이나 뛰어난 능력을 지니고 있구나.]

창문 너머로 달빛이 스며 들어왔다. 작게 걸린 초승달의 것이라기엔 유독 짙게 은빛을 띠고서.

[이 세계에서 유일하게, 너만이.]

달빛이 다정하게 속삭였다. 무척이나 상냥하고 아름다운 목소리였다. 아이는 넋을 놓고 그녀를 바라보았다.

[그런데도 왜 이곳에 홀로 웅크리고 있는 것이니.]

"그, 그게… 옳으니까요."

입 밖으로 목소리를 내는 것이 너무나도 오랜만이라 어색하기까지 하였다. 제대로 말한 것일까. 아이는 고민하면서도 더듬더듬 자신에 대해 이야기했다. 달빛이 웃음 지으며 흔들렸다.

[너의 바람이 그러하다면, 이 세상을 삼키렴.]

"…네?"

[수많은 세계가 있단다. 셀 수 없을 만큼 수많은 세상이 태어났다가 사라져 가지. 이 세계는 고작해야 41억의 지성체가 존재하는 작은 세계야. 41억 중의 하나인 너처럼, 수많은 세상 중 단 하나일 뿐이란다.]

아이처럼, 오랜 옛날의 작은 마을, 도시처럼.

[네가 이 세상을 삼킨다면 사라져 가고 있는 수많은 다른 세상을 구할 힘을 가지게 된단다. 그것이 옳은 일이라고, 그렇게 생각하지 않니.]

아이는 고개를 끄덕였다. 달빛의 말이 옳았다.
"세상을 어떻게 삼킬 수 있나요."

[세상 곳곳에 네 힘을 심고 모든 지성체를 살해하렴. 그리하면 자연히 세상이 네게 종속되어 삼킬 수 있게 될 것이란다. 너는 이미 거의 다 이루었구나.]

마음을 먹는 것만으로도 가능했다. 아이는 망설이지 않았다. 망설일 이유가 없었다. 그는 이미 세상의 왕이었고 신이었다. 곁에 나란히 서고 마음을 나누는 이 하나 없었으니, 더 높은 이상을 추구하기 위해 자신이 관리하던 그 모든 것을 한순간에 쓸어버리는 것을 마다하지 않았다.

세계 곳곳에 퍼져 있던 인형들이 움직였다. 모든 일을, 스스로를 보호하는 것조차 인형에게 맡기고 있던 사람들은 조금도 반항하지 못했다.

그렇게 한 세계가 삼켜졌다.

"안 되네……."

신입은 한숨을 삼켰다. 베이지색 털이 복슬거리는 귀가 축 처졌다. 한 세계의 시스템이 멈추었다. 그가 제대로 접근할 수가 없었다.

채터박스의 간섭으로 꼬여 버린 시스템이 무해의 왕이 파고들어 일부 파손되기까지 하였다. 그리고 정체 모를 강력한 힘에 의해 막혀 버리고 말았다. 신입은 끙끙거리며 동그란 의자에 풀썩 주저앉았다.

주위는 하얀 눈밭에, 눈이 내리고 있었다. 반짝거리는 고드름이 허공을 둥둥 떠돈다.

"어쩌지, 화낼 텐데. 또 야단맞겠다."

잔뜩 치켜 올라간 까만 눈이 선명하게 떠올랐다. 일 제대로 안 하냐며 노려보겠지. 당장 보상하라면서 투덜거리고. 신입은 발을 동동 구르며 자신의 권한하에 내어줄 수 있는 아이템을 살펴보았다.

"시스템 오류로 피해 본 건 사실이니까. 포인트 교환도 못 해 줬고. 허니는 또 허니 동생부터 챙기겠지?"

뜯겨야 하는 건데도 조금 웃음이 나왔다. 귀 끝도 살짝 파득였다.

"허니 것도 좀 챙겨야 하는데, 다른 사람들 것만 달라고 하고. 줄 수 있는 게 몇 개 없다고 할까."

신입은 이것저것 뒤져 보다가 문득 자신의 머리를 매만졌다. 양육자라서 그런가. 원래 모습으로 나타난 자신을 귀엽다는 듯 바라보던 눈길이 떠올랐다. 고맙다고 하던 목소리도.

"…괜찮겠지."

아무 일 없겠지. 만약 잘못된다고 해도 어쩔 수 없는 일이다. 공을 많이 들인 만큼 아쉽겠지만 늘 있어 왔던 작은 희생 중 하나일 뿐이었다.

그렇게 생각하면서도 신입은 멈춰 버린 시스템으로부터 눈을 떼지 못했다.

"어려워."

고치고는 있지만 복구까지 아직 한참 걸릴 듯했다. 막혀 버린 것을 뚫고 들어가는 방법은 감조차 잡히질 않았다. 고민하며 이런저런 시도를 해 보는 그때.

고생 많네.

메시지창이 나타났다. 신입의 귀가 바싹 솟아났다.

"…누구?"

까마득한 선배님이지.

희미한 인영이 메시지창 너머로 드리워졌다. 정장 차림의 여성으로 보였다. 신입의 빨간 눈이 동그랗게 커졌다.

"혹시, 그럼. 시스템 만드신 분… 이신가요?"

> 분들 중 하나야.

"하지만 초기 시스템 제작자님들은 전부 시스템에 흡수되었다고 들었는데요."

수많은 세계를 아우르는 새로운 법칙이라 할 수 있는 시스템의 완성을 위하여. 신입의 말에 흐릿한 얼굴이 웃음 지었다.

> 지금은 멈추었으니까. 휴식 타임이라는 거지. 이곳의, 극히 일부분일 뿐이지만. 그래서 나만 깨어나 있는 거고. 아, 포인트 정산은 내가 대신 해 줬어.

"포인트 정산이라면, 허니 일행 말이에요?"

> 막혀 있는 것도 머잖아 자연스럽게 재연결될 거야. 그런데 신입님.

문자로 이루어진 메시지건만 무겁게 가라앉은 어조가 느껴졌다.

> 시스템은 모든 세상에 기회를 주기 위해 만들어졌어.

"…네?"

> 기본적으로는 갑작스러운 변화에 대한 가이드고, 그에 더해 가능성

> 있는 이들을 위한 후원이지. 모든 세상에 공평하게 주어지는 희망이 길 원했어.

살아남길 바라는 자들에 대한 도움.

> 하지만 지금 꼴을 봐. 대체 몇 개나 되는 세상을 희생시켜 온 것인지. 뜻을 함께하는 초월자가 늘어난다면 관리가 더욱 쉬워질 것이다, 틀린 말은 아니야. 분명히.

그렇지만 결국은.

> 지금 이대로라면 근원이나 너희들이나 무슨 차이가 있을까.

"저는……."

> 초승달의 말을 따른 거겠지. 알아. 그렇지만 신입님, 쉽게 포기하지 마. 살아남고자 하는 자가 있다면 끝까지 도와. 그것이 우리야. 시스템은 가이드며 도우미지, 결정권자가 아니야.

신입이 눈을 깜박였다. 사소한 것은 버려라. 가능성이 적다면 포기해라. 그럴 자원과 능력으로 보다 가능성 큰 곳을 이끌어라. 그것이 여태까지 믿고 따라온 길이었다.

"하지만, 좀 더 많은 세계를."

> 가치란 그렇게 단순하지 않아. 그 가치를 우리가 멋대로 정해서도 안 되고. 신입님, 모든 것을 일대일로 바꿀 수가 있어? 좀 더 정이 가는

> 무언가가 단 하나도 없어? 객관적으로 같은 가치의 능력을 지닌 두 사람의 목숨을 놓고 저울질한다면 한쪽으로 기울어 버리는 경우가 한 번도 없었어?

신입은 대답하지 못했다. 만약 모두가 지금 그가 신경 쓰고 있는 세상을 포기하라고 한다면. 그편이 더 낫다고 한다면. 쉽게 따를 수 있을까.

> 신입님, 잊지 마.

엉망으로 뒤엉켜 있던 시스템이 빠르게 복구되어 갔다. 신입은 홀린 듯 그 움직임을 바라보았다. 두 눈에 새기듯 집중하여 관찰했다.

> 우리들이 시스템을 만들어 낸 이유를. 선을 넘지 마. 그리고 넘으려는 자는 막아.

희미하던 인영이 더욱 흐릿해져 갔다. 절반 가까이 안개처럼 흩어졌다.

> 아, 혼돈이 연락처 좀 달라고 하더라.

"네? 혼돈이요?"

> 첫 번째 근원 쪽의 늙은 놈 하나 있어. 무슨 바람이 불었는지 모르겠지만 연락해 봐.

그녀의 기척이 완전히 사라졌다. 신입은 멍하게 복구된 시스템을 바라보았다. 어느새 눈이 그쳐 있었다.

"어, 어쩌지."

신입은 주위를 두리번거렸다. 이 공간에는 그 혼자뿐이었다. 시스템은 복구되었다. 아직 한유진의 세상에 접촉할 수는 없었지만 그것도 머지않아 다시 연결될 것이었다. 그러니 당장 급한 일은 끝났다. 마음 놓고 짧은 휴식을 취해도 되겠지만.

"…시스템."

시스템을 만든 이유. 초기 시스템 제작자들. 그녀의 말을 모른 척할 수는 없었다. 마음이 흔들리는 것을 똑똑히 느낄 수 있었다. 하지만 당장 자신이 틀렸다는 사실을 받아들이기는 힘들었다. 신입은 고개를 저었다. 그 길고 긴 시간들을 단숨에 내버릴 수는 없었다.

없었지만.

벌떡 일어나 눈밭을 빙글빙글 맴돌던 신입이 손을 들어 올렸다. 하늘거리는 지느러미 같은 소매가 흘러내리고 드러난 손끝이 공중을 휘저었다. 허공에 둥근 구멍 같은 것이 나타났다.

[한동안 바쁠 거라더니, 무슨 일이야? 혹시 시스템 복구 끝났어?]

"…아니요."

나무의 물음에 신입이 무심코 거짓말을 했다. 너른 소매로 얼굴을 가리듯 하곤 말을 이었다.

"첫 번째 근원의 세계들은, 관리할 필요 없다고 했잖아요."

[그랬지. 그곳에는 패륜아도 효도중독자도 없어. 기본 시스템은 존재하지만 관리자의 간섭 없이 자동으로 움직이고 있지.]

신입 또한 분명 그렇게 들었다. 그곳은 관여하지 않아도 되는 세계라고.

"혼돈은요?"

[혼돈?]

"네. 첫 번째 근원 쪽에 있다고 하던데요."

[아, 어린 혼돈. 맞아. 나도 자세히는 모르지만 어린 혼돈이 그곳에 있어. 첫 번째 근원에 속한 세계들을 관리하는 유일한 초월자라고 하지. 가장 오래된 검. 아홉 별의 주인. 신화 사냥꾼. 첫 번째 근원의 황혼. 그 밖의 이런저런 소문은 많았던 모양이지만 워낙 옛날 일이라.]

"얼마나 옛날인데요?"

[그를 직접 본 초월자는 몇 없을 정도로 옛날이지. 초승달이나 하얀 새, 정원사 등의 연배쯤? 인어여왕이라면 신입 시절에 봤을지도.]

구멍 너머의 나무가 손을 내저었다.

[어차피 신경 쓸 필요 없는 상대야. 첫 번째 근원의 세계에 발 들이지만 않으면 마주칠 일도 없고. 그런데 갑자기 왜?]

"시스템을 복구하다가, 관련 자료를 봤어요. 처음 보는 이름이라 누군가 싶어서요."

[그래? 초기 시스템 제작자들과도 아는 사이이긴 했을걸. 아, 또 무슨 일 생겼나 보다. 그럼 계속 수고해, 신입아! 시스템에 손댈 수 있는 사람이

더 있으면 좋을 텐데. 그 대장장이는 가능성이 있으려나.]

시스템의 기본적인 관리와 조작은 다른 이들도 가능했다. 하지만 내부를 살피고 파헤쳐 복구 작업을 할 능력을 갖춘 초월자는 극소수였다. 신입은 반쯤 가린 얼굴로 웃어 보이고는 손을 흔들어 구멍을 없앴다.

"…어떡하지."

생각보다 더 대단한 사람인 듯했다. 신입은 망설이다가 시스템을 움직였다. 첫 번째 근원의 세계에도 시스템은 존재하니 연결하는 것은 어렵지 않았다.

복잡한 마력의 유도에 따라 통로가 만들어지고 시스템과 시스템의 길이 이어졌다. 신입은 약간 긴장된 눈초리로 다시금 주위를 살펴보았다. 이곳에서 바로 연락한다면 다른 초월자들이 눈치챌 확률이 높았다.

'가상공간을 따로 만들어서… 이러면 외부 공격에 취약해지긴 하는데.'

신입은 시스템이 단절되어 모두의 관심에서 벗어난 한유진의 세상 근처에 가상공간을 만들었다. 일종의 가짜 던전이었다. 시스템과 연결해 넘어가기에는 던전의 형태가 가장 편했다. 신입은 숨을 크게 들이마시고 분신을 만들어 내 던전으로 들어섰다.

그곳은 작은 숲이었다. 여름의 햇살이 개울을 따라 반짝거렸다.

"…어린 혼돈님?"

돌아오는 대답은 없었다. 첫 번째 근원 쪽의 시스템과 연결하고 메시지도 보냈으니 이곳으로 넘어올 수 있을 텐데. 신입은 잠시 기다리다가 통로를 확인했다.

"저기요?"

통, 통. 노크하듯 두드리는 소리가 났다. 신입은 같은 초월자가 아닌 일반 각성자들을 상대하듯 메시지를 보냈다.

[어린 혼돈님? 맞으세요?]

[맞다.]

[그런데 왜 안 넘어오세요?]

[나는 그런 잔재주는 못 부려. 네가 도와줘야지.]

[잔재주라니요!]

신입은 투덜거리며 그가 이곳으로 넘어올 수 있도록 도와주었다. 붉은 눈의 소년이 신입 앞에 나타났다.

"그래, 그래. 토끼야."

"…허니의 동생을 닮았네요?"

"그렇게 인식되었으니까."

신입은 신기하다는 듯 혼돈을 바라보았다. 들은 것과는 달리 평범한 인간 같았다.

"왜 제게 연락 달라고 하셨어요?"

"나는 잔재주, 토끼 너 같은 재주는 못 부려. 그러니 도움이 필요해서 연락처를 달라고 했지."

"어떤 도움이요? 기본적인 시스템 조작은 가능하실 텐데, 그 이상은 제가 몰래……."

"기본적인 것도 거의 못 해."

신입이 눈을 동그랗게 떴다.

"정말요? 쉬워요. 가르쳐 드릴까요?"

"초기 시스템 제작자 녀석들도 포기한 걸 무슨 수로. 배울 생각도 없다."

"시스템을 못 다루시는데 어떻게 첫 번째 근원의 세계들을 관리하세요?"

신기해하며 묻는 신입의 말에 혼돈이 미소 지었다.

"부수고 들어가서."

"네?"

"근원에게 먹히겠다 싶으면 내가 뚫고 들어가 쓸어버리고 나오는 거지. 그곳엔 나 외의 초월자는 존재하지 않으며 태어난다 해도 내쫓아 버리니, 각 세상을 보호하는 힘이 좀 부서져도 괜찮아."

"…그게 돼요?"

"돼."

가벼운 대답이었다. 신입은 당황하며 소매로 입을 가렸다. 전혀 생각지 못한 방법이었다. 아니, 애초에 초월자쯤 되더라도 쉽게 시도할 수 없는 무모한 짓이었다. 무해의 왕조차도 자신이 속하지 않은 세계에 억지로 들어가 약화되고 말았으니.

"그럼, 다른 근원에 속한 세계들도 그런 식으로 지킬 수 있겠네요."

"하면 안 되지. 보호가 사라지면 초월자들의 전쟁터가 되고 말아. 내 방식은 도망칠 장소가 있기에 가능한 것이야. 덤벼드는 늑대 머리를 전부 베어 버리면 무방비한 양을 구경만 할 뿐 접근하지는 못하지만, 한 구역이 아닌 산 전체를 목축지로 만들어 다른 먹잇감이 모두 사라지면 죽기 살기로 이를 드러내겠지."

몰살시킬 작정이 아니라면 도피로는 남겨두어야 한다.

"초월자들이 합세하면 나도 귀찮고. 게다가 마지막의 마지막에나 나서는 것이라 시스템으로 관리하는 편이 더 나아. 원칙을 따른다면 말이다."

붉은 눈이 신입을 똑바로 바라보았다. 별다른 감정이 담겨 있지 않았지만 어쩐지 질책하는 듯해 신입은 소매를 더욱 높이 들어 얼굴을 반쯤 가렸다. 색만 비슷하지 전혀 다른 두 쌍의 적안이 서로 마주쳤다.

신입은 눈을 피하며 화제를 바꾸었다.

"제게 도와 달라시는 건……."

"원래 약속은 내 검들 중 하나를 빌려주는 거였는데."

혼돈이 못마땅하게 눈썹을 약간 찌푸렸다.

"이럴 줄 알고 직접 검을 건네주는 것을 조건으로 걸었겠지. 미래예지종이란, 역시 마음에 안 들어."

"미래예지종이요?"

"그렇다고 내가 하고자 하는 것을 망설일 이유는 없다만. 꼬마 토끼야, 한유진이라는 어린애와 연락할 수 있게 도와줘."

신입이 혼란스러워하며 고개를 저었다.

"지금은 못 해요! 그런데 어린 혼돈님의 검을, 허니에게 주신 거예요?"

"그래. 그 애 동생에게 갔겠지만."

"어떻게, 언제요? 시스템 못 다루신다셨는데, 검을 주셨다면 메시지도 직접 전해 주실 수 있을 텐데요."

"그때는 다른 관리자가 도와줬지. 지금은 안 되는 건가. 당장 문제가 생기진 않을 것이고."

어린 혼돈이 고개를 치켜들었다. 그의 손끝에 검이 쥐어졌다. 자루부터 칼끝까지 완전히 새하얀, 외날의 장도였다.

"불청객이군."

말이 떨어진 직후 신입 또한 느꼈다. 그리고.

콰아앙—!

공간이 흔들렸다. 파직거리며 하늘에 검은 선이 길게 퍼져 나간다. 날카로운 발톱과 같은 것이 구름을 가르며 숲 모서리까지 떨어져 내렸다. 분노 어린 으르렁거림이 틈새 너머로 새어 들어왔다.

[어디 있어, 어디 있냐고!]

"채터박스!"

신입이 폴짝 뛰며 숨겨져 있던 송곳니를 작게 드러냈다.

[무해의 왕이, 사랑스러운 내 안개가!]

"도, 돌아가! 여긴 없어!"

[그놈을 내놔! 양육자를, 양육자의 아이들까지 전부! 너는 지켜보고 있었겠지. 네가 도왔나? 초월자도 아닌 놈들이 그녀를 가두고 살해할 수 있었을 리가. 네놈이!]

하늘이 더욱 크게 갈라졌다. 진득한 독기가 스며들고 쿠르르릉, 요란한 소리와 함께 창백한 붉은 장막이 사나운 기세를 품고서 펼쳐졌다. 하늘에서부터 무겁게 떨어져 내리는 장막을 향해 어린 혼돈이 흰 칼을 내밀었다.
한 치의 흔들림도 없이, 칼끝이 허공을 갈랐다. 일자로 길게 그어진 선을 따라 가벼운 바람이 일었다. 그대로, 장막이 밀려나기 시작했다. 커다란 파도라도 만난 것처럼 찢겨지고 구겨지며 하늘 끝까지 쫓겨난다.
"시끄럽다."
혼돈이 칼을 늘어뜨렸다.

[…너는.]

"어린 혼돈. 이 나이에 어리다는 소리 붙는 거 참 쑥스럽다만 여러 가지 사정상, 말이야."

[왜, 여기에. 분명 첫 번째 근원을, 벗어나지 않는다고.]

어지간히 놀랐는지 뚝뚝 끊기는 목소리에 어린 혼돈이 입꼬리를 올렸다.
"산책이다. 덤빌 거냐."

짧은 침묵이 흘렀다. 낮은 으르렁거림이 거칠어진 숨소리와 뒤섞였다. 하지만 채터박스는 순순히 몸을 물렸다. 채터박스의 기세가 완전히 사라지고 갈라졌던 하늘이 천천히 복구되어 갔다. 그것을 멍하게 쳐다보고 있던 신입이 혼돈을 향해 소리쳤다.

"그냥 해치울 수도 있으셨을 텐데! 위험하잖아요! 허니를 노리고 있어요!"

"못 해."

"네? 채터박스보다 약하세요?"

"이놈의 토끼가."

신입의 이마가 꽉 쥐어 박혔다. 신입이 울상을 지으며 붉어진 이마를 손으로 문질렀다.

"어린 녀석들은 모르는 건가. 소싯적에 초월자들은 물론이고 붙어 볼 만하다 싶으면 눈에 띄는 대로 잡아 죽이고 다닌 적이 있었지. 이런저런 일을 겪고 반성하는 의미에서 내게 먼저 적의를 보이는 놈과 허락 없이 첫 번째 근원에 속한 세상에 발 들이는 놈 외엔 공격하지 않기로 맹세했어."

"채터박스는 먼저 덤벼들었잖아요."

"목표는 너였지."

새하얀 도가 혼돈의 손아귀에서 스르르 사라졌다. 흘러내리는 옷자락을 대충 걷어 올리며 소년이 나뭇등걸에 걸터앉았다.

"마침 한가하니 준비될 때까지 여기서 기다리마."

"아, 네."

"차나 한 잔 주고."

"…못 만드세요?"

"못 만들어. 그런 잡기 못 부린다니까. 내가 제작 가능한 건 도검뿐이야."

"잡기 아니에요!"

신입은 빼액 소리치면서도 테이블과 티세트를 만들어 내 공손히 차를 따랐다.

'괜한 걱정일 수도 있지만 조심하는 게 좋을 거 같아서. 수고해요, 송 실장님.'

송태원은 문현아의 말을 떠올리며 비행장을 바라보았다. 통화는 짧았다. 그저 세성 길드장의 상태가 별로라는 간단한 내용이었다. 전화 건 사람이 일반인이라면 무시해도 좋을 내용이다. 하지만 브레이커 길드장인 문현아가 직접 연락을 해 왔다.

초기 각성자 중에서도 이르게 각성한 그녀는 성현제와 나름 가깝다고 할 수 있는 몇 안 되는 사람 중 하나였다. S급 헌터로서, 길드장으로서 부딪친 적도 여러 번이었다. 그런 문현아가 일부러 전해 온 충고이니 결코 가볍게 넘길 수 없었다.

송태원은 즉시 성현제가 도착 예정인 공항을 비웠다. 다행히 갑작스러운 몬스터 출몰 사태로 모든 비행기의 운행이 정지되었기에 공항을 지키고 있던 몇 안 되는 직원들만 내보내면 되었다.

"정말 혼자서도 괜찮으시겠어요?"

강소영이 걱정스럽게 물었다. 그녀의 옆에는 가시날개암룡, 코메트가 웅크리고 있었다.

리에트와 날뛴 탓에 일시 구속까지 되었으나 아직 몬스터가 남아 있을지 모르는 상황에서 비행 가능한 용종을 놀릴 수는 없었다. 덕분에 강소영은 공중에서 순찰만 돌겠다는 다짐을 받고 바로 풀려났다.

"혼자가 편합니다."

"…혹시 저 때문에 화난 건 아니시겠죠? 그런 걸로 화내실 리 없긴 한데, 혹시나 싶어서요. 저 때문이면 살짝 연락 좀 해 주세요. 브레이커에 피신해 있게요."

"아닐 겁니다."

"그렇겠죠? 그래도 연락 꼭 부탁드려요, 송 실장님! 제발요! 도와주시면 한동안 과속 안 할게요!"

재차 부탁하며 강소영이 코메트의 등에 올라탔다. 아직 완전히 성장하지는 않았지만 지금도 그리폰인 블루보다는 약간 더 큰 검은 드래곤이 긴 날개를 활짝 펼쳤다. 그대로 훌쩍 가볍게 날아오르더니 순식간에 멀어져 간다.

송태원은 암룡의 뒷모습을 바라보다가 다시 시선을 앞으로 향했다. 비행기의 도착 예정 시간이 머지않았다. 손목까지 감기는 장갑의 벨트를 다시 조이며 짧게 숨을 내뱉었다. 던전에 들어설 때와는 전혀 다른 긴장감이 뒷목을 스쳤다. 겉으로는 석상처럼 흔들림 하나 없었지만 속은 복잡하게 뒤섞인 감정으로 꿈틀거리고 있었다.

이윽고, 요란한 소리와 함께 나타난 비행기가 고도를 낮추었다. 전 세계적으로 비행이 중지되었으니 저곳에 타고 있을 사람은 따로 확인할 필요조차 없었다. 내려진 랜딩 기어가 활주로에 닿았다. 굉음과 함께 검은 타이어가 빠르게 회전한다. 활주로를 따라 달리던 기체가 서서히 정지했다.

송태원은 그 자리를 지키듯 꼿꼿이 선 채로 비행기에서 내려서는 남자를 바라보았다.

"오랜만이군. 여기까지 마중 나와 줄 줄은 몰랐는데."

감격이라도 해야 하나. 그렇게 말하는 어조는 무겁지 않았다. 하지만 송태원은 자신의 몸에 실린 긴장감이 더욱 강해지는 것을 느꼈다.

"왜 혼자 먼저 돌아온 겁니까."

대답은 없었다. 대신 금빛 어린 눈이 가볍게 미소 지었다.

"오랜만이라 말할 정도도, 아닙니다. 문제가 있다면 지금 이 자리에서 말씀하십시오."

위험한 존재를 들여보낼 수는 없다. 그런 의미의 말에 성현제의 미소가 더욱 짙어졌다.

구두굽이 매끄럽게 깔아 놓은 활주로를 가볍게 두드렸다. 성현제는 느긋하게 고개를 돌려 주위를 살폈다. 조용하다. 비행기에서 내려서는 승무원들을 제외하고는 인기척이 느껴지지 않았다. 아마도 공항 역시 같은 상황일 것이다. 관제탑 정도에나 사람이 있었을까. 그마저도 지금쯤은 피신하였을 것이다.

"내가 어떠한 말을 하든, 결과는 변함없을 듯하네만."

"해명을 하실 겁니까."

"아니."

성현제는 퍽 즐겁다는 듯이 웃었다. 그로부터 시선을 떼지 않으면서도 송태원은 활주로를 빠져나가는 승무원들을 확인했다.

"이렇게까지 싸움을 걸어오는데 받아 주지 않는다면 송태원 실장님의 성의가 무색해지지 않겠나."

"아무 문제를 일으키지 않을 것이며 스스로를 억제 가능한 상태라고 말씀해 주시면 됩니다."

"말 한마디면 된다는 건가."

"예."

송태원이 차분하게 대답했다. 하지만 성현제가 저 말을 해 주리라 기대치는 않았다. 이미 심기가 뒤틀려 있음이 확연하게 보이건만 문제없다, 라고 스스로 말할 사람이 아니다. 그런 식으로 굽히고 들어오는 것은 그에게 어울리지 않았다.

이상행동을 보이는 S급 헌터를 얌전히 보내 줄 수는 없다. 그렇다고 대화로 풀 수 있는 상대도 아니다. 결국 이곳에서 조금이나마 진정시키게 하는 것이 최선이었다.

"왜 한유진 씨와 동행하지 않았습니까."

승무원들이 모두 공항 안쪽으로 사라지고, 송태원이 입을 열었다.

"한유진 군이 보호자가 필요한 나이라는 건 미처 몰랐군. 내게는 스물다섯 살이라 하기에 깜박 속았지 뭔가."

"그는 무사합니까."

미소를 띠고 있던 금안이 희미하게 서늘해졌다. 송태원은 대답이 없는 성현제를 역시나 조용히 바라보았다. 문현아로부터 대략적인 이야기는 들었다. 한유진에게는 아무런 문제가 없었다. 하지만 분명 무언가가, 최소한 성현제와의 사이에서는 발생하였을 것이다.

그렇지 않고서야 성현제가 별다른 이유도 없이 먼저 귀국했을 리가 없었다.

단순히 흥미를 잃었다면 다행이다. 그러나 저렇게, 그답지 않게 반응을 보여 오는 것은 어떻게 생각해야 할까.

낯설었다. 그 이상 깊게 파고들고 싶지 않을 정도로. 그리고 그럴 이유 또한 없었다. 각성자관리실 실장 송태원. 다른 무엇보다 그 사실이 우선이었다.

"성현제 헌터. 스스로의 상태에 대해 대답 부탁드립니다."

"묵비권을 행사하면, 어쩔 텐가."

"던전 공략 직후의 상태로 상정, 대응하겠습니다."

"그따위 것과 비교할 만한 기분은 아닌데. 하지만, 좋아."

성현제는 가볍게 마력을 움직였다. 숨 쉬듯 자연스럽게 약한 전류가 흘렀다. 송태원의 손끝에 힘이 들어갔다. 복잡한 대화보다는 차라리 이편이 편했다. 대화의 끝에는 종종 이해가 따라붙곤 하였기에 더더욱.

구두가 바닥을 짓밟았다. 비행기가 이착륙하는 충격을 버티기 위해 단단하게 만들어진 활주로다. 특수처리 된 지면에 희미한 금이 가고 성현제의 모습이 그 자리에서 사라졌다.

콰드득!

주먹과 손바닥이 맞부딪치며 요란한 소리가 울렸다. 아무런 페이크도 넣지 않고 정직하게 돌격해 온 공격을 송태원이 막아 냈다. 힘이 실린 주먹을 팽팽하게 맞서 받아 내며, 송태원이 성현제를 의아하게 쳐다보았다.

"…뭐 하는 짓입니까."

아무런 스킬도 기교도 없이 단순한 주먹질이다. 당황스러울 정도였다.

"화풀이나 하라고 대 주는 것 아니었나."

끼익, 구두 끝이 눌려 비틀리는 소리와 함께 발길질이 이어졌다. 이번에도 튀어 오르는 전류는커녕 사슬의 금속음조차 없었다. 송태원은 팔뚝을 내려 찔러 오는 킥을 막아 냈다. 전신에 무게를 실어 조금도 밀려나지 않는 그의 모습에 성현제가 입꼬리를 비틀며 뒤로 가볍게 뛰어 물러났다.

"딱딱한 샌드백이로군."

"대체!"

"대낮부터 공직자의 자기위로나 돕는 신세라니."

슬픈 일이라며, 성현제가 과장되게 울상을 지어 보였다.

"친애하는 송태원 실장님. 제대로 이를 드러내 보게."

손목을 들어 올려 시간을 확인하며 성현제가 말을 이었다.

"다음 비행기도 오늘 내로 들어오겠지. 서너 시간쯤 걸릴까. 그 전에 위험 요소는 치워 두셔야지요."

"…현재 상황에서 S급 헌터에게 일정 이상의 위해를 가할 수는 없습니다. 한국에도 일본과 같은 사태가 발생할 가능성이."

"자신만만하시군. 뭐라고 해야 할까, 내가 한유진 군을 아끼는 건 사실이야."

굽어진 손가락을 턱 근처에 가볍게 댄 채 성현제가 말했다. 겉으로는 차분하게 생각에 잠긴 듯한 모습이었다.

"둘은 없을 극히 희귀한 것이고 흥미롭기도 하였지. 그보다 더 아끼는 것은 이전에도, 이후로도 없지 않을까 싶을 정도로. 손이 많이 가더라도 보호하고 웬만한 일은 감수할 생각도 했다네. 그럴 가치가 있으니까."

송태원은 긴장을 늦추지 않은 채 성현제를 바라보았다. 그것은 송태원 또한 잘 알고 있었다. 마음에 드는 것이라면, 가치가 있다고 판단을 내린다면 성현제는 관대해졌다. 시간을 내고 주의를 기울여 세세하게 보살피는 수고도 마다하지 않았다.

다만 한유진 상대로는 유독 과도하다는 생각이 이따금 들었다.

"…이제는, 질리기라도 했습니까."

"그랬으면 차라리 편하겠다만."

차르륵, 사슬 소리가 들려왔다.

"질렸다 해도 가치는 그대로이니, 전처럼 아껴 주면 될 일이지."

하지만 그러기조차 어렵게 되었다.

"약간, 혼란스러워."

성현제의 시선이 송태원을 똑바로 바라보았다.

"어떻게 해야 할지."

송태원은 무심코 이를 악물었다. 대체 왜. 문득 한유현의 모습이 떠올랐다. 이전에는 단 한 번도 본 적 없었고, 볼 수 없으리라 믿었던 그의 모습이. 순수하게 기뻐하며 미소 짓고 누군가를 진심으로 걱정하며 살갑게 다가서는 평범한 태도들.

"송태원 실장."

"…항상 제멋대로 굴지 않았습니까."

"그럴 수가 없게 되었다면 어쩔 텐가."

도발하듯 성현제가 말했다. 아니, 틀림없는 도발이었다. 황소 앞에서 붉은 천을 흔들 듯이.

"제아무리 마음에 드는 것이라 해도 내가 우선이라네. 어디까지나 내 것이고 내가 아껴 주는 것이며 내가 주체지."

"알고 있습니다."

송태원은 자세를 약간 바꾸었다. 발끝에 힘이 들어갔다. 더 듣고 싶지 않았다. 그러면서도 그는 뛰어들지는 못했다. 스스로의 욕망은 언제나 내리누르고 참아야만 하는, 제거하는 게 옳은 불순물이었기에.

"왜 혼자 먼저 돌아왔느냐고 물었던가. 피해 왔다네."

웃기지 않느냐며, 성현제가 말했다.

"내가 나를 억누르지 못하고 손대게 될 것만 같아서."

"당신이, 말입니까."

"그래. 그러니 송태원, 물어야지."

네 연약한 양을 갈기갈기 찢어발기기 전에. 명령이 떨어진 듯 송태원이 뛰어나갔다. 팽팽히 당겨진 목줄이 끊어진 것처럼 적에게 달려들었다. 더는 깊게 생각할 필요가 없다. 한유진은 약자며 보호해야 할 대상이다. 그리고 성현제는 그를 위협하겠다 말했다.

명확하고 단순하게 움직일 수 있었다.

파지지직! 전류가 튀었다. 송태원은 살을 태우고 뼈까지 그을려 버릴 전격에 그대로 뛰어들었다. 전기 저항 아이템이 있다곤 하나 상대적인 등급은 훨씬 낮았다. 하지만 치명상은 피할 수 있었으며 그것으로 충분했다. 상대의 스킬을 무효화시키는 검은 그림자로 급소를 노려 오는 유독 강력한 전격을 막아 내며 어느새 꺼내 든 나이프를 성현제의 목덜미를 향해 휘둘렀다.

카랑! 그러나 순식간에 펼쳐진 금빛 사슬이 나이프와 맞부딪쳤다. 단순한 힘은 무게를 실은 나이프가 우세했지만 무기의 격차는 확연했다. 칼날이 부러지고 성현제의 손날이 송태원의 몸통을 노렸다. 송태원은 재빠르게 몸을 비틀며 무릎을 세워 뻗어 오는 성현제의 팔을 올려 찼다.

그대로 부딪친다면 타격을 입는 쪽은 성현제였다. 스킬로 무게를 더할 수 있는 송태원의 근접 공격은 동일 등급으로선 방어 스킬 없이는 막아 내기 힘들었다. 손을 거두기에도 이미 늦었다. 성현제는 피하는 대신 손바닥을 아래로 돌렸다.

콰드득, 단단한 지면에 금이 가라 발에 힘을 주어, 성현제의 몸이 그대로 위로 솟구쳤다. 올려치는 공격의 방향에 거스르지 않고 마치 손바닥으로 송태원의 무릎을 가볍게 짚듯이 반동을 주어 공중을 한 바퀴 돌았다.

중력을 벗어난 듯 제 머리 위를 획 넘어가는 성현제를 구경만 하고 있을 송태원이 아니었다. 접었던 무릎을 거둠과 동시에 그의 손에서 날카로운 무언가가 날려졌다. 파바박, 무기가 살을 파고드는 소리가 들리고 사슬이 약 오른 뱀처럼 송태원을 향해 내리꽂혔다.

콰각!

사슬 끝에 바닥이 파헤쳐졌다. 연이어 콰득, 콱! 몸을 피하는 송태원을 뒤쫓는다. 자신의 무기로는 대응할 수 없기에 송태원은 한쪽 손과 팔에 약탈을 두르곤 금색 사슬을 움켜잡았다. 두 사람 사이에 사슬이 팽팽하게 당겨졌다. 전류가 사슬을 따라 튀었지만 검은 그림자에 먹혀 사그라졌다.

"몬스터의 가시인가."

사슬의 끝을 붙잡은 채 성현제가 다른 쪽 팔을 들어 올렸다. 손목에 네 개의 가시가 박혀 있었다. 송태원으로부터 시선을 떼지 않은 채 그가 가시 끝을 입으로 물어 뽑아냈다. 느릿이 살을 빠져나온 가시가 발치로 툭툭 떨어졌다. 핏물이 순식간에 소맷자락을 적신다.

"마비독이 남아 있지만, 약하군."

송태원이 크게 숨을 들이켰다. 두 발에 무게를 실으며 단번에 사슬을 잡아당겼다. 힘을 이기지 못한 성현제가 끌려오는 듯하더니.

투두둑, 사슬의 고리가 순식간에 동강동강 끊어졌다. 끊어진 고리들이 힘을 받은 방향 그대로 거세게 날아가.

쾅! 콰광!

애꿎은 비행기의 몸체를 파고들었다. 마치 폭탄이 쏟아진 듯한 위세였으나 송태원은 흔들림 없이 주먹질로 고리를 쳐 내며 다시 성현제에게로 달려들었다. 그러나 그의 앞을 무시무시한 전격이 막아섰다.

쿠르르릉!

눈을 멀게 하는 빛이 퍼져 나갔다. 사나운 포효와 함께 엄청난 파괴력을 지닌 에너지가 송태원의 전신을 휘감아 왔다. 그 빛에 간신히 저항하며 송태원이 바닥에 발을 내리꽂았다. 특수콘크리트가 밀려나듯 솟아오르며 미친 듯이 춤추는 전류를 막아 냈다.

그와 동시에.

"큭!"

어느새 송태원의 뒤로 돌아간 성현제가 그의 등을 강하게 찼다. 밀려난 몸이 솟아난 콘크리트와 부딪치며 굉음을 울린다. 빛에 의해 눈을 제대로 뜨지 못한 채 송태원이 본능적으로 몸을 굴려 피했다. 차르르, 송태원이 피한 자리에 사슬이 창처럼 내리꽂히려다.

"……!"

급격하게 방향을 바꾸어 송태원의 팔을 꿰뚫었다. 공격을 제대로 피하는 것조차 힘든 상대. 마비 가시를 맞은 것도, 맞아 준 것일 가능성이 높았다.

낚시하듯 팔을 꿰뚫은 사슬이 크게 반원을 그리며 당겨졌다. 내던져진 송태원의 몸뚱이가 비행기를 반파시키며 잔해 사이에 나뒹굴었다. 그 위로 다시금 벼락이 내려쳤다. 잇새를 비집고 나오는 핏물을 삼키며 송태원이 몸을 피했다. 검게 타는 냄새와 함께 불길이 일었다.

흔들리는 연기 너머로 우뚝 서 있는 남자가 보였다. 소매가 조금 붉어졌을 뿐 상처 하나 없는 그의 모습에 송태원은 차라리 안도했다. 포션을 몸에 흩뿌리며 일어섰다.

"이 꼴을 보면 내 파트너가 잔소리를 하겠군."

손을 들어 자신에게로 돌아온 사슬 끝을 매만지는 동작이 더없이 우아하다. 격한 동작에 흐트러진 머리카락조차도 일부러 그렇게 만든 듯했다. 주위의 난장판과는 완전히 동떨어진 듯한 모습이었다.

"한유진 씨에게 접근하지 마십시오."

걸어 나오는 송태원의 발끝에 비행기의 파편이 짓밟혔다. 성현제는 그를 가만히 바라보았다. 자신을 향한 끓어오르는 시선과 그와는 반대로 갈려 나간 듯 딱딱한 표정에 눈길을 두었다.

"두 사람은 의외로 비슷한 곳이 있어."

"무슨 말씀이십니까."

"내게 바라는 것과 짓눌려 있는 속이."

송태원의 눈가가 희미하게 찌푸려졌다. 우지직, 등 뒤에서 무언가 무너지는 소리가 들려왔다.

"덕분에 약간 기분이 풀리긴 했으니, 감사하다고 해 두지."

"기다, 려!"

"나는 여기 서 있다네."

주먹에, 두 다리에 힘이 들어갔다. 하지만 송태원은 더는 덤벼들지 못했다. 기분이 풀어졌다면 그것으로 끝이다. 머뭇거리는 그를 바라보던 성현제가 눈썹 끝을 조금 올리곤 몸을 돌렸다.

3장 5년 전 또는 5년 후

3장
5년 전 또는 5년 후

"큰 부상은 아니라고요?"

"네. 세성 길드장은 자택으로 귀가하였고 송태원 실장도 무사합니다."

공항 라운지에서 소식을 전해 들었다. 성현제가 공항에 도착하고 기다리고 있던 송태원과 한판 붙었다. 들을 수 있는 것은 그게 다였다. 복잡한 심경으로 내 무릎에 앉은 피스를 쓰다듬었다.

'두 사람 다 멀쩡하다니 다행이긴 하지만.'

송 실장님이 먼저 시비 걸었을 리는 없고, 성현제 씨 대체 뭐 하는 짓입니까. 속이 타서 옆에 놓인 음료수를 들이켰다.

"이제 와서 축하받아야 하다니! 저 이긴 게 언제 적 일인데요!"

"예림아, 사흘 지났어."

나도 한참 지난 거 같긴 하다만. 내 말에 코디네이터의 손에 잡혀 있던 예림이가 얌전하게 볼을 부풀렸다. 곧장 집으로 돌아가고 싶었지만 일본과의 친선경기에서 승리하고 온 우리를 환영해 주기 위한 준비가 필요하다며 이렇게 발목 붙잡히고 말았다. 갑작스러운 몬스터 출몰로 분위기가 흉흉해진 만큼 더더욱 흥겨운 행사가 필요하다나.

고개를 돌리자 그간의 일에 대해 보고받느라 바쁜 유현이와 현아 씨가 보였다. 해연 길드야 큰 문제 없었지만 현아 씨는 리에트가 친 사고 때문에 미간을 잔뜩 찌푸리고 있었다.

"소영이한테 미안하네."

그래도 앞으로의 일 때문인지 브레이커 길드도 함께 책임지겠다는 말은 하지 않았다. 축하고 뭐고 빨리 받고 집에 가고 싶다.

손에 새 휴대폰이 들렸다. 중요 자료는 딱히 없었고 전화번호부와 일본에서 찍은 사진, 동영상은 다 재다운로드했다. 역시 백업은 자주 해 줘야지. 특히 언제 휴대폰 날아갈지 모르는 신세로서는 말이다.

[전해 들으셨겠지만 지금 공항입니다. 몸은 괜찮으세요? 무사하다는 말은 들었지만 그래도 걱정되어서요.]

우선 송태원 실장님에게 문자를 보냈다. 아직 국가적인 비상사태 도중이었기에 퇴근도 못 한다고 하던데. 얼마 지나지 않아 답장이 왔다.

[괜찮습니다.]

별로 믿음이 가진 않았다. 싸운 흔적을 보니 부상을 입지 않았을 가능성은 낮아 보였는데, 제대로 치료받긴 한 걸까. 하지만 내가 뭐라 하든 간에 괜찮다는 소리만 반복하겠지. 결국 긴말 다 삼키고 몸조심하세요, 라고만 보냈다. 스태미너 포션 만들어지면 송 실장님 댁 방 한 칸 꽉 채워 드리고 싶다. …더 열심히 야근하게 되어서 역효과려나.

이번에는 전화번호 목록 중 '동업자씨'를 터치했다.

[왜 먼저]
[혹시 제가]
[불만이 있으면]

몇 번 문자를 썼다가 지우길 반복했다. 묻고 싶은 거야 참 많긴 하다만, 역시 지금은.

[괜찮으세요? 쉽게 다칠 리 없긴 하지만 그래도 말입니다.]

꼭 몸 상태만 묻는 것은 아니었다. 잠깐 답장을 기다리다가 다시 문자를 보냈다.

[선물 감사합니다.]

그 와중에 날 챙겨 준 게 이상하리만치 화가 났지만 우선 고맙단 말부터 했다. 면 대 면이었다면 멱살부터 잡았을 거 같지만 글로 쓰는 덕에 침착할 수 있었다. …사실 내가 화낼 일은 아닌 듯하지만. 그런데 왜 열 받는 건지 잘 모르겠다.
'…답장 없네.'
아직 새 폰 못 받았나. 하긴 기분 나쁜 채라면 누가 감히 접근해서 새 폰을 건네겠어. 그렇게 생각하면서도 괜히 휴대폰을 만지작거리고 있는데 내게도 옷이 건네졌다. 정장이다. TV를 통해 지켜보고 있을 불안에 휩싸인 국민 여러분께 믿음직스러운 모습을 보여 주세요, 어쩌구 했지만 갑갑하다고. 자유로운 일상복이 더 안심되지 않나.
그래도 시키는 대로 한쪽에 세워진 간이 탈의실에 들어가 옷을 갈아입었다.

"피스야, 지금은 안 돼. 털 묻어."

- 끄응.

"그래, 착하다. 조금만 참아. 금방 집에 갈 거야."
"형."
안기고 싶어 하는 피스를 달래는데 김하연과 대화를 끝낸 유현이가 다가왔다.
"내가 매 줄까?"
"응?"
"넥타이."
그러면서 재킷과 함께 내 한쪽 팔에 걸쳐 있던 넥타이를 가져간다.
"다른 사람에게 매 주는 건 처음이라 서툴지도 모르지만."
"너 넥타이 맬 줄 모르… 하긴 삼 년 전 일이니."
교복 넥타이 내가 매 줬는데. 가르쳐 줬지만 잘 못하겠다고 해서. 하지만 그 뒤로 배우고도 남았겠지. 내 말에 유현이가 웃었다.
"형이 가르쳐 준 거 똑똑히 기억하고 있어."
"뭐? 유현이 너… 그래, 네가 못 배운 게 더 이상하겠지."
어려운 것도 아니고. 하지만 그때는 진짜 어렸고 지금도 어린 건 마찬가지라 못한다고 해도 또다시 믿어 버릴 것이다. 동생 녀석이 말과는 달리 능숙하게 넥타이를 매어 주었다.
"나도 형에게 배운 대로 계속 맸어."
"…아버지가 가르쳐 주신 거였는데."
그때쯤은 정말 남 수준으로 데면데면했지만, 가르쳐 줬었다. 솔직히 아주 조금도 밉지 않았던 건 아니다. 우리를 봐줬으면 하는 마음이 없지는 않았다. 기본적인 보살핌은 있었고 그것으로 만족하려 했지만, 그래도.

하지만 좀 더 많은 걸 알게 된 지금은 그냥, 두 분도 안 되었다 싶었다.

"두 분 너무 원망하지는 마. 그럴 수밖에 없었을 테니까."

"안 해. 전혀."

"싫어하는 거 아니었어?"

"그땐 어릴 적이고. 지금은, 따지고 보면 고맙지. 형이 내 형이니까. 그것만으로도 난 충분해."

미소 지으며 하는 말에 가슴이 절로 뭉클해졌다. 내 동생이지만 정말 착하고…….

"야, 어떻게 저러냐. 내 동생이었음 이 새끼가 내 목을 조르려는 거구나, 하고 집어 던졌어. 어휴, 상상만으로도 소름 돋아."

"같이 사는 전 진짜 죽을 맛이라니까요. 저럴 때마다 소화도 잘 안되고~"

…예림이 네가 우리 집에서 밥 제일 잘 먹지 않니. 챙겨 주는 보람은 있다만.

"오랜만에 나도 매 주마. 옷 갈아입고 와."

고개를 끄덕이곤 유현이가 제게 주어진 옷을 들고 탈의실로 향했다. 그러곤 금방 나와서는 넥타이를 내게 내민다. 예전에는 좀 더 낮은 위치였는데. 이렇게 매 주는 거 8년 만이다 보니 오히려 내 손놀림이 약간 서툴렀다.

"다 됐다. 예림이 너도 매 줄까?"

"…네?"

이쪽을 빤히 쳐다보고 있던 예림이가 순간 유현이의 눈치를 살폈다. 그러곤 대답했다.

"네!"

"그러고 보니 교복에 넥타이 있었지?"

"자동이라 전 맬 줄 몰라요. 하복은 없고요."

고무줄 말인가. 우리 때도 선택할 수 있었지만 늘어날 거 같아서 일반 넥타이로 했었다. 화장과 머리 손질을 마친 예림이가 옷을 갈아입고 나왔다. 예림이에게 잘 어울리는 밝은 색상의 넥타이를 매 주었다. 그새 손에 익어 이번에는 헤매지 않았다.

"현아 씨도 어때요?"

"환영이지. 이리 와, 형님."

장난스럽게 던진 말에 문현아가 넥타이를 흔들어 보이며 웃었다. 딱 붙어 서려니까 갑자기 비행기에서의 일이 떠올랐다. 그냥 동생 정도로 마무리 짓긴 했지만 괜히 의식되었다. 결국 현아 씨와 눈도 못 마주치고 얼른 넥타이를 매 주곤 돌아섰다. 나 혼자 쑥스러워하려니 더럽게 민망하네.

"노아 씨도요!"

"네?"

"얼른요. 명우 너도 넥타이 매지 말고 기다려."

"난 휴가 삼아 간 거라 빠질 생각이었는데."

"안 돼. 아니면 넥타이라도 매."

쪽팔리니까 전부 다 목을 내놓아라. 노아에게 넥타이를 매 주고 명우는 정장 준비되지도 않았다고 해서 입은 옷 그대로 예쁘게 리본 모양으로 묶어 주었다. 그리고 마지막으로, 는 없지. 성현제가 있었더라면 진작 끼어들었겠지. 예림이에게 매 주겠다고 할 때쯤에. …아니면 이번에도 기분 상한 티 내면서 구경만 하고 있거나.

"한 소장님."

그때 김하연 법무팀장이 내게 다가왔다. 그녀가 불쑥 무언가를 내밀었다.

"실물 사이즈 피스 인형용입니다만."

"예? 어, 넥타이네요."

"여기 오기 전에 마침 검수 중이었습니다. 인형에 착용 가능한 액세서리도 몇 가지 만들기로 했거든요. 미니 실크햇이 특히 귀엽더군요."

어… 귀엽겠다. 김 팀장님으로부터 넥타이를 건네받았다. 심플한 검은색에 피스 발자국 모양이 하나 금색 자수로 놓여 있었다.

"우리 피스도 넥타이 하자~"

- 끼앙!

피스 목에다 조이지 않도록 낙낙하게 넥타이를 매주었다. 귀엽다.
"가지고 오진 않았지만 흰 칼라까지 포함해 한 세트입니다."
더 귀엽겠다.

- 삐약.

삐약이가 피스 머리 위에 내려앉으며 날개를 들어 올렸다. 자기도 하고 싶다는 걸까. 미안하지만 네 건 없어, 삐약아. 하나 만들어 달라고 주문할까. 벨라레는 체형상 목을 꽉 묶지 않는 한 불가능할 거고.
"피스야, 이리 와. 털 좀 묻으면 어때. 넥타이도 맸는데 같이 나가야지!"

- 갸르릉.

팔을 뻗자 피스가 그릉거리며 얼른 내게 안겨 왔다. 귀여워라, 뭘 믿고 이렇게 귀여워. 애완동물 한복 있는 거 같던데 피스도 한 벌 맞출까. 불편하려나. 아님 머리에 쓰는 거, 뭐였더라. 그거라도.
"준비 다 되셨습니까?"
방송국 쪽인지 협회 쪽인지 모를 관계자가 크게 외쳤다. 몬스터 대량 출몰로 전국에 외출 자제, 통행금지 되었기에 사실상 전 국민이 모두 지켜보고 있다며 호들갑이었다. 예림이가 먼저 한일전 승리에 대한 소감 같은 걸 말하고 유현이와 문현아가 일본 몬스터에 대해 발표할 예정이었다.
한국보다 훨씬 강력한 몬스터들이 나타난 일본을 우리가 도와주어 위기를 넘기게 했다. 라고 하면 다들 적잖이 안심할 수 있을 테니까. 좋은 방법이긴 했다. 이렇게 대단한 S급 헌터들이 무사 귀국 하였으니 걱정할 거 하나도 없다는 식으로.

"박예림 헌터, 여기 이 통로입니다. 예, 먼저 나오시면 됩니다. 생방송이니까 대본 체크 미리 하겠습니다."

"외워야 해요? 그냥 잘 다녀왔고 제가 이겼습니다, 하면 안 돼요?"

"거기서 조금만 더 살을 붙일게요. 길게 안 합니다."

예림이가 투덜거리면서도 고개를 끄덕였다. 유현이와 현아 씨에게도 사람들이 달라붙었다. 그 모습을 바라보고 있자니 무심코 마른침이 삼켜졌다. 나는 끼어들 필요 없다. 그냥 뒤에서 구경이나 하면 된다.

…일본 방송에서는 직접 나서고도 아무렇지도 않았는데.

"…으."

- 끄우웅?

"아냐, 괜찮아."

다리가 아파 오는 듯한 착각이 들었다. 공포 저항은 분명 켜져 있는데도 오한이 살짝 느껴졌다. 없었던 일이 되었다며 깊숙이 밀어넣어 두었던 기억들이 실제였다고 확실하게 받아들인 탓일까. 몸에 그 경험들이 다시 새겨지고 있는 기분이었다.

해파리가 공포 저항은 날 쉽게 다루려고 일부러 준 것일 가능성이 높다고 했지만, 없었으면 버티기 힘들었을 거다. 너무 의지하는 게 바람직하진 않아도 말이야. 지금은 있어야 한다.

"한 소장님도 이쪽으로 와 주세요."

"아, 네."

발을 떼면서 이를 꽉 물었다. 회귀 직전쯤에는 날 흐릴 때면 몰라 통증은 딱히 없었는데 왜 더 아픈 거 같냐. 지금은 멀쩡하다고, 흉터 하나 없다고 몇 번 되뇌고 나니 괜찮아지긴 했지만.

"형, 왜 그래?"

유현이가 그새 눈치채고 다가왔다.

"다리에 쥐 났어. 잠깐 저렸는데, 지금은 풀렸다."

"형님, 칼슘 부족 아냐? 마사지해 줄까?"

"괜찮아요! 그냥 운동 부족이죠, 뭐."

"칼슘?"

"비타민 D도 같이 챙겨 드려, 도련님!"

유현이가 다리를 살펴보려 드는 것을 말렸다. 피스도 당장 내려놓으라 했지만 지금은 멀쩡하다며 거절했다. 피스라도 안고 있어야 마음이 편하다고.

준비된 자리로 나가자 카메라 플래시가 연신 터졌다. 기자들 또한 그 자신이 헌터이거나 중급 이상 헌터와 동행하지 않는 이상 밖을 돌아다닐 수 없었기에 화제성에 비해 수는 적은 편이었다. 그 반짝거리는 빛을 보자 머리가 약간 지끈거렸다. 품속의 피스를 천천히 쓰다듬었다.

"안녕하세요! 무사히 잘 다녀왔습니다!"

예림이가 활짝 웃으며 소리쳤다. 환호성과 함께 기자들 뒤편에서 태극기가 흔들렸다. 귀찮다 했지만 막상 환영받으니 기분 좋은지 예림이가 팔을 크게 흔들어 주었다. 그 모습이 카메라 플래시보다 몇 배는 더 반짝거리는 것 같았다.

예림이에 이어 유현이와 문현아도 인터뷰를 마쳤다. 이어 헌터협회 측에서 좀 더 자세한 내용 발표를 위해 기자회견 자리를 마련했다. 우리도 참석해 주길 바라는 눈치였지만 피곤하다는 핑계로 거절하고 문현아만 대표로 남았다. 현아 씨는 긍정적인 언론 노출이 많이 필요할 때니까.

'…아직 답이 없네.'

시간이 꽤 지났지만 여전히 성현제로부터 연락은 없었다. 못 본 건가,

아니면 일부러 무시하는 건가. 솔직하게 털어 놓기 전에는 연락하지 말라는 시위라도 하는 걸까. 나도 길게 끌 생각은 없지만.

"유현아, 내일 하급 던전에 들어갈까 하는데."

대기하고 있던 차에 오르며 말했다. 내 옆자리에 앉으며 유현이가 탐탁잖은 표정을 지었다.

"내일? 좀 쉬어, 형."

"신입한테 물어볼 게 있어서 그래. F급으로 가면 금방 나오잖아."

"또 무슨 일이 생길 줄 알고."

"한동안은 괜찮아. 확실해."

체인질링이 특히나 한국은 더 신경 써서 막아 놓았다 했으니. 유현이가 어쩔 수 없다는 듯이 고개를 끄덕였다.

"알았어. 내가 같이 갈게. 검을 시험해 보고도 싶으니."

"일본에서 가져온 검? 그거 별로 안 좋다며?"

조수석의 예림이가 몸을 돌리며 말했다. S급이니 사고 나도 차만 부서지겠지만 그래도 말이야.

"예림아, 운전 중엔 똑바로 앉아야지."

"형이 사 줬다."

"뭐? 어떤 건데 길드장님아! 보여 줘, 나도 갈래요!"

"박예림 헌터는 행사 참석해야죠. 일정 밀려 있다고 합니다."

"길드장님께서도 동행하셔야 한다고 생각하는데요!"

"SS급 몬스터 다수를 사냥한 직후라 휴식이 필요하다 발표했습니다만, 안 들었군요."

"나도 S급은 잡았는데!"

예림이가 툴툴대면서도 얌전히 바로 앉았다.

"아저씨도 광고 같이 찍으면 좋겠다."

"형 쉬어야 해."

"협찬해 주겠다는 데 많다던데, 뭐 필요한 거 있어요? 먹을 거면 학교에다 뿌릴까."

예림이의 목소리에서 들뜨고 신난 게 뚜렷이 느껴졌다. 대중 반응이 안 좋을 수 없겠지만, 그래도 이상한 인간들은 꼭 튀어나오니 해연에서 관리 잘해 줘야 할 텐데. 헛소리하는 인간 있으면 강경하게 대응하고 도가 지나치다 싶으면 확 던전에다가… 는 안 되겠지만. 마음 같아서는 말이다.

유현이와 예림이는 해연 길드에서 내렸다. 집에 빨리 들어가겠다며 아무 일 하지 말라고 당부하면서. 명우는 사육소 빌딩에 도착하자마자 기다리고 있던 대장간 사람들에게 연행되다시피 끌려갔다. 그리고 노아는.

"그럼 들어가세요, 유진 씨."

나를 집 앞까지 데려다주곤 인사를 건네 왔다. 소형화 스킬, 샀지 싶은데.

"벌써 가시게요? 어, 차라도 드실래요?"

"아뇨. 피곤하실 텐데 쉬세요."

거절하고는 내가 들어가는 걸 지켜보고 가겠다는 듯 우뚝 서 있다. 그를 잠시 바라보다가 미니포털을 넘어갔다. 포인트로 구입했을 스킬에 대해 물어보고 싶지만 말 꺼내기 꺼리는 게 너무 티가 났다.

"정말 오랜만에 돌아오는 것 같다."

집에 들어서자 긴장이 확 풀어졌다. 내 체감상은 오랜만 맞지. 피스도 집에 돌아온 게 좋은지 내 품에서 훌쩍 뛰어내려 가볍게 걸어간다. 삐약이랑 벨라레도 그 뒤를 따랐다. 소파에 몸을 파묻으며 TV를 틀었다. 헌터협회의 기자회견이 한창이었다.

역시 집이 좋아. 내일은 던전에 가서 신입에게 회귀 사실 털어놓겠다고 말하고……. 휴대폰을 들여다보았다. 다른 곳에 안 들르고 집에 바로 들어갔냐고 묻는 유현이와 예림이의 메시지가 들어와 있다. 그거 말곤 없다. 짧게 답장을 해 주고 폰을 내려놓았다.

스태미너 포션의 재료인 뿌리 열매는 해연 길드를 통해 D&L 바이오로 보내졌다. 포션 제작소는 국내에 셋 있었지만, 모두 해연은 지분을 거의 가지지 못했다.

하나는 국가 소속이었고, 나머지 둘은 헌터 협회와 세성, MKC, 브레이커가 지분을 나눠 가지고 있었다. 그러다 MKC가 망하면서 해연도 발을 걸치게 되었지만 영향을 끼치기엔 미미했다.

그래서 이참에 아예 새로운 포션 제작소를 만들기로 한 것이었다.

"네, 스태미너 포션은 하급 힐러만으로 충분합니다. 정화 스킬만 D급 이상이면 돼요. 그 밖의 시설은 여느 포션 제작소와 동일하게 마련하면 됩니다."

[그 정도면 어렵지 않죠. 포션 제작은 힐러 구하기가 제일 힘드니까요.]

D&L 바이오 연구실 책임자인 송은진이 말했다.

생명력 포션을 제작하려면 각 포션 등급에 맞는 힐러가 필요했다. 치유에 정화, 해독. 이 세 가지 스킬은 기본이었고, 기타 힐러계 스킬을 더할 수 있다면 금상첨화였다.

그래서 스탯은 낮으면서 힐러 스킬 등급만 높은 각성자들은 포션 제작소로 많이 빠졌다. 안전하게 많은 돈을 벌 수 있으니까.

그렇다고 해도 힐러 삼종 스킬 모두가 상급인 각성자는 드물었기에 포션 제작소는 아무나 세울 수 없었다.

반면에 마나 포션은 마석을 정제하기만 하면 되어서 공장제에 가까웠지만, 그 가격은 사실상 마석값이다.

"우선 시제품부터 빠르게 만들어 주세요. 재료는 일본에서 조만간 더 공수해 올 겁니다."

사자왕 씨가 말을 잘 들어줄 거 같아서 던전을 관리하기 쉬워질 듯했다. 어제는 잘 도착했느냐고 안부도 물어 왔었지.

…여러모로 찝찝하긴 하지만, 깊게 생각지 말자. 나는 못 들었어. 비행기를 타기 직전, 아무것도 못 들었다고.

[새로운 종류의 포션이라니, 반응이 기대되네요.]

"보나 마나 대박이죠."

심지어 한동안은 독점이다. 그걸로 횡포를 부릴 생각은 전혀 없지만, 전 세계의 길드들이 긴장을 늦추지 않겠지.

'다른 스태미너 포션 재료 던전도 빨리 나타나게 못 해 주나.'

던전이 리셋될 때마다 꼬박꼬박 돌아도 수요가 공급을 못 따라갈 텐데. 신입에게 물어봐야겠다.

잘 부탁한다는 말과 함께 통화를 끊었다. 길게 하품을 하며 인벤토리에 남아 있던 뿌리 열매를 하나 꺼내 들었다.

한 두어 시간 잤나. 몸은 피곤한데 영 눈이 안 감겨서, 내일도 못 자면 수면제 처방이라도 받든가 해야지.

'던전은 오후에 가기로 했고.'

유현이는 아침에 예림이와 함께 길드로 출근했다. 'SS급 몬스터들 잡느라 피곤해서 쉬겠습니다.'라고 했어도 전국적으로 난리가 났으니, 길드장으로서 길드에 안 가 볼 수가 없었다. 어제도 생각보다 늦게 집에 왔었지.

열매를 씹어 삼키고 다시 휴대폰을 들여다보았다.

어제저녁부터 아침까지 여기저기서 연락은 많이 왔다. 주로 해연 쪽이고, 일본이랑 협회랑 석하얀 씨한테도 방문 요청이 왔고. 하지만 성현제는 없었다. 단단히 화났나. 그런 거라면 차라리 마음이 편하겠다만.

"그래도 살았다 죽었다 말 한마디는 해 줄 수 있는 거 아니냐."

소영 씨에게 연락을 해 볼까.

하루밖에 안 지나긴 했지만. 스태미너 포션 제작에 들어갔으니 관련하여 논의도 해야 할 거 아니냐고. 확 나 혼자 먹어 버릴까 보다. 투덜거리다가 자리에서 일어났다.

"피스야, 빌딩 쪽에 가 보자."

- 꺄앙!

부르기가 무섭게 피스가 폴짝폴짝 뛰어왔다. 삐약이와 벨라레는 소파에 앉아 TV를 시청 중이었다.

벨라레… 성장시키긴 해야 하는데. 다 크면 리에트가 바로 데리고 가겠지. 보내게 된다면 그 전에 삐약이에게 새 친구를 만들어 줘야겠다.

"둘이서 집 잘 보고 있어. 사고 치지 말고."

- 삐약!
- 시잇!

대답은 잘해요.

사육소 건물 밖으로 나왔지만 오늘은 노아가 보이지 않았다. 어디에 간다는 말은 없었는데 집 안에 있는 걸까.

피스와 함께 빌딩으로 넘어가 석하얀의 연구실로 향했다. 피스는 밖에서 기다리게끔 하고 안으로 들어가자 오늘도 좀비들이 늘어져 있었다.

창에는 암막 커튼이 쳐져 일부 스탠드가 켜진 곳 외엔 어둑어둑하다.

"…하얀 씨?"

"아악! 교수님!"

책상에 엎드려 있던 석하얀이 비명을 지르며 벌떡 일어났다. 두리번거리다 나와 눈을 마주치고는 배시시 웃는다.

"대학원생 때 꿈을 꿔서요. 어서 오세요, 한 소자아아하암님."

말을 하다 말고 하품을 하는 모습이 정말 피곤해 보였다. 게이트 탐색&측정기 현장 실험도 거의 완료된 상태라 최근엔 과로할 일이 별로 없다더니.

"이것 좀 드세요."

뿌리 열매 작은 조각을 건넸다. 냉큼 받아먹은 석하얀이 눈을 동그랗게 떴다.

"정신이 번쩍 드네요! 뭐예요, 주님? 더 없어요? 여태까지 먹어 본 것 중에 효과가 제일 좋은데요?"

"남용하면 안 되는 겁니다. 그보다 무슨 일이에요?"

"아, 그게요."

석하얀이 미간을 좁히며 나를 안쪽에 따로 붙은 응접실로 데리고 갔다. 응접실 소파에도 반시체가 늘어져 있어 깨워 내보냈다.

"던전 게이트들이 이상해요."

"네?"

"측정기는 분명 문제가 없는데, 결과가 이상하게 뜹니다."

…설마 해파리 놈이 난동을 부린 것과 관련 있는 걸까. 내 표정도 덩달아 심각해졌다.

"자세히 말씀해 주세요."

"정말요? 그럼 우선 차트를—"

"제가 알아들을 수 있는 내용으로요."

잠깐 신났던 석하얀이 시무룩해졌다. 아니, 말씀해 주셔 봤자 못 알아듣습니다.

"던전의 포화 속도가 현저히 느려졌습니다."

"네? 포화 속도가요?"

"예. 쉽게 말해 던전 브레이크가 잘 안 일어나게 된 거죠. 아직 자료가 적어서 정확하지는 않지만, 어제오늘 조사한 바로는 약 세 배 정도 느려졌어요. 예를 들어 한 달에 한 번 공략해 줘야 하는 던전이 이젠 석 달에 한 번만 공략해 줘도 된다는 거예요."

…그럴 수가. 그러니까 이게.

"던전 관리 좀 게을리해도 괜찮다는, 그러니까 좀 더 안전해졌다는 뜻입니까?"

"맞아요. 일단은요. 리셋 속도까지 느려졌는지는 모르겠지만, 포화 속도는 확실하게 느려졌어요. 밤새 계산해 본 결과예요."

잠시 멍하게 석하얀의 얼굴을 쳐다보았다. 대체 어떻게 된 영문이지.

'혹시 체인질링 때문인가?'

한국을 유독 강하게 보호한 결과가 던전 상태로 나타났다거나. 그럼 해외 던전은 그대로인가?

"…좀 더 정확한 조사 부탁드리겠습니다."

"네. 안 그래도 서울 내 던전 게이트의 자료를 열심히 수집하는 중이에요."

정말로 던전이 안정적으로 변했다면 반가운 소식이다. 일단 신입에게 정확히 확인해 보자.

"참, 브레이커 길드 길드장님 아시지요?"

"물론 잘 알죠. 몇 번 찾아오신 적도 있어요. 하지만 거절했습니다. 투자자와의 신뢰, 중요하잖아요. 자료를 빼돌리고 그러면 안 되죠."

"…설마 현아 씨가 자료를 요구하셨어요?"

"아뇨. 가능하다면 앞으로 협력하고 싶다고만 하셨어요."

"그거 받아들여 주세요."

석하얀이 의아해하며 고개를 갸우뚱거렸다.

"브레이커와요?"

"문현아 씨와… 입니다. 브레이커가 아니에요."

짧은 침묵이 흘렀다. 석하얀이 천천히 입을 열었다.

"문현아 길드장님, 독립하시려는 거군요."

"아세요?"

"던전과 헌터 연구소잖아요. 게다가 여긴 명우 씨 덕분에 찾아오는 상급 헌터들이 많으니 들리는 소문도 많아요. 아, 카페요. 헌터끼리 만나는 장소로 만드는 게 어떨까 하는 의견도 있어요. 장소 좀 넓게 해서 소리가 차단되는 룸을 몇 개 두고요."

일종의 정보 교환소 같은 건가?

도하민이 예전에, 아니 회귀 전이니 미래인가. 아무튼 그 비슷한 장소를 운영했었다. 하급 헌터 위주였지만 하급이라 해도 귀는 있어서 은근 중요한 정보들도 나돌았다.

"그것도 괜찮죠. 카페 주인이 민의 씨니 소란 생길 일도 적을 테고요."

일단은 준S급 헌터니까 등급 앞세운 진상이 나타나진 못하겠지. 도하민의 골치를 제일 썩인 것도 헌터들끼리의 싸움이었다. 특히 중급 헌터가 난동이라도 부리면 그날 장사 접어야 했다.

'내가 가면 되게 싫어했는데.'

시비가 잘 붙는다고. 그러면서도 괜찮은 정보가 있으면 슬쩍 찔러 주곤 했다.

김민의가 저 의견을 냈을 린 없고, 도하민이지 싶은데 이번에도 비슷한 일을 하게 되려나. 기분이 조금 묘해졌다.

"개인적으로 문현아 길드장님을 좋아하고, 응원은 하지만요. 잘될까요."

"쉽진 않겠죠. 브레이커와 엮인 대기업 중 하나, 국내에서도 손꼽히고 해외에서도 인지도 높은 곳이잖아요. MKC가 망한 것 때문에 더 잡으려 들 거고요."

당연히 놓치기 아까울 거다. MKC 후원 기업들은 자체 헌터 길드를 새로 만들려고 하는 중이라고 들었다. S급 던전을 관리하려면 S급 헌터가 필요하다 보니 몇 번이나 거절했는데도 여전히 예림이에게도 컨택해 오고 있고, 노아 씨도 찔러 댔다.

하지만 S급 헌터는 절대 영입하지 못하도록 주시하고 있는 중이었다.

저치들이 A급 이하 헌터들로 길드를 만들게 되면 S급 던전 관리권을 중형 길드도 얻을 수 있도록 로비 들어갈 것이다. 남에게 내가 바라는 일을 대신 시킬 수 있는 기회인데 놓칠 순 없지.

만약 해외 S급을 영입하려 든다면 기승수에 더해 명우에게 부탁해서라도 훼방을 놓을 작정이었다.

거대 길드들이 이미 자리 잡은 땅에 신규 길드를 개척하겠답시고 들어올 S급 헌터는 없긴 하겠다만. 범죄자가 아니고서야 말이다.

"저도 적극적으로 도와드리고 싶은데 거절하셨어요. 석하얀 씨에게 협력을 부탁하는 것도 저는 관련 없도록 해 달라고 하셨고요."

"아, 하긴 그렇죠. 우리 쪽도 그런 문제는 예나 지금이나 종종 생기거든요."

별다른 설명 없이도 석하얀이 납득하며 고개를 끄덕였다. 어떻게 바로 알아들은 거지.

"문현아 길드장님과 직접 만나 보시면 아실 수 있겠지만, 연구팀이 솔깃해할 만한 정보들을 많이 가지고 계십니다."

"정보요? 한 소장님께서 장담하시니 가슴이 두근거리네요. 그러고 보니 도깨비 씨는 여전히 소식이 없나요? 던전 게이트 탐지 측정까진 국내와 일본 자료로도 충분했지만, 던전 생성 및 내부 환경 법칙 정립을 위해선 더 많은 자료가 필요해요."

"저도 궁금합니다만 먼저 연락해 주지 않는 이상 방법이 없어서요. 지금은 중국 쪽 분위기도 더 안 좋을 테고……."

이번 몬스터 대량 발생은 전 세계적으로 동시에 일어났다. 일본에 가장 타격이 컸고, 반대로 한국에 피해가 가장 적었다. 다른 나라들은 들쑥날쑥했다. 중급 이하 몬스터만 나타난 곳도 있었지만, 최대 S급까지 튀어나온 곳들도 여럿이었다.

내 말에 석하얀이 미간을 잔뜩 좁히며 안경테를 만지작거렸다.

"왜 갑자기 몬스터들이 던전 외부에서 자연 발생한 것일까요. 또 이런 일이 벌어지면 큰일인데."

"그, 글쎄요. 하지만 이젠 괜찮을 겁니다. 아마도요."

이유는 알지만 설명하기가 난감하네.

연구실을 나와 대장간 사람들에게 밤새 시달렸다는 명우와 점심을 먹었다. 며칠, 잠깐 자리를 비웠을 뿐인데 미니마나로 하나가 폭발했다나. 뭔가 새로운 시도를 한 모양이라며 명우가 웃었다.

"마나를 느끼는 감각을 조절해야 한다고?"

"응. 이따가 던전에 가기로 해서, 내일이나 그 이후에 한번 봐줄 수 있을까?"

어린 혼돈 선생님께서 마나각인을 수정해 줬지만, 그래도 감각 조절 아이템 하나 마련해 두는 게 좋을 거라고 했다.

내 몸뚱이가… 각인 성능 대비 워낙 허약해서. 아니, 평범한 성인 남성보다는 튼튼하다고 생각하는데.

명우가 언제든지 괜찮다며 고개를 끄덕였다. 각인을 보고 나면 미소를 띤 저 얼굴이 순식간에 험악해지겠지만.

"아, 그리고 이거. 등급은 낮지만."

E급, D급 총기를 꺼냈다. 하나는 권총이고, 다른 하나는 라이플이었다.

포인트 상점은 아직 그대로라 아이템 구입도 가능했다. 내 인벤토리 속의 무기들은 등급이 높아서 분해·조사용으론 등급 낮은 총기를 새로 사는 편이 나았다.

"겉보기는 일반 총과 비슷하네. 총알 대신 마나를 소비하는 건가."

"순수 마탄으로만 발사할 수도 있지만, 총알을 쓸 수도 있대. 그땐 총알의 성능에 따라 또 달라지겠지."

"응, 확실히 하급 헌터들에겐 좋겠다. 대신 마나 포션과 총탄 소비가 문제 되겠지. 일반 무기보다 소모량이 많을 테니까."

"그건 내가 어느 정도 보조해 주려고."

이제 물 건너에서도 돈 팍팍 들어올 텐데 쌓아 둬서 뭐 하겠냐. 쓸 때 써야지.

유현이와 약속 시간이 되기 전까지 사육소에서 애들을 살펴보았다. 내 체감과 달리 며칠 안 떠나 있어서 별다른 문제는 없었다. 블루는 물론이고, 코메트도 남은 몬스터를 찾아내기 위한 순찰 중이었다.

"네 아빠는 이름도 아직 안 지어 주고 말이야."

- 매애애.

화산흑양이 짧은 꼬리를 탁탁 쳤다. 이름이라도 지어 줘야 성장을 시키지. 송 실장님이 진짜 안 데리고 갈 건가. 이미 해연에 말도 다 해 놨는데. 역시 취하게 만든 뒤 계약서에 지장을 찍게 하는 방법밖에 없나.

"소록아, 그새 살찐 거 같은데. 설마 내도록 누워 있었던 건 아니지?"

- 삐애앵.

"움직이긴 해야지. 어디 보자……."

소록이 사육 기록을 확인해 보았다. 먹는 양이 날로 늘어나고 있구나. 덩치가 커지면 많이 먹게 되는 거야 자연스러운 일인데, 내도록 운동을 거부했잖아. 하루 한 번 겨우 좀 움직이고. 소록이를 억지로 일으켜 걷게 하고 있는데 폰이 울렸다. 동생 왔네.

"소록이 여기 한 바퀴 돌게 해 주세요."

"네. 영 움직이기 귀찮아하더라고요."

소록이를 사육장 담당 헌터에게 맡기고 피스와 함께 밖으로 나갔다. 목적지는 그리 멀지 않은 E급 던전이었다. 공략 예정이 되어 있던 팀에게 양해를 구하고 양도받았다.

"조심해, 형. 사고가 한두 번 난 게 아니잖아."

"…그러게 말이다. 나도 할 말이 없다."

내가 던전 들어갔다가 문제가 안 생긴 적이 별로 없었지. 멋쩍어하며 게이트에 노크했다.

유현이가 먼저 안으로 들어서고 나도 피스와 함께 그 뒤를 따라갔다.

"어……."

눈앞에 거무죽죽한 늪이 펼쳐졌다. 축 늘어진 나뭇가지와 덩굴들이 보인다. 신입 취향이 그새 바뀌었나.

"인테리어 바꿨나 봐. 신입아? 신입 씨? 배구공?"

주위를 차분하게 살펴보던 유현이가 입을 열었다.

"E급 던전이야."

"뭐?"

"양도받은 던전. 등급이 낮아서 정보는 간략하게 확인했는데 늪지대라고 했어. 그리고 저기."

유현이가 늘어진 나뭇가지를 뚝 꺾어 덤불을 향해 던졌다.

- 켁!

사람 머리통만 한 두꺼비가 나뭇가지에 꿰뚫려 펄쩍 뛴다.

"몬스터도 동일해."

"잠깐만, 그럼……."

신입과 연락이 안 된다는 소리잖아. 당황하며 허공을 쳐다보았다. 아니 신입 너는 또 왜 잠수를 타는 거냐.

땅이 질척거렸다. 크고 작은 늪이 눅진한 송진 냄새 같은 것을 흘려 낸다. 늪은 크고 넓을수록 색이 옅고, 작을수록 짙어 조그만 것은 타르 구덩이가 떠올랐다. 하급 던전인 만큼 늪에 독이나 기타 유독물질은 스미지 않았다. 오히려 깨끗하고 질도 좋은 진흙이라 제법 비싸게 팔렸던 것으로 기억난다.

그래도 진흙탕은 진흙탕이라 발도 쑥쑥 빠지고 걷기 불편하고 옷도 더러워지기 십상이었다. 그 와중에 몬스터들이 첨벙거리며 덤벼들었으니 공략을 끝내고 나면 너 나 할 것 없이 뻘밭에 뒹군 모양새가 되곤 했지만.

유현이의 옷자락에는 흙물 한 방울 튀지 않았다.

─ 꾸웩!
─ 구웩!

큼직한 두꺼비들이 요란하게 꽥꽥대는 위로 버들잎이 흩날렸다. 늪에 닿을 듯 낮게 깔린 잎새를 부츠 끝이 가볍게 딛는다. 마치 수면을 미끄러져 나가는 것만 같다. 두 다리 푹푹 빠지며 허우적거릴 일 따위 전혀 없다.

카가각, 단단한 비늘과 비늘이 서로 부딪치는 듯한 소리를 내며 군림자의 검이 제 모습을 변형시켰다. 매끄럽게 새카맣던 검신에 비늘 모양의 균열이 생긴다. 스킬 이름 그대로 가늘고 기다란 파충류의 꼬리 같다.

순식간에 길게 늘어난 검이 둥글게 원을 그리며 휘몰아쳤다. 그 여파만으로 늪이 일렁이고 꾸역꾸역 모여들었던 두꺼비들이 날카로운 검날에 맥없이 잘려 나간다. 유현이가 팔을 크게 휘두르며 채찍과도 같은 연검을 거두었다. 차르륵, 흑검이 다시 원래의 모습으로 돌아온다.

"연습 많이 해야겠다."

내 말에 동생이 고개를 끄덕였다.

"동작이 자꾸 커져. 손목 스냅 정도로도 방향 전환이 가능해야 하는데, 지금 상태로는 내가 어디로 휘두를지 금방 눈치채 버릴걸."

"단숨에 적응하긴 쉽지 않겠지. 심지어 길이 조절도 가능한 거잖아."

5미터로 정해진 게 아니라 자유롭게 변형이 가능했다. 즉, 모든 길이에 맞춰 다룰 수 있어야 한다는 뜻이었다. 안 그래도 쓰기 어려운 종류의 검이다. 날은 달렸지만 여느 연검보다는 채찍에 더 가까운 유연성을 지니고 있으니 어설프게 휘둘렀다간 제 몸뚱이가 너덜너덜해지고 말 것이다.

"여기 몬스터들 상대론 마비 스킬은 확인도 못 해 보겠고."

"살짝 스치기만 해도 죽어 나가니까. 어차피 등급에 따라 효과도 달라지잖아. S급 몬스터나 헌터 상대로 시험해 봐야지."

내 말에 유현이의 시선이 나를 태우고 있는 피스에게 가 닿았다. 무슨 낌새를 챈 건지 피스가 나직이 으르렁거렸다.

"몬스터보다는 스킬 적용 상태를 정확하게 말로 설명해 줄 수 있는 헌터가 좋겠지."

"방어계인 성한 씨에게 부탁해 봐. 참, 스킬은 어떤 거 샀냐?"

"광역 보조계."

"응? 보조계?"

유현이가 버들잎을 디디며 내 쪽으로 다가왔다. 그나마 마른 땅에 내려선다.

"화속성 공격 스킬은 저렴하긴 해도 더 필요하진 않을 거 같아서. 내 제어력이 늘어나 해당 스킬 없어도 비슷한 효과를 낼 수 있기도 하고."

하긴 화염 자체를 정교하게 다룰 수 있다면 자잘한 속성 공격계 스킬은 필요가 없을 것이다. 불을 화살처럼 쏜다거나 무기화시킨다거나 무기에 깃들인다거나 하는 거 다 가능하지. 예림이도 속성 관련 공격계 스킬은 사실상 더 필요하지 않을 터였다. 특수한 보조효과라도 덧붙여진다면 모를까.

"다른 공격계 스킬도 별로 내키지 않았어. 등급 대비 포인트가 많이 들어가기도 했지만 스킬에 따른다는 것부터가 거슬려서. 보조계라면 모를까, 내 몸을 직접 움직이는 거잖아. 최근엔 그게 좀… 기분 나쁘게 느껴져."

동생이 눈썹을 살짝 찌푸리며 말했다. 하긴 각성하면서 얻는 스킬이야 자신의 원래 자질이지만 포인트로 구매하는 건 아니니까. 활에 손 한번 안 대어 봤는데 스킬 구매했다고 하루아침에 명사수가 되어 버리면 기분이 이상할 것이다. 이게 진짜 내 능력이라고 할 수 있나, 싶기도 할 거고.

거저 얻는 능력이 좋기도 하겠지만 유현이처럼 예민하게 느끼는 사람도 있겠지. 그것도 스킬의 한계를 벗어나고 있는 중이라면 더욱 거슬리지 싶었다.

"그래, 보조계 좋지. 항상 보조계 헌터들 달고 싸울 수는 없으니까. 치유계는 없었어?"

"있긴 했는데 포인트를 너무 많이 요구해서. 내 적성이 아닌가 봐."

아닌 것처럼 보이긴 했다. 어릴 때 장래희망은 의사였다곤 하지만 지금은 음, 불로소득은 가능하겠지.

"광역이면 예림이나 시시오와 비슷한 스킬인가. 어떤 건데? S급?"

"아니, SS급이야. 녹아내린 마지막 문."

SS급 스킬이라니, 포인트 장난 아니게 요구했을 텐데. 스킬명을 보니 화염계인가? 그럼 적성에 맞아서 할인 많이 들어갔을지도. 유현이에게 물어보니 확실히 등급치곤 저렴했다.

"그래도 남은 포인트 거의 다 써야 했지만."

"잘했어! 남아 봤자 쓸 곳도 없는데 딱 맞게 쓰는 게 낫지. 어떤 효과인데?"

"범위 내 화속성 한정 스킬 효과 20% 상승, 지정 상대의 화속성 외의 속성 스킬 효과 20% 하락, 범위 내 지형지물을 녹이거나 불태울 시 스탯 누적 상승, 마지막으로 금속 및 광물의 방어력을 하락시켜."

진짜 화염 스킬 쓰라고 밀어주는 광역 보조계구나. 상대의 속성 스킬에 한해서만 효과가 저하되는 건 아쉽지만 그래도 그게 어디냐. 거기에 스탯 누적 상승도 붙었다. 주변 녹이거나 불태우는 건 전투 중에 자연스럽게 적용될 테니 자동 상승이나 마찬가지다. 마지막의 금속과 광물 방어력 하락도 상당히 좋았다. 보통 저런 껍데기 가진 몬스터가 방어력이 유독 높으니까.

"엄청 좋은데? 그 정도면 너랑 안 맞는 속성 던전도 훨씬 쉽게 공략할 수 있겠다."

"응. 내가 봐도 포인트 내 스킬 중에선 제일 좋은 거 같았어."

"잘 골랐네, 진짜! 근데 왜 일본에선 안 썼냐?"

"쓸 필요까지 없었으니까. 게다가 사람 상대로 사용하면 스킬 능력을 들키잖아."

하긴 그렇지. 몬스터는 말을 못 하니까 말이다. 그리고 이런 영역 지정 보조계 스킬이라면…….

"네 광역 보조 스킬로 다른 광역 보조 스킬 무효화할 수 있어."

"무효화?"

유현이가 고개를 갸웃 기울였다. 생전 처음 듣는다는 표정이다. 그럴 만도 한 게 광역 보조 스킬은 드문 데다가 무효화시키는 게 여간 까다로운 일이 아니라. 랭킹전도 3회 차에서나 처음 알려졌지.

"그냥 쓰면 서로 중첩되고 끝나는데 일부러 스킬의 마력을 부딪치고 섞이게 만들면 상호 무효화되고 만다나 봐. 마력 제어 능력이 아주 뛰어나야만 가능하고."

"아… 그러고 보니 공격 스킬끼리도 극히 드물게 서로 맞부딪치면서 아예 무효화되는 경우가 있어."

"이론적으론 모든 스킬이 같은 종류의 스킬로 무효화 가능하다지만 일부러 그러긴 불가능에 가깝대. 다만 광역 보조 스킬은 뭐라더라, 기본적으로 안정화된 구조고 일종의 진법 같은 것과 비슷해서 의도적으로 무효화시키는 게 가능하다던가."

자세히는 기억 안 난다. 아무튼 더럽게 어려워서 예림이에게도 굳이 말해 주지 않았었다. 마땅한 연습 상대도 없으니. 하지만 이제는 다르다. 내 말에 유현이가 진지하게 고개를 끄덕였다.

"예림이와 같이 연습해 봐. 웬만하면 무효화보단 그냥 중첩으로 쓰는 게 낫겠지만 상대 스킬이 너무 좋으면 상호 무효화가 더 좋잖아. 실력만 되면 한 등급 높은 스킬도 무효화할 수 있다더라."

"응, 박예림에게 말해 볼게. 몬스터가 너무 약해서 더는 검을 시험해 볼 필요는 없을 듯하고 한 번에 처리할 테니까, 은혜 쓰고 있지?"

"어. 이젠 웬만해선 끄떡없어. 명우가 새 스킬 생긴 거 확인해 줬는데 SS급 수준이면 일주일 내내 보호 가능하다더라."

은혜에게 새로 생긴 스킬, 어린 마나의 샘. 마나 홀처럼 무한히 마나를 퍼낼 수 있는 건 아니었다. 샘이라는 단위처럼 한계는 있었다.

S급 수준이면 한 달, SS급이면 일주일, SSS급이면 24시간. L급 이상은 정확하진 않지만 반나절 정도에 신화급도 한 시간 정도는 유지 가능할 듯싶다고 했다. 하지만 신화급으로 오래 썼다간 샘 자체에 타격이 갈 수도 있으니 조심하라고 하였다.

초월자가 끼어들지 않는 한 SS급 정도로도 충분하니 사실상 시간제한이 사라진 것과 다름없었다. 거기에 나 또한 마나 포션과 작별할 수 있었다.

"신경 쓰지 말고 확 쓸어버려."

"응. 얼른 나가자."

유현이가 웃으며 몸을 돌렸다. 푸른 버들잎이 다시금 늪지대 위로 펼쳐졌다. 유현이의 모습이 순식간에 멀어졌다. 검을 꺼내는 대신 불길이 발끝에서부터 휘감고 올라온다. 붉은색의 평범한 불꽃이 검푸른 빛으로 물들어 간다.

- 꾸에엑!

유독 큼직한 두꺼비가 펄쩍 뛰었다. 흙탕물이 높게 튀어 올랐지만 유현이에게는 조금도 닿지 못했다. 불길이 순식간에 흙탕물을 삼키고 퍼져 나간다. 늪이 끓어오르고 우거진 나무와 덤불이 불타올랐다.

그 광경을 바라보다가 느릿하게 눈을 깜박였다. 이제 저 불길이 완전히 검게 물드는 일은 없을 것이다. 그렇게 되어서도 안 된다.

'…여전히 메시지는 없네.'

혹시나 싶었지만 신입으로부터 메시지가 전해 오는 일은 없었다. 체인 질링의 보호가 시스템의 간섭마저 막아 버린 것일까. 그렇다면 언제 다시 연락이 가능해질지도 모를 판이었다.

…유현이에게 사실을 털어놓는 것도.

'미뤄져서 다행인 게 아닌데.'

언제까지 미루려고. 지금 던전을 벗어나면, 또 언제. 아니, 애초에 말하기로 했잖아. 신입이 뭐라고 하든 유현이한테만큼은. 동생한테는 어떤 문제가 생기든 말할 거라고 마음먹었는데, 신입과 만날 수 있든 없든 무슨 상관일까.

나는 말하기로 했다.

열기에 휩싸인 늪이 빠르게 메말라 갔다. 피스가 날개를 펼치고 가볍게 공중으로 떠올랐다. 중앙의 가장 큰 늪에서 보스 몬스터인 악어가 나타났지만 이내 불길에 삼켜지고 말았다. 늪지대가 마른 황무지로 뒤바뀌고 게이트가 나타났다. 불길이 사그라지는 것을 본 피스가 다시 땅으로 내려섰다.

"끝났어, 형."

유현이가 다가오는 것을 바라보며 피스의 등에서 내려섰다. 다리가 비틀거렸다. 확실하게, 크게 절룩였다.

"형!"

- 크홍.

동생의 얼굴이 순식간에 걱정으로 가득해졌다. 피스 또한 괜찮냐는 듯 나를 돌아보았다.

"진짜 괜찮은 거 맞아? 계속 같은 다리였잖아!"
"유현아."
"병원 가서 검사받자. 다친 것도 아닌데 아픈 거면 더—"
"다쳤었어."
유현이의 두 눈이 동그랗게 커졌다. 그러곤 이내 사나워졌다.
"대체 언제. 누구야."
"3년 후에."
"…뭐?"
"3년까진 아닌가. 정확히는 2년 하고… 아무튼 몇 년 뒤야."
당황해하는 동생을 바라보다가 시선을 내렸다. 목 안쪽이 따끔거렸다.
"꽤 크게 다쳤었거든. 그래서 아물고 나서도 절게 되었고, 지금은 멀쩡해. 일어나지 않은 일이니까. 그런데 머리가 기억해서인가, 좀 아프기도 하고 절기도 하고."
"무슨, 말이야. 그게……."
"…5년 후였어."
그 말을 내뱉고, 입이 떨어지지 않았다. 거뭇하게 타고 그을린 땅이 보였다. 내 속도 비슷하지 싶었다.
"말하지 마."

"…유현아."

"힘들게 꺼내야 하는 거라면 듣고 싶지 않아."

단호한 목소리가 들려왔다. 유현이가 듣길 거부하자 오히려 더 입이 움직였다.

"꺼내 놓아야 하는 거야. 계속 품고만 있으면 썩어 버릴걸."

"그럼, 날 위한 이야기라면 듣지 않을래. 들은 걸로 할게. 하지만 형을 위한 이야기라면 말해 줘."

나를 위한 이야기, 라. 찬찬히 하고 싶은 말을 정리해 보았다.

"내가 숨기는 일에 대해 알고 싶지?"

"응. 하지만 몰라도 돼. 전부 말해 주지 않아도 괜찮아."

숨을 크게 들이마셨다. 내가, 나를 위해서 가장 말하고 싶은 건.

"유현이 네가, 나를 구하고 죽었어."

다른 모든 것보다도.

"…죽었다고, 망할 놈아."

눈시울이 절로 뜨거워졌다. 목이 멨지만 말문이 막히지는 않았다. 오히려 목소리가 더 커졌다.

"함정이었는데, 기어이 들어와서는! 너 말이야, 너. 5년 뒤에는, 그때는 해연이 최고였다고. 네가, 진짜, 헌터 중에선 제일 잘나갔는데. 그런데 그렇게 죽어 버리고!"

"형."

"네가, 죽어 버리고. 그리고 아이템이 나왔는데. 소원석이라고, 뭐든 들어준댔는데, 근데 죽은 사람은 못 살린다는 거야……."

패륜아들이 날 속인 거였지만. 유현이의 옷자락을 붙잡은 손에 힘이 꽉 들어갔다.

"그래서 시간을 되돌렸다. 기억나? 해연에, 각성 브로커 만나려다 잡혀 왔던 날. 그때, 그때로."

"응. 당연히 기억하고 있어."

"내가, 특이한 스킬 가지고 있고, 헌터와 몬스터에 대해 잘 알고 있고, 패륜아들이 내게 접촉해 오고, 그런 거 다 회귀해서야. 과거로 돌아와서, 그래서. 다 유현이 네가, 네 덕분에……."

순간 숨이 꽉 막혔다. 하지만 그 한유현은, 동생은, 이곳에 없다. 혀가 굳었다. 더는 말을 할 수가 없었다. 얼어붙은 눈밭에 내던져진 듯 전신이 싸늘하게 식었다.

가늘게 떨며 숙였던 고개를 들었다. 흐린 시야 속에 유현이가 미소 짓고 있었다.

"고마워, 형."

무척이나 만족스러운 목소리였다.

"내게 돌아와 줘서."

"…유현이, 너."

"진심이야. 그리고 그걸로 충분해. 충분하고도 남아."

전신의 힘이 쭉 빠졌다. 유현이가 나를 부축하듯 안았다.

"내가 돌아와서, 기쁘냐."

"응, 무척이나. 형을 구하는 거야 당연한 일이지만, 솔직하게 말해 형을 혼자 남겨 두는 건 싫어."

그 말을 들으며 웃고 있던 동생을 떠올렸다. 아무 미련도 없이, 자신의 할 일을 다 했다는 듯한 얼굴이. 그 차이를 어렵지 않게 짐작할 수 있었다. 그 애는 나와 함께하는 것을 완전히 포기했던 거겠지. 자신이 바라는 것을 억누르다 못해 아예 없애 버리고서.

동생을 마주 끌어안았다.

"…그래. 그러니까 먼저 죽고, 그러지 마라. 두 번은 없어."

"노력할게."

"노력 정도로 끝내지 마."

"알았어, 형. 그런데 시간을 되돌리는 것도 가능하다니. 형이 갑자기 변한 것도 그 때문이었구나. 다른 수상한 일들도 전부 미래를 알고 있어서였고."

유현이는 기분이 좋아 보였다. 약간 들뜬 듯도 했다. 나도 마주 웃어 보였다. 우선은 이 정도로, 두어 발 떼고서 멈추었다. 이제 성현제에게도, 말해 줘야 하는데.

"그만 나가자."

전화해 보고 안 받으면 직접 쳐들어가거나, 아무튼 말해야겠다. 성현제에게는 회귀했다는 것과 초승달과의 관계에 대해서만 알려 주면 되겠지. 길게 이야기할 필요 없이. 한 발 내딛는데 유현이가 입을 열었다.

"그런데 다리는, 물어봐도 될까?"

"…어? 아, 그게."

내 표정이 무심코 굳어졌는지 유현이가 걱정스러운 얼굴을 해 보였다.

"아니 그냥, 의아해서. 치료해도 계속 절 정도라면……."

말끝이 흐려졌다. 유현이는 당연히 내가 치료받았을 거라고 생각하고 있겠지. 상급 힐러로도 완치가 불가능할 만큼 다쳤다고 짐작하는 것일까. 그 밖에도 궁금한 것은 많을 터였다. 하지만 더 물어 오진 않았다. 대신 나를 살폈다.

"미안해. 형은 힘들었을 텐데 내가 너무 좋아만 해서. 하지만 난 진짜 괜찮아. 혹시라도 내가 신경 쓰인다면 그러지 마."

"어, 응."

다시 미소 지었다. 스스로의 말대로 유현이는 괜찮다. 앞으로도 그럴 것이다. 나를 두고 불안해하던 모습은 많이 사라졌다. 말해 주지 않아도 괜찮다는 태도에 억지로, 과하게 참는 기색도 없었다. 나를 걱정하는 마음이야 여전했지만, 여유란 것이 분명 생겨났다.

앞으로도 이렇게 계속 바뀌어 갈 것이다.

그러니까, 결국, 내 동생은… 내 동생들은 달라졌다.

분명 같은 사람이다. 같은 사람이었다. 하지만 내 눈앞에 있는 동생의 스물다섯 살은 완전히 달라질 것이다. 이미 많은 차이가 나고 있었다. 스킬도 달라졌다. 주위의 사람들 또한 일부 달랐다. 그뿐만 아니라 외모조차도 달라질 가능성이 높았다. 조금 더 키가 클 테고 이따금 눈동자 색이 달라지고, 그리고 인상도 변하겠지.

그 사실을 계속해서 느끼고 있으면서도 모른 척하고 싶었다. 하지만 이제는 더 외면할 수가 없었다.

같은 사람이지만 달라졌고 달라져 갈 내 동생들. 사랑해 마지않는 내 동생들.

"내가 다리를 다치긴 했지만, 유현이 넌 5년 동안 계속 노력했어. 나를 지키기 위해서."

지금의 유현이도 내가 변하지 않았더라면 똑같이 행동했을 것이다. 제 속을 불태우는 가시밭길을 걸어가는 짓을 똑같이.

"그때의 나는 지금보다 훨씬 약해서 어쩔 수 없었던 거야. 스탯은 그대로 F에, 스킬도 초라했거든. 그래서 지금의 너보다 훨씬, 훨씬 많이 고생했어. 힘들었고."

유현이는 그저, 똑같이 내게 충실했을 뿐이다. 내가, 많은 것이, 주위 상황과 환경이 변하였을 뿐. 수많은 일이, 수많은 사람이 그러하듯.

저 멀리 떨어져 있는 게이트를 향해 천천히 걸음을 옮겼다. 메말라 버린 황무지에 그새 조금씩 물기가 배어나오고 있었다. 지하의 수원은 그대로여서인지 땅이 서서히 촉촉해져 간다. 군데군데 이미 물이 차오른 구덩이도 보였다. 불순물이 모두 타 버려서인지, 타고 쌓인 재가 거름망 역할이라도 한 건지, 놀랄 만큼 맑은 물웅덩이였다. 거무죽죽하던 늪은 온데간데없다.

"…다리는 역시 저주 같은 거였어? 함정도 그렇고, 그놈들이 형을 본격적으로 노린 거라면……. 그래도 나는 만족했어, 그랬을 거야 형. 형이 이렇게 날 위해 돌아와 줄 정도로 나를 생각해 주고 좋아해 줬으니까. 정말이야. 틀림없어."

나니까 내가 잘 안다면서, 유현이가 내 옆에 따라붙으며 말했다. 걸음 속도를 맞추며 내가 혹여 자신에게 부채감을 가질세라 열심히 변명한다. 그 목소리를 들으며 역시 지금은 더 말할 수 없겠다는 확신이 들었다.

5년이란 시간을 쏟아 내야 할 상대는. 내가 붙잡고 울어야 할 사람은, 왜 그랬냐고 따져야 할 사람은, 얼마나 힘들었냐며 끌어안고 고생 많았다고, 고맙다고, 미안하다고 해야 할 사람은 두고 온 동생이니까.

그것을 떠넘길 수는 없었다. 그래서도 안 되고. 유현이는 유현이 그대로 바라봐 줘야지.

"나는 그걸로 충분해. 그러니 형을 먼저 생각해 줘."

그리고 무엇보다도 지금의 유현이가 사실을 알게 된다면 어떻게 반응할지 너무도 쉽게 떠올릴 수 있어서, 그래서 아직은 입을 열 수 없었다.

나는 내 동생을 포기하지 못한다. 아주 작은 한 조각이라도 손에서 놓을 수 없었다. 설사 내 동생이, 유현이가 간절히 바란다 하더라도. 다른 그 무엇은 뭐든 다 들어줄 수 있어도 그것만큼은 절대 양보할 수가 없었다. 세상 그 누구에게라도.

그러면 동생 녀석은 또다시 눌러 참아야겠지. 걱정할 거고 불안해할 거고……. 가뜩이나 아직 흔들리는 중인 유현이다. 검은색도 푸른색도 아닌 어중간한 빛을 띠고 있다. 최소한 그것이 안정화될 때까지라도 불안 요소를 더 늘리고 싶지 않았다.

'좀 더 스스로를 챙긴다면 좋을 텐데.'

지금이라면 틀림없이 유현이의 입에서 자신을 버리라는, 포기하라는 말이 나오게 되겠지. 그 부분에 대해서는 동생더러 뭐라고 할 군번이 아니긴 하다만.

"유현이 네 생각도 좀 해 줘라."

"제일 힘든 건 형이었을 텐데 왜? 지금 이렇게 살아도 있잖아. 그때…
형을 혼자 두게 된 건, 분명 싫었겠지만."

아니야, 웃었어. 속으로 말을 삼켰다. 웃으며 유현이의 팔을 툭 쳤다. 그래도 일부나마 꺼낼 수 있게 된 것이 품고만 있을 때보다 훨씬 나았다. 내 발치를 어슬렁거리며 눈치 보는 피스를 안아 들어 주었다. 그러자 유현이가 대번에 싫은 티를 냈다.

"정신적인 거라고 해도 다리 불편하다며. 내려놔."

"이 정도는 괜찮아. 삼촌이 되어서 애한테 너무 그러지 마라. 그치, 피스야. 유현이 삼촌이 너무하네."

피스의 앞발을 잡고 유현이를 툭툭 때렸다. 피스가 작게 그르렁거렸다.

"성체 된 지가 언젠데. 그리고 내가 왜 삼촌이야."

"좋아, 아빠 자리 넘겨주마. 피스 보호자님, 피스가 정말 착하고 귀여워요~ 피스야, 아빠한테 갈까? 싫어? 아빠한테 이 드러내면 안 되지."

"…형 동물병원 다닐 때 생각난다."

"그때 내가 애들하고 보호자분들한테 한 인기 했었잖냐. 까마득하다, 정말. 10년도 더 전이니."

"그렇게 오래는… 아."

"내 체감 나이는 서른이란다. 아, 말하니 속이 다 시원하네! 유현아, 너 이제 형보다 열 살이나 어려. 완전 애야, 애. 예림이는 어휴, 거의 딸뻘이지. 명우도 내 동생이야. 내가 현아 씨보다도 연상인데! 근데 현아 씨가 더 연상 같기는 해. 유현이 너랑 나보다 세성 길드장이랑 내 나이 차가 더 적다? 송 실장님이랑은 대충 또래 아니냐."

당혹해하는 동생을 보며 소리 내어 웃었다.

"형이… 서른 살이면. 그래도 형은 형이잖아?"

"당연히 어린 한유현 군 형이지! 다섯 살 많든 열 살 많든 전부 형이랍니다."

앞으로 어떻게 변해 가든 그것만큼은 변함없을 것이다. 설사 내가 더 어려진대도 말이야, 그래도 내가 형이지.

"참, 세성 길드장에게도 회귀 사실을 말해 줄 거야."

"뭐? 왜? 박예림도 아니고."

내 말에 유현이가 못마땅한 표정을 지었다. 그래도 예림이는 챙겨 주네.

"예림이한테도 가능하면 말할 거지만 이것만큼은 세성 길드장이 우선이다. 내가 알려 줘야만 하는 정보가 있거든."

초승달에 대한 것은 당사자 허락 없이 내 멋대로 털어놓긴 그래서 적당히 얼버무렸다. 유현이의 미간에 더욱 깊게 골이 팼다.

"…친했어?"

"응?"

"세성 길드장하고 가까웠었냐고. 얼마나 친했는데? 설마 지금보다 더 가깝게 지냈다거나—"

"야, 전혀 아니거든. 회귀 전의 난 별 능력 없었다니까. 그냥 흔한 F급 헌터였고 당연히 세성 길드장은 나한테 조금도 관심 없었어."

"그럴 리가 없잖아."

유현이가 왜 속이려 드냐며 토라진 표정을 했다.

"형과 내 관계를 알고서도 형한테 관심이 없었다고? 세성 길드장이 내게 흥미를 보였던 부분을 만들어 낸 게 바로 형이야. 형의 존재를 알면 자연히 형에게로 관심이 옮겨 갔겠지. 지금도 그렇잖아. 나한테는 흥미를 잃었고 형에게 과하게 신경 쓰고 있다고."

"그 흥미의 반 이상이 내 스킬 때문일걸."

"스킬이 없다고 해도 형이 특이한 건 사실이잖아. 관심이 없었던 건 절대 아니겠지."

맞는 말이긴 했다. 양육자 자체도 극히 드물다고 했으니 성현제가 내 존재를 알았다면 신기하게 여기긴 했겠지. 하지만 지금과 달리 직접 관여

할 정도는 아니었다고 판단하지 않았을까. 그냥 나에 대해 확인하고, 유현이가 계속 한국을 지킬 거라고 믿고 떠나는 걸로 끝낸 걸지도.

"그래도 진짜 아무 관계 없었어. 애초에 세성 길드장은 한국을 떠난 데다가 실종되기까지 했는걸. 행방도 모르는 사람과 어떻게 가깝게 지냈겠냐."

"그래?"

유현이가 홀가분한 표정으로 고개를 끄덕였다. 성현제가 한국에 없었다는 사실이 무척이나 마음에 든 모양이었다.

"원래도 한국보다 해외에 더 신경 쓰는 거 같긴 했어. 주요 길드원 중에 외국인 비율 높잖아. 언제 떠나는데?"

"그야 모르지. 지금은 상황이 많이 달라졌으니까. 실종되었다는데 걱정 같은 건 안 드냐."

"내가 왜? 죽었든 살았든 나와는 관계없잖아. 만약 죽었다면 이유 정도는 궁금하겠지만. 아, 혹시 내가 죽였어?"

"…살아 있었을걸."

멀쩡했으니 회귀 전 기억이 있었던 거겠지.

"다른 사람들은 안 궁금해? 나였으면 이것저것 많이 물어봤을 거 같다만."

"형이 나랑 같이 있었댔잖아. 해연이 최고랬으니 길드도 멀쩡하다는 뜻이고. 그거 말고는… 박예림은?"

"예림이도 무사했어. 각성 환경이 좋지 못했는지 A급이었지만 그래도 유명한 헌터였고."

비록 지금에 비하면 여러 가지로 많이 달랐지만. 나쁜 쪽에 가까운 느낌으로. 이 부분은 예림이가 먼저 들어야 한다 싶어 자세히 말하진 않았다.

유현이의 시선이 일순 피스를 향했다. 하지만 피스에 대해 묻지는 않는다. 내게 특별한 스킬이 없었다고 말했으니 피스가 어떻게 되었을지 짐작한 거겠지. 어쩌면 희귀한 애완동물 정도로 되팔았을 수도 있다. 먹잇값이

장난 아니지만 시시오 같은 사람이 데리고 갔다면 의외로 잘 돌봐 줬을지도 모른다.

"5년 사이에 이것저것 많이 변하긴 했어. 세계 헌터 랭킹전도 열렸고. 국내 S급 헌터들 수도 더 늘어났는데, 내가 회귀하기 직전까지도 대부분 무사했지. S급 헌터들 미리 더 데리고 오고 싶다만 신원을 몰라서."

S급 헌터들이 더 각성했지만 각성센터가 생긴 후에는 상급 헌터들의 신원이 보호되었다. 특히 던전 난이도가 올라가며 상급 헌터들을 타국이나 타국 길드가 노리는 일이 잦아지면서 외모와 이름을 바꾸고 활동하는 헌터들도 생겨났다. 예림이는 부모님은 안 계시고 삼촌네와는 사이가 좋지 않은 탓인지 알려졌지만.

"대부분이라면 나 말고도 죽은 S급 헌터도 있었나 봐."

"어, 응. 지금도 둘이나 황천 건너갔잖냐. 5년 사이에 잘못된 사람이 없진 않았지."

"송 실장님?"

"…어떻게 알았냐."

"스스로를 그렇게 억누르면서도 오래 사는 게 더 신기할걸."

뭔가… 할 말이 없었다. 유현이 네가 할 소리냐며 등짝 때리고 싶어지기도 하고.

"이번에는 괜찮으실 거야."

"그랬으면 좋겠다."

순간 잘못 들은 건가 싶었다. 내 동생이 송 실장님 걱정을 다 해 주다니, 물론 유현이가 착하긴 하지만 남한테 관심은 좀… 많이 없어서.

"대체할 수 없는 사람이니. 한국이 안정적이어야 형도 더 편할 테고."

"그 이유냐. 그래도 송 실장님을 좋게 보고 있었구나."

"다른 S급 헌터들도 비슷한 생각일걸. 세성 길드장이 괜히 챙겨 주는 게 아니야. S급 각성자가 수만, 수십만 명쯤 된다 하더라도 송태원 실장님 같은 사람은 없을 테니까. 누가 그런 미… 이상한 짓을 하겠어."

 그건 그렇지. 비록 지금은 각성센터 사태가 일어나지 않아 협회와 길드 간의 골이 깊지 않긴 하지만 그래도 역시 성현제가 송태원을 살해한 건 아니지 싶었다. 장소도 던전 안이고 성현제가 곁에 있었을 테니 초승달이나 다른 초월자와 관련된 것일까.

4장 똑똑똑, 댁네 집 앞입니다

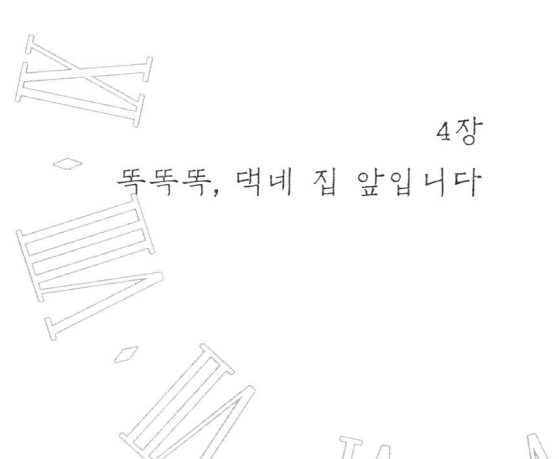

4장
똑똑똑, 댁네 집 앞입니다

 게이트 밖으로 나와 보관함의 소지품들을 챙겼다. 휴대폰을 꺼내 들고 길게 고민치 않고 바로 성현제에게 전화를 걸었다. 하지만 이번에도 신호만 가다가 안내 음성으로 연결될 뿐이었다. 연락이 되어야 해결을 하지, 잠수 타면 다냐!
 "유현아, 네 폰 좀 빌려주라."
 다른 사람 번호로 걸면 받을지도. 받으면 받는 대로 좀 열받을 거 같지만. 유현이가 자신의 휴대폰을 내밀었다.
 "…전화번호부 목록이 너무 휑한 거 아니냐."
 아직 백업 안 했나. 내 형, 박예림, 석 팀장, 김 팀장, 부길드장, 비서실. 이 여섯 개로 끝이었다. 부길드장은 김성한인가. 벌써 바꿔 놓았네.
 "외부 통화는 비서실에서 연결해 줘. 비서실에 전화하고 단축키만 누르면 돼. 단축키에 등록 안 되어 있으면 말로 하면 되고. 대외용 번호는 따로 있어."
 하긴 개인 폰으로 바로 연결하면 전화번호가 노출되니까 비서실을 통하는 게 편하겠구나. 나도 해연 길드 비서실에 먼저 전화한 다음 성현제 번호로 연결해 달라고 했다. 그러자 이내 전화를 받는다. 진짜 내 전화만 피했―!

[세성 길드 길드장 비서실입니다.]

"…예? 세성 길드장 휴대폰 번호 아닙니까?"
갑자기 웬 비서실? 내 물음에 전화 받은 사람이 친절한 목소리로 세성 길드장의 이 휴대폰 번호는 일부 번호를 제외하고는 비서실에서 대응한다고 대답하였다.
"그럼… 지금 세성 길드장님과 연락할 수 있을까요?"

[죄송합니다. 현재는 외부 통화가 불가능합니다.]

내부는 되냐. 세성 길드 들어가서 전화하면 받는 거냐고. 어쨌든 비서실에서는 연결해 줄 방법이 없다고 하였다. 더럽게 까다롭게 구시네. 한숨을 삼키며 동생에게 폰을 돌려주었다.
"성현제 진짜……."
"듣기 싫은 모양인데 내버려 둬."
"마음 같아서는 폭탄 한 다섯 개쯤 포인트로 바꿔다가 집에 던져 넣고 싶다만. 터뜨리면 나오겠지."
"포인트 아깝잖아. 내가 대신 불 질러 줄게."
"그건 송 실장님한테 너무 죄송하고."
스탯 F급이 폭탄 테러 하는 게 S급끼리 붙는 것보단 훨씬 낫지. 혹시나 싶어서 내 폰으로 다시 전화를 걸어 봤지만 결과는 여전했다. 어금니를 꽉 물었다가 손가락에 힘주어 문자를 보냈다. 터치 폰이라 느낌이 안 살아.

[내일 오후 3시까지 연락이 없으시면 직접 방문하겠습니다.]

폭탄 들고 간다 진짜.
"예림이 일 끝났을까? 오랜만에 외식하자!"
따지고 보면 내내 외식한 셈이긴 하다만 한국에서 가족끼리 나가서 먹는 거랑은 다르지. 생각만으로도, 언제라도 즐거웠다. 유현이도 예림이도 웃고 있고 피스도 편안하게 내 무릎 위에 늘어져 있을 저녁은.

치이이익— 달궈진 불판 위로 두툼한 고깃덩이가 얹어지며 절로 군침 도는 소리를 낸다. 그 옆으로 썰지도 않은 김치가 통으로 척, 하고 올려졌다. 다른 불판에는 큼직한 새우와 관자가 익어 가고 있었다. 붉게 색이 든 새우를 예림이가 머리만 똑 떼어 껍질째 남김없이 먹어 치운다. 남은 머리를 쪽 빠는 것도 잊지 않았다.
"껍질째로 먹는 게 더 맛있다니까요."
그러면서 고기를 착착 뒤집는다. 예림이랑 같이 저녁 먹으러 나오면 8할이 고기였다. 딱히 가리는 건 없었지만 애가 고기를 제일 좋아했다. 소든 돼지든 닭이든 오리든 양념이든 소금구이든 전골이든 튀김이든 어떤 부위든 다 잘 먹었지. 다만 국물 있는 것보단 구이를 더 좋아하는 거 같았다. 소보다는 돼지를 조금 더 선호했고.
"내일도 바쁠 거라면서?"
비닐장갑을 끼고 새우를 까며 물었다. 예림이가 고개를 끄덕거렸다.
"이거 하자, 저거 하자 엄청 달라붙어 온다니까요. 특히 내년 여름이요, 제 이미지가 여름에 딱이라며 일단 계약부터 하자고 난리예요."
귀찮다, 귀찮다 하면서도 예림이의 표정은 밝았다. 오늘 꽤 즐거웠던 모양이었다.

"광고 받아 주는 S급 헌터가 거의 없다 보니 더 그런다는데. 길드장님은 왜 안 한대?"

고기와 김치를 자르며 예림이가 유현이를 쳐다보았다. 유현이는 대답 없이 내가 까 준 새우를 젓가락으로 집었다. 그 모습에 예림이의 눈매가 뾰족해졌다.

"저거 봐, 저거 봐. 길드장 놈 손이 없나 발이 없나 아저씨를 시켜 먹네. 아저씨, 너무 오냐오냐하면 안 된다니까요."

"유현이도 벌써 스무 살이잖아. 앞으로 얼마나 더 이러겠어."

"평생요."

펴엉생, 하고 예림이가 단호하게 잘라 말했다.

"제가 봐도 한유현 저거 답 없거든요."

"저거라니. 예림아, 유현이가 형, 아니 오빠야."

유현이와 예림이가 동시에 질색했다.

"그리고 유현이 다른 사람 손 닿는 거 싫어하잖냐. 그거 참으면서 광고 찍을 필요까진 없지. 대외 이미지용 인터뷰 같은 건 가끔 하고 있고. 근데 다른 S급 헌터들은 광고 찍지 않나? 현아 씨도 몇 번 봤는데."

"현아 언닌 정해져 있잖아요. 소속 기업 외엔 광고 못 찍는 걸로 계약되어 있대요."

하긴 그렇겠구나. 자꾸 마음에 안 드는 이미지 요구해 대서 광고 찍기 싫어한다고도 했다.

"세성 길드장은 기분 내키면 가아끔 받아 준다던데요. 송 실장님이야 공직자고. 공익광고는 찍었는데 연기시키기 엄청 힘들었대요. 시키는 대로 열심히 하려곤 하셨는데 완전 발연기에 목석이라 영상은 딱 하나 찍고 말았고 나머진 다 사진포스터고요."

"그래? 잘 아네."

"다들 술술 말해 주던걸요. 아저씬 진짜 생각 없으세요? 원하는 곳 많던데."

"형 귀찮게 하지 말랬다."

"새우나 직접 까고 말씀하시지! 집게 들어, 한유현. 고기 네가 구워!"

"박예림 네 입에 다 들어갈 건데 내가 왜."

"고래로 고기는 불로 굽는 거니까!"

음, 사이좋네. 장갑 벗고 내 무릎 위에 앉은 피스를 어르며 둘의 아웅다웅을 흐뭇하게 바라보았다. 그때 폰에 알람이 울렸다. 시간 됐다. 이미 몇 번이나 보낸 문자를 숫자만 바꾸어 다시 발송했다.

[앞으로 20시간 남았습니다.]

끝까지 무시하면 내가 무슨 짓을 저지를지 나도 모른다. 자리에서 벌떡 일어나 집게를 휘두르고 있던 예림이가 내 휴대폰을 슬쩍 들여다보았다.

"뭐 해요, 아저씨? 아까도 정각에 알람 울렸던 거 같은데."

"응, 카운트다운. 세성 길드장이 계속 내 문자 무시하면 내일 오후 세 시에 집 날려 버리려고."

"앗, 저도요, 저도!"

"안 돼, 송 실장님 피곤하시다."

"그냥 무시해, 형. 이참에 아예 연락 끊는 건 어때?"

"해연 길드장님 세성 길드장 되게 싫어하네."

"형만 엮이지 않으면 관심 없어. 싫지도 좋지도 않아."

"예예, 그러시겠죠. 한유현이 어디 가나. 하지만 세성 길드장 아저씨 엄청 좋아하잖아. 아저씨도 같이 잘 노시던데."

"예림아, 우리 그렇게 안 친해."

좋아한다기보단 신기하거나 재미있어하는 쪽이고. 그것도 호감이라면 호감이겠지만. 예림이가 눈을 길쭉하게 뜨며 나를 바라봐 왔다.

"그런 것치곤 죽이 너무 잘 맞던데요. 뭐야, 그 세대 차이가 한유현보다 세성 길드장이랑 더 적게 나는 거 같아요. 아저씨는."

예리하구나, 예림아. 유현이의 손가락 사이에서 젓가락이 엿가락처럼 구부러졌다.

"…형, 나도 형한테 맞춰 줄 수 있어. 노력할게."

진지한 유현이의 말에 예림이가 테이블을 두드리며 웃기 시작했다. 그러다 부술라.

"유현아, 형은 지금의 네가 좋단다. 있는 그대로의 내 동생을 사랑해. 그러니 억지로 바꾸진 마라."

"왜요, 해 보라고 하세요! 재밌을 거 같은데."

실없는 소리 주고받는 상대는 성현제로도 너무 많다. 게다가 유현이에게는 안 어울려. 유현이가 부루퉁하게 중얼거렸다.

"세성 길드장 빨리 해외로 가 버렸으면 좋겠다."

"한국 뜬대? 아저씨 두고 갈 거 같지 않던데. 같이 가려는 거 아냐?"

"헛소리 마, 박예림."

"왜, 소영 언니도 오래갈 거 같다 그러던데. 최소 송 실장님 정도로. 송 실장님 벌써 삼 년 넘었다더라. 정말 질리지도 않고 꾸준하게 챙긴다는 핑계로 괴롭히고 있다며 소영 언니가 혀를 다 찬다니까."

가여운 송 실장님. 안타까움을 금치 못하며 휴대폰을 슬쩍 내려다보았다. 역시 소영 씨에게 연락을 할 걸 그랬나. 아냐, 끝까지 가 보자.

"한유현 넌 석 달 정도였고."

예림이가 손가락을 꼽으며 말했다.

"노아 오빠는 일주일 만에 시들해졌대. 소영 언니는 한 달쯤? 현아 언니도 석 달 정도랬고. 그래도 국내에선 대부분 조용히 끝났는데 해외에는 세성 길드장한테 칼 가는 사람 많대. 특히 세성 길드장의 관심을 잃었단 사실을 못 견딘다고 하던가."

"귀찮게 굴지 않으니 좋은 거 아닌가."

유현이가 시큰둥하게 말했다. 전에 소영 씨가 성현제 관심 받고 안 좋게 끝난 사람 많다고 조심하라고도 했었지. 그때는 그냥 넘겨들었는데 지금은 그 사람들이 이해가 갔다. 잘나디잘난 사람이니까. 어디 흠잡을 곳 하나 없는 완벽에 가까운 인간이 자신에게 관심을 보이고 호감을 나타낸다. 그것만으로도 대부분의 사람은 쉽게 마음을 빼앗기고 말 것이다.

심지어 세심하게 챙김까지 받다 보면 나도 사실은 뭔가 잘난 사람인 게 아닌가 하는 착각마저 들 수도 있다. 실은 그저 심심풀이 상대일 뿐인데도. 대단한 사람이 어울려 주니까 거기에 취해서 자만에 빠지게 되는 일이야 흔하지.

유현이나 현아 씨처럼 원래부터 잘난 사람이야 아무런 타격이 없을 것이다. 오히려 유현이 말대로 귀찮은 관심이 멀어져서 좋아할지도 모르지. 하지만 스스로에 대한 자신감이 없는 사람이라면 지독한 마약이나 다름없을 터였다.

'나도 조심해야지.'

자칫 마음 놓고 취하게 되면 나만 손해다. 구질구질하게 매달리는 건 유현이 하나로 충분하다고. 게다가 유현이는 실제론 날 버린 적 없었지만, 성현제는 한번 돌아서면 정말 칼같이 잘라 내겠지.

"왜, 난 세성 길드장이 퍼 주겠다면 두 팔 벌려 환영할 건데. 한창 관심 가질 땐 필요한 거 다 챙겨 준대. 잔뜩 뜯어먹고 깔끔하게 작별하면 그만이잖아~ 게다가 시들해져도 특별하게 잘해 주는 것만 관둘 뿐이고. 현아 언니도 여전히 세성 길드장이랑 잘 만나는걸. 언니야 도와주겠다는 거 전부 걷어찼다지만."

현아 씨답다. 송 실장님도 다 거절했겠지만.

"무엇보다 재미있을 거 같고. 한유현 넌 생각보다 너무 무반응이라 재미없어했다고 그러더라. 난 잘 어울려 줄 수 있는데!"

"아니, 유현이가 어디가 어때서. 세성 길드장 그 인간이."

남의 동생 흥밋거리 취급한 것도 짜증 나지만 재미없단 소리도 마음에 들진 않는다.

"아저씨랑 관련 없으면 갑자기 해가 뜨지 않게 되어도 무심하게 전등 스위치 누를 인간이잖아요, 한유현은."

"송 실장님도 반응은 별로 없지 않냐."

"아니죠. 한유현은 어디서 개가 짖나 보다 하고 무시해 버리지만 송 실장님은 민폐이니 멈춰 주십시오 하고 개한테 성실하게 부탁 충고 하는 차이죠."

…송 실장님에겐 미안하지만 내가 성현제라도 후자를 재미있어했을 거다. 그걸 알면서도 계속 성실하게 대응해 주는 게 송태원이라는 사람이고. 눈물 나네. 폭탄 등급 좀 낮출까. 딱 수조와 내부만 적당히 날릴 정도로.

저녁을 먹고 밖으로 나왔다. 근처라 차는 가지고 오지 않았기에 가볍게 걸음을 옮겨 갔다. 거리는 평소와 달리 무척이나 한산했다. 통행금지는 풀렸지만, 아직 몬스터 출몰의 여파가 남아 있는 탓이었다. 식당에도 사람이 별로 없었지. 문 닫은 가게도 많아 예림이가 자주 간다는 단골 노래방도 영업을 하지 않았다.

"아저씨, 저거 봐요. 인형뽑기 가게 유리 박살 났어요."

"반짝거리고 소리도 나서 몬스터가 덤벼들었나 보다."

불 다 끄고 소리도 죽인 채 독한 방향제 뿌리고 조용히 건물 안에 있으면 중하급 몬스터는 그냥 지나쳐 가는 경우가 많았다. 덕분에 이번에도 인명피해가 크진 않았다.

"알은 어때요? 언제 깨어날까요?"

예림이의 물음에 피스를 품에서 내려놓으며 셔츠 주머니 속에 넣어 두었던 푸른색 알을 꺼냈다. 겉으로는 아직 별다른 변화가 없었다.

"별다른 방법은 없고 최대한 내 곁에 둬 봐야지. 린아, 손대면 안 돼."

슬쩍 내 어깨로 넘어와 있던 이린이 꼬리를 탁 쳤다.

- 린이는 그거 마음에 안 들어!

"동생인 셈인데 사이좋게 지내야지."

- 유현아아 형이 물의 정령만 좋아해!

"둘 다 좋아해, 둘 다. 착하지, 린아."

마치 둘째를 받아들이지 못하는 첫째처럼 굴고 있다. 이린이 우스꽝스럽게 볼을 부풀리고는 휙 몸을 돌려 유현이에게로 돌아갔다. 예림이가 옷 안으로 스며들 듯 사라지는 불의 정령을 걱정스럽게 바라보았다.

"혹시 말인데요, 해코지하는 건 아니겠죠?"

"하려고 들었으면 벌써 몰래 했지. 그냥 내가 알에 신경 쓸 때마다 시위하듯 티 내는 거야."

나 몰래 접근하는 것쯤이야 어렵지 않다.

"막상 깨어나면 너희 둘처럼 사이좋아질—"

"안 좋거든요?"

"안 좋아."

사이좋아지겠지. 처음엔 약간 싸움 붙을 수도 있겠지만. 예림이가 저 멀리 문을 연 편의점을 발견하곤 아이스크림을 사 오겠다며 날아올랐다. 폰 알람이 울려 다시 문자를 보냈다. 여전히 답은 없었다.

아이스크림 하나씩 입에 물고 집으로 돌아왔다. 다행히 거실 테이블 다리 하나가 부러진 것 외에는 별일 없었다. 삐약이랑 벨라레 둘 다 얌전히 잘 있었구나.

[앞으로 18시간 남았습니다. 예림이가 댁네 불 꺼 주겠답니다.]
[앞으로 17시간 남았습니다.]
[앞으로 16시간 남았습니다. 혹시 잡니까? 아직 이르지만.]
[앞으로 15시간 남았습니다. 저 잡니다.]
[댁이 준 거 걸어 놨습니다. 삐약이가 물어뜯고 있습니다.]
[별로 효과 없는 거 같은데. 그래도 어제보다는 조금 더 잤습니다.]
[아, 10시간 남았습니다.]
[앞으로 9시간 남았습니다.]
[앞으로 8시간 남았습니다.]
[앞으로 7시간 남았습니다. 불쌍한 물고기들 피신시키세요.]

"완성품입니다."

김하연이 피스 인형을 테이블 위에 내려놓았다. 예전 것도 귀여웠지만 이번 건 진짜 정말로 귀여웠다. 실물의 특징을 최대한 담으면서도 인형답게 데포르메를 넣어 좀 더 동글동글, 통통했다. 털도 포근하게 잘 살려 당장이라도 안아 보고 싶었지만 피스가 영 심기 불편한 티를 내고 있어 참았다. 인형에 손이라도 댔다간 물어뜯어 버릴 기색이다.

"정말 잘 만들어졌네요. 피스가 듣고 있어서 감상은 줄이겠습니다."

"자신과 닮은 인형에 질투하는 강아지들도 있다죠. 귀엽게."

김하연 팀장이 흐뭇하게 웃으며 말했다.

"피스에게 날개 스킬이 생겼다고 들었습니다. 혹시 보여 주실 수 있으실까요?"

"네. 피스야, 날개 꺼내 볼래? 날개."

― 꺄웅.

피스가 나를 한번 올려다보고는 테이블 위로 폴짝 올라갔다. 그러곤 날개를 쫙 펼쳤다. 퍽, 하고 인형이 날개에 부딪혀 테이블 아래로 굴러떨어진다. 그걸 보고는 더더욱 자랑스럽게 그르렁거리며 한 바퀴 빙글 돌아도 보인다.

"없다가 생성되는 건 확실한데, 신체와 연결된 건가요? 확인 부탁드립니다."

김하연이 카메라를 꺼내며 물었다. 피스의 털을 헤쳐서 날개가 붙은 부분을 보여 주었다. 몸과 거의 붙은 것처럼 보이지만 희미하게 틈이 있었다. 어쩐지 날갯짓을 강하게 해도 들썩거림이 적더라.

여러 각도에서 사진을 찍은 김하연이 만족스럽게 고개를 끄덕였다.

"스킬이니 날개가 있는 버전과 없는 버전을 따로 만드는 게 좋을 듯합니다. 아직 피스의 스킬 공개는 하지 않으셨는데, 언제쯤으로 예정 중이십니까?"

"글쎄요, 생각해 보질 않아서요."

"곧 코메트의 성장이 끝난다고 했으니 기승수들을 소개하는 방송이나 기사를 한 번 더 내죠."

인형도 그때 판매 시작하면 좋을 거라고 말했다. 이번 블루의 활약이 뛰어났으니 블루까지 포함해서.

그 밖의 사육소 관련 이야기들이 오갔다. 얼른 사람 더 고용하고 체계를 잡으라는 은근한 압박도 들어왔다. 그래야죠, 네네.

"김 팀장님은, 석시명 팀장님을 잘 아시죠?"

"그럭저럭 아는 편이지요."

왜 그러냐는 시선에 마른침을 삼켰다. 석시명도 김성한도, 언제까지 나 혼자 불편하게 여기고 있을 순 없었다.

나는 석시명에 대해 알면서도 동시에 잘 모른다. 내 기억 속에 짙게 남은 그는 적에 가까웠으니까. 첫인상은 어린애에게 길드라는 무거운 짐을 없히고 휘두르려 드는 흔한 악질 어른이었다. 해연이 처음 만들어졌을 때 실세가 석시명이라는 소리를 쉽게 들을 수 있었다. 어린 S급 헌터를 뒤에서 조종한다는 설이 대세였다.

나중에는 해연 길드에는 충실하다고 생각은 했지만, 그럼에도 그는 여전히 유현이와 나 사이를 가로막는 장애물이었다. 유현이가 저렇게 매정하게 구는 건 석시명의 조언 때문이라고 믿은 적도 있었다. 내가 유현이에게 방해만 된다는, 냉정하면서도 설득력 있는 목소리를 듣다 보면 유현이도 저 말에 쉽게 넘어갔겠구나 싶어졌으니까.

하지만 지금은 같은 편이다. 같은 편이지만, 회귀 전의 기억들이 자꾸만 속을 뒤흔들어 놓았다.

"석 팀장님에 대해 알고 싶습니다."

그래서 김하연에게 물었다. 내가 직접 석시명에게 찾아간다면 무슨 말을 듣든 기억의 거름망을 거칠 수밖에 없을 테니까. 반면에 김하연 팀장님은 믿음직스럽고 애들 가르친 선생님이라 호감도 있으니 그녀로부터 듣는다면 편견을 벗어나기 쉬울 것이다. 해연 길드 초기 멤버라 석시명과 오래 일해 온 사람이기도 하고.

"한 소장님께서는 동생인 길드장님을 무척 아끼시죠."

잠깐 침묵하던 김하연이 입을 열었다.

"네. 물론입니다."

"그렇다면 해연 길드에서 가장 신뢰할 수 있는 사람이 바로 석시명 인사팀장입니다."

강조할 필요도 없는 진실을 말하듯 담담한 목소리였다.

"석 팀장에게 있어 해연 길드와 한유현 길드장님은 그 무엇과도 바꿀 수 없는 그의 자부심입니다. 석 팀장은 인맥도 넓고 능력도 뛰어난 사람이죠. 어느 길드든 그를 환영했을 겁니다. 하지만 석 팀장은 여러 S급 각성자 중 길드장님을 직접 고르고 선택했습니다. 자기 자신의 판단을 믿고 도전했죠."

어린 S급 각성자가 길드를 만들기 위해 사람을 모으려 할 때, 유일하게 석시명은 먼저 한유현에게 가 직접 선택했다고 김하연이 말했다. 석시명에게도 들었던 이야기였다.

"취기 오르면 항상 하는 소리예요. 내가 직접 내 길을 골랐고 완벽한 선택이었다고."

"완벽한 선택이라고요……. 그런데 석 팀장님 B급 아니셨어요? 취해요?"

"B급치곤 체력 스탯이 많이 낮거든요."

그래서 사무직만 맡는 건가. 나한테 말할 때는 겸손했는데 사실은 유현이를 선택했단 자부심이 대단했구나.

"심지어 초기엔 다들 해연 길드가 오래 못 갈 거라고 보았으니까요. 철없는 어린 S급 헌터의 소꿉장난 정도로 취급되었죠. 당연히 도와주는 사람도 없었습니다."

"세성 길드장은 도와줬다고 하던데요."

"어느 정도 자리 잡은 뒤의 일입니다. 처음엔 부정적이었어요. 한유현 헌터는 머잖아 한국을 떠날 거라고 대놓고 말하기도 했으니까요."

하긴 성현제는 유현이의 본성을 눈치챘다고 했으니까. 길드 같은 거 세워 봤자 오래 못 가고 리에트처럼 떠돌 거라고 짐작한 거겠지. 그런데 계속 유지하는 거 보고 흥미가 생긴 걸 테고.

"굳이 도움을 준 사람을 꼽자면 브레이커 길드장이겠죠. 제게 도련님한테 투자해 볼 생각 없냐고 말해 왔었습니다. 어린 길드장이 홀로서기 성공해서 나쁠 거 없다고요. 경험 삼아서, 라고 했으니 기대는 크지 않았던 모양이지만요."

현아 씨도 독립적인 길드를 만들고 싶어서였을까. 성공 케이스가 하나라도 더 늘면 유리할 거고.

"그래도 성공을 점치는 사람이 없다 보니 방해가 오히려 적었습니다. 기틀 잡은 후가 더 힘들었죠. 초창기 땐 길드 해체하면 끌어들여야 할 귀한 S급 헌터니 대놓고 밉보이려 들진 않았거든요. 길드장님을 직접 공격해 오는 경우는 있었지만요."

"유현이를요? …독에 당한 적도 있다고 듣긴 했습니다만."

"어리다고 만만하게 보고 헛짓거리해 오는 인간들이 꽤 있었습니다. 대표적으로 A~B급 헌터 몇이 길드장님을 독으로 약화시킨 뒤 싸워서 S급 헌터를 이겼다는 이름표를 달려고 든 적도 있었죠. 당시엔 아직 강한 독이 나오기 전이라 큰 피해는 없었습니다만."

"…망할 놈들이네요."

그 새끼들 다 목 따였겠지? 안 따였으면 지금이라도 내가 딴다.

"하지만 해연 길드는 성공적으로 자리 잡았습니다. 해연 길드의, 한유현 길드장님의 성공은 석 팀장 그 자신의 성공이며 업적이기도 합니다. 해연 길드를 배신한다는 것은 스스로를 배신하는 것과 다름없죠. 차라리 목숨을 내어놓으면 내어놓았지, 절대 해연 길드와 길드장님께 해를 입힐 짓은 하지 않을 사람입니다."

석시명이 해연 길드에 충실하다고는 생각했다. 하지만 이 정도였을 줄은 몰랐다. 처음부터 끝까지 정성스럽게 하나하나 공들여 키워 온 작품 혹은 자식 같은 것일까.

"그리고 석 팀장 앞에서 세성 길드장이 도와줬다느니 하는 소리, 하시면 안 돼요."

김하연이 웃음기 어린 목소리로 말했다.

"겉으론 태연한 척해도 속으론 이 갈거든요."

"네? 왜요?"

"일방적인 도움이라는 것을 해연 길드에 흠집 내는 걸로 생각해요. 스스로의 힘으로 서야만 완벽하다는 거죠. 그래서 갚긴 다 갚았는데, 세성 길드장이 그걸 재미있게 여긴 모양입니다. 처음에는 길드장님에게 호의를 보이며 도움을 줬었는데 두어 달 지나니 석 팀장과의 게임 같은 걸로 변해 버렸죠. 세성 길드장은 몰래 도와주고 석 팀장은 아득바득 그걸 찾아내서 되갚아 주고."

 유현이한테 도움 줬다는 이야기할 때 눈치챈 건, 이라고 말하던 성현제가 떠올랐다. 어쩐지 모르는 게 남았냐는 물음에 애매하게 대답하더라. 그런 약점을 묻어 둘 인간이 절대 아닌데 말이야! 석시명이 눈치채고 해결했으니 유현이는 몰랐던 게 맞긴 하네. 해연에 한국을 넘겨주기로 했다, 라는 오만한 선언까지 들으면 석시명 속 아주 뒤집어지겠구만. 혹시 이미 들었나?

 덕분에 석시명에게 손톱만큼의 동질감과 호감이 생겨났다. 그와 마주칠 때마다 은근슬쩍 긁어 대는 성현제의 모습이 눈앞에 훤하다, 훤해. 역시 성격 나쁘다. 내가 파트너로서 성현제 만나러 갈 때 해 줬던 조언은 경험에서 우러난 거였나.

 "차라리 무시했으면 금방 끝났을 텐데 석 팀장으로선 절대 참을 수 없는 부분을 건드려 댔으니까요. 게다가 부족한 점을 정확히 짚어 오다 보니 갚아 줬다 해도 도움이 되었다는 건 부정할 수가 없어 자존심도 많이 상해했습니다. 덕분에 겉으론 아닌 척해도 속으론 세성 길드장 아주 지긋지긋해하죠."

 "그래도 세성 길드장 상대인데, 담이 크네요."

 "크긴요. 겁 많아요. 허세를 잘 부릴 뿐입니다. 그래서… 이건 제가 말하긴 그렇군요. 아무튼 그때 일은 석 팀장에게 트라우마로 남아 버렸으니 가능하면 앞에서 말씀하진 말아 주십시오."

 성현제의 피해자들 중 하나였구나. 호되게 당했단 소릴 들으니까 안됐다 싶으면서도 괜히 기분이 풀렸다. …솔직히 나도 한 번쯤은 석시명 속 긁어 보고 싶지만 그러면 안 되겠지. 다른 것도 아니고 해연 일이니 더더욱 말이다.

 "해연을, 길드장님을 지금 이 자리까지 이끌어 온 건 누가 뭐라 해도 석 팀장의 공이 가장 큽니다. 한유현 헌터는 각성 순간부터 완성된 S급 헌터라 할 수 있을 겁니다. 하지만 한유현 길드장은 석 팀장 없이는 만들어질 수 없었겠지요. 당시의 상황을 생각한다면, 더더욱 말입니다."

 유현이가 타고난 헌터라고 해도 사회생활은 제대로 해 본 적 없는 어린 나이였으니. 길드 운영 전반은 물론 길드장으로서 갖출 태도까지 석시명의 손길이 필요할 수밖에 없었을 것이다.

"김하연 팀장님께서도 제 동생에게 여러 가지 가르쳐 주셨다면서요. 예림이에게도요. 감사하게 생각하고 있습니다."

"당연한 의무입니다. 길드장님께서는 좋은 학생이었죠. 배우는 것도 빠르셨고요. 박예림 헌터는 아직 공부할 게 더 남았습니다만, 처벌 적게 받고 사고 치는 일에는 관심이 많아서 다행입니다. 생각보다 더 열심이에요."

…예림아. 그래도 가급적 법은 지켜 주렴.

"석 팀장이 충실하긴 하지만 속마음 잘 숨기는 능구렁이라 한 소장님도 조금쯤 조심하시는 게 좋을 겁니다. 워낙 길드장님을 아끼시니 석 팀장도 고마워하고 있지만 수틀리면 가차 없이 돌아설 사람이기도 합니다. 해연에 득이 된다면 팔아먹는 것도 서슴지 않을걸요. 길드장님의 친형이라 해도 말입니다. 길드장님만 제외하면 뭐든 장기짝으로 써먹을 수 있는 사람이죠."

아주 잘 알죠, 그건.

"만약 한 소장님께서 사육소가 아닌 길드를 세우셨더라면 웃는 낯 아래로 의심과 경계를 했을 겁니다. 해연 길드를 먹어 치우려 드는 게 아닐까 하고요. 아마 지금도 완전히 마음 놓은 건 아닐걸요. 혹여 합병할 생각 없느냐고 떠보거든 거절하세요."

"합병이요?"

"네. 합병도 싫어해요. 수담 길드가 그런 제안을 했다가 밉보였죠. 아래로 들어온다면 환영하겠지만요. 해연은 오롯하게 해연이어야만 만족하는 사람입니다."

그건 나도 동의하지만. 내 동생이 어떤 마음으로 세우고 키워 온 길드인데 흠나게 해선 안 된다. …마지막까지, 해연은 해연이었으니까. 사라져서도, 변해서도 안 되지, 절대로. 나 또한 그 두 글자를 온전히 지키고 싶다.

"믿음직스럽군요."

"그렇죠."

그런 사람을 꺼린다는 게 미안해질 정도였다. 동생을 생각하면 오히려 고마워해야 할 사람인데. 하지만 나는……

"…하나만 더 여쭤봐도 될까요?"

"네, 말씀하세요."

"어떤 사람이 꿈에서 절 괴롭혔습니다. 절대 잊을 수 없을 만큼 심하게요. 하지만 실제로는 잘 알지도 못하는 사람이었어요. 제게 나쁜 짓 한 적도 없고요. 그러니 싫어해선 안 되는데… 꿈이 너무 선명해서, 현실처럼 똑똑히 남아 있어서, 자꾸만 꺼려집니다."

지금의 석시명은 내게 잘못한 적이 없다. 오히려 친절하다.

"이건… 역시 제가 잘못하는 거겠죠."

"아뇨."

김하연이 가볍게 대답했다.

"꺼려지지 않으면 좋겠지만 사람 마음이 어디 그리 쉽나요. 게다가 생생한 꿈 때문이라면 오히려 양반입니다. 세상엔 온갖 별것 아닌 이유로 타인을 싫어하는 사람들이 널리고 널렸어요. 단순히 길을 걷는 것만으로도 그 사람을 싫어하는 사람이 생기기도 합니다. 한 소장님을 싫어하는 사람도, 많겠지요. 실제로 한번 만나 보지도 않았으면서요."

…그야 그럴 것이다. 동생이 S급 헌터라서, 운 좋게 등급 높은 스킬을 얻어서, 유명해져서 등등. 광고 제안 계속 거절하는 거 두고 비싸게 군다고 욕하는 사람도 한 명쯤은 있겠지. 생긴 게 마음에 안 든다는 사람도 있을 거고.

"그런 마음까지는 어쩌겠습니까. 부정적인 감정이든 긍정적인 감정이든 마음대로 조절이 불가능한 게 감정이죠. 그저 참으려고 노력할 뿐입니다. 득도라도 하지 않고서는 말입니다."

"그렇, 겠죠."

"다만 겉으로 드러내는 순간부터는 잘못입니다."

김하연이 단호하게 말했다.

"행동으로 옮긴다는 것은, 타인을 직접적으로 해치겠다는 뜻이니까요. 그때는 법정에서 만나게 되겠지요. 한 소장님께서도 눈에 띄면 바로 연락 주십시오. 빠르게 처리해 드리겠습니다."

뚜렷한 미소가 살짝 살벌하게 느껴졌다.

"그리고 한 소장님의 꿈에서 나왔다는 사람, 뒤통수 한 대 정도는 후려갈기세요."

"…네? 방금은 잘못이라고 하셨잖아요."

"그 정도는 별문제 없을 거고 문제 생긴다면 합의하면 됩니다. 윤리적으로는 잘못된 일입니다만 해연 길드로서는 한 소장님의 정신건강이 더 중요합니다."

"아… 그, 감사합니다."

무심코 웃음이 새어 나왔다. 하긴 석시명도 내가 끙끙 앓으니 속 시원하게 자기를 패라고 말하겠지. 그게 해연 길드에 더 도움이 되니 틀림없이 그럴 것이다.

'김 팀장님께 말하길 잘했다.'

그래, 싫은 걸 어쩌겠어. 나한테는 있었던 일이기도 하고. 석시명 잘못은 아니지만 나도 잘못한 건 아니잖아. 그래도 앞으로는 나아질 것이다. 이미 마음이 약간 풀리기도 했고. 석시명 씨 당한 이야기 자세히 듣고 나면 좀 더 호감이 생길 거 같은데. 최소한 동정심이라도 말이다.

그때 휴대폰이 울렸다. 설마 싶었지만 역시 아니었다. 동생이다.

"어, 유현아."

[사육소 응접실이지? 지금 갈게.]

"아니, 내가 알아서 챙겨 먹는다니까."

[안 돼.]

하여간 애들도 참. 통화를 끊으며 괜히 멋쩍은 표정을 지었다.
"동생이 약 먹이러 온다네요."
"예? 약이요?"
"보약이요. 그럴 나이는 아닌데 하도 성화라……."

김성한 헌터에게 잘한다는데 물어보고 지어 왔다나. 시간 맞춰서 먹어야 효과가 더 좋다며 유현이랑 예림이 둘이서 확실하게 챙기기로 했단다. 둘 다 자리를 비우면 명우와 노아가 찾아올 예정이었다.

"그제 밤엔 둘이 머리 맞대고 뭐 하나 했더니 영양제 찾고 있더라고요. 정말이지 그럴 거까지 없댔는데도. 그래도 이래서 애들 키우지 싶기도 하고요. 진짜 기특하죠? 둘 다 어떻게 이렇게나 착한지."

현아 씨 추천대로 칼슘과 비타민D 뒤지다가 마그네슘도 필요한 거 같다며 진지하게 의논하고 있었지. 흐뭇하게 말하는데 김 팀장님이 나를 묘한 눈으로 쳐다보았다.

"…한 소장님 스물다섯 살이셨죠. 분명."
"아, 좀 나이 들게 느껴지나요? 한 30대?"
"솔직히 방금은 제 연배로 생각되었습니다."

…사십 대는 너무했다. 내가 사오십 대 분들과 자주 어울리긴 했다만 그래도.

김하연 팀장님이 돌아가고 이내 유현이가 약그릇을 들고 나타났다. 쓴 내 풍기는 약그릇이 내밀어지자 피스가 콧등에 주름을 잔뜩 잡았다. 냄새가 영 위험하게 느껴지긴 하지. 그래도 얌전한 게 유현이를 믿는 걸까. 전에 성한 씨가 보낸 보약 먹을 땐 처음엔 덤벼들었는데.

"아침에 운동했어? 옥상정원엔 안 나온 거 같던데."

"아니, 애들 돌보다 보면 운동 되고…….."

"역시 트레이너 붙이는 게 낫겠다. 다리는 괜찮아? 어제저녁부터는 안 저는 거 같던데."

"티 안 났어? 그럼 괜찮은 거 같아. 의식 안 하고 있거든."

일부나마 털어놓아서 마음이 편해진 덕분일까. 어제저녁도 즐거웠고. 역시 애들 잘 먹이는 게 최고다.

"마지막으로 치과 간 건 언제야? 기억나?"

…갑자기 웬 치과. 당연히 기억날 리가 없었다. 5년 전이잖아.

"충치 같은 거 없었어. …아마."

"예비 부길드장이 나이 들수록 치아 관리도 철저히 해야 한댔어. 잡곡밥으로 바꿀까? 당수치가—"

"형 몸뚱이는 스물다섯 살이다."

성한 씨 아직도 내가 노인으로 느껴지는 건가. 얘들아, 상담 상대를 잘못 선택한 듯하구나. 요즘 젊은 사람들도 당뇨가 늘어난다곤 하지만… 잡곡밥이 몸에 좋긴 하겠지. 건강을 챙기긴 해야… 그래도 트레이너 붙는 건 싫은데. 내일은 꼭 잊지 말고 운동하자.

"한창 쌩쌩할 이십 대고 머리부터 발끝까지 멀쩡하단다. 다리도 진짜 다친 건 아니니 걱정하지 마. 이러다 목발까지 짚고 다니라 하겠다."

"던전 부산물로 만들어서 인벤토리 보관도 가능한 건데."

"…벌써 샀어?"

"아니, 주문만 했어. 좋은 생각이라고 그러더라."

"나중엔 온갖 게 다 던전 부산물로 만들어진다. 특히 우산 편했지."

헌터 인정 못 받는 FF급이라 해도 인벤토리는 있으니까 그에 맞춰 많은 게 바뀌어 갔다. 던전 부산물 용품은 비싸다 보니 빈부격차 문제도 생겼고. 젖은 우산 들고 다니는 거 노매너 아니냐 인벤에 넣어라, 라는 글이 인터넷에 올라왔다가 대판 싸움 나기도 했다.

그때 알람이 울렸다. 습관적으로 문자를 보냈다.

[앞으로 3시간 남았습니다.]

"진짜 갈 거야?"
내가 문자 보내는 걸 보고 유현이가 못마땅하게 말했다.
"계속 기다릴 순 없잖냐. 그리고 정말로 내가 오는 게 싫다면 오지 말라고 하겠지."
"상태 별로라며. 위험할지도 몰라. 나도 따라갈 거지만, 그래도. 은혜만으론 안심할 수 없어."
"그래서 대비를 하려고."
은혜를 풀며 왼쪽 바지를 무릎 위까지 걷어 올렸다. 그러곤 무릎 위에 은혜를 찼다.
"여기면 바로 못 찾을 테니까. 그리고 폭탄도 있지."
미리 사 둔 B급 폭탄을 꺼냈다. 선풍기 리모컨처럼 작고 납작한 폭탄으로 범위가 좁은 대신 위력은 S급에 가깝다고 했다.
"은혜야."

- 삑!

파랑새가 포르르 나와 바닥에 앉았다.
"이 폭탄 끼울 수 있게 변형해 줘. 그리고 여기 이 옆면의 빨간 버튼 보이지? 내가 은혜 널 부르거나 말을 못 하는 상황이 되면 눌러서 터뜨려. 할 수 있겠어?"

- 삐이, 빨간 버튼!

"그래, 연습해 보자. 안전장치 잠근 채니까 눌러도 돼."

은혜가 별 힘은 없지만 버튼 정도는 누를 수 있다. 다리에 폭탄을 차고 은혜를 부르자 얼른 부리로 버튼을 꾹 누른다.

"잘했어! 이 폭탄이면 세성 길드장도 잠깐은 물러설걸."

내 말에 유현이가 마지못해 고개를 끄덕였다.

"송 실장님에게도 연락해."

"…해야겠지. 진짜 죄송스럽다."

모르고 당하는 것보다는 알고 대비하는 편이 나을 것이다. 미안한 마음을 담아 송 실장님에게 연락했다. 반드시 성현제를 만나야겠다는 내 말에 그가 한숨을 담아 동행하겠노라고 대답했다.

[오후 세 시까지 세성 길드로 가겠습니다.]

틈내서 집에 온 예림이와 함께 점심을 먹고 시간 맞춰 출발했다. 그때까지도 성현제로부터 아무런 연락이 없었다.

[차에 탔습니다.]
[세성 길드 도착 10분 전입니다.]
[세성 길드 주차장입니다.]

위로 올라가자 약간 곤란한 표정의 강소영과 피곤한 얼굴의 송태원이 보였다.

[댁네 로비입니다.]

연락 없으면 진짜 뚫고 들어갈 겁니다.

"안녕하세요, 송 실장님~"

있는 힘껏 활짝 웃으며 송태원에게 다가갔다. 웃는 낯에 침 뱉으랴. 송 실장님이라면 한 댓 번쯤은 뱉어도 얌전히 받아 줘야겠지만. 뱉을 사람이 아니라는 점에서 더 미안하다.

"…지금이라도 귀가하시기를 권하겠습니다."

송태원이 나직하게 말했다. 유현이도 동의한다는 표정을 지었다.

"그래, 형. 집에 가자. 가는 길에 치과에 들를까?"

치과 가기 싫어서라도 집에 가고 싶지 않아지는구나. 이젠 돈 걱정은 없지만 치과 특유의 그 위이잉거리는 기계음 기분 나쁘다. 치아 긁어 대는 느낌 소름 돋기도 하고. 정기적으로 가는 게 좋긴 하지만, 그래도.

"얼굴 보고 분위기 영 안 좋다 싶으면 바로 돌아갈게."

그보다 여기 계속 서 있으면 민폐일 듯하다만. 사람들 차마 우리 근처엔 오지 못하고 구석에 딱 붙어들 있잖냐. 고래 만난 정어리 떼 같다.

"소영 씨, 자리 옮기는 게 좋겠죠?"

"네에. 이쪽으로 오세요."

강소영이 엘리베이터 쪽으로 앞장섰다.

"한 소장님은 괜찮지만요, 두 분은 좀 곤란하다고요."

엘리베이터 문이 닫히기가 무섭게 강소영이 투덜거렸다.

"특히 해연 길드장님께서 이렇게 쉽게 드나드시면 보기도 영 안 좋습니다. 못해도 사나흘 전에 통보하고 준비를 갖춰야죠. 당일 연락하고 들이닥치는 거 받아 주면 우리 길드가 너무 가볍게 비치잖아요. 예전에는 대리인만 보내시던 분이. 한 소장님 아니셨으면 방문 거절했어요."

하긴 좀 그렇겠다. 보통은 이렇게 직접 나서는 일 잘 없으니까. 기승수 건으로 해연 길드에 S급 길드장들이 모인 것도 극히 드문 일이고.

"앞으로는 주의하겠습니다. 그런데 소영 씨, 생각보다 길드 일에 신경 쓰시네요."

"제가 사고 치는 건 괜찮지만 길드가 얕보이는 건 안 되거든요. 길드가 굳건해야 제 뒤처리도 잘해 주죠."

강소영이 당당하게 대답했다. 성현제가 아낄 만도 하다니까. …아끼는 거 맞겠지?

"한 소장님은 원하시면 길드장님 사택에 바로 들어가셔도 괜찮아요."

우리를 응접실로 안내한 강소영이 말했다.

"길드장님께서 몇몇 보안구역을 제외하곤 자유롭게 출입시켜도 된다셨 거든요. 하지만 해연 길드장님과 송 실장님은 안 됩니다."

나야 스탯 F급의 위협 안 되는 물몸이니까. 하지만 유현이와 송 실장님은 당연히 안 되겠지.

"형을 혼자 보낼 순 없어."

유현이가 단호하게 말하고 송태원 역시 같은 의견이었다.

"세성 길드장은 제게 한유진 씨를 해칠 수도 있다고 경고하였습니다. 그 말을 들은 이상 저는 한유진 씨를 보호해야만 합니다."

"…그런 말을 했어요?"

"저를 도발하기 위한 말이었을지도 모릅니다만, 조심해야 한다고 생각합니다."

"역시 돌아가자, 형."

그냥 가야 하나. 하지만 여기까지 왔는데. 고민하다가 강소영을 바라보았다.

"소영 씨는 어떻게 생각하세요? 세성 길드장님 심기가 많이 불편해 보였습니까?"

"으으음, 잠시만요. 길드장님과 코메트를 두고 저울질 중이에요."

"예?"

"길드장님께서 한 소장님을 해칠 거 같진 않지만요, 한 소장님이 안 계시면 코메트가 성장할 수 없으니까요. 만약을 대비해서 저도 한 소장님 혼자 길드장님을 만나는 건 반대예요! 에블린 헌터에게 연락하겠습니다."

"에블린 씨를요?"

"저는 그 정도 권한은 없거든요. S급 헌터는 S급 헌터가 맡아야죠. 원래 손님맞이도 제 역할은 아닌데 워낙 부담스러운 분들이시다 보니 자청한 거예요."

송 실장님은 물론이고 해연 길드장도 다들 꺼린다며 강소영이 말했다.

"한 소장님께 접근도 못 하니까 아쉬워도 하고요. 그럼 여기서 기다려 주세요. 아, 마실 거 가져다드려야 하나요?"

"괜찮습니다."

소영 씨가 어디 다른 데 나가지 말고 여기 계셔야 해요, 하고 당부하고는 밖으로 나갔다. 소파에 앉아 맞은편에 자리한 송태원을 바라보았다. 명암이 뚜렷한 얼굴 위로 현대인의 피로가 녹아들어 있었다. 세상에서 제일 피곤한 S급 헌터가 아닐까.

"송 실장님."

"예."

"애 이름이라도 지어 주세요."

"…예?"

그의 눈빛에 드물게도 짙은 당혹감이 맺혔다. 유현이도 고개를 갸웃 기울였다.

"새끼 양이요. 준비 다 끝났으니 받아만 주시면 되는데."

"…안 됩니다."

"말 안 나오게 잘 처리해 드리겠다니까요. 나라 위해서 기부하겠다는데 누가 뭐래요. 뭣보다 기승수가 있으면 얼마나 편한데요. 던전 공략 시간 확 줄어듭니다. 그 누구보다도 바쁘신 분이 던전에서 일주일 넘게 발목 잡혀 있으면 국가적인 손해죠."

근접계인 송태원은 더욱 기승수가 필요했다. 유현이나 예림이, 성현제까지도 한자리에서 넓은 범위의 공격이 가능했다. 하지만 송태원은 도구를 사용한다더라도 한계가 뚜렷했다. 보나 마나 던전 공략 때 이동시간이 몬스터 사냥 시간보다 훨씬 더 많이 들겠지.

"솔직한 심정으로는 송 실장님 개인 기승수로 계약하고 싶은데, 그건 제가 큰맘 먹고 포기합니다! 국가 소속으로 할 예정이니 걱정 마시고요, 이름이라도 지어 주세요."

물론 계약 내용으론 사실상 송 실장님 개인 소유나 다름없이 할 생각이지만. 간절한 표정으로 송태원을 바라보았다.

"아직 이름도 없는 어린애가 가엾잖아요. 사육소에 와서 보시기도 했다면서요. 어땠어요. 귀엽죠? 귀엽잖습니까. 귀엽다고 말씀하세요."

"…사육소 상황을 확인하기 위해 방문한 것이었습니다."

"요만한 새끼양이 송 실장님만 바라보고 있는데!"

이름만이라도, 하고 간절히 찔러 댄 끝에 송태원이 드디어 대답을 했다.

"좋은 이름을 지어 줄 자신은 없습니다."

"괜찮아요! 마음이 중요하죠. 게다가 저보다는… 나으시겠지요. 저 몬스터 새끼 이름 짓는 거 금지당했다니까요."

"나는 형이 지은 이름도 좋다고 생각해."

"고맙다, 유현아. 역시 내 동생밖에 없구나."

그래, 뭐. 유니콘들은 좀 성의 없이 느껴지긴 했다. 그래도 블루는 딱 블루라는 느낌이었는데. 블루가 아니면… 항상 발랄하니까 해피라거나. 금빛이니까 치즈. 아, 유니콘들 커피, 우유로 할걸. 이건 좀 센스 있는 거 같다.

그때 진지하게 고민 중이던 송태원이 입을 열었다.

"태산이, 어떻습니까."

"…네?"

그… 설마 새끼 양 이름? 예림아, 송 실장님보다는 내가 더 나은 거 같다. 태산이라니, 솔직히 촌스럽잖아. 송 실장님 아직 30대시면서.

"좀 더 귀여운 이름이 어떨까요. 귀엽잖아요. 새끼 양인데."

"화산흑양 성체는 그다지 귀엽지 않습니다만."

"그래도 송태산은 좀……."

"…성이 붙어야 하는 겁니까?"

"붙여 부르는 경우도 많죠. 김체리나 최푸딩, 박뽀삐 같이요."

평소에는 체리고 사고 쳤을 때 주로 김체리! 가 되지만.

"그럼, 설악이는."

"너무 딱딱한 거 같은데. 털이 폭신하니까 복실이나 구름이 어때요? 제가 지었다는 건 비밀로 해 주시고요."

송구름, 좋은 이름 같지만 혹시 모르니까.

"검은색이니 흑운이 되는 겁니까."

"아니, 왜 한자로 바뀌는 거예요. 까맣긴 하지만."

"뭐가 까만데요?"

문이 열리며 강소영이 들어왔다. 호기심 어린 물음에 새끼 양의 이름을 짓고 있었다고 말해 주었다. 새끼 양 귀엽죠! 저도 만져 봤어요, 하고 웃던 강소영의 표정이 이름 후보들을 듣고는 딱딱하게 굳어졌다.

"…차라리 이름은 포기하고 송이라고 하세요."

"그것도 귀엽네요. 흑송이, 깜송이, 양송이."

"그냥 송이요."

양송이 괜찮은 거 같은데. 강소영이 따라오시라며 앞장섰다. 성현제의 사택으로 통하는 복도 입구 쪽에 에블린이 서 있었다. 안경알 너머의 눈이 가늘게 미소 짓는다.

"안녕하세요, 한 소장님. 그리고 송태원 실장님과 해연 길드장님."

가벼운 인사와 함께 그녀가 말을 이었다.

"우선 S급 헌터 두 명이 동시에 길드장님의 사택에 들어가는 것은 받아들일 수 없습니다. 한 소장님과는 한 분만 동행해 주세요. 가능하면 송태원 실장님이시면 좋겠군요. 비교적 공정하실 테니까요."

"스탯 F급인 사람을 혼자 보호하는 건 쉽지 않은 일입니다."

유현이가 에블린을 마주 보며 말했다.

"한 소장님께선 스탯만 F급이지 그리 녹록한 분은 아니라고 생각하는데요. 대신 만약 길드장님께서 일정 이상의 위협을 가해 오신다면 저 또한 여러분을 돕겠습니다. 많이 양보해 드린 거예요. 원래라면 축객령이 알맞겠지요."

"진짜 들어갈 거야?"

유현이가 불만스럽게 물었다. 대답 대신 휴대폰을 꺼내어 마지막 문자를 보냈다.

[바로 앞입니다. 제가 들어가는 걸 원하지 않으면 점이라도 하나 찍어 보내세요.]

휴대폰은 잠잠했다.

"…세성 길드장님 살아는 계시죠?"

"네. 오늘 아침에도 통화는 했습니다."

그럼 문자 보긴 다 봤다는 거구만.

"에블린 씨와 연락은 한다니까 너무 경계할 필요는 없을 거 같은데. 어쩔래, 유현아? 네가 같이 갈래?"

"아니, 송 실장님과 함께 들어가."

웬일인가 싶어서 동생을 빤히 쳐다보았다. 당연히 자기가 갈 줄 알았는데.

"진짜 그래도 돼?"

"형은 날 두고는 안 나올 테니까. 위험하다 싶으면 송 실장님을 방패 삼고 바로 밖으로 나와."

…타당한 이유다. 송 실장님과 동행한다면 내가 방해된다 생각하고 바로 빠져 주겠지만 유현이를 두고는, 차마 발이 안 떨어지겠지. 이어 유현

이가 인벤토리 봉인 팔찌를 풀어 달라 부탁한 뒤 무기를 꺼내 들었다. 일본에서 가져온 S급 검과 단검, 와이어였다.

"형의 보호를 부탁드리는 것이니 파손되어도 책임을 묻지 않겠습니다."

송태원은 잠깐 머뭇거렸다가 순순히 무기를 받았다. 송 실장님 앞에서 회귀 이야기를 할 순 없겠지만 성현제에게 소리 차단 아이템이 있으니 괜찮겠지.

5장 댁네 집이었는데

5장
댁네 집이었는데

송 실장님과 함께 복도를 따라 들어가 미니포털을 통과했다. 집 안은 조용했다. 여기도 꽤 오랜만이다.

[댁 집 안입니다.]

이제는 얼굴 좀 비쳐 줘야 하는 거 아니냐. 일단 안쪽으로 걸음을 옮기는데 송태원이 멈춰 섰다.
"…빵 냄새입니다."
"네?"
"2층 보조주방 쪽인 듯합니다."
"정원이 보이는 곳 말이죠."

송태원이 앞장서고 내가 그 뒤를 따라갔다. 계단을 오르자 내 코에도 빵 냄새가 닿아 왔다. 이 정도로 짙은 냄새면 구운 지 얼마 안 된 거 같은데.

복도를 꺾어 안쪽으로 들어가자 햇살이 들이비치는 커다란 유리벽이 나타났다. 둥그런 테이블과 의자도 보인다. 말이 보조주방이지 세련된 작은 카페 같은 공간이었다.

"내가 제일 좋아하는 두 사람이 함께 와 주다니, 무척이나 기쁘군."

익숙한 목소리가 들려왔다. 길쭉한 아일랜드 바 너머에 성현제가 서 있었다. 하얀색 반팔 셔츠에 허리 앞치마를 했다. 예상 밖의 모습이었다. 날이 섰다거나 불쾌해하는 느낌은 전혀 없었다.

"…반가워해 줄 줄 알았다면 꽃다발이라도 사 올 걸 그랬습니다."

폭탄은 있는데.

"한유진 군으로도 충분하니 미안해하지 말게나."

진짜, 뭐라고 해야 할지. 무심코 송태원을 올려다보았다. 그도 미간만 좁힌 채 별다른 반응을 하지 못했다.

"그렇게 서 있지 말고 앉지."

뭐지, 정말. 혹시 송 실장님과 싸우다가 뒤통수를 잘못 얻어맞고 기억이 일부 날아가기라도 했나. 왜 저렇게 아무 일 없었다는 듯이 구는 거냐고. 송태원과 떨떠름해하며 테이블에 앉았다. 유리벽 너머로 정원의 일부가 내려다보였다. 바깥에서는 유리가 아닌 평범한 건물 벽으로 보인다고 했었지.

"청포도라네."

주스 잔이 나와 송 실장님 앞에 각각 놓였다. 무언가 먹지 않겠냐고 친절하게 물어도 온다. 송 실장님은 사양했고 나는 에그타르트를 하나 받았다. 갓 구워 낸 게 쓸데없이 맛있었다. 그래서 하나 더 먹었다.

"무슨 생각을 하시는 건지 도무지 모르겠네요."

"친애하는 한유진 군을 정성껏 대접하고 있지."

"손 많이 가는 일 참 좋아하시나 봐요. 저와 송 실장님 외에도 한둘이 아니셨다면서요. 사람 너무 가지고 놀지 마세요."

"조금 억울하군."

성현제가 눈썹을 살짝 휘며 말했다. 앞치마의 끈을 천천히 풀며 주스

잔을 노려보고 있는 송태원에게로 시선을 옮긴다.

"이렇게 신경 써서 직접 아껴 주는 경우는 없었건만. 그렇지 않나, 송태원 씨?"

왜 갑자기 직함 떼고 부르냐. 사적인 공간이라 이건가. 송태원이 한숨을 섞어 대답했다.

"예. 지나칩니다."

"그렇다는군."

송태원을 바라보는 성현제의 시선은 퍽 다정했다. 하지만 동시에, 명백하게 상대를 낮춰 보고 있었다. 그에게 있어 어느 누구가 그렇지 않겠냐마는 오늘따라 그 사실이 더욱 뚜렷하게 느껴졌다.

"내가 관심을 둔 사람이 여럿 있기는 하였지. 하지만 내게는 아무런 영향도 미치지 못한 짧은 즐거움이었을 뿐이라네."

그 사람들의 상당수는 변하였을 것이다. 그러나 성현제는 그대로다. 누구도 그를 바뀌게 할 순 없었을 것이다. 방금 직접 말했듯이.

그 스스로는 인간이라 하고, 인간으로 남았지만.

'…기억에는 없다 해도 그 쌓인 시간들이 정말로 아무 영향을 미치지 않았을까.'

유현이와 리에트와 같은 태생 S급이라고 하지만 그 둘과 자신이 동류라고 생각하고 있을까. 성현제는 그 두 사람마저 아래로 보고 있는 것은 아닐까. 유현이에 대한 태도를, 듣고 봐 온 것을 떠올리면 동급으로 친다고 생각하긴 힘들었다.

새삼스럽게 그가 멀게 느껴졌지만.

"제 연락은 왜 죄다 씹은 겁니까."

따질 건 따져야지. 멀쩡해 보이는데 왜 답장 한 번 없었던 거냐. 빵 구울 시간은 있고 폰 터치할 시간은 없고?

"보긴 봤어요?"

"물론 확인했지."

"그런데 끝까지 무시한 겁니까. 변명이라도 해 보시죠."

성현제가 미소 지었다. 풀려 나간 앞치마가 의자 등받이에 걸쳐졌다.

"아직 답을 내리지 못했기 때문이라네."

"답이요?"

"한유진 군을 이대로 둘지 혹은 제거할지."

반사적으로 눈가가 찌푸려졌다.

"송 실장님, 기다려 주세요. 아직 고민 중이라잖습니까."

어느새 자리에서 일어난 송태원을 말렸다. 그러곤 남은 주스를 마셨다. 맛있긴 맛있어.

"그리고 결정을 내리지 못했다는 건, 그걸 굳이 이렇게 말씀하시는 건 결국 제게 손 못 대겠다는 뜻 아닙니까."

눈을 들어 성현제를 바라보았다. 왜 답지 않은 소릴 하는 거지.

"일단은요, 이유나 좀 들어 봅시다. 보호자 제안해 가며 별별 거 다 챙겨 주더니 갑자기 왜 토라졌습니까? 지금도 이렇게 먹이고 있으면서. 충분히 살찌웠으니 이제 도축하겠다는 건가."

"지금 상태로는 평생 키워야 할 듯싶네만."

"다 컸습니다. 송 실장님 칼 빼 드시기 전에 대답이나 하시죠."

잔이 다시 채워졌다. 무르익어 달큰한 향이 넘쳐난다. 부드럽게 부풀어 오른 빵을 떠올리게 하는 냄새 또한 여전히 주방 가득 맴돌고 있었다.

"기시감은 항상 들었었지."

조금 더 먹겠나, 하며 크루아상이 내어졌다.

"비슷한 일을 혹은 똑같은 일을 겪었던 듯한 느낌이."

"실제로 겪었던 것일 가능성이 높겠지요."

내 회귀 때문만이 아니라 과거의, 어떤 세계에서의 그의 경험으로. 성현제의 손끝이 작고 예쁜 잼 병의 뚜껑을 돌려 열었다. 단내가 또다시 섞여 든다.

"무엇이든 금세 익숙해지고 금세 지루해지고. 시시하게 끝나 버리곤 했다네."

"완전히 다른 세상이라고 해도 사람 사는 게 엄청난 차이가 있진 않을 테니까요."

우리 세상만 해도 다양한 문화가 있지만 그 속은 비슷할 수밖에 없다. 먹는 거 입는 거 자는 거, 싸우기도 하고 친해지기도 하고 사랑에 빠지고 증오에 물들고. 심지어 성현제는 어떤 세계에서든 숭배의 대상이었겠지. 항상 쉽게 가장 위에 올라 언제나 주위를 내려다보는 위치.

그로서는 정말 재미없었을 것이다.

"그래도 이유는 알게 되었으니 조금쯤 속 시원하지 않습니까?"

초승달에게 묶여 있다는 건 열받겠지만. 말하면서 송태원을 힐끔 쳐다보았다. 우리가 무슨 소릴 하는지 짐작도 안 갈 텐데, 몸을 일으켜 선 그대로 묵묵히 성현제의 움직임을 주시만 하고 있다.

"덕분에 두 사람이 더욱 각별해졌지."

나이프를 집어 들며 성현제가 미소 지었다. 너무 각별해져서 죽이고 싶어졌다는 건가.

"우리 송태원 실장님이 정말 특이하긴 한 모양이야."

성현제의 시선을 따라 나도 송태원을 올려다보았다.

"그러게요. 그렇게까지 유래 없는 분일 줄은 몰랐네요."

우리가 왜 이러는지 영문을 알 길 없을 송 실장님께서 눈썹을 미미하게 찌푸렸다. 자기 자신을 극단적으로 억누르는 사람이야 드물지 않겠지만 그게 S급 각성자라는 건 진짜 희귀한 모양이었다. 성현제도 처음 보는 모양이니까.

성현제는 S급은 물론이고 태생 S급도 많이 만나 보았을 것이다. 어쩌면 양육자도 마주친 적 있을지도 모른다. 자신의 보호자를 아끼는 태생 S급 각성자를. 유현이나 리에트 같은 성향의 태생 S급이 자기 둥지를 만들고 유지

하는 것도 한 번쯤은 겪어 보지 않았을까. 물론 내 동생은, 그중에서도 특별했지만… 강한 관심은 석 달 정도로 끝났다니까 거기까진 짐작하지 못했을 것이고. 초월자들도 예상치 못했다고 하였으니.

"같은 장면을 계속 반복해서 본다는 것은 결코 유쾌한 일이 못 되지. 두어 번 정도라면 아직 재미를 느낄 수 있겠지만, 그래도 처음만은 못하다네."

"좋은 건 몇 번을 봐도 좋던데요. 예예, 더럽게 예민하고 까다로우시다 이거죠."

기억에서 지워진 과거를 느끼고 있을 정도니까. 시그마 보면 처음부터 저 정도는 아니었던 거 같은데, 삶을 반복당하면서 더욱 예민해진 듯했다.

"한유진 군 역시, 아주 특별하지."

크루아상에 잼이 듬뿍 발라졌다. 하얀 접시 위에 흘러내린 잼을 나이프 끝으로 우아하게 긁어 무늬를 만들어 낸다. 보기만 해도 혀끝이 달다.

"제가 좀 많이 특별하고 유일하긴 합니다."

초월자들 공인 유일한 완벽한 양육자라 하니. 스탯 F급 주제에 S~L급 칭호 스킬을 주렁주렁 달고 있는 인간도 드물었을 거고. 무척이나 건방진 태도로 팔짱을 끼고 턱 끝을 들며 성현제를 쳐다보았다.

"앞으로도 볼 수 없을 테니 있을 때 많이 보십쇼."

이런 기회 두 번은 없어요. 잼에 더해 생크림까지 하얗게 내려앉았다. 그만해, 달아 죽으라는 거냐. 과일은 또 왜 없어. 예쁘긴 하다만.

"그래서 아껴 주고 싶었다네. 나를 위해서라도. 내 즐거움을 위해서가 맞았지."

"먹을 때 엉망 될 거 같은데요."

칼로 잘라 먹어야 하겠지. 귀찮다. 그냥 크루아상 주면 안 되나. 성현제가 가느다란 실 같은 것을 들었다. 실이 휙, 날카롭게 휘둘러지고 크루아상을 갈랐다. 아마도. 움직임이 내 눈엔 보이지도 않았다. 크루아상도, 엎힌 크림도 조금의 흐트러짐이 없었다. 네 번 휘둘렀으니 다섯 등분 났지 싶지만 겉보기에는 모르겠다.

접시가 내 앞에 놓였다. 포크를 들어 끝부분을 살짝 밀어내자 잘린 틈이 벌어졌다.

"내가 보기엔 즐거우셨던 거 같은데. 혹시 이제 질렸습니까?"

"질렸다면 고민할 필요도 없었겠지. 나는 내 관심이 식었다 하여 부수는 짓은 안 한다네. 그저 눈길을 돌릴 뿐이지."

"버림받은 사람이 혼자 멋대로 무너지는 거고 말이죠."

"버렸다고 말하는 건 어폐가 있군. 그 자리에 그대로 놓아두는 것이지. 납득하지 못하고 쫓아와 내 발목을 잡으려 든다면, 그때는 손대는 수밖에 없지만."

맛있다. 달긴 달았지만 의외로 너무 달진 않았다. 성현제의 말대로다. 강소영은 좋게 끝난 적이 별로 없다, 라고 했지만 성현제에게 미련 남기지만 않는다면 아무 문제 없겠지. 내 주위 사람들만 봐도 멀쩡하지 않은가. 유현이야 미련은커녕 아예 없어져 주면 속 시원할 테고 석시명도 마찬가지겠지. 현아 씨도 그냥 아는 사이로 잘 지내고 있고 소영 씨도 사는 게 참 즐거워 보이고. 노아 씨도 성현제로 인한 문제는 없는 듯했다. 리에트가 문제지.

"저 댁 발목 안 잡아요. 공사 구분 제대로 합니다. 좀 허전하긴 할 거 같은데 이별에는 일가견 있거든요. 설사 혼자 남는다고 해도 살아갈 순 있습니다."

8년간 살긴 살았는걸. 지금은 그때보다 훨씬 낫고. 내 말에 성현제가 슬픈 척했다.

"그렇게 말하니 내가 섭섭해지는군."

"허전하긴 할 거라니까요. 전 누구 씨와 달리 칼로 무 자르듯 딱 잘라 내는 건 잘 못해서. 이따금 생각하겠죠. 정말 잘나고도 이상한 인간 하나 있었지. 나쁘진 않았어. 크루아상 맛있었고."

남은 한 조각을 마저 입안에 넣었다.

"그래서 왜입니까. 계속 절 제거하면 안 되는 이유만 말씀하시는 거 같은데."

"나는 한유진 군을 포기하지 못할 거라네. 손에서 놓을 생각 또한 없고."

…주스 마시다 사레들릴 뻔했다. 뭐래.

"뭐냐, 되게 앞뒤 안 맞는 말 하시고 있으십니다만."

"내 흥미와 내 즐거움을 위해서 약간의 희생은 할 수 있어. 특히나 나는 자극이 절실한 입장이니 말일세. 내 상태에 대한 이유를 알고 나니 더더욱 팔 하나쯤은 아무것도 아니다 싶어지더군."

"…그 정돕니까?"

"이래 봬도 상당히 닳아 있다네."

문득 그의 바랜 머리색이 눈에 들어왔다. 신체를 말하는 걸까 영혼을 말하는 걸까 혹은 둘 다일까. 새로운 자극으로 덧칠해 주지 않으면 위험해지기라도 하는 건가. 지루함에 파묻혀 멈춰 버린다거나.

"하지만 최근에는 조금 지나쳤지. 선이 애매해졌다고 해야 할까. 나를 위한 것인지, 순수하게 한유진 군을 위한 것인지. 그 경계선이 혼란스러워졌다네. 만약 한유진 군의 속을 갈라 파헤친다면 내가 원하는 새로운 사실들이 쏟아져 나오겠지."

"음, 황금알 낳는 거위 같은 거 아닙니까. 갈랐다가 죽어 버리면 손해니까."

"요즘은 배 좀 가른다고 죽지 않는다네. 갈라 본 다음 꿰매고 치료하며 회복시키는 일도 즐거울 것이고."

그, 그래. 요샌 그렇겠지. 아니면 엑스레이 찍어 본다거나.

"그… 러니까, 성현제 씨 스스로를 위해서가 아니라, 절 위해서 참게 된 게, 뭐 거슬려서… 그런 겁니까? 제가 그쪽한테, 과하게 영향을, 미쳐서……?"

내가 말하면서도 기분이 이상했다. 아니, 어쩌다가 그렇게 되었대. 진짜 그런 거 맞나? 영향이라고 해도 대충 손가락 끝에 가시 박힌 정도겠지만. 성현제는 그런 작은 거슬림도 견딜 이유가 없는 인간이고.

"거슬리기는 하네만 그런 이유로 내 소중한 거위의 목을 자르지는 않아."

나를 그렇게 봤다니 조금 실망이군, 하고 성현제가 낮게 웃었다. 배는 갈라도 목은 자르지 않겠다 말씀해 주셔서 참으로 감사합니다, 정말.

"그것 또한 새로운 자극이지. 언제 또 이런 혼란스러움을 겪어 보겠나."

"그럼 뭐요, 뭔데요, 뭐."

살짝 짜증 날 거 같다. 진짜 이유가 뭐야. 처음부터 성현제답지 않은 소리라고 생각하긴 했다. 자기 불쾌하다고 아직 가치가 남아 있는 상대를 쓱싹해 버리는 건 어울리지 않지. 근데 그럼 왜.

"그러니 한유진 군의 책임이 아니야."

"…예?"

"오지 않았다면 좀 더 고민했을 듯하지만. 마침 두 사람이 함께라 잘되었어."

"저기요, 알아들을 수 있게 말씀해 주시면 안 됩니까."

이제는 송 실장님은 물론이고 나도 뭔 소린지 모르겠다.

"한동안은 챙겨 주기 힘들 듯하니, 도련님과 꼬마 아가씨를 너무 걱정시키지 말게."

"해외 나가요?"

"이런 건 취향이 아니지만 막상 해 보니 나쁘진 않군. 다리는 괜찮아졌고, 잠은 최소 일곱 시간은 자도록 하고. 표정을 보아하니 많이 나아진 모양이로군."

에그타르트 포장해 줄까, 하고 묻는 말에 절로 미간이 좁혀졌다. 뭐 하자는 건데.

"포장은 무슨, 제대로 설명 듣기 전에는 안 돌아갈 겁니다만. 아니, 애초에 말해 줄 거 있어서 왔습니다. 저 용건도 못 꺼냈어요."

"일종의 과부하라고 할까."

"네?"

"나는 많이 닳았고 동시에 많은 것이 누적되어 있지. 스카우터도 그러더군. 한계에 다다랐다고."

스카우터라면, 초승달의 조각 중 하나인 그 말 새끼?

"새로운 것이 필요하지만, 동시에 새로운 것을 받아들일 여유도 없다는 뜻이라네. 아슬아슬한 상태에 흔들리기까지 했으니 버티기 어려워진 거지."

"…무슨 소립니까, 그게."

"지금이라도 한유진 군을 제거한다면 안정을 되찾을 수 있겠지. 내 손으로 불안요소를 확실하게 처리한다면 빠르게 진정될 가능성이 높아."

…그러니까, 내 존재 자체가 성현제에게 위협이 되었다, 이 말인가. 잔뜩 부푼 물풍선에 새로운 물을 집어넣는 것으로도 모자라 툭툭 치기까지 하는, 그런 존재라는 거야?

"…대체 무슨 이야기를 하는 겁니까."

묵묵히 우리를 지켜보고 있던 송태원이 더 참지 못하고 입을 열었다. 성현제가 전혀 미안하지 않은 표정으로 그를 바라보며 대답했다.

"설명해 줄 수 없어 미안하군."

"송 실장님, 죄송해요. 나중에요. 그냥 얼굴 안 보는 정도로 잠깐이나마 버틸 수는 없는 겁니까? 한동안 마주치지 말고, 해결책을 찾아보죠."

"해결책은 이미 찾았다네."

"뭐야, 그럼 왜―"

"약간 위험하지만."

그러면서 웃는다. 약간? 백에 하나쯤 성공 확률 있다는 걸로 들리는데? 자리에서 벌떡 일어나며 성현제를 쏘아보았다.

"다른 방법이 있을 겁니다."

"한유진 군. 돌아가게."

"싫―"

순간 성현제를 둘러싼 공기가 변화하였다. 송태원이 내 허리를 낚아채며 순식간에 뒤로 물러났다. 금안이 가느다랗게 웃음기를 머금었다. 그것은 아직 성현제의 모습을 하고 있었지만, 무거웠다.

쌓이고 쌓인 무언가가 희미하게 새어 나오고 있었다. 마치 어마어마한, 거의 한 세계와 같은 것이 인간으로 작게 압축되어 있다가, 터져 버리기 직전인, 그런 느낌이 들었다.

"…대책 있다며!"

"있지."

"뭔데요!"

"너무 많은 것이 쌓여 문제라 하니 일부 덜어 내면 그만 아니겠나."

"말은 쉽네! 그게 됩니까?"

"친애하는 송태원 실장님께서 잘해 준다면."

나와 성현제가 동시에 송태원을 바라보았다. 송태원이 미간을 찌푸렸다.

"…정확히 말씀해 주십시오."

"간단해. 약탈을 잘 사용해 보게. 지금 자네가 느끼고 있는 평소의 나보다 더한 괴물을 잘 발라 내어 삼켜."

"……."

"자칫하면 나 또한 삼켜지겠지만, 그때는 송태원을 위한 선물이라 해 둘까."

…그게 선물이냐. 송 실장님 목 조르는 짓이지. 송태원이 짧게 숨을 내뱉었다. 어느새 그의 손에 검이 들려 있었다.

"이대로 두면, 어떻게 됩니까."

"아직은 괜찮지만 생존본능이 더 강해진다면 한유진 군을 살해하려 들겠지. 그다음 차례는 자네일 테고."

"그렇다면 저는 당신을 막겠습니다."

"지금 스킬 등급으로는 섬세한 조절까지는 아직 힘들겠지. 알아서 잘 살아남아 보겠네."

총 처음 봐 보는 사람 앞에서 머리 위에 사과 올려놓을 건데요, 운 좋으면 살 수 있겠죠 뭐. 라는 소리로 들려왔다. 대체 약탈 스킬을 뭐 어떻게 쓰라는 건지도 모르겠건만 송태원은 몸의 중심을 약간 낮추며 공격할 태세를 갖추었다.

"소, 송 실장님! 가능할 거 같아요?"

"모릅니다. 하지만 저건."

검의 손잡이를 붙잡은 손에 힘이 들어갔다.

"인간이 아닙니다."

"…그거 설마 그냥 죽이고 보겠다는 말은 아니시죠?"

대답이 없었다. 환장하겠네. 이러다 줄초상 치르는 거 아니냐. 성현제를 살해한 후의 송태원이 무사할 수 있을지는, 솔직히 모르겠다. 살긴 살겠지. 제대로 살아갈지가 문제지만.

"젠장, 송 실장님! 잠시만요!"

"밖으로 나가십시오."

송태원이 담담한 어조로 말했다. 나가면 일 터질 거 뻔한데! 하지만 내 말을 들을 생각이 전혀 없어 보였다. 어떻게 막지. 일단 은혜 켜고 몸으로 가로막기라도 해야 하나. 유현이… 는 같이 성현제 목 따 버리려 들 거 같으니 에블린 씨를 불러와서…….

"아니면 제가 직접 안전한 곳으로 옮겨 드리겠습니다."

송태원의 손이 내 팔을 잡았다. 다른 쪽 손에 들렸던 검이 사라지고 수갑이 나타났다. 방해할 거 눈치채셨구나. 하하.

"은혜야!"

내가 소리침과 동시에.

번쩍, 빛이 터져 나갔다. 폭음은 작았다. 하지만 강력한 마력이 좁디좁은 범위로 휘몰아치고 송태원을 단숨에 뒤로 밀어냈다. 그그극, 바닥이 긁히며 송태원이 넘어지지 않고 버텨 섰다. 그사이에 얼른 성현제에게로 뛰어갔다.

성현제의 앞을 감싸듯 막아서며 송태원을 겨눠 총을 꺼내 들었다. 머뭇거림 없이 방아쇠를 당김과 동시에 총구에서 마탄이 발사되었다. 송태원은 그사이 자세를 바로잡고 검을 뽑아 들고 있었다. 검은 기운에 휘감긴 칼날이 마탄을 가르듯 받아 낸다. 퍽, 하고 작은 소리와 함께 탄환이 흩어졌다. 총기형 무기는 처음 보는 것일 텐데도 대응이 능숙하다.

"내가 성현제 씨 댁 머리 날려 버릴 줄도 몰랐는데, 댁 지키겠다고 이러고 있게 될 줄은 진짜 꿈에도 몰랐습니다! 두 번은 없을 경험 연달아 하게 되어서 정말 기분 째지네요!"

아, 인생 참 즐겁다.

"괜찮은 건가?"

등 뒤에서 목소리가 들려왔다.

"댁이 할 말입니까!"

송태원을 주시한 채 버럭 소리쳤다. 뒤쪽에서 느껴지는 기세가 장난이 아니다. 이게 새어 나오는 극히 일부라니. 하지만 성현제가 날 밀어내진 않는 거 보니 아직 버틸 정도는 되는 모양이었다.

이제 어쩌지. 입안이 바싹 말랐다. 머릿속이 제대로 정리되지 않았지만 지금 두 사람이 부딪치는 건 반드시 막아야 한다는 직감이 들었다. 생각해 보자, 생각.

다행히 송태원은 곧장 덤벼 오지 않았다. 침착하게 가라앉은 표정으로 내 손에 들린 총을 바라보고 있다. 급히 쏘느라 풀충전은 못 했지만 그래도 최소 B급 이상 공격력이었다. 스탯 F급의 무기에서 나온 위력이라곤 믿을 수 없는 수준이니 경계하는 것이겠지. 심지어 폭탄도 그가 아는 종류가 아니었다. F급도 쓸 수 있는 화약이 아닌 마력으로 작동하는 S급 수준의 폭탄.

…나 감방 들어가는 거 아닐까 모르겠네. 독환도 소지 신고 필수에 던전 밖에서 사용하면 즉시 체폰데.

"은혜를 숨겨서 들어왔었군. 내 파트너에게 믿음을 주지 못해 안타—"

"아, 좀 조용히 해 봐요! 한가한 소리 할 땐가!"

나도 헛생각 중이긴 했지만.

성현제는 기억이 지워져 가며 여러 세계를 거쳐 왔다. 아니, 정확히는 기억을 덧씌워진 것일 터였다. 그 긴긴 시간과 경험들이 차곡차곡 쌓인 채로 그 위에 너는 이 세계에서 태어난 이 세계의 사람이다, 라고 얇게 내리덮고는 새로운 세계로 들여보내진 것이겠지.

그가 어떤 방식으로 우리 세계에 심어진 것인지는 아직 모른다. 어린아이일 때였는지, 이미 성인이었을 때였는지 혹은 원래 존재하던 성현제와 바꿔치기 당했는지.

"…혹시 어릴 적 기억납니까? 달이는 흐릿하다고 했거든요. 선명한 기억은 몇 살 때부터, 뭐 해요?"

스카프가 내 다리를, 은혜가 있는 곳을 감추듯 휘감았다. 은혜의 공격 무효 효과는 내 옷에도 어느 정도 적용이 된다. 하지만 폭탄이 옷 안쪽에 있다 보니 폭탄 주위는 효과를 발휘하지 않아 바지가 둥글게 잘리듯 뜯겨 나가 버렸다. 아래쪽은 그대로 흘러내리고 위쪽은 반바지처럼 되어 버리고. 꼴이 좀 웃기긴 하겠다.

"이러면 내가 혹시 미치더라도 단숨에 빼앗지는 못할 거라네."

"…정신 나간 상태로 차분히 매듭 풀거나 천천히 잘라 내긴 힘들긴 하겠죠. 공항에서 넥타이 매 줬던 거 생각나네. 제가 거기 있던 사람들 다 매줬는데 성현제 씨는 없어서 좀 허전하더라고요."

"그런 자리를 빠졌다니, 아쉽군."

"어차피 댁은 매 주는 사람 많을 텐데 아쉽기까지야."

전담 코디 붙었을 거 아니냐. 여러 사람의 시중을 받는 게 어울리는 인간이다. 다른 세계에서는 왕이나 황제 노릇도 해 보지 않았을까.

"그건 그렇지. 내가 매 준 적은 없었지만. 물론 스카프도 말일세."

"영광이옵나이다, 폐하."

그래서 어릴 적 기억은 어떤데. 송 실장님 움직이기 시작하면 따라잡을 자신 없다. 송태원은 물론이고 성현제에게 선생님 스킬 쓰기도 뭣하니. 재차 묻자 성현제가 겨우 대답을 돌려주었다.

"있긴 하다만 애매해. 지금으로선 진짜인지 의심스러운 느낌이로군. 기억이 선명한 시점은, 스물넷쯤인가."

"그럼 성인일 때 옮겨졌을 가능성이 높겠군요. 정확히는 신체 성장이 끝난 시점이 아닌가 싶습니다."

어린 시절은 필요 없다 이거겠지. 다른 세계의 사람을 옮겨 심는 게 쉬운 일은 아니겠지만 여러 초월자들, 자신의 조각들을 거느린 초승달이다. 거기에 그냥 심는 것도 아닌 바꿔치기였던 모양이니 뭔가 특별한 방법이 있었겠지.

"한 세계에서 못해도 10년 안팎, 길게는 20년 이상. 매번 S급 정도는 기본이었을 거고 말입니다."

SS급이나 어쩌면 그 이상까지 성장한 적이 있을지도 모른다. 아니, SS급까지는 가볍게 올라갔겠지. 그것이 계속해서 쌓여 온 것이다. 뛰어난 자질의 태생 S급이 끊임없이 성장을 반복하고 스스로를 갈고닦고 여러 세계를 경험하고.

그렇게 쌓여 온 힘은. 과연 어느 정도일까.

'…설마 초승달은 이걸 노린 거였나.'

처음에는 단순히 성현제가 세계를 삼키고 초월자가 되길 바랐을 것이다. 하지만 그가 거부하고, 거부한 그를 놓지 못한 채 몇 번 반복하다가 깨닫게 되지 않았을까.

한 인간에게 수많은 세계를 밀어 넣는다는 새로운 방법을.

성현제라는 뛰어난 그릇이 버티고 버티다 결국 가득 차고 닳아서, 육신도 영혼도 낡고 바래져 간 끝에 태어나는 무언가는.

'단순히 근원을 막는 것만 아니라, 아예 없애 버리는 일도 가능하지 않을까.'

등골이 절로 서늘해졌다. 수많은 초월자들의 요람, 초승달이, 그녀가 괜히 한 명의 인간에게 길고 긴 시간을 집착할 리가 없었다. 성현제가 여느 초월자와 별다를 바 없다면 그럴 시간에 새로운 초월자 후보를 찾아 키우는 편이 이득이다.

하지만 근원을 확실하게 소멸시킬 가능성을 지닌 존재라면.

"…저기, 성현제 씨. 만약 당신 속에 쌓여 있는 게 터져 나온다면 말입니다. 당신은, 어떻게 될 거 같습니까?"

"글쎄, 모르겠군. 하지만 지금 새어 나오는 것만으로도 이성을 유지하기 버거워지고 있으니. 완전히 터졌을 때는 스스로를 유지하기 힘들지 않을까."

그렇겠지. 어찌 되었든 그는, 인간이다. 눌러 두었던 것이 터지고 그 모든 힘을 받아들이고 나면, 최소한 인간은 아니게 될 터였다. 지금까지의 성현제가 아닌 다른 무언가로 바뀌고 말겠지. 초월자 위의 근원에 가까운 존재가 될 수도 있지만, 어쩌면 이지를 잃은 단순한 힘의 덩어리로 전락할 수도 있다.

초승달은 성현제와 겹겹의 계약을 해 놓았을 테니 어느 쪽이든 조종하여 근원을 파괴할 수 있을 것이고.

근원이 사라지는 거, 뭐 좋지. 그 전에 우리 세계도 깨끗이 사라져 버리겠지만. 그리고 성현제도. 내 뒤에 서 있는 인간은 사라질 것이다. 카페라떼도 에그타르트도 스카프도 없다.

"둘 다 일단 기다려 봐요. 괜히 위험한 방법 쓸 필요 없잖습니까. 성현제 씨도 답지 않게 목숨 가볍게 걸지 마시고."

"죽겠다고 한 적은 없네만. 아무것도 놓치기 싫은 과욕이라 한다면 인정하겠지만. 성공 가능성이 없지는 않아."

아닙니다, 실패합니다. 내 추측으론 말이야, 이미 한 번 망했다고!

성현제는 송태원에게 약탈 스킬을 선물받았다. 그리고 송태원은 죽었다. 여태까지는 왜 그랬는지 이해할 수가 없었지만, 이제는 알 것 같았다.

시도했겠지, 그때도. 약탈로 성현제의 쌓인 과거를 덜어 내는 일을.

하지만 송태원은 죽었고 대신 성현제에게 약탈을 건넸으며 성현제는 잠적했다. 자세한 정황은 아직 모른다. 확실한 것은, 그 시도가 성공하지 못했다는 사실이다.

'심지어 지금 송 실장님 스킬 숙련도는 그때보다 낮아.'

이럴 줄 알았으면 송 실장님한테 미친 척 키워드 적용하고 스킬 성장시키는 건데! 그렇다고 해도 몇 년의 시간을 따라잡긴 힘들었겠지만.

아무튼 실패할 확률이 아주, 매우, 무척 높았다.

"다른 방법이 있습니까."

당장이라도 달려들 듯 몸을 긴장시킨 그대로, 송태원이 말했다. 민원이라도 받듯 담담한 목소리다. 송 실장님 앞에 두고 목소리 높일 수 있는 사람은 몇 없었겠지.

"…생각 중이에요. 근데, 지금 성현제 씨가 하려는 방법은 정말로 위험하거든요. 자칫하면 송 실장님까지 다칩니다. 죽을 수도 있어요!"

"괜찮습니다."

아, 네. 그렇게 대답하실 줄 알았습니다. 자기학대 경력 8년 차가 말합니다. 스스로를 조금쯤은 사랑해 줍시다. 최소한 목숨은 챙겨 줘.

'회귀 전에는 몇 년 더 버텼으니 역시 가장 큰 문제는 나겠지.'

나라는 특이점이 없었더라면 새로운 경험도 없었을 테니까.

"성현제 씨가 절 죽이면 안정될 거라고 했죠?"

"그렇다 해도 결국 일시적인 조치일 뿐. 언젠가는 닥쳐 올 일이지."

시간벌이 할 수 있는 게 어디냐. 살해하는 행위만으로도 도움이 될까. 그렇다면 성현제의 정신 속으로 들어가서 목 내놓는 걸로 땜질이나마 가능할지도 모른다. 문제는 지금 그의 상태를 내가 감당할 수 있느냐인데.

정신세계에서 쌓이고 쌓인 저것을 맞닥뜨리게 되면, 그럼 끝이지.

"괜한 생각은 하지 말고 이만 나가게."

"머리 굴리는 중이니까 방해하지 마세요."

"소중한 동생을 위해서라도 무사히 돌아가야지. 도련님이 한유진 군을, 유일하게 사랑하는 사람을 잃게 해선 안 되지 않나."

"저도 죽겠다고 한 적은 없습니다만. 아무것도 놓치기 싫어하는 과욕이라 한다면, 사돈 남 말 하시네고."

유현이로 설득하려 들기는. 그런 말 안 해도 목숨 안 걸어. 안 걸 건데, 젠장. 초조함은 빠르게 쌓여 갔지만 마땅히 떠오르는 방법이 없었다. 아냐, 있을 거야. 있어야 한다. 덜어 내는 방법…….

회귀 전의 성현제는 약탈을 건네받았다. 등급도 높을 거고 사용 방법도 능숙할 거고. 그걸 지금 쓸 수 있다면, 문제는 역시나 내가 정신계로 들어가야 한다는 건데.

"한유진 씨."

내가 약탈 스킬을 선생님 스킬로 배워서, 현실에서 쓴다면. 하지만 곧장 능숙하게 사용하는 건 내 능력으론 불가능하다. 역시 시간이…….

"비켜 주십시오."

그 목소리를 듣는 순간 속이 뜨끈해졌다. 송태원이 움직이려 한다. 그런 직감이 들었다. 눈으로 보는 것은 포기했다. 그간 쌓인 경험과 그에 따른 예측. 그것을 믿고 방아쇠를 당겼다.

피잇—!

총구에서 쏘아진 것은 가느다란 화살과 같은 마탄이었다. 하얀 살쾡이 총을 살펴본 명우가 마력으로 이루어진 탄환을 다양하게 변화시킬 수 있다고 알려 주었다. 소지자의 능력에 따라 스킬을 접목시키는 것도 가능했지만 내겐 마땅한 스킬이 없으니. 대신 탄의 모양은 바꿀 수 있었다.

화살탄을 발사하고 이어 딜레이 거의 없이 방향만 약간 바꾸어 다시 총격을 날렸다. 오른쪽 방향이었다.

송태원의 움직임을 눈으로 확인한 것은 아니다. 보고 쏘면 늦는다. 예상이다.

이번 마탄은 처음과 달리 충분히 마나를 담은 S급이다. S급 검으로 막는다면 무기에 충격이 가해진다. 약탈 스킬은 무기와 상대의 공격, 양쪽 모두를 약화시키니 송태원의 성격상 막기보다는 회피를 선택할 가능성이 높았다.

빌린 무기잖아. 유현이는 막 써도 된다고 했지만 그럴 사람이 아니거니와 무엇보다 지금은 나를 상대하고 있다. 성현제를 두고 내게 무기 내구도를 소모할 리 없다. 그렇다고 주먹 같은 걸로 쳐 내기엔 낯선 무기의 공격이다. 어떤 효과가 있을지 모르니 십중팔구 피할 것이고, 그렇다면 오른쪽이다.

퍽! 첫 번째 마탄은 벽에 부딪쳤다. 처음 것이 아무 효과 없이 벽에 부딪쳤으니 안심했겠지. 그럼 두 번째는 쳐 낸다. 세 번째 탄은 두 번째와 같은 방향으로 연사했다. 직후 텅, 두 번째 마탄이 쳐 내졌다. 예상대로다. 맞부딪치며 직진 돌격. 하지만 세 번째는.

구우웅—!

최대 위력으로, 넓은 범위로 주위를 휩쓸며 터져 나갔다. 반발력으로 밀리는 내 몸을 성현제가 받쳐 주었다. 퍼지는 빛에 앞이 제대로 보이지 않았다.

"마지막."

성현제의 목소리와 함께 그가 총을 든 내 손을 움직여 방향을 잡아 주었다. 동시에 방아쇠를 당겼다.

빛이 가라앉고, 말라붙은 논바닥처럼 쩍쩍 갈라지고 파헤쳐진 바닥이 눈에 들어왔다. 던전 부산물로 만들었는지 용케 무너지지 않고 버티고 있다. 그 너머로 송태원이 서 있었다. 그의 한쪽 다리의 옷자락이 길게 찢겼다.

'와, 스치기라도 했네.'

성현제가 도와준 덕분이긴 하지만. 그래도 내 예상이 맞아떨어진 것이 제법 짜릿했다. 숨을 크게 들이마시며 송태원을 바라보았다.

"조금만 더 기다려 봐요. 제가 어떻게든—"

"충분히 했어."

앞쪽이 아니라 뒤쪽에서 대답이 들려왔다. 뒤로도 한 방 날려 주고 싶어지네. 그 소리 하려고 도와줬냐. 할 만큼 했으니 만족하고 꺼지라고? 송태원이 이번에는 와이어를 꺼내 들었다. 나를 확실하게 제압해 두려는 모양이다. 하필 유현이가 준 거라 성능도 좋을 텐데.

"다른 방법이 없다면 순순히 물러나 주십시오."

"아 진짜, 둘 다 좀 닥쳐 봐요! 이번에는 아무도 안 죽어!"

물론 아무것도 희생하지 않는다는 거 꿈같은 소리라는 사실 잘 안다. 뼈저리게 안다. 그래도 싫은 건 싫은 거다. 어쩔 수 없다고? 시발, 엿 먹으라 그래. 그 한마디로 끝낼 수 있었으면 8년간 괴롭지도 않았고 지금껏 속 끓지도 않았을 거다.

약탈 스킬을 익힌다 해도 현실에서 쓰려면 체인질링도 깨어나야 하고… 체인질링.

'성현제의 파편을, 일부를 마석으로 옮겨서 태어난 마수.'

그럼 같은 일을 또다시 할 수도 있지 않을까. …방법을 모른다는 게 문제지만. 그래도 할 수만 있다면 약탈로 성현제를 도려내는 것보단 안전할 것이다.

"체인질링! 잠깐이라도 깨어나 줘! 아니면 대화만이라도 하자!"

그래도 며칠 잤잖아. 잠시만 깨어났다가 다시 자라!

"응, 아빠."

반가운 목소리가 들려왔다. 분홍빛 도는 은발의 어린애가 어느새 내 옆에 서 있었다.

"뭡니, 까. 그 아이는."

상당히 당황한 듯 송태원이 말하고.

"태어났었군."

성현제가 눈치 빠르게 체인질링의 정체를 알아챘다. 그가 몸을 약간 숙이며 자신과 닮은 아이를 내려다보았다.

"아, 보지 마요! 안 그래도 정보가 넘쳐서 터질 판이라며!"

"죽을 때 죽더라도 이런 건 놓칠 수 없지. 극히 일부일 뿐이라더니 모양새는 전혀 아니군."

"다른 모습으로도 변할 수 있거든요? 이게 중요한 게 아니라. 체인질링, 네가 그랬던 것처럼 지금 성현제의 일부를 마석에 옮길 수 있을까?"

"응."

체인질링이 성현제를 빤히 쳐다보며 대답했다. 그러곤 인상을 찌푸린다. 주름지는 콧등이 귀엽다.

"안 하면⋯ 위험할 거 같지만, 해도 아빠가 고생할 텐데. 짜증 나."

"그래도 너 태어나게 손톱만큼 도움 준 사람이잖아. 한 번만 도와주자."

내가 달래자 체인질링이 에휴, 하고 한숨을 내쉬었다. 어쩔 수 없다는 듯 고개까지 절레절레 흔든다. 어른들 따라 하는 어린애 같다. 어린애 맞지만.

어쨌든 방법이 생겨서 다행이었다.

"본 성질을 잃은, 반년 이상 묵힌 등급 높은 마석일수록 많이 담을 수 있어."

"두 분, 혹시 얻은 지 반년 넘은 S급 마석 가지고 있습니까?"

"⋯없습니다."

송 실장님이 대답했다. 그⋯ 러시겠지. 괜히 물었다. 미안해졌다. 반면에 성현제는 인벤토리에서 마석을 꺼냈다. 그것도 네 개나 되었다.

"일종의 비상금이라네. 어느 나라에서든 쉽게 현금화할 수 있으니. 그런데 이것도 마석을 먹나?"

그러면서 애한테 마석을 내밀어 본다.

"안 먹어."

"그럼 빵은? 과자를 줄까."

"필요 없어."

체인질링이 성현제를 노려보고는 작은 용으로 변해 내 어깨 위로 올라왔다. 조그만 이빨을 드러내며 으르렁거린다.

- 아빠 힘들게나 하지 마.

성현제가 억울하다는 표정을 지었지만 이제부터 할 일 생각하면 맞는 말이다. 아니, 이미 피곤하다고.

"역시 몬스터였습니까."

송태원이 묘하게 안도한 목소리로 말했다.

"요정용이에요. 좀 특이하죠. 덕분에 안전한 방법이 생겼으니 걱정 마세요. …안전한 거 맞지?"

- 응. 나를 통하면 안정적으로 마석에 옮겨 담을 수 있어. 죽거나 터져 나가진 않아.

원래 성현제의 일부였기 때문인 거겠지. 거기에 체인질링이라는 속성의 도움도 있을 듯싶고. 바꿔치기 하려면 우선 오리지널을 빼내는 게 기본이잖아.

"어떻게 하면 되는데?"

- 나와 같아.

내 몸에다 마석 두 개 조합해 집어넣으라는 건가.
"…그럼 또 마수가 태어나겠네."

- 아냐. 오래된 마석이잖아. 마수를 조합하려면 마석에 본 주인의 정보가 남아 있어야 해. 반년 넘은 건 죽은 씨앗 같은 거야. 단순한 그릇이라 보관 말고는 못 해.

그렇구나. 헉, 깜둥이! 아직 반년은 안 지났지만 일단 명우에게 보존 처리부터 부탁해야겠다.
"아무 데나 상관없는 거지? 이봐요, 성현제 씨. 안 그래도 말하려고 했는데 등의 심장 쪽은 우리 유현이 줘야 하게 됐습니다."
성현제가 의외라는 표정을 지었다.
"도련님이 받아들일 리 없을 텐데."
"잘 설득해야죠, 뭐."
"힘내게나."
더럽게 성의 없는 응원이었다.
"그러니까 댁 예약은 이걸로 대신하죠. 원하는 부분 있습니까? 어디 넣을까요."
일단 그쪽 일부를 보관하는 거니까 선택권 정도는 드립니다. 양팔을 벌리며 빙그르 돌아 보였다. 성현제가 어깨를 으쓱했다.
"지금 목숨 부지해 봤자 도련님과 꼬마 아가씨가 날 죽이려 들 듯싶네만. 그냥 혼자 죽지 그랬냐는 타박이 귓가에 생생해."
"투정 부리시긴. 안 보이는 데다 하면 되죠. 옆구리 어때요. 아님 골반이나."
엉덩이는 좀 그렇고.

"빨리 하죠. 이러다 유현이 오면 난리 납니다. 폭음 밖에도 들렸을 거 같은데."

"그렇게 허술하게 만들진 않았다네. 아직은 모를 거야. 마력의 움직임은 눈치챘을 가능성이 있지만 입구 쪽에 있다면 그것도 힘들겠지."

하긴 미니포털을 통해 들어오는 식이니 유현이가 있는 곳과는 상당히 떨어져 있을지도 모른다.

"어쨌든 오래 참을 애 아니거든요. 마석 주세요, 제가 하게."

내가 손을 내밀자 체인질링이 앞발로 내 어깨를 탁탁 쳤다.

- 저게 해야 해. 자신의 일부를 넘겨주겠다는 허락의 의미로.

"일단은 어른인데 그렇게 부르면 안 되지. 그렇다네요."

- 아빠 피 나게 하지 마.

"베니스의 재판관인가."

성현제가 어쩔 수 없다는 듯이 인벤토리에서 단검을 꺼내 들었다. 송태원이 반사적으로 움찔거렸다. 칼끝이 닿은 곳은 내 팔꿈치 조금 위쪽이었다. 희미하게 붉은 선이 그어졌다. 그와 동시에 마력을 움직였다. 두 개의 마석이 상처에 닿고 새어 나온 피를 머금으며 틈 사이로 스며든다. 은혜 덕분에 이번에는 마나 포션을 쓸 필요 없었다.

약간 벌어졌던 상처가 이내 닫히며 붉고 작은 흔적만 남았다. 마수를 조합하는 게 아니라서인가, 가슴과 달리 언뜻 보면 잘 모를 정도로 미미한 흉터다.

피났어, 하고 투덜거린 체인질링이 포르르 날아올랐다.

- 난 이제 단검의 형태로 변할 거야. 날 저 사람의 가슴에 찔러 넣어, 아빠.

"…안 죽겠지?"

- 안 죽어.

S급 헌터가 가슴 좀 찔린다고 죽진 않겠지만. 포션도 있고 세성엔 상급 힐러도 있고. 괜찮겠지. 은빛 작은 용의 모습이 변화했다. 용의 송곳니와도 같은 날을 지닌 단검이 바닥으로 툭 떨어졌다. 그럼 이제.

- 아빠!

"한유진 씨!"
단검을 주우려 몸을 굽히기도 전, 둘의 외침과 동시에 목이 콱 잡혔다. 두 발끝이 허공에 뜨고 단숨에 밀쳐진 몸이 벽에 처박혔다. 코앞에, 살기 어린 황금색 눈이 있었다.
"큭, 무… 윽."
은혜 덕분에 목이 부러지는 건 면했지만 약간 숨 막힐 정도로 조여 왔다. 내 목을 움켜쥔 채로 성현제가 다른 쪽 손을 아래로 내렸다. 은혜가 있는, 내 다리 쪽이다. 그가 스카프를 움켜쥐었다. 한발 늦게 등골이 서늘해졌다.
그때 돌연, 성현제가 뒤로 뛰어 물러났다. 내 목은 붙잡은 그대로였다. 직후 성현제가 서 있던 자리에 폭음이 일었다.
"송, 크읏……."
사냥당한 짐승처럼 들린 채 겨우 시선을 돌렸다. 크게 일그러진 바닥 가운데 송태원이 서 있었다. 그가 긴장 어린 눈빛으로 우리를 바라보았다. 이게 어떻게 된 일인지, 잘 이해가 안 갔다. 하지만, 멀쩡해 보였…….
으득, 이를 악무는 소리가 들려왔다. 그리고 내 몸이 내던져졌다. 바닥을 데굴데굴 구르는 나를 송태원이 얼른 붙잡았다. 체인질링도 다시 용의 모습이 되어 날아왔다.

"괜찮습니까?"

"네, 으, 저는. 그런데……."

– 미안해, 아빠. 나도 몰랐어.

은색 용이 내 팔을 끌어안듯 붙잡으며 말했다. 몰랐다니, 뭘? 송 실장님에게 부축받아 몸을 일으켰다. 저편의, 아일랜드 바 옆에 서 있는 성현제가 보였다. 그의 손이 짚고 있는 대리석 상판에 금이 쩍쩍 가 있다. 눈매도 입가도 일그러진 채다.

그가 저 정도로 위태로워 보이는 건 처음이었다.

"안… 되겠군, 이건……."

억눌린 채 새어 나오는 목소리가 무척이나 불안정했다. 설마 너무 늦은 건가.

"성현제 씨!"

– 아빠, 우리가 같아서 그래! 나는 많이 섞였으니까 평소에는 괜찮은데, 지금은 자신의 존재를 위협하니까…….

"미안하지만, 한유진 군."

겨우 숨을 가다듬은 성현제가 말했다. 그의 손끝에서는 여전히 대리석이 바스러지고 있었다.

"이 방법은, 안 되겠네. 내가, 자아가 존재하는 인간인 이상은… 반발하지 않을 수가 없어."

– 나와 같은 존재라 안정적으로 쌓인 걸 빼낼 수 있는데, 그래서 거부

감은 더 강한 거 같아! 미안해, 아빠…….

"네가 왜 미안하냐."
 그러니까, 도플갱어 같은 건가. 단순히 자신의 일부를 가져가는 정도가 아니라 정체성 그 자체를 위협하는, 그런 느낌? 존재의 유일성이라든가… 뭐 잘은 모르겠다만 성현제가 체인질링이 자신의 속을 파헤치는 것을 강력히 거부한다는 거 아니냐.
"그거 말곤 문제없죠?"
"…뭐?"
"그냥 순순히 가슴 내주기 싫다, 이거 아닙니까. 알겠습니다."
 결론이야 간단하네. 과정이 하나 더 생겼다는 거지. 성현제를 제압한다는 꽤나 까다로운 과정이. 그것도 스탯 F급인 내가 직접 칼 꽂아야 하고.
"다른 사람이 대신 칼 박는 건 안 되지?"

– 안 돼. 그런데 아빠, 설마…….

 체인질링이 보름달처럼 동그란 눈을 반달 모양으로 확 접었다. 별수 있겠냐. 해야지.
"송 실장님, 저 좀 도와주세요."
"…거절합니다."
 바닥에 주저앉으며 그를 올려다보았다. 딱딱한 얼굴에 그늘이 져 있다. 꺼내는데 포인트가 들지 않는 황금 살쾡이 신발을 신으며 말했다.
"이게 더 성공 확률이 높다니까요. 유현이도 부를게요."
 대답은 돌아오지 않았다. 대신 송태원이 성현제를 향해 몸을 돌렸다. 신발 신다 말고 급히 그의 다리를 붙잡았다.
"자칫하면 둘 다 죽고 자칫 안 해도 송 실장님 죽어요!"

"한유진 씨, 제게는 당신을 보호해야 할 의무가 있습니다. 더 이상은 안 됩니다."

"보호 안 받아도 돼요, 체인질링의 보조를 받으면. 그리고요, 평범한 사람도 필요할 땐 목숨 겁니다!"

약한 건 맞지. 송 실장님이 보기엔 멀쩡한 어른 놔두고 어린애가 도와주겠다고 낑낑거리며 매달리는 꼴일지도 모른다. 하지만 우린 계속 이렇게 살아왔다. 집집마다 송 실장님이 한 명씩 붙어 있지 않는 한은 말이야, 계속 그럴 것이고.

"지금 제게 필요한 것은 보호가 아니라 도움입니다. 성현제 씨도 마찬가지고요."

송태원이 나를 내려다보았다. 굳은 눈매가 한차례 떨렸다.

"왜, 한유진 씨는."

"도와주세요. 저를 보조해 주십시오."

송태원이 이를 악물었다가, 마지못해 고개를 끄덕였다.

신발을 마저 신고 일어섰다. 검은 살쾡이 재킷도 걸쳤다. 세트 아이템 맞춰 볼까 하다가 일단은 그만두었다. 그랬다가 신입이 회수해 가면 포인트 아깝잖아.

"바지는 없어서… 송 실장님도 없으시죠?"

"…예."

"선생님 스킬 쓸 테니까 거부하지 말아 주세요. 체인질링, 너도야."

- 우으으우.

체인질링이 불만스러운 소릴 내며 내 어깨에 매달렸다. S급 헌터의 힘을 현실화해서 쓰면 내게 부담이 가니까 그게 마음에 안 드는 거겠지. 착하기도 해라. 하지만 성현제를 저대로 둘 순 없다. 잘못했다간 다 같이 쓸려 나갈 판이다. 무리할 땐 해야지.

"필요할 때만 잠깐씩 사용할 테니까 잘 보조해 줘."

성현제는 말없이 우리를 바라보고 있었다. 상당히 불쾌해하는 기색이다. 스스로를 제어 못 하고 내게 덤벼들었으니, 그의 성격상 기분 나쁠 수밖에 없겠지. 액정에 금은 좀 갔지만 다행히 작동은 되는 휴대폰을 꺼내 들었다. 얘도 얼마 못 버티겠구만.

"유현아."

[형, 괜찮아?]

"응. 근데 좀 와 줘야겠다. 우선 세성 길드에서 사람들 대피시켜."

[바로 갈게!]

"대피는 시키고!"

전화가 끊어졌다. 에블린 씨 옆에 있을 테니 들었겠지? 어차피 살아남기 힘들 휴대폰이라 짐 늘리지 않고 뒤로 내던졌다. 체인질링이 다시 단검으로 변했다. 동시에 성현제의 눈가가 일그러진다. 선생님 스킬을 썼다.

"전 절대 안 다칩니다. 위험하다 싶으면 방패 대용으로 써도 돼요."

"그렇다고 해도 한유진 씨가 직접 세성 길드장에게 공격을 가하는 것은 불가능합니다."

"아뇨, 가능해요. 아주 잠깐 정도는 제 주위 S급 헌터의 힘을 쓸 수 있거든요. 이 체인질링의 도움으로요."

송태원이 놀란 듯 나와 은빛 용을 번갈아 바라보았다. 성현제 또한 스스로를 억누르는 와중에도 관심을 보였다. 성현제에게 S급 힘을 오래 쓸 수 없다는 걸 숨길까도 했지만 순식간에 눈치채겠지, 어차피.

단검을 한쪽 손에 쥐었다. 상대에게는 무엇보다도 전투 예지가 있다. 공격을 죄다 읽어 낼 수 있다는 뜻이다. 즉, 가슴에 정확히 칼을 박아 넣으려면, 피하지 못하는 상황을 만들어야만 한다.

"최대한 참아 보세요."

"그 이상 가까이 오면, 힘들어. 아니, 지금도……."

파지직, 전류가 튀었다. 송태원이 천천히 나로부터 거리를 벌린다. 일단은 나를 믿어 주려는 모양이었다. 우리 둘만으로는 버겁다. 사실상 송실장님 혼자나 마찬가지고. 그러니 유현이가 올 때까지 잠시 기다렸다가. 예림이한테도 연락 넣으라 할 걸 그랬나.

성현제가 짧게 숨을 내뱉었다. 직후, 황금빛 전격이 몰아쳤다. 테이블과 의자가 순식간에 파편이 되어 튀어 오른다. 바닥 또한 드드득 갈라지며 돌조각들이 사방으로 비산했다.

'윽!'

직통으로 몸을 두들기는 건 아무 피해 없었지만 스치는 게 오히려 피부에 실선을 남겼다. 벽지와 천장이 그을리고 장식물들이 박살 나는 가운데 성현제가 나를 향해 치달았다.

"피해!"

송태원이 소리쳤다. 나도 알고 있다. 하지만 움직이는 대신 성현제를 똑바로 바라보았다. 우선 어느 정도인지 몸으로 직접 부딪쳐 보려는데.

카가각—

시커먼 것이 성현제와 나 사이에 끼어들었다. 흉흉하게 날을 세우며 공기를 가르는 새카만 연검에 성현제가 방향을 비틀어 옆으로 물러선다. 동시에 송태원의 검이 날을 번뜩였다. 카랑! 검과 사슬이 서로 부딪치며 빛을 튀기고.

"저건 또 왜 난리야."

유현이가 내 옆에 내려섰다. 바닥을 길게 긁으며 꿈틀대던 군림자의 검이 장검의 형태로 줄어들었다. 휘몰아치는 사슬을 주먹으로 받아 내는 송태원을 힐끗 쳐다본 유현이가 내게 시선을 돌렸다.

"집에 가자, 형."

"안 돼, 성현제 가슴에 칼 박아야 해. 지금—"

"뭐?"

유현이의 눈가가 대번에 일그러졌다. 놀라다 못해 당황하기까지 한 얼굴이었다.

"대체, 성현제가 무슨 짓을 했기에 형이 직접 죽이려고… 젠장! 그래도 일단 돌아가자."

"아니, 그게 아니라 살리려면 내가 찔러 줘야 하거든. 설명하기엔 너무 길고 도와줘!"

유현이가 재차 성현제와 송태원을 쳐다보더니 나를 번쩍 들어 안았다.

"죽어도 돼. 가자."

"야!"

"송 실장님이 알아서 할 거야."

예상 못 한 건 아니다만, 정말 성현제가 어떻게 되든 관심 없구나, 유현아.

"지금 못 막으면 나도 위험해져!"

성현제 속에 쌓인 힘이 터져서 세상 다 쓸려 나가면 나도 죽는 거니 틀린 말은 아니다. 내 말에 유현이가 싫은 기색을 풍기면서도 나를 내려놓았다. 그러곤 천둥새의 예장을 내게 걸쳐 주려 했다.

"아냐, 은혜 있으니 지금 이 재킷이 더 나아."

장비를 겹쳐 입는 것 자체야 가능했지만 자칫하다간 서로 마나 흐름이, 효과가 뒤섞여서 무용지물이 되어 버린다. 그래서 일정 부분 이상 겹치지 않게 착용하는 게 기본이었다. 예장의 방어력 중첩과 전속성 저항은 내겐 필요 없으니 재킷이 낫다.

그때 콰르릉, 요란한 소리와 함께 송태원이 던져지듯 밀려나 벽에 처박혔다. 제 주위로 사슬을 거두어 맴돌게 하며 성현제가 우리를 바라보았다.

진득하게 가라앉아 있으면서도 선명하게 빛을 휘감은 금안이었다. 그것이 나를 똑바로 향해 온다. 눈이 마주치자마자 등골을 따라 전율이 느껴졌다. 동시에 웃음이 조금 새어 나왔다.

단 한 번도 본 적 없는 적대적인 시선이었다. 그것이 짜릿하게 느껴졌다. 저 남자가 저렇게까지 대놓고 살의를 드러낼 정도로 지금 내 존재가 위협적이라는 사실이.

아마 그 누구도 성현제로부터 저런 눈길을 받아 본 적 없었겠지. 랭킹전에서도 약간 무료한 느낌마저 들 정도로 여유로웠던 최강자다. 그 자신도 S급도, 태생 S급도 아닌 스탯 F급에게 진심 어린 적대감을 표하게 될 줄은 몰랐을 것이다.

살다 보니 참, 이런 일도 다 있고 말이야.

"송 실장님, 포션 드릴까요?"

"아닙니다."

송태원이 벽에 박힌 어깨와 팔을 빼내며 말했다. 우수수, 돌가루가 쏟아져 내린다. 두 S급 헌터를 앞에 두고서도 성현제는 여전히 나만을 바라보고 있었다. 위압감을 풀풀 흘리면서도 먼저 덤벼들지는 않았다. 송태원과 한차례 붙고 나니 조금쯤 이성이 돌아온 것일까.

"…여기서 나가."

"또 그 소리시네. 지금 상황이 달갑지 않은 건 이해합니다만, 조금만 참으세요."

굳은 얼굴 아래 입매가 약간 움직이는 것이 보였다. 어금니를 꽉 다문다. 그러다 나랑 같이 치과 가겠다.

"유현아, 난 아주 잠깐 내 주위 S급 헌터들 힘을 쓸 수 있어. 그러니 틈만 만들어 주면 돼."

그 틈을 만든다는 것 자체가 쉽지 않겠지만. 자세한 설명을 듣지 않고서도 유현이가 바로 고개를 끄덕였다.

"문은?"

"여기서 말고."

유현이에게도 선생님 스킬을 썼다. 아직 깨지지 않고 버티고 있는 전면 창이 보였다. 성현제를 밖으로 나가게 해서 좋을 건 없다. 세성 길드 건물에겐 미안하지만 주위가 막힌 실내가 낫지. 그럼 안으로 더 끌어들여야 하는데.

"송 실장님, 집 중앙으로! 길 뚫어 주세요!"

소리치면서 스킬을 사용했다. 전류가 내 주위로 튀어 올랐다. 체인질링이 변한 단검을 세워 든 채 보란 듯이 같은 스킬을 썼다. 그렇잖아도 자기 유일성에 위협이 되는 상대가 스킬까지 같은 걸 쓰면 자극 좀 되겠지.

"한… 유진."

짓눌린 신음성 같은 소리와 함께 황금색 눈이 일순 흐려지는 것을 보자마자 몸을 돌렸다.

콰앙!

송태원의 주먹이 벽을 두드리고, 통로가 생겨났다. 복도 너머의 벽 또한 그대로 뚫고 지나간다. 문을 여는 것보다도 빠른 속도다. 길이 생긴 것을 확인한 직후, 순간이동 스킬을 썼다.

콰르릉—!

내가 있던 자리에 폭음과 전격이 휘몰아쳤다. 그대로 복도까지 휩쓸어 오는 공격을 불꽃을 휘감은 흑검이 막아 낸다. 카가각, 사슬과 칼날이 부딪치고 금빛과 검붉은 아지랑이가 뒤섞였다. 하지만 격돌도 잠시, 유현이가 먼저 뒤로 물러났다. 성현제를 집 안쪽으로 끌어들이려는 내 의도를 이해하고 적당한 견제만 하고선 나를 뒤따라온다.

쾅!

다시 길이 열렸다. 더럽게 넓어요, 이 집! 콘크리트 조각들이 흩어진 침대를 밟고 넘었다. 부츠 발로 침대에서 뛰려니까 죄책감 드네. 방 하나를 그대로 통과하고 일직선으로 다시 벽을 부수고 나서야 드디어 훤하게 뚫린 공간이 나타났다. 송태원이 아래로 뛰어내리고 예장의 가속 스킬을 쓰며 순식간에 다가온 유현이가 나를 낚아챘다.

버들잎이 흩날리고 유현이가 뛰어오른 직후.

콰과과과—!

사람 크기의 구멍 정도만 뚫렸던 벽이 통째로 터져 나갔다. 벽의 파편이 낙엽처럼 휘몰아치고 2층 주위는 물론, 1층과 3층 벽에까지 금이 쩌저적 퍼졌다. 피어오르는 먼지구름 사이로 인영이 어른거리는 걸 보자마자.

탕!

가볍게 한 발 쏘아 줬다. 하지만 통할 리는 만무했다. 카륵거리며 움직인 사슬이 마탄을 막아 내고 어느새 꺼냈는지 흑적색의 코트, 실레키아의 날개가 여파 속에 흔들린다. 훤히 뚫린 벽 끝에 선 채 성현제가 나를 올려다보았다.

아직도 이성의 끈을 놓치지 않은 채로. 차라리 정신 놓고 덤벼드는 편이 더 쉬운데. 다시 물이 채워진 거대한 수조 속에서는 물고기들이 아무것도 모른 채 유유히 헤엄치고 있었다.

"아주 잠깐만 본능에 몸을 맡기면 안 되겠습니까?"

"…내게, 그런, 걸."

나지막하게 깔린 목소리를 알아듣기 힘들었다. 성현제가 눈을 한번 느릿이 감았다 떴다. 힘겨워 보였다. 저렇게까지 고집부릴 필요 없이 잠깐만 편해져도 괜찮은데. 하지만 스스로를 죽어도 놓지 못할 인간이기에 지금까지 버텨 온 거겠지.

답답하면서도 안타깝고, 동시에 감탄스러웠다.

"죽을 만큼 싫은 건 알겠는데. 그래도 죽는 것보단 낫죠. 죽는 게 나아도 내 앞에선 안 됩니다."

저 정도 물이면 넉넉하다. 성현제가 저걸 도리어 이용하지만 않는다면. 아직 전기 분해는 서투르니까 스킬 능력치를 깎아 놓으면 제대로 쓰지 못하겠지.

"이왕이면 더 나이 먹고, 그냥 적당히 살다가 가세요. 이만 식 말고. 댁 죽으면 제사상은 제가 차려 드릴게요. 식빵 테두리를 떼서 굽고 새우 꼬리 남겨서 튀겨 드리겠습니다. 그 밖에 먹고 싶은 거 있어요?"

"성현제 제사상을 왜 형이 차려 줘?"

"유현아, 원래 제사 따라 재산도 오는 거란다."

"나도 돈은 많아."

"야, 넌 내 제사상… 아니다."

얘를 두고 내가 어떻게 눈을 감겠냐. 오래 살아야지.

"여기서 잡자."

내 말이 떨어짐과 동시에 유현이가 스킬을 사용했다. 녹아내린 마지막 문. 열기를 띤 마력이 화악, 퍼져 나간다. 이 안으로 발 들이는 건 멍청한 짓이다. 당연히 평소의 성현제라면 하지 않을 짓이지만.

"송 실장님!"

내 외침의 시읏자가 나오자마자 기다렸다는 듯이 송태원이 움직였다. 자세한 설명 따위 필요 없었다. 경험으로 내 의도를 눈치챈 그가 전신에 힘을 실어 앞으로 한 발 내디뎠다. 발이 바닥을 짓누르며 금이 가다 못해 움푹 파인다. 조금의 흔들림 없이 완벽한 자세로 팔이 뻗어졌다. 송태원의 주먹 끝이 1층 벽에 가 닿고.

쿠구구궁!

비스킷처럼 벽이 으스러졌다. 폭탄이라도 터진 듯 주위의 벽이 완전히 무너져 내린다. 외장은 물론 내장재도, 단단한 골격도 충격을 견디지 못한 채 와르르 쏟아졌다. 건물 전체가 흔들리며 천장에서 투둑, 타일 같은 것이 떨어진다.

바로 아래 1층 벽과 천장이 무너지니 당연히 성현제 또한 아래로 내려올 수밖에 없었다. 쏟아지는 콘크리트 덩어리를 딛고 1층으로 내려서는 그를 유현이의 광역 스킬이 덮쳤다. 지정 상대의 속성 스킬 20% 하락.

동시에 불길이 내리덮였다.

콰르르르―

검푸른 불길이 거대한 용처럼 둥근 홀을 휘감았다. 벽도 바닥도 모두 녹아내리며 무시무시한 열기를 뿜어낸다. 공격을 위한 것은 아니었다. 성현제를 이 안에 잡아 두기 위해, 광역 스킬의 영역을 휘감아 불의 벽이 세워졌다.

그 안에서 송태원이 성현제를 향해 덤벼들었다. 퍼져 나가는 전격은 그 기세가 한풀 꺾였다. 송태원은 전격을 그대로 몸으로 받아 내며 요동치는 사슬 사이로 검을 던졌다.

카드득, 사슬과 검이 얽히는 순간, 또 다른 검이 채찍처럼 성현제의 머리를 갈라 버릴 듯 내리꽂힌다. 몸을 비틀어 피한 성현제를 스치며 군림자의 칼날이 바닥을 긁고 연이어 송태원이 바닥을 미끄러지듯 몸을 낮춰 사슬이 펼쳐진 아래로 발길질을 날렸다.

피하기 어려운 연속 공격이다. 하지만 성현제는 자신의 발목을 노리는 킥을 뒤로 넘어지며 피했다. 그의 몸이 무너짐과 동시에 연검이 머리칼을 사납게 스치고 지나간다. 바닥을 손으로 짚으며 한 바퀴 구른 성현제가 재빨리 단검을 던졌다. 그를 옭아매기 위해 날아들던 와이어가 단검과 맞부딪치고.

파지직!

강력한 전류에 타오른다. 주인을 감싸는 사슬과 새카만 검이 얽매이고, 유현이가 한 손으로 군림자의 검을 강하게 당기며 다른 쪽 손으로 불길의 창을 만들어 던졌다. 성현제의 팔이 창을 교묘하게 쳐 냈지만 옷자락에 그을음이 남았다. 화염 저항이 완벽하게 통하지 않은 것이었다.

손등까지 붉게 달아오른 것을 신경 쓸 틈도 없이 이번에는 송태원이 던진 철근이 날아들었다. 성현제가 철근을 피하기 무섭게 송태원이 그의 움직임을 바싹 따라붙었다. 쾅! 겹쳐진 양팔이 무시무시한 기세의 주먹을 막아 내고, 연이어진 발길질을 가볍게 몸을 틀어 흘려 낸다.

잠깐 사이에 십수 차례의 공방이 오갔다. 성현제를 상대하는 건 송태원만이 아니었다. 수색자의 사슬을 검에 휘감아 놓은 채로 유현이의 공격이 간헐적으로 날아들었다. 사슬을 분해시켜 회수할 수도 있었지만 그랬다가는 군림자의 검 또한 자유를 되찾게 된다.

결국, 성현제의 몸에도 하나둘 스친 상처가 생기기 시작했다.

'그래도 저 정도까지 버티다니.'

대단하다고밖에 말할 수 없었다.

쿵! 또다시 바닥과 벽이 울렸다. 엄청난 힘을 실은 공격이 격돌할 때마다 사방이 지진이라도 난 듯 흔들린다. 성현제의 저택뿐만 아니라 건물 전체에 충격이 가해지고 있을 터였다. 내가 서 있는 수조 또한 출렁거리는 건 마찬가지다. 수조가 달려 있는 천장에도 금이 간 지 오래다.

매끄러운 수조 표면에 발을 디디고 선 채 아래를 내려다보았다. 무턱대고 저길 끼어든다고 해서 공격에 성공할 가능성은 낮았다. 여럿이 우르르 한 사람에게 덤빈다 하여 승산이 올라가는 건 당연히 아니다. 협공에 능하지 않다면 오히려 서로 발목이나 잡고 말겠지.

지금도 선생님 스킬이 없었으면 따로 싸우느니만 못했을지도 모른다. 선생님 스킬도 만능은 아니고.

그러니까 지금.

"유현아!"

소리치면서 수조를 향해 총구를 겨누었다. 주위를 감싸던 불길이 순식간에 사그라지고.

타앙!

총성과 함께 수조가 터졌다. 어마어마한 수량이 바로 아래, 성현제와 송태원을 향해 쏟아진다. 쏟아지는 물이 바닥으로 흩어 퍼지기 전에 재빠르게 스킬을 썼다.

그림자 없는 낮, 차가운 탄식 그리고 창백한 비를 응용해.

쩌저저적—

물을 얼렸다. 수조 가득한 물을 압축시켜, 그 무엇보다 단단하게. 성현제의 두 다리와 몸의 일부가 물에, 얼음의 덩굴에 휘감겼다. 끝까지 성현제를 놓지 않은 송태원 또한 마찬가지였다.

카가각!

금빛 사슬이 뒤틀리며 주인을 붙든 얼음을 깨부수기 위해 흩어졌다. 하지만 유현이가 그 앞을 막았다. 연검화 한 군림자의 검이 용의 꼬리처럼 유연하게 휘어지며 황금색 고리들을 단 하나도 놓치지 않고 쳐 낸다.

빛이 번뜩이고 금속성 소리가 쨍쨍 요란하게 울린다.

스킬을 중첩시켜 붙잡았다 해도 오래 버티진 못한다. 지금도 이미 전격이 얼음을 갉아 내고 있었다. 연이은 스킬의 사용으로 전신이 묵직하게 아려 왔지만 마지막으로 순간이동을 썼다.

"잡아요!"

송태원이 타고 남은 와이어로 성현제의 팔을 휘감아 당겼다. 전류가 미친 듯이 날뛰는 가운데 서늘하게 날이 선 황금색 눈이 코앞으로 다가왔다.

콰자작!

얼음이 부서진다. 녹아내린 물에 전류가 닿으며 펑펑 터져 나갔다. 눈앞이 새하얗게 물드는 빛 속에서 아직 완전히 벗어나지 못한 성현제의 품으로 뛰어들었다. 공간이동 스킬이라도 쓰지 않는 이상, 못 피한다!

단검의 손잡이를 쥔 손에 힘을 주며 그대로 박아 넣었다. 칼날이 성현제의 가슴을, 심장 위를 파고들었다. 손끝에서 전해지는 타인의 살을 가르는 감각이 새삼스럽게 선명하게 다가왔다. 하얀 셔츠가 붉게 젖어 들어간다. 심장을 찌른 것치고는 이내 피가 멎었다.

성현제가 나를 바라보았다. 살짝 확장되었던 동공이 원래대로 돌아가면서 웃는다.

내 팔에 심어진 마석이 후끈 달아오르는 느낌과 함께.

"…망할."

저릿하게 또는 섬뜩하게 움직이는 마력이 체인질링의 단검 너머에서 감지되었다.

"피해!"

송태원의 얼음을 녹여 주며 소리쳤다. 그 직후.

콰르르릉—!

여태껏 눌러놓았던 분을 한 번에 폭발시키기라도 하듯 어마어마한 벼락이 터져 나왔다. 은혜의 보호를 받고서도 눈을 제대로 뜰 수 없었다. 순간적으로 귀가 먹기라도 한 듯 아무 소리도 들리지 않았다.

영원과 같은 짧은 시간이 흐르고.

"…와."

휑히 뚫린 머리 위로 하늘이 드러났다. 고개를 돌리자 저택 대신 건물 파편으로 뒤덮인 정원이 보였다. 무심코 마른침이 꼴깍 넘어갔다.

"유현아? 송 실장님… 헉, 성현제!"

이 인간 왜 쓰러졌어! 내 밑에 깔려 있던 성현제가 느릿이 눈을 떴다. 어느새 용의 모습으로 돌아온 체인질링이 내 어깨로 돌아왔다.

선생님 스킬이 연결되어 있는 걸로 보아 두 사람은 무사하고. 일단 내 부담을 줄이기 위해 스킬을 거둔 뒤 성현제의 몸에서 비켜났다. 성현제는 내가 물러났음에도 일어나지 못한 채 그대로 늘어져 있었다. 애초에 사람 하나 올라탔다고 꿈쩍 못 할 인간도 아니고.

"괜찮아요? 이거 몇 개?"

"세 개."

"틀렸어요."

"뺨에 상처가 났군. 이마에도."

반사적으로 이마를 매만졌다. 시력이 멀쩡하다면 다른 곳도 그럭저럭 괜찮다는 뜻이겠지. 일단 안도의 한숨을 내쉬었다.

"형!"

유현이가 다가오고 이어 송 실장님도 잔해 더미를 헤치고 나타났다. 날아간 건 저택뿐인가. 저택과 붙어 있던 건물도 속이 멀쩡하진 않을 듯하지만. 안전을 위해선 재건축을 해야 할 거 같은데. 사람들은 다 잘 피신했을까.

"난리도 아니네요."

무너진 저택 너머에서 누군가 나타났다. 에블린이었다. 말과는 달리 침착한 걸 보니 대비는 잘해 줬나 보다. 그녀에게 떨떠름하게 고개를 끄덕인 후 여전히 일어날 낌새가 안 보이는 성현제에게로 시선을 돌렸다. 힐러를 불러야 하나.

"못 움직이겠습니까? 혹시 어디 다쳤어요?"

"힘이 없어."

성현제가 느른한 목소리로 대답했다. 정말 기운 없어 보이긴 했다.

"댁 입에서 나오니까 엄청 낯설게 느껴지네요."

"졸리기도 하고. 눈이 자꾸 감기는군."

단순히 피곤한 거냐, 아님 뭔가 이상이 생긴 거냐. 기껏 구해 놨는데 백년쯤 곯아떨어진다거나 하진 않겠지.

― 정리해야 해서 그래.

체인질링이 내 어깨에 걸쳐지듯 매달린 채 말했다.

― 쌓인 것의 일부가 갑자기 빠져나갔으니까. 며칠은 잠들어야 할 거야. 그 뒤에도 한동안은 이전보다 많이 자야 할 거고.

말하자면 자료 정리 같은 건가. 그래도 성현제와 파편 정도나마 동일한 존재인 체인질링이 빼낸 덕에 별문제는 없을 거라고 했다. 만약 약탈 스킬을 썼다면 훨씬 더 불안정했을 거고 그럼 더 오래 잠들게 되었으려나.

알고 보면 회귀 전의 잠적이 잠들어 있었던 거 아닐까. 그게 아니더라도 정상적으로 움직일 만한 상태는 아니었겠지.

"그건 또 뭐야?"

내 옆으로 다가온 유현이가 은색 용을 보고 물었다. 체인질링이 고개를 들어 유현이를 바라보더니 몸을 일으켜 제법 공손하게 머리 숙여 인사했다.

- 안녕, 삼촌.

"……."

동생 녀석의 기분이 별로 안 좋아 보였다.

"왜, 전에 그 마석 조합한 거 있잖아. 얼마 전에 태어났는데, 요정용종이라고."

목소리를 확 낮춰 말을 이었다. 이 정도 거리면 에블린 씨가 듣진 못하겠지.

"얘가 도와주면 내가 아까처럼 S급 헌터의 힘을 쓸 수가 있어. 잠깐이지만."

"마수라고."

"어, 다른 애들과 마찬가지야. 말은 할 수 있지만."

유현이가 미간을 약간 좁힌 채 체인질링을 살펴보았다. 체인질링이 귀여운 척하듯 금색 동그란 눈을 깜박거렸다.

"…잠깐이라고 해도 도움은 되겠네."

"응, 당연히 되지. 은혜까지 합치면 위험해질 일도 별로 없을 거고. 은혜 가장 큰 단점이 빼앗기면 끝이라는 거였잖아."

S급 수준의 힘을 쓰면 나한테도 부담이 간다는 건… 말해야 하나. 고민되네. A급이나 혹은 B급은 어떻지. 한 B급만 되어도 당장의 위기 정도야 벗어날 수 있으니…….

…잠깐만.

'선생님 스킬로 몇 번 경험하고 연습 좀 하면, 현실에서 다 쓸 수 있다는 거 아니야?'

어… 이거 사긴데. 아니, 진짜 사기다. 상대가 동의해 줘야 하고 내 몸뚱이 갈아야 한다는 단점이 있긴 하지만, 그래도 사기다. 정신계에서나 쓸 수 있던 거 현실화시키는 능력, 장난 아니구나.

몸뚱이 튼튼한 사람이면 온갖 스킬을 다 사용할 수 있을 텐데.

"체인질링 네 능력, 다른 사람에게도 쓸 수 있어?"

- 아니. 쉬운 거 아니야. 아빠만 돼.

…진짜 운동이라도 해서 몸뚱이 내구도 올려야 하나. 어쨌든 밝히면 귀찮아질 능력이기도 했다. 헌터에게 있어 스킬의 중요성이야 설명할 필요도 없는데, 그걸 베껴 쓸 수 있다고 하면 당연히 경계하겠지. 거기에 날 노리는 사람들도… 이미 많긴 하지만……. 안 그래도 유용한데 이젠 온갖 스킬 다 복사해서 사용할 수도 있게 되었네요.

'송 실장님이야 비밀 안 지켜 주실 분 아니고, 성현제도 자기 구하려고 쓴 능력이니 계약서 도장쯤은 찍어 주겠지.'

내 안전을 위해서라도 숨겨 두는 편이 낫다. 보조 스킬만 붙은 스탯 F급과 가끔은 S급이 되는 스탯 F급은 전혀 다르니까. 혹시 또 납치라도 당하면 전자는 내 감시로 A급 정도나 붙겠지만 후자는 S급이 붙겠지. 방심도 안 할 테고.

"그런데 왜 저게 형을 그딴 식으로 부르는 거야."

"어? 그게."

- 아빠가 날 만들었으니까.

체인질링이 당연하다는 듯 말했다. 내가 만든 거 맞긴 맞지.

- 난 아빠가 바라는 대로 태어났어. 아빠는 사실 삼…….

"야, 야!"
무슨 소릴 하려고! 체인질링의 입을 손가락으로 눌러 막았다.
"착하고 도움도 되는 애잖냐. 조그만 용이고. 귀엽게 봐주라."
앞으론 어린애 모습으론 변하지 말라고 해야겠다. 유현이가 탐탁잖게 체인질링을 쳐다보다가 짧게 한숨을 내쉬었다.
"삼촌 소린 하지 말라고 해."
"응."
그래도 잘 넘어갔네. 몬스터 새끼들한테는 큰 반응 없더니, 말을 할 줄 알아서인가.
"에블린 씨!"
멀찍이서 상황을 지켜보고만 있던 에블린이 내 부름에 가까이 다가왔다. 그래도 완전히 접근하지는 않았다.
"길드장님께선 무사하십니까?"
"일단은요."
"대외적으로는 지난번 몬스터 대량 발생 때 나타난 것으로 추정되는 S급 몬스터가 세성 길드에 숨어들었던 것으로 발표했습니다."
좋은 대처다. 그거면 지금 이 꼴을 설명하기에 충분했다. 하지만 송 실장님이 받아 주느냐가 문제인데. 내 시선에 송태원이 나직이 입을 열었다.

"…세성 길드장의 신변에 문제가 생겼다는 말은, 새어 나가지 않는 편이 나을 겁니다."

그의 눈길이 성현제를 향했다가 내게로 옮겨졌다. 피로가 짙게 느껴지는 눈빛이었다. 단순히 육체적인 이유만은 아닐 것이다. 물론 몸도 많이 피곤해 보였지만. 옷 어쩌냐.

"하지만 또다시 비슷한 사태가 발생… 할 가능성이 있다면 묵과할 수도 없습니다."

"괜찮을 거예요. 그러니까……."

송 실장님에게도 설명을 드리긴 드려야 하는데, 어디서부터 말해야 할지 막막해졌다.

세상에 근원이라는 게 있어서 우리 세상을 삼키려고 드는데 그걸 막기 위해서 옛날 옛적 초월자들이 시스템을 구축하고 근원이 세상을 삼키는 힘을 던전으로 변화시키고 각성자들을 시스템 메시지로 도와주고 있는데 그 초월자들 중 하나인 초승달이 역시나 옛날 옛적 성현제… 음, 최초의 성현제?를 보고 점찍어선 여러 세계를 거치게 하며 경험과 능력을 쌓아 오게 만든 끝에 현재의 성현제가 그것을 감당하지 못하고 폭주 직전에 들어갔었는데 체인질링이… 그러니까 마석을 조합해서 만든 마수지만 어쩌다 성현제의 파편이… 그 파편은 내가 회귀하는 바람에 생긴…….

때려치우자.

"성현제 씨가 쓸데없이 잘났잖습니까. 아시다시피요. 그런데 그 힘을 성현제 씨의 몸이 감당하질 못한 거예요. 그냥 두면 자기 힘에 삼켜져서 스스로를 잃을 판이라 송 실장님에게 그 힘의 일부를 제거해 달라고 부탁한 거였고요."

앞부분 다 잘라 냈지만 대충 맞는 말이긴 했다.

"하지만 그건 너무 위험해서 제가 새로 얻은 몬스터의 능력으로 안전하게 세성 길드장님의 힘을 빼낸 거죠. 그러니 지금은 확실하게 진정되었습니다. 다시 힘이 쌓이면 같은 일이 벌어질 수도 있지만, 한참 미래의 일이에요."

"…생략된 것이 많은 듯합니다."

"그, 프라이버시도 섞여 있고 그래서요. 자세한 건 나중에 따로 말씀해 드릴게요. 지금은 우선……."

휑해진 집터를 바라보았다. 그리곤 성현제를 내려다보았다.

"안전하게 머물 곳 있습니까? 며칠은 무방비하게 잠들어야 한다는데. 제 빌딩에 남는 방 있긴 한데, 안전하다고는 못 하겠거든요."

유현이가 실수로 날려 버릴 수도 있고. 내 상태 알면 예림이가 싱싱하게 냉동보관 해 주겠다고 할 수도 있고, 명우도 새로 만든 무기를 시험해 보고 싶어질 수도 있고, 노아 씨도 조용히 독 뿌리고 나올 수도 있고.

추천은 못 할 장소다.

"성현제 씨, 아직 자지 마세요."

"…지금만큼 졸린 건 처음이야."

"밖에서 자다간 누가 잡아가요."

노숙하기엔 너무 눈에 띄는 인간이다.

"길드 건물 내에도 은신처가 있기는 합니다만."

에블린이 말하며 세성 길드 건물을 바라보았다.

"하필 이쪽 건물이네요."

"이쪽은 재건축해야겠죠."

"예. 다른 건물들도 검사는 들어가야 할 겁니다."

"세성 길드장님, 들으셨죠? 댁네 길드에선 머물기 힘들 거라네요."

자지 마, 눈 떠. 성현제가 작게 한숨을 내쉬며 감았던 눈을 떴다. 정말 어울리지 않는 감상이지만, 잠투정 부리는 어린애 같다.

"밀러 헌터, 반테스와 함께 당분간 길드를 맡아 주게."

"예. 해외 쪽은요?"

"그건, 며칠 정도는 괜찮을 테니."

"알겠습니다."

금안이 내 쪽으로 움직였다.

"안전가옥은… 몇 군데 있지만, 내가 직접 가는 건 힘든 상태라."

"불가능하겠죠, 이 꼴로는. 들고 다니기도 눈에 띌 텐데, 아."

인벤토리에서 미니미니 쿠키를 꺼냈다.

"에블린 씨가 데리고 가 주실 겁니까?"

"길드장님께서 저를 그 정도로 믿어 주실 듯하진 않네요. 저도 기회가 된다면 손대고 싶지 않은 건 아니라."

안경알 너머의 눈이 생글 웃었다.

"S급 헌터의 보호를 받는 것도 나쁘진 않겠지만, 안전은 아무도 모르는 것이 가장 확실합니다."

"그거야 그렇지만, 혼자 못 걸어가니 문제죠."

"그러니 한유진 군에게 부탁하지."

"예?"

스르륵 눈을 감으며 성현제가 말을 이었다. 자지 말라니까.

"내 목숨을 나보다 더 잘 챙겨 줄 테니 말이야."

"아니, 그… 뭐, 내가 위협은 안 되긴 할 텐데."

그래도 너무 믿어 주면 부담된다고. 실레키아의 날개 확 훔쳐 가 버릴까 보다. 내가 떨떠름하게 고개를 끄덕이자 에블린이 폰을 꺼내 전화를 걸었다. 이내 코메트와 함께 강소영이 나타났다.

"와! 깨끗하게 날아갔네요! 그래도 전 남의 건물만 부쉈는데."

코메트의 등에서 내려선 강소영이 이쪽으로 다가오다가 우뚝 멈춰 섰다. 성현제가 쓰러져 있는 모습을 확인하고는 에블린의 뒤로 슬쩍 몸을 피한다.

"…아직 다 끝난 분위기가 아닌데요. 연약한 A급을 이런 곳에 부르시면 어떡해요, 언니."

"코메트만 빌려주면 돼요, 소영 양. 그럼 한 소장님. 부탁드리겠습니다."

"아, 네. 성현제 씨. 입 벌리십쇼."

성현제의 입에 쿠키를 밀어 넣었다. 이내 그의 몸이 작게 줄어들었다. 강소영이 길드장님인데 귀여워! 하고 소리쳤다. 애들 가지고 노는 인형만 해진 성현제를 보자 또 기분이 묘해졌다. 오늘 진짜 새로운 경험 많이도 한다. 이걸… 한 손으로 들고 가는 건 좀 그런데. 주머니에 넣어? 고민 끝에 인벤토리에서 핫핑크 털모자를 꺼내 그 안에 성현제를 담았다.

"거기서 얌전히 주무세… 아니, 어딘지는 가르쳐 줘야지. 일어나요!"

확 흔들어 버릴라. 털모자를 들고 코메트 쪽으로 가자 유현이가 걱정스러운 표정으로 졸졸 쫓아왔다.

"형 혼자 가도 괜찮겠어?"

"혼자 갈 수밖에 없잖냐. 걱정 마, 은신 스킬 쓰면 돼."

- 크르릉.

코메트가 머리를 숙여 내게 주둥이 끝을 대어 왔다. 턱 아래를 문질러 주자 기분 좋다는 듯 꼬리를 탕탕 내리친다.

"…왜 자꾸 세성 길드장 일에 형이 엮이는 거야."

"자칫하면 다 날아가게 생긴 판이었는데 어쩌겠냐. 나도 괜히 너까지 끌어들인 거 같아 미안하다."

"형이 왜 미안해."

잔뜩 부어 있는 동생의 머리를 쓰다듬어 주었다. 기분 상한 채로도 내가 손을 들자마자 고개를 숙여 왔다. 착하기도 하지.

"안전가옥에 데려다만 놓고 집에 바로 갈게. 넌… 귀찮겠지만 그래도 뒤처리하고 와야 한다. 에블린 씨가 말 잘해 뒀다지만 큰 난리 있고 얼마 지나지도 않았을 때니까."

그런데 지금 세성 길드장이 모습을 보이지 않는다면 또 문제가 생기겠지. 동업자 씨 챙겨 주기 번거롭기도 하구만. 그래도 어쩌겠냐.

"체인질링, 성현제 지금 모습으로 변해 줄래? 잠깐 얼굴만 보여 주면 돼."
지금, 을 강조해서 말했다. 어린애 말고, 어른. 체인질링이 작게 하품하며 끄덕였다.

- 나도 졸려서, 하우으, 오래는 안 돼.

"그래, 착하다."

- 응, 아빠. 근데 내 이름은 안 지어 줘?

어… 무심코 강소영이 있는 쪽을 바라보았다. 우리 대화를 들었는지 소영 씨가 팔로 크게 X자를 그려 보였다.
"…나중에. 자고 일어나면."

- 알았어!

체인질링이 힘차게 대답하곤 날개를 파닥여 바닥으로 내려섰다. 그러곤 인간으로, 성현제와 똑같은 모습으로 변했다.
"어때, 아—"
"악! 그렇게 부르면 안 되지! 말투도 따라 해, 말투도."
"응. 아니, 알겠네."
핑크빛 도는 은발의 성현제가 고개를 끄덕였다. 행동도 조심해야겠다.
"머리색은 못 바꿔?"
"똑같이는 못 해. 바래졌다고 인식하지 무슨 색인지는 인식을 못 하는 상태니까."
"뭐?"

그러고 보니 전에 성현제의 머리색이 잘 기억 안 난 적이 있었는데. 얼른 털모자 속을 들여다보았다. 졸고 있는 미니 성현제가 보였다. 머리 색깔이… 어, 베이지색 같기도 하고 연회색 같기도 하고……. 일단 빛바랜 색이긴 한데.

"…유현아, 너 성현제 머리색 기억해?"

"옅은 색이었던 거 같은데 몰라."

"소영 씨는요?"

"네? 어… 저랑 비슷한 금발이었나?"

강소영이 잘 모르겠다며 고개를 갸웃 기울였다. 송태원과 에블린도 마찬가지였다. 옅고 흐린 색이었다는 것 외엔 다들 헷갈려 했다.

"…그럼 그냥 그 머리색으로 있어."

"응!"

잘 부탁한다는 말을 남기고 코메트의 등에 올라탔다. 길고 검은 날개가 힘차게 펄럭이며 순식간에 하늘 높이 떠오른다.

"정말 깔끔하게 부숴 놨네."

나름 며칠 지내기도 했던 집인데, 아쉽다. 돈 많으니 새로 잘 짓겠지.

아직 해가 지지 않았기에 코메트를 높게 날아오르게끔 했다. 목격자가 있어서야 일부러 내가 성현제를 데리고 나온 의미가 없으니. 성현제가 알려 준 곳은 펜트하우스였다.

"사육소에서 가깝네요. 설마 저더러 수발까지 들라고 여기로 가르쳐 준 건 아니겠죠."

"살아 있는지는, 확인해 주게."

"그 정도야 봐줄 거지만."

의식 없는 사람 혼자 두기엔 개인주택 같은 데보단 경비원 있는 아파트 최고층이 낫긴 하지. 세성 길드에서 그리 멀지 않았기에 금방 목적지에 다

다랐다. 코메트가 내려가게 할 순 없었기에 사육소로 돌아가라 하곤 은신 스킬을 쓴 뒤 아래로 뛰어내렸다.

공기가 거칠게 귓가를 스쳤다. 은혜가 있으니 이대로 떨어져도 무사하겠지만, 바닥은 그렇지 못할 터였다. 길 가던 사람과 운 나쁘게 부딪칠 수도 있고 말이야. 아파트 단지의 시설물들이 또렷하게 보일 때, 미리 사 뒀던 가벼운 깃털 아이템을 썼다. 말 그대로 몸을 깃털처럼 가볍게 뜨게 만들어 주는 1회용 아이템이었다.

"아이템도 빚으로 달아 둘 겁니다."

무려 2,660포인트짜리라고. 나한텐 단돈 8천만 포인트밖에 없는데!

깃털을 쓰자 낙하 속도가 빠르게 줄어들었다. 떨어지던 관성이 있어 바로 깃털처럼 느려지진 않았지만 딱 좋은 속도로 바닥에 내려설 수 있었다.

이런 곳엔 엘리베이터에 감시카메라 다 있겠지. 귀신 들린 걸로 넘어가면 좋지만 혹 모르니까 그냥 아파트 벽을 따라 걸어 올라갔다. 황금 살쾡이 신발 덕에 평지나 다름없었지만, 워낙 높다 보니 한참을 걸어야 했다. 모자 속에 늘어져 있는 성 모 씨가 괜히 얄미워졌다.

'…슬슬 피곤해지네.'

S급들 힘, 꽤 여러 번 쓰긴 했지. 스킬만 해도 순간이동 두 번에 전격 한 번, 탄식, 그림자 없는 낮, 창백한 비까지. 탄식을 제외하곤 전부 S~SS급이다. 반동 꽤 세게 오지 않을까. 전에는 시력이 떨어졌으니 이번에도 그 비슷한 걸 각오해 둬야 할지도. 일시적인 거면 그래도 괜찮은데.

펜트하우스의 테라스로 들어섰다. 테라스 문은 당연히 잠겨 있었다.

"여기 방범 장치 있습니까?"

"테라스 문 쪽은, 아마."

"귀찮네. 창문은 없는 거 맞죠?"

다시 벽 쪽으로 가 창문을 열고 들어갔다. 창은 잠겨 있지 않았다. 누가 여길 들어오겠냐마는. 중급 이상 헌터라면 가능하겠지만 도벽이라도 있지 않고선 빈집털이 하느니 던전을 돌지. 다른 건실한 일도 많고.

신발 신은 채로 집에 들어가려니 미안해졌다. 성현제 말고 청소하는 분들에게. 관리하는 사람은 없냐고 물었더니 매달 5일, 20일에 방문한단다.

"일어설 수 있겠습니까? 침실은 어디래. 여기 옷 여분 있어요?"

쓸데없이 넓은 집이다. 침실을 찾아서 성현제를 모자 속에서 꺼냈다. 조그만 모습, 암만 봐도 낯서네. 비틀거리긴 하지만 제 발로 서긴 선다. 이어 쿠키 효과를 취소하고 원래 크기로 돌아왔다. 그대로 침대로 가려는 걸 얼른 붙잡았다.

"그 꼴로 자려고! 씻어요. 옷 찾아볼 테니까."

"…아니."

"흙투성이에 핏자국에, 엉망이거든요. 죽을 정도로 졸린 거 아니면 씻읍시다. 바로 옆에 욕실 있잖아요."

"…그냥, 자도."

"잠깐 잘 것도 아닌데. 조금만 더 참아요, 조금만."

웅얼거리는 성현제를 욕실로 밀어 넣었다. 설마 세수하다 머리 박고 익사하진 않겠지. 뒤져 보니 옷가지도 있었다. 욕실 앞에다 수건과 함께 놓아 주고 주방을 찾아갔다. 속이 화끈거린다. 눈앞도 조금 어지러웠다. 생수병을 꺼내 따 마시곤 테이블에 몸을 기댔다.

'집에 무사히 갈 수 있을지 모르겠네.'

가까우니 다행이지만. 도중에 쓰러지기라도 하면 난리 난다. 포션 마시고 상처도 치료하고 스태미너 열매도 꺼내 먹었다. 잠깐 앉아 있다가 다시 침실로 돌아갔다. 성현제는 다행히 욕실에서 기절하지 않고 옷도 잘 갈아입고 있었다.

"자, 이제 안녕히 주무십시오."

세성 길드장이라는 인간을 내가 이렇게 챙겨 주게 될 줄은 몰랐는데. 원래라면 아직 TV에서나 일방적으로 얼굴 보는 관계였겠지. 침대에 누운 성현제가 졸음이 가득한 눈으로 나를 바라보았다.

"처음에는… 쓸 만한 아이템 정도였지."

"저도 참 탐나는 스킬이라고만 생각했습니다."

나랑 깊게 엮일 일 없는 잘난 길드장님이고. 마치 아예 다른 세상 존재처럼도 느껴졌었다. 사실이긴 했지만.

객관적으로 말해, 지금 내가 알고 있는 성현제는 내가 잘 몰랐던 성현제보다 훨씬 비인간적이다. 여러 세계를 겪어 왔고 상상하기 힘든 힘을 품은 채로 초월자들 중에서도 한층 격이 높은 초승달의 관심을 받고 있는.

사실상 인간이라 하기엔 힘들지도 모른다.

하지만 나에게는 처음의 성현제보다 지금의 성현제가 더 보통의 사람처럼 느껴졌다. 아이러니하게도. 더럽게 잘났고 대단하고 겉으로든 속으로든 따라잡기 힘든 건 여전하지만, 예전에는 멀리서 그래 참 잘났다, 하고 바라만 보았다면 지금은 옆에서 아, 참 잘나셨네요, 하고 직접 말을 건네는 차이일까.

'정작 성현제는 어떻게 생각하고 있을지 알 수 없지만.'

저런 소리 하는 거 보면 이 인간한테서도 내가 많이 변하긴 했겠지. 무엇보다도 자신의 존재를 위협한 상대다. 그런 감각을 느끼고도 전과 다름없기란 성현제라 해도 힘들 것이다.

"아, 말해 줘야 할 거 있는데. 지금은 제대로 못 듣겠죠?"

"…아마. 들어도, 기억하지 못할지도."

"그래도 누가 댁 가슴에 칼 박았는지는 기억해 주시죠. 고생했으니까."

잊어버리면 억울할 거다. 그냥 이렇게 자게 내버려두고 가면 되나. 관찰카메라 같은 거 사다가 폰에 연결해 둘까. 보안상 문제 생기려나. 설마 자다가 잘못되는 건 아니겠지.

슬슬 사육소로 갈까 하다가 인벤토리를 열었다. 드림캐처. 며칠씩 자려면 잠자리가 편해야지. 쌓인 거 정리도 잘해야 하고. 연분홍 털실과 깃털로 이루어진 둥그런 장식품을 침대 헤드 부근에 달아 주었다. 삐약이가 좀 물어뜯어서 깃털이 구겨지긴 했지만.

"혹시 이 털실도 제가 준 겁니까? 색은 더 옅긴 한데."

이것도 직접 만든 걸까. 인벤토리에 들어가니 일반 공산품은 아니긴 한데. 대답은 돌아오지 않았다. 간신히 나를 향하고 있는 시선이 흐릿했다. 그래, 자라, 자.

"잘 자요."

그가 눈을 감았다.

그녀가 눈을 떴다.

빛이 흐르는 공간에서 은빛 눈썹 아래의 눈동자에 느릿이 초점이 맺힌다. 닫혀 있던 입술이 열리고 작게 탄식이 새어 나왔다.

"사랑스러운 나의 작은 달."

길고 긴 시간을 들여 서서히 차올라 가고 있던 달이, 거의 완벽해졌던 그가 만월을 바로 앞에 두고 또다시 이지러졌다. 누군가가 다시금 그녀를 방해하였다.

두 번째로.

서늘한 분노가 가슴께에 맺혔으나 지금의 초승달은 움직일 수 없었다. 이변을 느끼고 이르게 눈을 떴지만, 아직 완전히 회복한 것은 아니었다.

또다시 그 인간이었을까. 이질적인 존재를 극도로 배척하던 검은 그림자가.

하지만 작은 달의 세계의 시간은 되돌아갔다. 지금의 시간대에서는 불가능한 일이며 실패했어야 마땅하다.

그렇다면.

초승달은 자신의 조각들 중 하나를 불렀다. 사르륵거리는 소리와 함께 눈발이 흩날렸다. 열네 번째 조각이 그녀의 앞에 내려 쌓였다.

- 예, 나의 요람.

쌓인 눈이 웃음 지었다. 선명한 냉기가 아지랑이처럼 흔들린다.
"내가 잠든 사이 무슨 일이 있었는지 말해 주렴."
작은 달이 머무는 세계에. 쌓인 눈이 대답했다.

- 시간을 되돌린 세계에 특이한 존재가 나타났어요. 그 세계를 담당하는 패륜아들이 입을 다물고 있지만 특별하게 신경 쓸 만한 능력을 지닌 인간인 듯합니다.

이번에는 그 인간이 자신의 달을 건드린 것일까. 쌓인 눈이 말을 이었다.

- 또한 저주독룡왕의 주인과 무해의 왕이 그 세계에서 소멸했습니다.

"무해의 왕이?"
초승달이 의아해하며 되물었다. 저주독룡왕의 주인은 그래도 아직 어린 편이었다. 하지만 무해의 왕은 다르다. 초승달만큼은 아니어도 상당히 오래된 초월자 중 하나였다. 비록 스스로의 능력을 키우기보다는 호기심을 채우는 데 더 많은 시간을 들였지만 쉽게 사라질 만한 존재는 아니었다.

- 네. 무해의 왕이 사망한 직후 시스템에 이상이 생겼다고도 합니다. 채터박스의 말로는 어린 혼돈이 움직였다 하였어요.

끊임없이 내리며 눈발이 속삭였다. 그리고.

― 침묵하는 하얀 새가 사라졌습니다.

초월자들의 일부가 그녀의 행방을 뒤지고 다녔지만 아무도 찾아내지 못했다. 초승달이 가만히 눈을 내리떴다. 눈이 내리는 나무를 사랑하는 하얀 새.

― 채터박스는 복수하고 싶어 해요. 패륜아들과 협력해서라도. 무언가 제안을 하고 있다고 합니다.

조잘거리던 눈발이 초승달의 손짓에 부드럽게 물러났다. 초승달은 길게 누웠다. 그녀의 조각들조차도 작은 달의 진실된 힘은 알지 못했다. 단순히 그가 계속해서 세계를 삼키길 거부하여 옮겨지고 있는 것이라고 생각했다. 초승달이 그를 포기하지 못하는 이유를 궁금해하기도 하였다.

하지만 하얀 새는. 근원을 사랑하는 미래예지종은 어렴풋이나마 알고 있을 것이다. 눈이 내리는 나무를 삼키고 소멸시킬 무언가가 완성되어 가고 있다는 사실을.

달이 완전히 차오르기 직전, 방해받은 것도 과연 우연이었을까.

"…그렇다 해도."

잠시 잠깐 이지러졌다 해도 달은 다시 차오를 수밖에 없다. 끝내는 완벽하고 아름다운 만월로서 새롭게 태어나 그녀의 옆에 서게 될 것이다.

6장 피곤하지만 할 일은 해야지

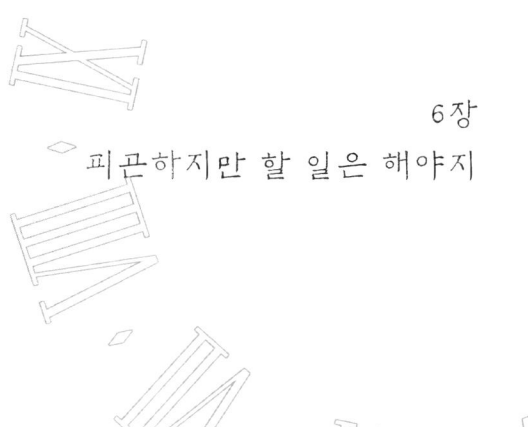

6장
피곤하지만 할 일은 해야지

…정말 간신히 사육소에 도착했다. 심한 멀미라도 하는 것처럼 속도 울렁거리고 머리도 어지러웠다. 집에 들어서자 피스가 달려왔다.

- 끼앙!

"…응, 피스야."

- 끄우웅.

내 상태가 나쁘다는 걸 느꼈는지 안아 달라 하는 대신 걱정스럽게 주위를 맴돌다가 아성체 정도로 커져서 자신에게 기대라는 듯 다가붙어 왔다. 삐약이와 벨라레도 분위기를 눈치채곤 달라붙어 오지 않는다.

착한 녀석들이라니까.

"조금 피곤한 것뿐이야."

사실 좀 많이 피곤하다. 전신이 죽죽 가라앉다 못해 땅속으로 꺼져 들 것만 같았다. 비틀거리며 신발을 벗고 안으로 들어갔다. 나도 씻어야 하는데.

'…죽겠다.'

조금만 쉬었다가 씻자. 피스에게 부축받으며 거실로 향했다. 소파에 엉덩이를 붙이자마자 눕고 싶어졌다. 아니, 이미 쓰러져 있었다. 머리가 소파 쿠션에 닿자 눈이 절로 감겨 왔다. 열이 올라 있었는지 소파가 서늘하게 느껴졌다.

- 끼야앙.

"잠깐만, 잘 거야."

- 삐약!
- 시익!

"그래, 둘 다 얌전히 잘, 있었지."

피스야, 좀만 더 애들 좀 봐주라. 속은 화끈거렸지만 등의 마나각인은 반대로 차갑게 식어 있었다. 목이 부었는지 숨도 조금 막혔다. 몇 번 기침을 내뱉자 유체화한 피스가 안절부절못하며 테이블 위로 올라갔다 내려가길 반복했다.

- 끄웅 꺄우웅.

"…진짜 괜찮아. 원래 이런… 거랬어. 잠깐 눈 붙이고 나면 괜찮을 거야. 걱정시켜서 미안해, 피스야."

숨을 크게 몰아쉬었다. 피스가 소리 죽여 끙끙거렸다. 그 소리도 빠르게 멀어져 갔다. 의식이 흐려지고 이내 완전히 잠이 들었…….

"이런 부룩송아지 같은 녀석."

뒷덜미가 확 잡아채 들렸다. 어?

"또 엉망이야."

뒷덜미를 잡은 손이 나를 들어 바닥에 앉혔다. 흐릿하던 시야가 선명해지며 숲의 풍경이 비춰졌다. 이어 익숙한 얼굴이 보였다. 붉은 눈을 한, 어린 유현이.

"…어린 혼돈 씨?"

"저도 있어요!"

그 옆에 코카스파니엘 같은 것이 활짝 웃고 있다. 신입이다. 강아지 귀를 팔랑이며 내게 손을 흔들어 보였다.

"신입, 너!"

벌떡 일어나려다가 도로 주저앉았다. 현실이 아닐 텐데도 몸에 힘이 없었다. 대신 손이라도 들어 신입에게 삿대질을 했다.

"야, 너 때문에 진짜… 던전에 찾아가도 없고!"

"미, 미안해요, 허니!"

"너무 그러지 마라. 토끼도 노력은 했어."

어린 혼돈이 신입을 감쌌다. 토끼? 강아지에 더 가까워 보이는데. 귀가 길다고 토끼라고 생각하는 건가.

"노력이라니. 그래서 어떻게 된 건데. 여긴 또 뭐고."

"아직 허니 세상 시스템에 완전히 연결되지 않았어요. 특히 허니 나라는 더 오래 걸릴 거 같아요. 그래서 한동안 던전에서 만나는 건 힘들어요."

체인질링이 한국에 힘 좀 많이 썼다더니 그래서인가.

"시스템 자체는 자동으로 돌아가는데, 저희가 관리는 할 수 없어요. 시스템상에 등록된 정보가 임의로 표시되는 거죠. 그래서 드물거나 처음 나오는 스킬은 설명이 미흡하거나 없을 수도 있어요!"

"미흡한 거야 원래도 그랬는데 뭐. 너네 오류 많잖아."

신입이 울상을 지었다.

"던전 보상도 자동이라 특별한 보상은 나오기 힘들고요."

"뭐야, 빨리 연결해! 그래서 내 동생이 SS급 줄줄이 잡았는데도 마석밖에 안 나왔던 거냐!"

"아니, 그건 던전 밖이라……."

"그래도 보상 내놔! 보상! 애가 혼자 SS급 다섯 마리 잡았다, 다섯 마리!"

"시, 시스템 연결되고 던전에 오시면요."

반사적으로 버럭 소리치다가 아차 싶어졌다. 해파리가 신입 잘 꼬시랬는데 이러면 안 되지. 헛기침 한번 하고 표정을 부드럽게 바꾸었다.

"그래, 잘 부탁할게."

"…네?"

"신입 네가 고생하는 건 잘 알고 있어. 다만 나도 최근에 많이 힘들었잖냐."

"미안해요, 허니."

"그래, 그래. 괜찮아. 너도 노력했다며. 앞으로도 잘 부탁해."

네, 하며 신입의 표정도 스르륵 풀어졌다. 방글방글 웃는 게 귀엽긴 했다.

"지금은 허니의 꿈속이에요."

"꿈?"

"네. 허니에게는 아무 영향도 못 주는, 단순한 꿈이요. 이렇게 연결하는 것도 쉽지 않았어요. 마침 허니가 많이 약해져 있고 저랑은 관계가 깊으니 들어올 수 있었죠."

자주 만났잖아요, 저희, 하고 또 헤벌쭉 웃는다.

"쉽지 않았는데 굳이 만나러 왔다는 건, 무슨 일 있어?"

"그게요, 채터박스가 저희 쪽에 제안을 해 왔어요!"

채터박스가?

채터박스라면 분명 해파리, 무해의 왕을 도와 던전에 간섭해 왔다는 초월자였지. 그놈이 해파리의 후임이 된 건가.

"제안이라니, 무슨 제안? 설마 이제 와서 평화협정이라도 맺자는 거라면 마음은 지랄 말고 꺼지라고 말해 주고 싶다만, 받아들이겠다 전해 줘."

효도중독자 새끼들에게 대한 앙금이 풀린 건 절대 아니다. 하지만 그 새끼들이 끼어들어서 힘들어지는 건 우리 애들이다. 휴전하자고 하면 더럽게 고맙네요, 하고 받아 줘야지 어쩌겠어. 그래도 디아르마 놈은 내가 잡아 죽였으니.

"그런 건, 아니고요……."

신입이 머뭇거리며 말했다.

"채터박스는 무해의 왕을 살해한 자를 원하고 있어요."

"뭐?"

당황스러웠다. 아니, 걔들이 그렇게나 의리가 넘쳐나는 사이였어? 디아르마 땐 별말 없더니 무해의 왕은 의외로 인망이 있는 편이었나. 그럴 인간, 아니 해파리로는 안 보였는데.

"모른다고 해. 사실이잖아. 잘나신 초월자님께서 고작 스탯 F급에게 당했을 린 없고, 실종이지 뭐."

복수라도 하겠다 나선다면 곤란한데.

"…채터박스인가 하는 놈, 해파리와 많이 친했냐?"

"무해의 왕은 단순한 친구 정도였지만요……."

그러니까, 일방적으로 더 많이 좋아하던 사이라는 건가. 망했네.

"몰라, 무조건 모르는 거다. 상식적으로 이번엔 패륜아들 도움도 없었잖아. 그냥 실종이야. 난 걔 몰라. 갑자기 사라졌어."

만약 내가 무해의 왕을 죽였다는 사실을 알게 된다면 과연 나만 잡아 죽이려 들고 끝날까? 그렇다면 차라리 다행이다. 하지만 십중팔구 내 주위 사람들도 위험해지게 되겠지. 흔하잖아. 네 소중한 사람들도 전부 없애 버리겠다, 같은 거.

…꿈속이라 공포 저항이 안 통하는 건가 전신이 오싹해졌다. 가장 먼저 누굴 노리게 될지 너무도 뻔해서 더더욱 한기가 돌았다. 몸을 일으키고 싶었지만 여전히 힘이 없었다.

"…채터박스가 아직 자세한 정황은 모르는 거 맞지? 맞다고 해라, 제발."

신입이 새빨간 두 눈을 어쩔 줄 몰라 하며 데굴데굴 굴렸다. 망할. 체한 듯 속이 답답해졌다. 두 번은 안 돼. 죽어도 두 번은 안 돼.

"모르지만, 요. 무해의 왕이 허니를 노리던 건 알고 있으니까요. 그래서 지금 허니를 원하고 있어요."

멍하게 신입을 올려다보았다. 디아르마도 무해의 왕도, 사실 던전의 보스 정도로 생각하고 있었다. 해치우면 그걸로 끝인 상대. 디아르마는 실제로 그랬지만. 보상도 얻었고. 하지만 무해의 왕은, 루가 페야는 달랐다.

그녀를 소중하게 생각하는 존재가 있었다. 미처 생각지 못한 사태였다. 정말로.

"정당방위, 라고 해 봤자 들은 척도 안 하겠지."

내가 억울해 봤자 무슨 상관일까. 나라도 그럴 텐데. 만약에 유현이가 잘못을 하고 그로 인해 살해당했다 해도, 그럼에도 나는 살해자를 증오할 것이다. 어긋난 복수를 하고 싶어질 것이다. 잘잘못 이전에 그럴 수밖에 없다.

하물며 놈들은, 초월자는 인간이 자신들에 비해 하찮게 느껴지겠지. 사람이 들쥐를 잡으려다 물려 상처가 덧나 죽기라도 한다면 물린 사람을 탓할까. 그 전에 들쥐부터 죽여 버리겠지. 그 근방의 들쥐를 죄다 몰살시키려 들지도 모른다.

'…심지어 채터박스는 시스템을 다룰 수 있다고, 했지.'

이미 던전에 간섭해 오기도 했다. 다른 초월자들과 달리 세계를 보호하는 힘이 있다고 해서 안심할 만한 상대가 아닌 것이다. 게다가 나와는 달리 내 주위 사람들은 대부분 던전에 자주 들어간다.

속이 바싹 타들어 갔다. 빌어먹을, 채터박스가 나에 대해 얼마나 알고 있는 거지. 지금이라도 유현이와 예림이를 집에서 내보내야 하나. 나와는 별 관계가 없는 척. 아니, 아예 사이가 나쁜 척…….

'…이건.'

문득, 회귀 전의 일이 떠오르며 맥이 쭉 빠졌다. 유현이도 예림이도 그리고 다른 사람들도, 나를 노리는 초월자가 있으니 멀어지자 라고 말해 봤자 들어줄 리 없겠지. 그렇다고 아무 말 없이 내 주위 사람들을 모두 떨어뜨려 내는 짓은, 못 하겠다.

눈은 흐리고 따가운데 웃음이 새어 나왔다.

"채터박스고 뭐고 우리 애들 건드리기만 해 봐."

"…허니."

"그냥, 그냥 살려고 노력하는 사람 먼저 괴롭힌 게 누군데 왜 지랄이야. 두 번 한 일 세 번은 못 할 거 같냐."

막 회귀했을 때는 다 괜찮아질 줄 알았는데. 그 후로도 여러 가지 일이 있었지만 지금은, 어느 때보다도 답답하고 막막했다.

디아르마도 루가 페야도 나로서는 감당할 수 없는 강력한 초월자라는 사실은 똑같았다. 하지만 그 둘은 목적이 따로 있었다. 마주치면 그래도 대화부터 나눌 수 있는 상대였다. 나를, 내 주위 사람들을 살려 둘 필요성을 떠들어 댈 수도 있었다. 기회를 노릴 틈을 가진 자들이었다.

하지만 채터박스는 단순히 복수심만을 가지고 있다. 가타부타 할 것 없이 내 목을 따면 끝인, 내 목숨만으로 만족하면 다행인 적. 상대를 괴롭히거나 죽일 생각 외엔 없는 놈들이야말로 진짜 최악이다.

"우리도, 가만히 있지는 않을 거예요!"

신입이 내 앞으로 다가와 쪼그려 앉으며 말했다.

"…도와주게?"

"저는, 그러고 싶은데……."

"제안이란 거, 뭐였는데."

신입이 내 눈치를 살피며 입을 열었다.

"허니의 세계를 넘겨주면요, 앞으로 백 년간은 방해하지 않고 도와주겠다고요. 채터박스는 잘 나서는 성격은 아니지만 시스템 관리가 가능한 만큼 한번 간섭해 오면 정말 귀찮은 상대거든요."

"당연히 도움도 많이 되겠네."

"그, 그렇죠……. 세계 하나를 희생해서, 여러 세계를 구할 수 있는 거니까……."

"넘겨주겠다든?"

내 말에 신입이 얼른 고개를 저었다. 곱실거리는 털의 귀가 팔랑개비처럼 흔들렸다.

"아뇨! 일단은 아니에요! 저도 그래선 안 된다고 했고 물방울과 나무 선배도 반대했어요."

"인어여왕이 깨어났어?"

"네. 아, 그리고 초승달도요!"

초승달이라는 말에 가슴이 덜컥거렸다. 지금쯤 잠들어 있을 성현제가 절로 떠올랐다.

"초승달도 깨어났다고?"

"바로 조금 전에 연락이 왔었어요. 아직 움직이는 건 불가능하지만 초승달도 채터박스에게 허니의 세계를 넘겨주는 건 반대라고 했거든요."

신입은 신나게 말했지만 내 속은 편치 않았다. 당연히 넘겨주고 싶지 않겠지. 성현제가 여기 있으니까. 혹여 채터박스가, 효도중독자들이 성현제에 대해 알게 된다면 십중팔구 그를 없애 버리려 들 것이다.

'패륜아들이라고 해서 모두가 반기지는 않겠지.'

근원을 소멸시킬 만한 힘을 키워 내는 것을 우려하는 패륜아들도 분명 있을 것이다. 심지어 그 힘의 소유자가 초승달이라는 한 명의 초월자라면. 걱정하다 못해 위협을 느끼는 자들도 있겠지.

갈수록 첩첩산중이다, 정말.

"초승달과 만나 보고 싶어 했잖아요, 허니. 말이라도 전해 줄까요?"

"아니, 지금은 됐어. 그보다 우리 세계를 넘겨주는 건 거절했다는 거지?"

"네. 하지만 협상을 할 생각은 다들 있어서… 채터박스 외의 다른 효도중독자들도 관심을 보이고 있고요."

"알고는 있지만 새삼스럽게 기분 더럽네. 자기들이 뭐라고."

멸망해 가는 세상 도와주겠다고 나선 건 고맙다. 하지만 도와줬다고 해서 우리를 판돈으로 써먹는 건 아니지. 우리 의견 따위는 상관없이 제멋대로 결정하겠다는 거 아니냐고, 지금. 심지어 나 말고는 의사표시는커녕 까맣게 모르고들 있잖아. 우리 세상 사람들은.

"잘나신 초월자들이라 이거지. 우리가 결정하면 하찮은 인간들은 무조건 따르면 됩니다, 냐."

"저기, 허니. 그게요."

"요즘 것들은 처음부터 위에 선 녀석들이 대부분이니 말이다."

어린 혼돈이 말했다. 겉모습과 달리 정말 어르신스러운 소리였다.

"예전에는 원맥자가 아닌 초월자들도 많았었지."

저 예전이 대체 언제 적인 걸까.

"초월자들은 전부 태생 S급일 줄 알았는데요."

"그럴 리가 있나. 오히려 원맥자들은 일정 한계를 넘지 못하는 경우가 더 많아. 필사적으로 노력할 필요가 없으니."

노력하지 않아도 잘났으니 거기서 멈춰 버린다는 건가. 하긴 뭐든 쉽게 해낸다면 괜히 더 열과 성을 쏟을 이유가 없을 것이다.

"하지만 최근에는 키워 내진 초월자들이 대부분이지. 그건 원맥자가 아니고선 불가능한 방법이고, 원맥자란 기본적으로 평범한 인간들, 동족들과 자신이 다르다는 생각이 박힌 녀석들이니 말이다."

여느 인간들을 낮춰 보는 것이 당연하다며 어린 혼돈이 말을 이었다.

"원맥자 출신이 아니더라도 오랜 시간 초월자 노릇 하다 보면 변하는 경우도 흔하지."

개구리 올챙이 적 모른다는 건가.

"그래도 신입은 좀 덜한 거 같은데요."

"저, 저요······?"

내 시선에 신입이 어쩔 줄 몰라 하며 손으로 자기 귀를 만지작거렸다. 태생 S급도 성격이 다양할 테니 말이야. 신입 같은 성격도 있는 거겠지.

"어쨌든 채터박스가 당장 덤벼들진 않는 거지? 맞아?"

"네. 애초에 아직은 허니 세계에 접근할 수 없어요. 그래서 협상도 천천히 이루어질 듯하고요."

이러니저러니 해도 내가, 우리가 무력한 건 명백한 현실이다. 패륜아들이 잘 막아 주길 기대하는 수밖엔 없었다. 아니면 디아르마 때처럼 도움이라도 주든가. 체인질링과 같은 마수를 다시 만들어 내는 건··· 불가능에 가깝겠지. 재료부터가 초월자의 마석에 성현제의 파편이니.

"어떤 방식이 될지는 아직 모르지만, 채터박스와 타협하기는 해야 할 거예요. 무조건 거절했다간 허니 세상에 어떻게든 해코지하려 들 테니까요."

"응, 그렇겠지……."

"최대한 허니 세상에 유리하도록 할 거예요. 노력할게요! 제가 신입이긴 해도 시스템을 다룰 수 있으니까, 발언권은 강하거든요."

"고마워. 부탁할게."

신입이 방긋 웃으며 벌떡 몸을 일으켰다. 꽃잎 같은 옷자락이 팔랑거린다. 그동안 구박 참 많이 했는데도 나한테 계속 잘 대해 주고. 신입이 패륜아들 중에선 진짜 제일 착하고 좋은 녀석이긴 했다. 유현이와 삐약이 취급은… 시스템 관리자 입장에서 한 말이니. 이제는 신입도 좀 다르게 느껴지지 않을까.

"참, 신입 네 이름은 뭐냐?"

"…네? 이름요?"

"너도 있을 거 아냐. 아직 말해 주면 안 되나?"

"어, 네, 이름… 안 돼요!"

신입이 당황하며 고개를 저었다. 그러곤 말을 돌렸다.

"시스템 연결까진 시간이 좀 걸릴 거예요. 특히 허니 나라는요. 그래도 그때까진 안전할 테니까, 푹 쉬세요!"

"응, 그럴게. 시스템이 연결된 건 어떻게 알 수 있지?"

"떡잎 스킬을 써 보세요. 그건 수동 입력이라 시스템 연결 전까지는 제대로 쓸 수 없거든요. 기존 입력 완료된 대상이 아니면 상태창이 뜨지 않을 거예요."

한동안 별일 없을 거라니 괜찮은 각성자 다시 찾아볼까 했는데, 아쉽네. 상태창은 안 떠도 스킬 자체는 존재하니 대충 느낌은 오지 않을까.

"그런데 어르신은 왜 신입과 함께 계신 겁니까? 이렇게 빨리 다시 뵙게 될 줄은 몰랐는데. 검 주신 건 진심으로 감사합니다. 제 동생이 무척이나 좋아했어요."

공손히 고개 숙여 인사했다. 혹시 뭐 하나 더 주시려고 오셨나. 혼돈이 느슨히 끼고 있던 팔짱을 풀었다.

"다 죽어 가는 어린애가 아등바등거리는 게 신경 쓰여서."

"예?"

"네 꼴을 봐라."

뭐, 일단 겉보기엔 멀쩡한데.

"20년은 더 살 거라면서요."

"하는 짓 보면 내년쯤엔 반쯤 묻혔어."

"벌써 9월인데 너무 짜네."

날 향한 눈빛이 차도 주변을 돌아다니는 꼬질꼬질한 하룻강아지 보는 듯하다.

"뭘 했는지 마력 흐름 상태도 엉망이야. 이거 봐라, 이거."

내 뒤쪽에 선 어린 혼돈이 뒷목을 손바닥으로 짝 내리쳤다. 꿈속인데도 따끔하게 아팠다.

"아니, 보라고 해도……."

"내가 가르쳐 주는 대로 마력을 움직여."

"꿈이라서 저한테는 아무 영향 못 준다면서요?"

"그러니 가르쳐만 주겠다는 거 아니냐. 꿈속이라고 해도 네가 직접 움직이는 건 현실의 마력도 따라갈 테니 입 다물고 집중해."

뒷목에 손이 닿고 뜨거운 기운이 느껴졌다. 내가 따라가기 쉽도록 느릿하게 등 위로 그리듯 열기가 움직인다. 그 움직임대로 내 몸의 마력의 흐름을 조종해 보았다. 쉽지는 않았지만 그럭저럭 따라갈 수 있었다.

"흐트러진 마력을 진정시키는 데 도움이 되는 운기법이니 기억해 둬라. 그래도 부작용 자체는 막지 못하겠지만."

확실히 축축 늘어지던 몸에 조금쯤 힘이 돌아왔다.

"감사합니다. 이번엔 포인트 필요 없으세요?"

"그땐 시스템 속이었고 내가 직접 만져 준 거였으니까. 그리고……."

어린 혼돈이 나를 위아래로 훑어보았다. 영 못마땅하다는 표정을 짓더니 혀를 쯧쯧 찬다. 저번에도 그렇고 이번에도 그렇고 자꾸 내버려두면 얼마 못 가 픽 죽어 버릴 놈처럼 보시네.

"시스템 연결되고 나거든 다시 보자."

"신경 써 주셔서 무척이나 감사합니다, 어르신."

또 뭐 해 주시려나 보다. 명절이 코앞이라선가 진짜 집안 어른 보는 기분이었다. 현실에선 퍼 주긴커녕 있는 것도 빼앗아 가려 들었지만.

"아, 포인트 상점은 어떻게 되는 거야? 언제 없어지지?"

"지금의 포인트 상점은 시스템 제작자가 연결시켜 준 거라서 저는 아직 못 건드려요."

"시스템 제작자?"

"네. 잠깐 왔었는데… 그런 일이 있었어요!"

말하긴 곤란한 모양이었다. 아무튼 계속 상점을 쓸 수 있다면 나야 좋지.

"그럼 남은 포인트는?"

"그것도 회수할 순 없고요. 허니가 지금 가지고 있는 아이템들도요."

오, 그럼 살쾡이 템들도 그대로 남는 건가? 물어보니 계속 내가 써도 된다고 했다. 다만 대여 귀속 상태도 그대로 유지된단다. 신입이 다음에 봐요, 하고 손을 흔들고 시야가 어두워졌다. 흐릿해진 의식 속에서 낯익은 목소리가 들려왔다.

"형, 많이 피곤해? 방에 데려다줄게."

유현이 왔구나. 느리게 눈을 떴다. 하지만 여전히 아무것도 보이지 않았다.

"진짜 용이에요?"

강소영이 눈을 빛내며 성현제, 체인질링에게 물었다. 체인질링이 반사적으로 끄덕거리려다 말고 나름 근엄하게 대답했다.

"그래, 요정용이지."

"아아아— 한 소장님은 좋겠다!"

'내가 아는 모든 용이 한 소장님을 좋아해!' 하고 강소영이 부러움에 찬 소리쳤다.

"커질 수도 있어요?"

"아뻐— 유진 군이 싫어할 테니 안 해. 안 한다. 안 한다네?"

체인질링이 가질 수 있는 모습은 요정용으로서의 형태를 제외하곤 자신이 태어나는 데 일조한 상대의 것만 가능했다. 거대한 드래곤이라면 디아르마의 본체고 그 모습을 한유진이 본다면 겉만 같다는 걸 안다 해도 껄끄럽게 느낄 수밖에 없을 터였다. 애초에 요정용종은 물리적인 힘은 지니지 못해 대형용으로 변한다고 해도 거치적거릴 뿐이기도 했다.

자세한 내막을 모르는 강소영이 '왜 싫어하지?' 하고 고개를 갸웃했다.

"생방송으로 빠르게 소식만 전하고 끝내죠."

전화 통화를 하던 에블린이 말했다. 그녀의 시선이 체인질링과 한유현, 송태원을 차례로 향했다. 마지막으로 다시 체인질링, 성현제를 바라보며 입을 열었다.

"간단히 대사를 써 드릴 테니 외워서 읽기만 하면 됩니다."

"알겠다. 음, 알겠네."

체인질링이 어설프게 대답했다. 외모야 같지만 행동이며 표정 등에서 뚜렷한 차이가 드러나 보였다.

"길드장님과는 어조가 다르긴 하지만 약간만 연습하면 괜찮겠죠. 하루 아침에 말투도 바꿨으니. 너무 이상한 짓만 하지 않으면 그러려니 넘어갈 겁니다."

"맞아요. 한 소장님을 아빠라고 불러도 돼요!"

"소영 양."

"아뇨, 그게. 근데 재밌을, 괜찮을 거 같은데. 앗, 현아 언니 전화다. 언니! 네, 길드장님 집 완전히 날아갔어요! 시원하게 뚫렸다니까요! 한 소장님은 무사하고요. 다는 말 못 해 드려요, 저 세성 길드원이에요."

"브레이커 길드장입니까. 궁금하면 직접 오시라고 전해요."

"에블린 언니 있어서 싫대요."

강소영이 슬금슬금 뒤로 물러나더니 아예 건물 잔해를 훌쩍 뛰어 올라갔다. S급들 사이의 연약한 A급이라고 엄살 부리긴 했지만 상급 헌터는 상급 헌터, 별 힘들이지 않고서도 키보다 더 큰 콘크리트 덩어리 위를 날듯이 오른다.

"시킬 거 있으세요?"

"송 실장님 새 옷이 제일 급할 듯하군요."

송태원을 돌아본 강소영이 '아, 진짜' 하고 끄덕거렸다. 성현제와 직접적으로 맞붙었던 만큼 성한 곳이 거의 없다시피 한 수준이었다. 심지어 건물 잔해에 깔리기까지 해서 더러워질 대로 더러워져 있었다.

대중을 안심시키기 위한 방송으로는 전혀 어울리지 않았다.

"해연 길드장님은……."

강소영의 시선을 받은 한유현이 가볍게 불꽃을 일으켰다. 그의 전신을 검푸른 불길이 한차례 휘감고, 흙먼지를 죄다 삼키듯 불태웠다. 불길이 훑고 사라진 자리에 마치 방금 집에서 나오기라도 한 듯 깔끔한 모습만이 남았다. 전투의 흔적이라곤 약간 흐트러진 머리카락 외엔 찾아볼 수 없었. 강소영이 와, 하고 박수를 쳤다.

"그럼 송 실장님 새 옷만 가져다드리면 되나요?"

"…예."

송태원이 약간 머뭇거리면서도 고개를 끄덕였다. 지금 상태로 방송을

탈 수는 없었다. 그렇다고 집에 옷을 가지러 가겠다며 자리를 뜰 수도 없는 노릇이었다. 강소영이 가볍게 잔해를 넘어 사라지고 송태원이 한유현에게 다가갔다.

"부러지진 않았지만 수리가 필요합니다."

송태원이 빌렸던 실랑스 강의 검을 내밀었다. 수색자의 사슬에 옥죄어졌던 검의 날이 군데군데 이가 빠져 있었다. 그래도 검신 자체는 무사했다. A급만 되었어도 버티지 못했을 것이다.

"와이어는 절반 정도 남았습니다. 그에 대한 청구는—"

"책임을 묻지 않겠다고 했습니다."

한유현은 짧은 대답과 함께 검을 받아 인벤토리에 넣고는 몸을 돌렸다. 그러곤 에블린에게로 다가갔다.

"방송 준비는 언제 끝납니까."

"오래 걸리진 않을 겁니다. 그보다 길드장님께서 신세를 졌으니 그에 대한 협의가 더 중요하죠. 비밀 유지 계약도 부탁드리겠습니다."

"표면적으로는 S급 몬스터 처리를 위한 협조로 하겠다 했었지요. 말을 맞춰야 하니 일본 던전 권리 비율 건으로 한유진 소장님과 함께 방문하였다고 합시다."

"네. 계약상 약간의 문제가 있어 송태원 실장님께서도 동행했다고 하면 그럴듯하게 비춰지겠지요. 그때 길드장님 자택에서 몬스터가 나타났고, 무사히 처리되었다. 이렇게 알리도록 하겠습니다. 대신 비율은 약간 조절하겠습니다. 그 밖의 원하시는 대가가 있으십니까? 아, 던전의 뿌리 열매에 대해서는 저도 알고 있습니다."

스태미너 포션에 대한 지분을 일부 포기하겠다는 뜻이니 적은 대가는 아니었다. 하지만 한유현은 만족하는 기색 하나 없이 서늘한 얼굴을 하고 있었다. 그가 에블린을 향해 손을 내밀었다.

"해연에 연락할 테니 휴대폰을 빌려주십시오."

"저런, 길드장님 주위에선 전자기기가 남아나질 않죠."

"물리적인 파손입니다."

휴대폰을 받아 든 한유현이 해연 길드로 연락했다. 에블린이 송태원을 돌아보았다.

"송 실장님 휴대폰도 무사하진 못하실 텐데요."

송태원은 작게 고개만 끄덕여 대답했다. 각성자관리실과 협회로 연락은 해야 한다. 그 밖에도 할 일은 많았다. 이렇게 멍하니 서 있는 시간이 아까울 정도였지만 송태원은 못에 박힌 듯 움직이지 못했다.

그의 시선이 젖어 든 바닥으로 향했다. 흩어진 얼음파편이 햇살에 반짝이며 천천히 녹아내리고 있었다. 그곳에 쓰러져 있던 사람이 떠올랐다. 그리고 그 사람을 도우려 하던 사람도.

송태원으로서는 아직 정확한 상황을 이해할 수 없었다. 다만, 한유진이 성현제를 구했다. 그 몇 자 되지 않는 사실이 송태원의 머릿속에서 흐트러졌다. 그는 손을 들어 자신의 얼굴을 쓸어내렸다.

그 어느 때보다도 피곤했다. 전신이 진득한 늪 속으로 빠져드는 듯했다. 다행인지 불행인지 긴 상념에 빠질 틈도 없이.

"형에 대한 비밀은 지켜 주실 거라 믿겠습니다."

어느새 다가온 한유현이 송태원에게 말했다.

"등급 또한 변동될 이유는 없다고 생각합니다."

"그건."

"이유를 밝히기도 힘든 일이지 않습니까."

한유현의 목소리는 단호했다. 여차하면 자신이 가진 힘을 동원해서라도 한유진의 새로운 능력이 드러나는 것과 그에 따른 등급 조정을 막겠다는 기세였다. 스킬 등급은 높지만 던전 공략에 직접적인 도움은 못 주며 스탯은 F급이기에 한유진의 공식 등급은 아직 B급이었다. 공격 스킬 두 배 공유는 알려지지 않았기에 등급에 변화는 없었다.

하지만 일시적이나마 S급 헌터의 능력을 가질 수 있다는 게 밝혀지면 최소 A급으로 올라갈 것이었다. 심지어 일본에서 조건이 까다로우나마 헌터의 능력치를 두 배로 상승시켜 줄 수 있는 보조 스킬까지 드러났다. 사실상 등급이 바뀌는 게 맞았지만.

"중급 헌터로 머무르는 편이 낫습니다."

휴대폰을 내밀며 한유현이 재차 강조했다. 상급 헌터는 국가로부터 다양한 혜택을 받는 동시에 제약도 주어졌다. 특히 몬스터로 인한 국가적 위기 상황 때 강제 동원도 가능했다. 그 밖에도 규격 이상의 강력한 힘을 지닌 인간이라는 사실을 바탕으로 만들어진 특별법이었기에 평소 스탯 F급인 한유진에게는 불리한 내용이 더러 있었다.

반면에 상급 헌터의 혜택은 한유진으로서는 큰 이득이 없었다. 상급 아이템 경매권이나 상급 던전 권리 매매권 등 던전을 공략하는 헌터 위주였기 때문이었다. 세금 절약 하나만 보고 등급을 높이기엔 단점이 더 많았다.

"그 부분에 대해서는 정확한 확인 후 대답해 드리겠습니다."

송태원은 더는 길게 말하지 않겠다는 듯 휴대폰을 받아 각성자관리실로 전화를 걸었다. 괜한 생각들을 머릿속에서 지우고 쌓여 있는 일에 집중하려 애썼다.

세성 길드장의 자택에 나타난 몬스터 사태에 대한 방송은 짧게 끝났다. 에블린의 도움으로 체인질링은 제법 그럴듯하게 성현제를 연기했다. 생방송을 마치자마자 한유현은 해연 길드 법무팀에 일을 넘기고 그대로 집으로 돌아갔다. 반면에 체인질링은 아직 할 일이 더 남았다는 에블린의 손에 붙잡혀 울상을 지었다.

- 그르릉!

문을 열기도 전부터 들려오는 다급한 으르렁거림에 한유현의 미간이 좁혀졌다. 한유진이 아니고서는 집에 누가 오든 신경 쓰지 않는 화염뿔사자였다. 그런데 문 앞까지 나와 기척을 내고 있다. 한유진에게 이상이 생겼다는 뜻이나 다름없었다.

한유현이 급히 문을 열었다.

"형은?"

― 크훙.

대문 근처를 배회하던 피스가 한유현을 보자마자 곧장 몸을 돌렸다. 한유현은 신발도 벗지 않고 피스의 뒤를 쫓았다. 그의 눈에 소파에 길게 누워 있는 한유진의 모습이 들어왔다. 마지막으로 본 모습 그대로 엉망인 채였다.

군데군데 찢어진 옷에 상처만 치료되었지, 희미하게 남은 핏자국은 그대로다. 집에 들어오자마자 아무것도 못 하고 곧장 쓰러진 모양새였다.

"형!"

S급 헌터의 힘을 일시적으로 쓴다는 게 부담이 큰 것이었을까. 한유현은 얼른 한유진의 상태를 살폈다. 외치는 소리를 듣지 못할 정도로 깊게 잠들었지만, 다행히 별 이상은 없어 보였다. 열 같은 것도 없고 숨소리도 고르다. 낯빛도 멀쩡했다.

한유현은 안도의 한숨을 길게 내쉬었다. 피스 또한 한유현의 눈치를 살피곤 안심한 듯 소파 옆을 지키듯 앉았다. 한유현은 신발을 벗어 현관에 두고 망가진 휴대폰에서 다행히 멀쩡한 칩을 꺼내 새 기계에 넣었다. 휴대폰이 켜지자 수신되지 않았던 문자들이 들어왔다.

[아저씨 괜찮아?]

[길드장님 폰 또 망가짐?]

[방송 나온 거 보니 아저씨는 무사한가 보네.]

[아저씨 아직 전화 안 되던데 나 저녁 먹고 들어감.]

[약 챙겨]

[내 폰 블랙 딴색ㅆ]

한유현은 박예림의 문자를 눈으로 대충 훑고는 답장했다.

[ㅇ]

휴대폰을 내려놓은 그가 한유진이 잠든 소파 앞에 무릎을 대고 몸을 숙여 앉았다. 한유진의 뺨에 남은 핏자국을 손가락으로 살짝 문질렀다. 이미 굳어 버려 지워지진 않았다.

"형이 자꾸 다치니까 속상해."

그것도 다른 사람과 관련되어서라면 더더욱 기분이 나빠졌다. 왜 그렇게까지 전부 챙겨 주려 하는 걸까. 한유현으로서는 이해할 수 없었다. 자신은 단 한 명 외에는 아무것도 필요 없건만. 그런 한유진 또한 한유진이기에 받아들이려 하고는 있지만 결코 달가운 일은 아니었다.

한유현의 소매 안쪽에서 이린이 기어 나와 위로하듯 앞발로 손등을 탁탁 두드렸다.

"…그래도, 마지막까지 같이 있었다니까."

한유진이 미래에서 과거로 돌아왔다는 말 자체는 단순한 이해 이상으로는 다가오지 않았다. 그래서 형의 행동에 의문스러운 점이 많았구나. 단지 그뿐이었다.

중요한 것은 한유진 옆에 자신이 있었고, 한유진이 한유현에게 돌아왔다는 사실이었다. 과거로 돌아온 형이 끌어안아 주고 사랑한다고 말해 주었던 것을 떠올리면 절로 미소가 맺혀졌다. 마음속 옅게 남은 불안이 사라지는 기분이 들었다.

틀림없이 사이가 좋았던 거였겠지. 그러니 마지막 순간에 함께 있었고, 자신의 곁으로 돌아와 준 것이겠지.

무사히 화해하고 지금처럼 다시 같은 집에서 살았을까. 몬스터 사육 스킬은 없었다니 사육소도 존재하지 않았을 것이다. 그럼 해연 길드의 집이 우리 집이 되었을지도. 만약 단둘뿐이었다면 그것만큼은 부러웠다.

"형이랑 영영 틀어지면 어쩌나 무서웠어."

최선이라고 생각하고 한 행동이었지만 불안하지 않을 리 없었다. 그래도 잘되었다. 결과적으로는 잘한 듯싶었다.

다만 한유현이 한유진을 두고 죽은 것은 여전히 이해 가지 않았다. 5년의 차이라는 것일까.

"씻고 옷도 갈아입어야 하는데."

한유현의 손이 자신의 형을 가볍게 건드렸다. 일반인이나 마찬가지인 만큼 이대로 내버려둘 순 없었다. 청결하지 않으면 병에 걸리기 쉽다고 하지 않는가. 게다가 환절기엔 더더욱 조심해야 한다고 했다.

"나갔다 와서 잘 안 씻으면 감기 걸린대. 형, 많이 피곤해? 방에 데려다줄게."

물수건이라도 적셔 닦아 줄까. 그때 감겨 있던 눈이 느릿하게 떠졌다. 한유현이 반색하며 몸을 일으켰다.

"씻고 자자. …형?"

"어……."

검은색 눈이 한 번 깜박였다. 초점 없이 흐릿하게 허공을 향한다. 명백하게 자신을 찾지 못하는 눈의 움직임에 한유현이 짧게 숨을 삼켰다.

눈이 보이지 않는다. 그 사실을 깨달은 순간 당황했지만 이내 진정했다. 이미 한 번 있었던 일이니 시력이 떨어질 수도 있다는 건 예상하고 있었다. 아예 안 보이게 될 줄은 몰랐지만. …설마 영영 못 보게 되는 건 아니겠지.

"형! 나 봐 봐, 나 안 보이는 거야?"

음, 유현이 목소리도 영 작게 들리네. 청력에도 약간 문제가 있는 듯했다. 그나마 목소리는 제대로 나오고.

"그런, 큼, 그런 것 같다만 진정해라."

"진정하게 생겼어? 대체—!"

― 끄응, 끼앙.

유현이의 외침에 피스도 당황했는지 옆에서 끙끙거렸다. 삐약이와 벨라레도 난리다.

"저번처럼 일시적인 거야. 걱정 마. 게다가 나야 선생님 스킬 있잖나. 피스야, 아빠 좀 도와주라."

우리 피스 어딨니. 더듬거리는 손에 피스가 머리를 대어 왔다. 아마도 딱딱한 게 부딪치는 거 보니 머리 맞네. 피스에게 선생님 스킬을 쓰자 주위가 눈에 들어왔다.

"자, 훤히 보이, 악!"

"형!"

보이긴 보였지만 시선이 다르다 보니 벌떡 일어나 움직이려다가 테이블에 다리를 부딪치고 말았다. 괜찮은 척하려다가 되레 망신당했구만. 하필 은혜를 꺼 놔서 좀 많이 아팠다. 유현이가 얼른 나를 잡아다 도로 소파에 앉혔다. 피스야, 나만 보지 말고 유현이도 좀 봐 줘라.

"형, 진짜……."

많이 화난 거 같은데 피스가 고개를 안 돌려 주네. 하하.

짧지만 무거운 침묵이 내려앉았다. 더듬거려 피스를 끌어안고 유현이 쪽으로 고개를 돌리게… 이쪽인가? 평소 선생님 스킬을 쓸 땐 잘 몰랐는데 내 시야가 완전히 차단되니 은근 어지러웠다. 다행히 피스가 유현이를 쳐다보았다.

검붉게 가라앉은 눈이 내리꽂히듯 나를 향하고 있었다. 피스의 시선이라 한참 올려다보게 되어서인지 평소보다 더 크게 느껴진다.

"…그, 좀 쉬면 괜찮아질 건데."

내가 말을 꺼내기 무섭게 딱딱하게 굳은 얼굴이 더더욱 싸늘해졌다. 유현이가 화를 가라앉히려는 듯 길게 숨을 내뱉었다.

"쉬면, 될 거라고."

이 갈며 말하지 마라. 치과 예약자 명단 늘어난다.

"응. 야, 전에도 그렇게 오래가진 않았잖냐."

"아예 안 보이지도 않았지."

"어, 그게."

"S급 헌터의 힘을 쓴다는 거, 무리 가는 거 맞지, 형."

곧장 대답하지 못하고 머뭇거리자 유현이의 눈이 날카로워졌다. 솔직하게 말했다간 당장 칼 빼 들고 성현제 목 따러 가지 않을까 싶었다. 그래도 그때는 내가 나설 수밖에 없었는데.

"내일까지는 진짜 꼼짝 않고 얌전히 있을게. 얌전히 먹고 자고 쉬기만 하마."

"내일까지만?"

"…계속 쉬기엔, 곧 추석이잖아. 다른 할 일도 많고."

동생 녀석이 입을 일자로 꾹 다물었다. 그러더니 손을 뻗어 나를 달랑 들어 올렸다. 와, 예전 생각 나네.

– 끼앙!

"야, 유현아!"

피스의 눈에 동생에게 들려가는 내 모습이 비춰졌다. 피스야, 고개 약간만 돌려 봐. 어디로 가는 거지, 내 침실인가.

"명절인데! 너랑 예림이 한복 사러도 가야 한다고. 그리고 선물도, 추석 선물 돌려야 해!"

"그건 해연 쪽에 맡겨."

"아니, 사육소 생기고 첫 명절인데 그래도 내가 챙겨야지. 사육장 맡아 주는 헌터들이랑 그리고 빌딩 쪽이랑. 별로 안 많아, 금방 끝나!"

"눈도 안 보이면서 헛소리 그만해."

유현이가 차갑게 말했다. 하지만 기대하고 있었단 말이다. 이젠 돈도 많으니까 최고급 한우로 싹 돌릴 생각이었는데. 헌터 쇼핑몰에서 포션 선물세트 나온대서 헌터들한테는 그거 사 주려고 했는데.

"밖에 나갈 생각은 하지도 마."

"잠깐만, 잠깐만. 진정해 봐!"

허우적대던 손에 문틀이 잡혔다. 문틀에 매달려 나름 버텨 봤지만 동생 놈이 가볍게 당기는 것만으로 손가락 끝이 주르륵 미끄러졌다. 이대로라면 최소 눈이 보일 때까지 갇혀 살게 될 거라는 직감이 들었다. 내 편 들어 줄 사람도… 없고. 잔소리하며 등짝 두들길 사람은 많다만.

"차례상도 차려야지! 집에 제기도 하나 없어."

"여태까진 그냥 밥에 국만 떠 놓고 말았잖아."

"그건 그때고, 지금은 다르잖냐. 또 예림이도 챙겨 줘야지. 많이는 말고 간단하게 과일이랑 떡 사고, 형 전 잘 부친다. 육전 하나만 딱 하자. 예림이 고기 좋아하잖아. 생선 한 마리만 찔까? 아냐, 그냥 포 사도 돼. 송편은 빚을 거지?"

"…형."

유현이가 한숨과 함께 나를 내려놓았다. 피스가 졸졸졸 따라왔지만 여전히 나만 쳐다보고 있었다. 새삼스럽게 내 꼴이 말이 아니구나 싶었다. 옷도 엉망이고 다친 흔적도 고스란히 남아 있고 앞이 제대로 안 보여서인지 엉거주춤했다. 선생님 스킬을 쓴다 해도 내 눈이 아니니 부자연스러울 수밖에 없었다. 애초에 피스가 나밖에 안 봐서…….

대충 유현이 목소리가 들려온 쪽으로 눈을 향했다.

"안 해도 될 일들이잖아. 며칠이라도 얌전히 쉬면 안 돼?"

달래듯 동생이 말했다. 유현이 말대로 하지 않아도 되는 일들이다. 꼭 내가 할 필요도 없다. 대신 부탁할 사람들도 많고 돈으로 고용할 수도 있었다. 하지만, 그래도.

"하고 싶어."

"형."

"유현아, 언제 또 다 같이 추석 쉴 수 있을지, 알 수 없잖아. 물론 내년은 더 여유로울 수도 있지만 바쁠 수도 있지. 급하게 공략해야 할 던전이 생겨서 너나 예림이는 자리에 없을 수도 있고, 던전 브레이크가 터져서 명절 보낼 상황이 못 될 수도 있고."

일 년 뒤다. 짧다면 짧은 시간이지만 그사이 무엇이 어떻게 변해 버릴지 까맣게 모를 일이었다. 내가 회귀하고 채 반년도 지나지 않았다. 고작 몇 달 사이 많은 일이 있었고 일 년 사이엔 더 많은 일이 생기겠지.

"그리고 유현아, 그냥 명절이야. 한동안 별일 없을 거고 또 던전도 느긋하게 공략해도 돼. 아직 조사가 다 끝난 건 아니지만 지금 한국 던전은 포화 속도가 많이 느려졌대."

"…포화 속도가?"

"응. 세 배 가까이. 한 달에 한 번 공략하던 거 석 달에 한 번 들어가도 된다나. 그러니까 다 같이 추석 쇠자. 던전이고 뭐고 없는 것처럼."

손을 뻗었다. 더듬거려 동생의 팔을 찾아 위로 올라가 어깨를 토닥토닥 두드렸다.

"세상 망할 판에 뭔 명절이냐고 할 수도 있겠지만, 그래도 말이다. 괜찮잖아. 내가 고생한 것도 다 이러고 살려고 한 짓인데. 너희랑 추석도 쇠고 설도 쇠고."

채터박스가 복수하려 들고 초승달이 깨어나고 던전의 몬스터는 계속 강해져 갈 테고. 막막하지만 그래도. 아니, 오히려 그러니까 더더욱 할 거 다 하고 싶었다. 재난물이나 세상 망해 가는 영화, 드라마 같은 거에서 기념일 챙기는 거 정말 뻔하고 작위적인 짓이라고 생각한 적도 있었는데.

그게 사는 거겠지. 힘들고 막막하다고 다 놓아 버리면 진짜 끝나는 거니까. 반대로 살려고 발버둥 치느라 죄다 흘려보내는 것도 쓸쓸한 일이다. 목숨만 붙어 있다고 해서 제대로 사는 건 아니잖아.

"나는 볼 수 없으니까, 내 한복 네가 골라 줄래?"

"형."

"응."

"…내일까지는 꼼짝도 않기로 약속하는 거야."

동생은 내키지 않는다는 투로 말했다. 그럼에도 내게 져 주었다.

"집 바로 옆에 던전이 터져도 한 발짝도 움직이지 않으마. 너랑 예림이가 막아 주겠지."

"그리고 딱 추석 쇠는 일만 해. 시력 다 회복될 때까지 다른 일은 안 돼."

"알았다, 알았어. 추석이랑 관련된 일만 하마."

고개를 끄덕이자 동생 녀석이 어리광 부리듯 나를 끌어안아 왔다. 화는 풀린 듯하지만 여전히 토라진 목소리로 중얼거린다.

"음식 하는 건 안 돼. 해도 내가 해."

"네가 어떻게 한다고."

"왜 못 해. 내가 안 했어? 돌아오기 전에."

"…어?"

무슨 소리냐는 말을 급히 꿀꺽 삼켰다. 유현이는, 모른다. 우리가 괜찮았다고 생각하고 있었다.

"어, 그럴 상황이, 아니었거든. 명절 지낼 만한 상황이."

동생을 마주 안아 주며 말을 이었다.

"아무래도 지금보다 더 팍팍했으니까. 넌 많이 바빴지. 많이."

"하긴 기승수가 없었으니 던전 공략에 시간도 오래 걸렸을 거고. 박예림도 없었고. 김성한 헌터는?"

"S급에 가깝다는 말까진 들었지만 그래도 A급에 머물러 있었어. 일이 년쯤 더 지났으면 S급이 되었을지도."

"그럼 형이랑도 생각보다 자주 못 봤겠다."

"응. 야, 한국 최고의 헌터가 한가했겠냐."

못 봤지. TV에서나 봤지. 그래도 나는 화면 너머로나마 많이 봤는데, 넌 어땠을까.

"지금 자면 저녁때 다시 일어날 수 있겠어? 약 먹고 잘래? 이르긴 하지만."

"모르겠다. 잘 수 있으면 그냥 푹 자는 게 낫긴 할 텐데."

"그럼 씻고 나서 약 먹자. 공휴일 되기 전에 치과 예약 잡고."

치과에 너무 집착하는 거 아니냐. 가기 싫다.

잠옷까지 갈아입고 침대에 눕자마자 잠이 몰려들었다. 그리고 얼마쯤 뒤.

- 아빠, 나 왔어.

비몽사몽 중에 체인질링의 목소리가 들려왔다. 잠에서 덜 깼다는 핑계로 눈을 감고 더듬더듬 작은 용을 쓰다듬어 주었다. 내가 원해서, 날 도와

준 건데 괜히 내 상태를 알려서 죄책감 가지게 만들긴 싫었다. 심지어 아직 애잖아.

"수고 많았어."

- 응. 나도 잘게. 아빠, 잘 자.

손아래의 작은 부피감이 스르륵 사라졌다. 나도 다시 깊은 잠에 빠져들었다.

7장 명절입니다

7장
명절입니다

"진짜 안 보여요? 진짜?"

예림이가 버럭 소리쳤다. 어젯밤 이르게 잠든 탓에 새벽같이 눈이 떠졌다. 오랜만에 푹 자긴 했는데 일찍 일어나도 할 수 있는 일이 없었다. 선생님 스킬도 가급적 쓰지 않는 편이 좋겠다 싶어 삐약이와 벨라레와 함께 그냥 침대에서 뒹굴거리고 있다 보니 유현이가 일어났냐며 방에 들어왔다.

그리고 아침 준비해 주겠다며 거실로 데리고 나가 주는 걸 예림이 눈에 딱 걸리고 만 것이었다. 감출 생각은 물론 없었지만.

"일시적인 거야. 어젠 귀도 잘 안 들렸는데 지금은 멀쩡해졌……."

"형!"

"아저씨!"

"아주 조금 먹먹한 정도였어. 다른 덴 진짜 문제없다."

유현이와 예림이가 동시에 한숨을 푹푹 내쉬었다. 피스도 뭘 아는 건지 크흥거렸다. 속상해하는 예림이를 열심히 달래 주는 도중에도 한숨이 끊

이질 않았다. 땅 꺼지겠다, 이 녀석들아.

"잠깐이라고 해도 아무것도 안 보이는 거잖아요. 근데 한유현 넌 어제 왜 아저씨랑 같이 추석 선물 사러 가라고 한 거야?"

아저씨가 나간다고 해도 집에 가둬 놔야지! 하고 예림이가 아마도 유현이를 노려보았다. 안 보여도 애들 표정은 눈에 훤하다. 유현이는 대답도 안 하고 나만 쳐다보고 있겠지.

"선생님 스킬 쓰면 괜찮아. 피스는 데리고 다니기 힘들고, 벨라레의 도움을 받으려고. 얘가 시력도 좋고 열감지도 가능하거든."

피스나 삐약이와는 다르게 벨라레가 다른 곳을 봐도 그럭저럭 주위를 감지하는 게 가능했다. 게다가 목에 감으면 내 눈높이와도 비슷할 거고.

"…아저씨, 진짜 몸 좀 아끼세요."

예림이가 툴툴대며 내 옆에 앉았다. 소파의 흔들거림이 전해져 왔다. 예림이한테도 회귀 전 일을, 아… 회귀에 대해 말한 거 묻는다는 게 깜박했다. 던전 상태도 좀 더 자세히 알아봤어야 했는데. 채터박스 때문에 머리도 속도 복잡해진 탓인지 놓친 게 많았다.

유현이가 아침 차리러 주방에 들어가고 예림이가 소리라도 들으라며 TV를 켰다. 마침 어제 세성 길드장 자택이 날아간 내용이 나오고 있었다.

"저거 봐요, 아저… 죄송해요."

"괜찮아. 나야 잠깐 안 보이는 거니까 신경 쓰지 마."

잠깐 입을 다물었던 예림이가 다시 발랄하게 떠들기 시작했다.

"세성 길드장 머리색 말이에요! 핑크빛이에요! 은발에 분홍색 약간 비치는 거긴 한데, 그래도 핑크라니!"

저런. 결국 체인질링 머리색이 성현제 머리색으로 보이게 되어 버렸구나.

"전, 어… 베이지색? 이었던 거 같은데 염색한 걸까요. 웃기지 않아요? 어울려서 더 웃겨요!"

"생방송 탄 거 받아 놔 줘. 두고두고 보게."

"당연히 고화질로 저장해 놨죠! 어제 저거 가지고 떠들썩했다니까요. 검색순위 1위 찍고 세성 길드 날아간 것보다 더 화제였어요."

어휴, 성현제 씨 인기 많네. 추석쯤엔 잠깐이라도 깨어나려나. 차례 음식 좀 싸다 줘야겠다.

"한유현한테 대충은 들었는데, 저도 부르지."

"안 그래도 예림이 너 있었으면 싶었어. 새 마수에 대해서도 들었어?"

"네, 아주 조금만요. 자세한 건 비밀이래서. 어디 있어요?"

그럼 성현제 대역 뛴 것도 못 들었겠네. 하긴 은발 보고 염색한 거라고 했으니.

"지금은 잠들었어. 힘을 많이 써서. 체인질링 도움으로 예림이 네 스킬 써서 성현제 잡았잖냐."

"진짜요?"

예림이가 다리까지 동동 구르며 소리 내어 웃었다. 그걸 직접 봤어야 하는 건데! 아니, 내가 직접 스킬 써 줬어야 하는 건데! 하고 무척이나 아쉬워했다. 예림이가 있었어도 내가 직접 칼 꽂아야 했으니 S급 힘을 쓰긴 썼어야겠지만, 그래도 훨씬 수월했겠지.

아침 밥상에서 서로 나한테 먹여 주겠노라 다투는 바람에 식사하는 데 한참 걸렸다. 유현이는 바로 길드에 가 봐야 했지만 예림이는 오늘은 오후에만 일정이 있다고 했다.

"그럼 내일 나가서 추석 선물 사고 점심 먹고~ 다른 사람들에게도 눈 안 보인다는 거 말해야 하지 않아요?"

"들켜서 좋을 거 없으니 외출은 선글라스 쓰고 할 거야. 명우와 노아 씨에겐 말하긴 해야 하는데……."

"아저씨 또 잔소리 듣겠다."

"으응."

노아 씨는 걱정 정도만 하겠지만 명우는… 각인도 봐 달라고 해야 하는데. 유현이한테는 흑룡의 심장 조각도 넣어 달라고 해야 하잖아. 일단 눈이 조금이라도 보이게 되고 나서 말하자.

"오늘은 푹 쉬기로 했으니까."

"그래도 정원에 산책 정도는 나가요. 무조건 집에 들어앉아 있다고 휴식인가. 현아 언니한테 맛있는 거 사 오라고 할까요? 연구실에 들를 거랬는데."

현아 씨에게는 내 상태를 알려 줘도 괜찮겠지. 고개를 끄덕이자 예림이가 곧장 문현아에게 전화를 걸었다.

바로 코앞인 옥상정원이었지만 그래도 선글라스 쓰고 벨라레를 목에 감은 채 밖으로 나갔다. 열감지 능력이 상당히 뛰어나서 적응만 하면 멀쩡하게 움직일 수 있을 듯했다.

"형님! 성현제 집 날려 버렸다면서?"

예림이와 함께 옥상정원을 산책하길 잠시, 문현아가 불쑥 나타났다. 엘리베이터를 타지 않고 옥상으로 바로 뛰어 올라온 모양이었다. 천장이 높아서 거의 3층 이상 될 텐데.

"재미 좋았겠다."

"재미는요. 살벌했거든요?"

"정말로 재미없었어? 진짜로?"

음, 솔직히 말하자면.

"좀 짜릿하긴 했죠."

내 대답에 문현아가 웃으며 가지고 온 바구니를 정원 한쪽의 테이블에 내려놓았다. 안에서 파이, 샌드위치, 음료수 등이 줄줄이 나왔다.

"그 통은 뭐예요?"

"미역국. 내가 특별히 받아 왔어."

그러면서 컵 가득 따라 주었다. 맛있긴 한데 컵에 미역국이라니. 그래도 맛있다. 음식을 먹으며 어제 일로 내 시력이 떨어졌다는 사실을 간략하게 말해 주었다. 문현아는 S급 몬스터를 처리하는 도중에 S급 헌터들끼리 시비도 붙었다고 알고 있었다.

"단순히 S급 몬스터만 나타났으면 그 꼴 될 리가 없잖아. 그래서 물었더니 소영이가 그렇게 변명하기는 했다만, 믿지는 않아. 방송 나온 성현제 상태도 좀 이상하던데, 무슨 일이야?"

"전 말 못 해요."

"에이. 아, 진짜 재밌었겠다."

"그쵸, 언니. 아, 진짜 재밌었겠다."

예림이에 문현아까지 있었으면 저택만 아니라 세성 길드가 통으로 날아갔을지도. 음, 좀 재밌긴 했겠다. 그래도 너무 피해를 키우면 안 되지.

"형님 오늘 휴가라고?"

"네. 꼼짝 않고 있기로 유현이와 약속했어요."

"집에 처박혀 있는 게 무슨 휴간가. 그러지 말고 우리랑 같이 나가자."

현아 씨가 꼬드겨 왔다. 나도 나가고 싶긴 한데, 동생한테 약속했는걸.

"오늘은 안 돼요. 진짜 쉬기로 했습니다."

"그럼 내일은 되고?"

"내일은 예림이랑 추석 선물 사러 가기로 했어요. 제기도 사야 하고, 차례상 차릴 장도 봐야 하는데."

한복은 유현이가 주문해 놓기로 했다. 시간 나면 성현제 잘 자고 있나 확인도 해 줘야 하는데 눈이 이렇게 될 줄은 몰랐지. 몰래 나가야 하나. 검은 살쾡이 재킷 덕분에 은신 스킬을 쓰면 S급이라 해도 눈치채기 힘들다. 그러니 어렵진 않겠지만.

"차례 지내게?"

"간단하게 하려고요. 웬만한 건 그냥 사고 전이나 조금 부치고, 송편 빚고."

"우리 송편 만들어요?"

달걀과 베이컨이 듬뿍 들어간 샌드위치를 먹고 있던 예림이가 물었다.

"추석이잖아."

"요즘 송편 직접 빚는 집이 얼마나 된다고 그래. 형님도 참."

다 사다 먹는다는 문현아의 말에 조금 민망해졌지만 그래도 추석인데. 문현아가 턱을 괴며 나를 쳐다보았다.

"전 부친다고 우리 예림이 부려 먹는 건 아니지?"

"애가 무슨 전을 부쳐요. 그리고 저 명절 음식 만드는 알바도 한 적 있습니다. 다른 요리는 뭐, 그렇게 잘하는 편은 아닌데 전은 잘 부쳐요."

명절이면 근처 반찬가게에 가서 일손을 도와줬었다. 오래전 일이긴 하지만 기억은 대충 다 나니까. 그 집 두부조림 맛있었지. 반찬가게 말고도 동네에 알고 지내던 사람 나름 많았는데, 도망치듯 떠난 뒤로는 연락은커녕 근처에도 가지 않았다.

마주치면 동생 소식 당연히 나올 거고, 이것저것 물어도 올 테고. 옛날 생각도 자꾸 날 테고.

…못 가지, 절대. 지금이야 괜찮겠지만.

"근데 한 소장님한테는 연락 안 갔나?"

"네?"

"명절 인사 말이야. S급 헌터들한텐 연락 다 돌리는데. 방송 나와서 인사나 한번 해 달라고."

아, 그거. S급 헌터들이야 워낙 유명 인사들이다 보니 명절 인사에 새해 타종 등도 하곤 했다. 유현이는 8년간 단 한 번도 나온 적 없었지만.

"저야 공식적으론 B급인걸요. 예림이 넌 연락 왔어?"

"왔죠! 길드장 놈이랑 아저씨랑 같이 나와 줬으면 하던데요."

"나도?"

"가족이잖아요. 명절이고. 아, 피스도요."

하긴 보기엔 좋겠구나. 내 기억으론 최석원이 제일 자주 얼굴 보였었는데 요단강 건너가 버렸으니 관계자들이 꽤 곤란해졌을 것이다. 걔 광고도 많이 찍었을 텐데.

"이번 추석엔 얼굴 비칠 S급 헌터가 몇 없긴 하네요. 세성 길드장도 한동안 휴식기고."

"어차피 그 인간은 명절 인사 같은 거 안 하잖아."

문현아가 말했다. 내가 알기론 딱 한 번 설에 새해인사 한 적 있었다. 회귀 전이니까 이번에도 할진 모르겠지만.

"그래도 송 실장이 있으니까. 이번 추석에도 무뚝뚝한 얼굴로 편안한 귀성길 되십시오, 하겠지."

"던전 브레이크 발생 시 민간인 대책과 함께 말이지요. 예림이 넌 방송 나갈 거야?"

"저 혼자요?"

예림이가 나를 바라보았다가 얼른 시선을 돌렸다.

"아뇨, 차례 지낼 거라면서요."

"당일 방송 아니지 않냐? 같이 가 줄까?"

"아저씨 눈도 그렇고, 피곤한데."

"그때쯤이면 조금은 보이겠지. 유현이한테도 물어볼게."

당연히 싫다고 그럴걸요, 하고 말하면서도 기대하는 눈치였다. 짧게 인사 녹화만 하고 마는 거야 어렵지 않겠지.

정오에 가까워졌지만 날은 선선한 편이었다. 본격적인 가을로 접어드는구나 싶어졌다. 잡담이 오가고 웃음도 오가고 맛있는 것도 먹고.

먹고… 음.

"배부른데요."

"겨우 그거 가지고요?"

"더 먹어, 더."

어른 손바닥만 한 샌드위치만 두 개나 먹었다. 눅진한 초콜릿 타르트에 얇게 썰어 튀긴 고구마, 잘 익은 포도와 사과까지. 거의 식사 수준이었는데. 예림이가 다진 고기로 꽉 채워진 큼직한 만두를 젓가락으로 갈랐다. 육즙이 접시 위로 주륵 흘러넘쳤다.

"딱 삼 년만 지나면 제가 아저씨보다 더 커질걸요."

"내가 보기엔 이 년이면 돼. 그러니 한 소장님도 분발하라고."

"전 다 컸습니다만."

레벨빨로 약간은 더 클 수도 있겠지만 그뿐이다. 예림이야말로 쑥쑥 커야지. 유현이도 키 조금 더 자란 거 같던데.

"술자리는 언제 한번 가질래? 사실 오늘 나가자고 하려고 온 거였는데."

"전 오늘 밤에 가능!"

"예림아, 안 돼."

내 말에 예림이가 토라진 척했다.

"S급 각성자인데 안 되는 게 너무 많은 거 아녜요? 성인이랑 동등하댔으면서."

"헌터 관련 한정이지 미성년자는 미성년자. 곧 바뀌기도 할 거야. 술자리는, 추석 지나고 나서요."

송 실장님 지금 속도 복잡할 텐데. 그럴 때야말로 술이 필요하긴 하다만, 너무 몰아붙이는 것도 좋지 않을 것이다. 무엇보다 내 상태가 이래서야 유현이가 내보내 줄 리 없었다.

"그리고 그쪽 동네 술 더 살 수 있습니다."

"뭐?"

문현아가 눈이 번쩍 뜨인다는 표정을 지었다.

"저한테는 포인트 상점이 남아 있는데 주류도 있더라고요. 비밀은 지켜 주시고, 얼마 안 하니까 서너 병 정도는 사 드릴 수 있어요."

"한 소장님 진짜 주님이네!"

건물주님에 이어 이번엔 주(酒)님인가.

"포인트는 얼마나 있어? 이제 더 구할 방법은 없겠지? 아쉽네."

"남은 건 최대한 아껴 두려고요. 세트로 보이는 장비가 있어서 그걸 꺼내는 데 쓸까 싶기도 하고요."

"세트면 그 고양이요?"

"살쾡이야."

"아무튼요. 총이랑 재킷, 신발이었죠? 다 모아 봐요, 아저씨!"

예림이가 호기심 가득한 표정으로 말했다.

"보통 그런 거 세트 효과 생기던데. S급 세트 장비니까 틀림없이 좋은 거일 거예요."

"문제는 나한테 대여 귀속 되어 있어. 신입이 다시 가지고 가진 않을 거라지만 다른 사람들은 못 쓰니까 포인트가 좀 아깝기도 해서."

"뭐가 아까워요. 아저씨가 잘 쓰는데. 고양이 세트니까… 다 모으면 고양이로 변할 수 있지 않을까요?"

아니, 그건 정말 쓸모없는 스킬이잖아. 그리고 살쾡이다.

"고양이 변신 스킬이라니, 그걸 어디다 쓰냐. 쓸데가…….."

…많나? 겉으론 평범한 고양이로 변하면 활동하기는 좋을 것이다. 길고양이야 많으니 눈에 안 띄게 외출할 수도 있다. 비밀만 잘 유지되면 위기 상황에 변해서 숨는 것도 가능하고.

"왜요, 10미터짜리 거대 고양이 괴수 같은 거요!"

"…진짜 쓸데없어."

문현아가 웃으며 변하거든 자기가 키워 주겠다고 했다. 저 집 멀쩡히 있습니다만.

"결국 그쪽 아이템을 마음대로 가지고 올 수 있다는 뜻이니, 여러모로 유용하겠네. 우리는 예림이 정령 외엔 다 스킬을 선택했으니."

"네. 그렇잖아도 총기는 명우에게 생산 가능한지 확인 부탁했어요. 폭탄류도 있고요. 근데 폭탄은 좀 위험할 것도 같아서요."

"세상엔 실제 폭탄도 있어, 한 소장님. 벌써 사서 걱정할 필요까진 없지. 등급 높은 건 만들 수 있다 해도 비쌀 테고. 관리만 잘하면 되지 않을까. 독이나 저주 아이템도 그러고 있잖아."

하긴 그렇다. 문현아가 느슨히 팔짱을 끼며 대장간이 있는 빌딩 쪽을 바라보았다.

"많은 것이 변해 왔고 앞으로도 계속 변해 가겠지. 늘 그랬듯이 말이야. 한 백 년, 아니 십 년만 지나도 던전과 각성자가 당연한 것이 되어 버릴걸. 없었을 때가 흐릿해질 정도로."

당연한 것이라. 하기야 던전이 없어도 사람 사는 세상은 많이 변해 왔지. 중세시대면 던전과 각성자가 나타나는 게 현대사회를 가져다 놓는 것보다 덜 놀라울지도 모른다.

"지금도 다들 적응했죠."

그런 거 보면 일상이란 게 과연 뭘까 싶었다. 몬스터가 나타나는 하루하루도 일상이 될 수 있으니. 아무렇지 않게 낮의 활동을 하다가 해가 지면 대피소로 들어가던 솔렘니스의 사람들이 떠올랐다. 포도나 더 먹을까.

"형, 조심해."

유현이가 차 문을 열어 주며 말했다. 벨라레가 있으니 괜찮다고 해도 내가 발을 헛디디기라도 할세라 안절부절못했다. 우리가 차에서 내려서자 이내 시선이 꽂혀 왔다. 평일임에도 헌터 마켓에는 손님이 가득했다. 헌터도 있었지만 오늘만큼은 일반인도 많았다. 말은 헌터용 선물세트라지만 생명력 포션은 비각성자도 사용할 수 있기에 인기라고 하였다. 비상용으로 집에 두면 좋은 유용한 고급 선물이라나.

회귀 전에는 스태미너 포션이 선물용으로 최고 인기상품이었지. 특히 수험생 있는 집에 말이다.

"박예림이다!"

누군가가 소리쳤다. 그걸 들은 예림이가 웃으며 손을 흔들어 보였다.

"진짜네, 해연 길장도 있어."

"한유진 목에 몬스터 아냐?"

"언니, 멋졌어요! 최고!"

아니, 웬 언니.

"…고등학생은 되어 보이는데."

"아저씨, 원래 멋지면 다 언니래요. 그리고 제가 좀 많이 멋지죠."

그러냐. 멋지긴 하다만. 한일전의 영향 때문인지 사람들의 관심은 예림이에게 가장 많이 쏟아졌다. 유현이도 SS급 몬스터를 대량 쓸어버리는 활약을 보였었지만 전투 장면을 방송으로 직접 본 것과 아닌 것의 차이는 컸다. 게다가 도시 하나가 녹아내려 버린 건 순수한 감탄으로 받아들이기 힘든 장면이기도 했다. 두려움이 앞서지 않는 게 다행이지.

"일단 최고급 선물세트부터 사야 해. 수량 한정이라더라. 그리고 비각성자들용으로 포션 선물세트도 사고."

비각성자 직원들에겐 한우와 포션 세트로 보낼 생각이었다. 한우는 이미 백화점에 주문 넣어 놓았다. 직접 가서 사고 싶었지만 가뜩이나 사람 많을 텐데 유현이와 예림이 둘이 끼고 가는 건 민폐지.

지금도 비각성자와 등급 낮은 각성자들은 슬금슬금 피하고 있었다. 예림이는 괜찮은데 동생 녀석은 내가 나온 게 영 못마땅한지 표정부터가 싸늘했다.

"길드장님아, 기세 좀 풀어."

예림이가 내 팔을 잡아 유현이를 툭 쳤다.

"귀찮아도 좀 누르세요. 아님 컨트롤이 안 되나? 난 잘되는데~"

"형에게 접근하게 둘 생각 없어."

유현이가 나직이 말했다. 그러곤 더욱 서늘하게 주위를 휙 둘러보았다.

"그래, 그래. 얼른 사고 가자. 너희는 뭐 살 거 없고?"

"여기서 살 수 있는 건 눈에 안 차거든요."

예림이가 으쓱거리며 말했다. 이어 조그맣게 돈 아껴야 해요, 하고 덧붙인다.

"명우 오빠 아이템도 있지만 저 이번에 헌협에서 S급 경매품 우선권도 보내 줬다고요. 국위 선양했다고. 근데 우선권이라……."

구매할 돈은 당연히 필요했다. 우선권이면 경매 최저가의 1.5배로 살 수 있던가. 잘만 고르면 이득 볼 수 있는 권리다.

"맘에 드는 거 있으면 뭐든 말해."

"됐어요."

"예림이 네 스킬 썼다고 했잖아. 그 보답은 하게 해 줘."

"그럼 뭐어. 근데 진짜 여기 건 이제 별로예요. 대신 다음에 다른 부탁 하나 들어주기로 해요!"

"그래. 뭐든지 말만 해."

최고급 선물세트를 사기 위해 6층으로 올라갔다. 6층에는 비교적 사람이 적었지만 저번에 왔을 때에 비하면 북적거렸다. 정장을 빼입은 사람들이 포장된 상자를 들고 오가는 모습이 보였다.

"어서 오십시오. 헌터 쇼핑몰 6층 담당자 기윤서입니다."

담당자가 내게 오랜만입니다 한 소장님, 하고 살갑게 인사했다. 전에 왔을 때도 이 사람이 맡아 줬었나? 전처럼 유리벽으로 된 작은 응접실로 안내되었다. 예림이는 구경이나 하겠다며 팔랑팔랑 밖으로 나갔다.

세 종류의 선물세트가 테이블 위에 차례로 놓였다.

"상급 생명력 포션과 마나 포션, 해독제로 구성된 상품입니다. 이 둘은 양의 차이만 있고 마지막 것은 마나 포션은 제외된 비각성자 대상입니다. 본래 비각성자 대상 포션 판매 및 선물은 제한이 있으나 이번 추석 한정으로 풀어졌죠."

재벌들의 포션 사재기를 막기 위함이었다. 추석 한정이라고 해도 상급 포션까지 선물세트에 들어가다니, 그간 포션 양이 꽤 쌓이기라도 했나. 이러지 말고 가격을 내려라.

"그리고 이건 조금 특별한 상품입니다."

담당자가 은빛 도는 작은 병을 테이블 위에 조심스럽게 내려놓았다.

"해외에서 출시된 자양강장제로 비각성자에게 특히 효과가 탁월합니다. 스탯이 낮은 각성자에게도 물론 좋지요. 스탯 D급 이하에게 추천합니다. 그 이상은 별 소용이 없어요."

"자양강장제?"

유현이가 고개를 갸웃했다. 보약 같은 거라고 알려 주자 진지하게 소병을 바라본다. 유현이가 관심을 보이자 담당자가 던전 부산물이 어쩌고 힐러가 저쩌고 열심히 설명하기 시작했다. 슬슬 저런 것들도 나오기 시작하는구나.

'문제 되는 건 마약류였지.'

하지만 그런 것까지 내가 어떻게 할 수는 없다. 현아 씨 말대로 폭탄도 마약도 이미 존재하는 것이고, 한국이라도 단속 잘되게 송 실장님을 도와드려야지. 송 실장님 선물은 어쩐다. 한우도 안 될 거고, 햄으로 해야 하나. 참치보단 그게 더 낫겠지? 마음 같아서는 한우로 냉동고를 꽉 채우…….

"어."

유리벽 너머로 익숙한 얼굴이 보였다. 송태원이었다. 호랑이도 제 말 하면 나타난다더니 생각하기 무섭게 오셨네. 마침 헌터협회에 와 계셨나. 송 실장님이 벽을 돌아 응접실 안으로 들어왔다.

"잠시 따로 이야기할 수 있겠습니까."

나를 향한 송태원의 말에 유현이가 대뜸 미간을 찌푸렸다. 예림이도 어느새 돌아와 내가 앉아 있는 소파 옆을 지키듯 섰다.

"네. 멀리 갈 필요는 없죠?"

"이곳 특별실은 방음과 보안이 확실하게 되어 있습니다."

내가 몸을 일으키자 유현이도 따라 일어섰다. 예림이도 물론 졸졸 따라

왔다. 특별실 문 앞에서 송태원이 나를 쫓아온 두 사람을 돌아보았다.

"잠시 기다려 주십시오."

둘의 눈매에 확 모가 났다. 유현이가 입을 열기 전에 내가 먼저 나섰다.

"코앞이잖냐. 잠깐만 기다려."

다른 건 그렇다 쳐도 성현제 이야기가 나올 수도 있다. 그의 상태에 대해선 비밀을 유지하기로 했으니 유현이는 그렇다 쳐도 예림이 앞에선 말할 수 없었다.

"딱 5분이야."

"10분은 줘라."

"안 돼."

"야……."

둘을 달래 놓고 특별실 안으로 들어섰다. 문이 두툼한 것을 제외하고는 고급스러운 응접실이다. 용건이 뭔지 대충 짐작은 가는데.

"제 스킬 때문입니까?"

"예."

소파 쪽으로 걸어갔지만 송태원은 꿈쩍도 하지 않았다. 결국 나도 그냥 선 채 입을 열었다.

"아주 잠깐 사용할 수 있을 뿐이니 신경 쓰실 필요 없습니다."

"그렇다 해도 S급입니다. 정확한 확인이 필요합니다."

"확인이요. 음, 이걸 어쩌지. 지금은 사용 못 하는데."

그를 올려다보며 미소 지었다.

"진짜 그냥 없다고 쳐도 돼요. 저도 목숨이 위험한 수준이 아니고선 못 씁니다. 그도 그럴 게요."

선글라스를 벗었다. 무언가 이상하다는 것을 느꼈는지 송태원의 눈썹이 미미하게 찌푸려졌다. 이어 선생님 스킬을 껐다. 순식간에 눈앞이 캄캄해졌다. 시력은 물론 열감지까지 일시에 사라지자 무심코 몸이 비틀거렸다. 균형을 잡으려다가 소파에 턱, 부딪혔다. 얼른 나를 붙잡는 손길이 느껴졌다.

– 쉬잇!

"괜찮아, 벨라레."
"눈이."
"네, 안 보여요. 일시적인 겁니다. 스킬을 무리하게 사용하면 이 꼴이 되는 거죠. 제 스탯은 F급이다 보니 감당을 못 해요."
잠깐의 침묵 후 머리 위쪽에서 짧은 한숨 소리가 들려왔다. 송태원이 나를 바로 세워 주었다.
"알겠습니다. 확실히 등급 조정은 필요치 않겠군요."
"지금으로선 떨어지지나 않으면 다행인 판이죠."
목을 더듬거려 벨라레에게 선생님 스킬을 다시 사용하고 선글라스도 썼다. 송태원의 단단하게 굳은 얼굴이 보였다.
"참치보단 햄이 낫죠? 혹시 한우 몰래 집에 두고 가면."
"안 됩니다. 확인이 끝났으니 이만……."
그가 답지 않게 말끝을 흐렸다. 무언가 더 하고 싶은 말이 있는 듯했지만 머뭇거린 끝에 입을 다물고 몸을 돌린다. 붙잡을까 하다가 그만두었다.
"그때 도와주셔서 감사했습니다."
문을 열려던 송태원의 손이 멈칫거렸다.
"세성 길드장도 무사해요. 지금쯤 잘 자고 있을걸요. 저도 좀 쉬면 괜찮아질 거고요."
"…예."
그가 문을 열고 나갔다. 동시에 유현이와 예림이가 우르르 들어왔다.
"괜찮아?"
"아무 일 없었어요?"

"당연히 괜찮지. 송 실장님을 어떻게 생각하는 거야, 너희들."
내 말에 둘 다 표정이 미묘해졌다. 어떻게 생각하고들 있는 거냐, 진짜.
"공적으로는 믿을 수 있지만."
"딱딱해지려고 애쓰는 공무원 아저씨요."
둘 다 맞는 말이긴 하네.

유현이와 예림이는 나를 집에 데려다주고 다시 나갔다. 애들 바쁜 거 보니 얌전히 집에 있는 게 미안해졌다.
"그럼, 흠흠."
괜히 목을 풀며 휴대폰과 명함을 꺼내 들었다. 잔고는 충분하다. 그럼에도 약간의 긴장과 죄책감이 들었다. 아이템은 얼마를 들이든 투자니까, 싶어서 아무렇지 않았는데 단순한 사치품은 아직 내 간담이 따라 주질 못했다. 그나마 유현이를 위한 거니까 쓸 수 있지 내 거였으면 미쳤나 소리 나왔다.
"여보세요, 네. 아까 방문했던 한유진입니다. 다름이 아니라 시계를 주문하려는데요, 헌터마켓을 통하면 된다고 들어서요."
이것 때문에 일부러 마켓 6층 담당자 명함을 받아 왔다. 각국의 공식 헌터마켓은 서로 협력 관계에 있어서 해외의 비경매 아이템 구매는 마켓에 연락하는 게 가장 편하고 빠르다고 석시명이 말해 주었다. 수수료는 세지만.
"네, 맞아요. 인벤토리에 넣을 수 있는 헌터용 손목시계요."

[현재 헌터용 시계를 주문제작 하는 브랜드는 전 세계에 다섯 곳이 있습니다. 그중에서도 역시 파○필립과 바○론 콘스탄틴이 가장 유명합니다. 부품을 던전 부산물로 대체할 뿐인 기계식 시계인 만큼 명성도 그대로 이어지고 있지요.]

아… 그렇군요. 내가 뭐 알겠냐. 회귀 전에는 비싸긴 해도 그럭저럭 흔한 편이었는데 지금은 주문제작 하는 곳이 드물구나.

[특히 이 두 브랜드는 S급 헌터만을 고객으로 받고 있습니다. 세성 길드장이 바○론의 시계를 네 개나 구매하기도 하였죠. 그중 둘은 각각 회중시계와 손목시계로 직접 사용하며 다른 두 개 중 하나는 송태원 실장의 생일 선물로 보내진 것으로 유명합니다.]

마켓 담당자가 웃으며 50억짜리가 그날 박살 났지요, 하고 말했다. 웃으며 할 얘기냐. 공포 저항 메시지 뜰 뻔했다. 뭔 놈의 시계가 50억이나 해……. 내가 아는 보급용은 천만 원 안팎이었는데. 이것도 비싸긴 하지만. 하긴 크루즈 날려 먹는 인간한테 50억쯤이야 간식값 수준이겠지. 거기에 휘말린 송 실장님이 안타깝다. 대체 무슨 짓을 한 거야.

[다른 하나는 한유진 소장님께 선물하려 했지만 역시나 거절당했다고 들었습니다.]

"…예? 제 선물이면, 그, 그것도 50억짜리였어요?"

[아니요, 75억이었습니다. 예전보다 내구성 뛰어난 던전 부산물을 사용하게 되어 가격도 덩달아 뛰었지요.]

그, 그때 그게, 75억짜리였구나. 와. 도로 달라고 할… 아냐, 유현이 거 먼저 받아야지. …언젠가는.

마켓 담당자가 신나 하며 최석원이 가지고 있던 바○론 넘버링 6은 영영 사라지게 되었다, 브레이커 길드장은 파○ 필립 손목시계를 선물받았다, 프랑스의 모 S급은 헌터용 시계 수집가다, 최초의 헌터용 시계는 경매에서 150억에 낙찰되었다, 등등을 떠들어 대었다.

너무 입이 가벼운 거 아니야.

"주문할 때 비밀유지 가능합니까?"

[물론 가능합니다! 다만 특성상 끝까지 감추는 건 힘듭니다. 전부 디자인이 다른 시계이기에 한 번이라도 착용하고 나선다면 바로 알아차릴 수밖에 없으니까요.]

"그건 상관없어요. 그럼, 음, 가장 유명한 두 곳은 S급 헌터가 아니면 주문이 불가능하다고요?"

[예. 다만 S급 헌터가 사용할 것이 확실하다면 비각성자라 해도 주문이 가능합니다.]

그럼 역시 제일 좋은 브랜드로 주문하는 게 낫겠지? 우리 해연 길드장님께서 다른 S급 헌터들보다 처져서야 되겠냐. 심지어 첫 시계잖아. 생일은 아직 멀었으니 못 챙겨 준 성년의 날 선물이라고 하자. 예림이도 성인 되면 사 줘야지.

"파○필립으로, 주문은 어떻게 해야 합니까? 시간은 얼마나 걸릴까요."

[사용할 사람에 대해 알려 주시면 그에 맞춰 제작됩니다. 선물이시라면 해연 길드장님입니까? 아니면 박예림 헌터나 세성—]

"해연 길드장입니다. 손목시계로 하나… 아니."

짧게 숨을 삼키곤 말을 이었다.

"같은 디자인으로 두 개요. 다만 하나는 푸른색을 넣고, 다른 하나는, 검은, 색을 넣어서 부탁드리겠습니다."

마켓 담당자가 자세한 사항은 주문을 넣은 뒤 나온다고 말해 주었다. 재차 비밀 유지를 강조하며 통화를 마쳤다. 휴대폰을 내려놓고 벨라레에게 쓰고 있던 선생님 스킬을 거두었다.

순식간에 어두워진 눈앞에 하얀 점들이, 마치 눈발 같은 것이 어른거렸다. …슬슬 시력이 회복되려나. 빛은 약간이나마 인식하는 듯했다.

'언젠가는 줄 수 있겠지.'

한 번이 있으면 두 번째도 있다. 반드시 다시 갈 수 있을 것이다. 유현이 녀석, 그 성격에 끝까지 시계 같은 거 안 차고 다녔을 텐데. 거추장스러운 거 안 좋아하니까.

"아, 성현제 한번 들여다보긴 해야 하는데."

애들은 저녁에 온다고 했으니 시간은 있다. 지금 몇 시쯤 됐지.

"호두야, 몇 시니!"

[현재 시각은 오후 3시 7분입니다!]

낯선 음성이 대답해 왔다. 인공지능 어쩌고, 라는데 물어보면 이것저것 대답도 해 주고, 음악도 틀어 주고, TV도 켜 주고 아무튼 신기한 녀석이었다.

예림이가 사 와서는 이름도 지어 주었다. 설치해 놓고 아저씨한테 딱이라며 뻐겨 대는 바람에 유현이 손에 애꿎은 호두만 박살 날 뻔했다.

저런 거 보면 던전 아이템보다 우리 동네 신문물이 더 신기해.

아무튼 가기는 가야 하는데. 소파에 늘어져서 피스를 쓰다듬으며 TV 소리를 듣다가 4시를 넘기고 나서야 다시 몸을 일으켰다.

"호두야, TV 꺼. 피스야, 삐약이 잘 보고 있고."

- 끼앙.

"혹시 유현이나 예림이 오거든 나 잔다고 해라."

- 꺄앙.

벨라레에게 다시 선생님 스킬을 쓴 뒤 폴폴폴 따라오려는 삐약이를 피스에게 맡기고 검은 살쾡이 재킷 착용 후 은신 스킬을 썼다. 성현제가 자고 있는 아파트는 가까웠지만 그래도 걸어서 제법 가야만 했다. 이번에는 아파트를 걸어 올라가는 대신 옆 라인 엘리베이터 타고 올라가 복도 창문으로 나가서 역시나 창문을 통해 집으로 들어갔다.

집은 처음 왔을 때와 다름없이 조용했다. 언뜻 본 주방도 손이 닿은 흔적이 없었다. 한 번 깨어나지도 않고 계속 잠들어 있는 것일까.
"성현제 씨, 자고 있습니까?"
별일 없지요? 일부러 소리 내어 말하며 걸음을 옮겼다. 벨라레가 불안한 듯 작게 시잇거렸다. 나도 영 감이 좋지 않았다. 은혜를 켜고 침실 문을 열었다.
침대 가운데 얌전히 잠들어 있는 남자가 보였다. 낮게 고른 숨소리가 들려왔다. 마지막으로 본 그대로의 모습이다. 드림캐처도 여전히 깃털이 구겨진 채로 걸려 있었다. 중간에 깨어났으면 성현제 성격상 손봤겠지. 직접 만든 거라면 더더욱 말이다.
아무튼 잘 자고 있으니 이제 돌아가면 되나. 뭔가 허무하네. 깨워서 밥 좀 먹으라고 할까? 저번에 보니 주방에 먹을 것도 딱히 없긴 하던데 그냥—
우우웅, 귓가가 가볍게 울렸다. 그리고.
"뭐, 뭐야!"

- 시잇!

몸이 공중으로 떠올랐다. 염동력? 중력 조절? 무엇이든 간에 낯선 힘이다. 동시에 열감지로 움직임이 포착되었다.

"숨어!"

내 어깨 위에 올라앉아 있던 벨라레를 잡아 침실 구석으로 던졌다. 내 몸에서 떼어 내기만 하면 은혜의 보호를 받지 못하니 차라리 멀리 피신시키는 편이 낫다. 직후 팔이 잡혔다. 강하게 움켜쥐고는 침대 쪽으로 당긴다.

그대로 끌려가며 자유로운 한쪽 손으로 총을 꺼내 겨누었다. 매끈한 이마를 향해.

"잠 덜 깼습니까?"

성현제가 나를 내려다보았다. 꽉 잡힌 팔이 약간 아팠다. 너른 침실 구석에서 이쪽을 향하는 벨라레의 시선이 어지러웠다. 괜찮으니까 진정해, 머리 그만 흔들고.

"성현제 씨."

바로 앞에 있건만 벨라레의 시선이 비스듬한 탓에 그의 표정은 잘 보이지 않았다. 성현제가 입을 열었다.

"성현제?"

…의아한 듯 되묻는 것에 어이가 없어서 총을 든 손에서 힘이 빠질 지경이었다. 아니, 또 기억에 문제 생긴, 잠깐만.

'낯선 스킬.'

여기 있는 건 나와 성현제와 벨라레뿐이다. 그리고 십중팔구 성현제가 그 스킬을 썼겠지. 하지만 성현제가 중력 조절인지 염동력인지 남을 띄우는 스킬을 가졌다는 소린 들은 적 없다.

일상적으로도 쓰기 좋은 스킬을 감춰 왔다, 라기보다는.

"나는—"

"아니, 아니! 말하지 마!"

급히 성현제의 말을 끊었다.

"성현제야, 성현제. 그쪽 말이야, 세성 길드장인 성현제라고요. 다른 생각은 지워, 성현제입니다. 잘나신 S급 헌터고 길드장님이시고 내 파트너기도 한 성현제! 생일은 8월 30일이고 올해 생일날에 크루즈 박살 내 먹었고."

아마도 성현제는 기억을 잃은 게 아니라 지금 세상의 것이 아닌 다른 기억이 혹은 인격이 튀어나와 버린 모양이었다. 다른 세계의, 이름도 다르고 스킬도 일부 달랐던 그가.

전투 예지나 전격 같은 최적화 기본 스킬은 동일했겠지만 그 밖의 스킬들은 아닐 것이다. 유현이만 해도 같은 세계에서 시간을 돌렸을 뿐인데도 새로운 스킬을 얻었다. 다른 세계의 성현제는 당연히 다른 스킬을 가지고 있었을 테고, 그중 하나가 염동력 같은 조금 전 그 스킬이었겠지.

쌓인 거 정리하다가 엉뚱한 게 튀어나와 버렸다니. 물론 눈앞의 남자도 성현제긴 하겠지만, 그래도.

"성. 현. 제. 자, 따라 해 봐요. 나는 성현제다. 나는 세성 길드장이다. 나는 한유진에게 진 빚을 열 배로 쳐서 갚겠다. 나는 식빵 테두리도 남기지 않고 잘 먹—"

"그건 싫은데."

툭 튀어나온 말에 안도하며 총을 인벤토리에 넣었다. 기억이 돌아올 만큼 식빵 테두리가 싫은 건가. 제사상에 튀긴 식빵 껍질과 말린 식빵 껍질과 구운 식빵 껍질과 태운 식빵 껍질을 줄줄이 놓아줄까 보다.

벨라레가 눈치를 살피며 침대 쪽으로 슬금슬금 기어 왔다. 침대 바로 옆에까지 다가오자 잠시 시야가 가려졌다. 열감지는 남아 있었지만 상대의 표정은 당연히 보이지 않아 오히려 약간 위축되는 기분이 들었다.

얼굴을 자세히 알 수 없는 커다란 형체가 나를 붙잡고 있는 것이니. 공포 저항이 없었더라면 좀 쫄았을지도.

"눈은."

성현제의 손이 내 눈을 만질 듯 다가왔다.

"나 때문인가."

"따지자면 그렇긴 하죠. 전처럼 회복될 테니까 신경 쓸 필요 없습니다."

"아예 보이지 않는 듯하군."

이런 식으로 빚을 지는 건 좋아하지 않는데, 하고 성현제가 중얼거렸다. 그래도 목숨까지 내놓은 송 실장님에 비하면 낫지.

"오른쪽 눈으로 봐 주게."

"예?"

"이미 한 번 걸기도 했으니."

잠깐만, 뭔 소리야. 벨라레가 침대 위로 머리를 배꼼 내밀었다. 겨우 성현제의 얼굴이 보였다. 아무렇지도 않은, 평소와 다를 바 없이 태연한 표정이다.

"왼쪽 눈은 도련님에게 양보하지."

"아니, 우리 유현이가 왜 여기서 나오는 겁니까?"

"나 혼자 독차지한다면 틀림없이 화낼 테니까. 도련님이라면 기뻐하며 내어줄 거라네."

그, 음. 정말로 그럴 거 같아서 더 환장하겠네. 성현제를 밀어내며 몸을 세워 앉았다. 벨라레가 재빠르게 내 어깨 위로 기어 올라왔다.

"필요 없어요. 슬슬 빛은 감지되고 있고, 설사 영영 못 보게 된다 해도 남의 눈을… 으, 그런 짓 안 합니다. 그냥 내 눈이 되어 줄 몬스터를 구해다 키우고 말지."

지금도 선생님 스킬을 쓰면 크게 불편하진 않았다.

"게다가 눈 한쪽 잃게 되면 전투 능력도 저하되지 않습니까. 저 때문에 뭐 하러 그런 손해를 감수해요."

"선택한다면 한유진 군이네만."

"말씀은 고맙네요."

"객관적으로 한유진 군의 스킬을 얻는 편이 훨씬 이득이지."

뭐 그야. 아니, 애초에 눈 하나 준다고 날 통으로 넘길 생각은 없습니다만. 헛소리는 이쯤 하고, 진지하게 성현제를 바라보았다.

"괜찮은 겁니까? 갑자기 어느 나라의 황제 씨가 튀어나오는 건 아니겠죠."

"지금으로서는, 괜찮은 듯하군."

그러면서 또 슬슬 졸린 티를 내기 시작했다. 더 자야 하는 건가.

"혹시 모르니까 손바닥에 이름이라도 적어 줄까요? 손 내밀어 보십쇼."

인벤토리에서 펜을 꺼내 오른손에 세성 길드장, 왼손에 성현제라고 큼직하게 썼다.

"사흘 뒤가 추석이니까 그때 깨면 전이라도 가져다드릴게요. 아님 오시든가. 일단은 건전한 윷놀이를 할 생각입니다만."

역시 명절 하면 그림 맞추기 놀인데 말이야. 전투 예지 화투에도 통하나?

나도 추석 선물을 보냈지만 사육소에도 선물이 많이 들어왔다. 대형 길드들은 물론이요, 잘 알지도 못하는 중소 길드 중에도 선물을 보내온 곳이 있었다. 길드 차원이 아닌 개인적으로 보낸 선물도 많았다. 강소영은 물론 리에트까지도 소영이한테 들었다면서 웬 단검을 꽃바구니에 꽂아서 배달시켰다. A급 단검은 고맙지만 꽃바구니라니, 뭔가 잘못 이해한 모양이었다.

물론 선물이 가장 많이 쌓인 곳은 명우네 대장간이었다. 빌딩 지하의 창고를 가득 채우고도 넘쳐날 정도의 온갖 선물이 쏟아져 들어와 그걸 처리하기 위해 사람을 따로 고용해야 할 정도였다.

"저거 다 어쩌냐."

내 말에 명우도 약간 곤란한 표정을 지어 보였다.

"일단 위험한 물건이 없는지 검수하고, 명단만 남겨 놓고 기부라도 할까 싶어. 식품류도 많아서."

"참, 너는 그, 명절에 뭐 할 생각이야?"

보통은 집에 가겠지만 명우는 사이 안 좋다 못해 연 끊다시피 했으니까. 슬쩍 돌려 물었다. 원래는 연 끊는 수준은 아니었는데 명우가 방송 타고 나서 언쟁이 좀 있었던 모양이었다. 내게 자세히 말해 주진 않았지만 대략 짐작은 갔다. 흔한 스토리 아니냐. 자수성가한 사람과 그 가족들.

"나야 뭐."

"다른 데 안 갈 거면 놀러 와. 추석 전날 저녁에 송편 빚을 건데. 내일은 방송국에 가야 하고. 명절인사하러. 너도 갈래? 환영할걸."

유현이는 끝까지 내켜 하지 않았지만 어떻게 잘 설득할 수 있었다. 내 동생이 한복 곱게 차려입고 TV에 나와서 명절인사 하는 거 보고 싶어! 추석과 설, 딱 한 번씩만 하자. 저장해 놓고 두고두고 보게, 가 유효했지.

"나도?"

"바쁜 일 없다면 말이야."

"바쁠 거야 없지만."

명우가 나를 흘끗 바라보았다. 정확히는 내가 쓰고 있는 선글라스에 시선을 두었다. 난데없는 선글라스가 신경 쓰이는 눈치였다.

명우는 아직 내 눈에 대해 모르고 있었다. 슬슬 흐릿하나마 보이기 시작하기도 했고, 굳이 말해서 걱정을 늘릴 필요는 없지 싶었다. …훈날 일 배로 늘리기도 싫었고. 그래도 각인에 대해 털어놓으며 대략 사정을 설명은 해 줘야지.

등에 심장 조각 박기 전에 각인부터 보여 줘야 덜 혼나겠지.

"노아 씨도 별일 없으면 오라고 연락했는데 망설이는 눈치더라."

"억지로라도 데리고 갈까? 내버려두는 것보다 그게 더 나을걸."

"그렇겠지?"

내 눈 상태 탓도 있지만 최근에 통 마주치지도 못했다. 소형화 스킬도 그렇고, 제대로 대화를 해 봐야 하는데.

"야, 진짜 최고다! 멋지다! 예쁘다!"

박수를 치며 감탄하자 유현이와 예림이가 동시에 방긋 미소 지었다. 둘 다 뭘 입어도 잘 어울리지만 한복도 정말 찰떡이네. 유현이 한복은 해연 쪽에서 배자 말고 쾌자, 술띠 넣어서!를 강력하게 주장해 왔다. 도포와 답호에 철릭파도 있었다지만 쾌자가 승리했다나. 일반적인 남자 한복보다는 확실히 더 어울리긴 했다.

예림이 한복은 디자인보다는 색 배치에 더 열성이었다. 특히 푸른색 계통으로 가자파와 너무 뻔하다파가 팽팽하게 맞붙었다. 결국 예림이 앞에 한복을 줄줄이 늘어놓은 결과 맑은 얼음물 같은 옥색 치마에 자수가 들어간 흰 저고리가 선택되었다.

"한복 진짜 오랜만에 입어 봐요."

예림이가 치맛자락을 잡고 팔락거리며 웃었다.

"초딩 때 입던 건 작아져서 다 버렸거든요."

"그것도 금방 작아질걸? 내년엔 또 새로 맞춰야지."

"아깝다."

"아깝기는. 잘 크고 있다는 증거인데."

다 크고 나서도 말이야, 이왕이면 매년 새 옷 지어 입으면 좋잖아. 돈이 없는 것도 아닌데 그런 데서 아낄 필요는 없다.

"우리 피스도 정말 귀엽네. 피스야, 이번 한 번만 참자."

- 끄우웅.

저고리를 입은 피스가 불만스럽게 끙끙거렸다. 그래도 옷을 찢어 버리거나 하진 않았다. 피스 한복은 김 팀장님이 협찬해 주었다. 불편하지 않게 낙낙히 만들어진 저고리였지만 그래도 넥타이와는 다르게 거추장스럽게 느껴지는 모양이었다.

"촬영만 끝내고 바로 벗겨 줄게."
"그럴 필요 없어. 엄살이야."
유현이가 시큰둥하게 말했다.
"정말로 싫으면 알아서 불태우겠지. 어리광 피우는 거니 신경 쓰지 마."
"맞아요. 아저씨 앞에서 손발 없는 척하는 한유현 같은 거예요."
예림이까지 유현이 편을 든… 건가? 시비인가? 아무튼 맞는 말이긴 했지만 그래도 피스를 어르며 안아 주었다.
"삐약이 너도 이리 와."

- 삐약!

삐약이는 떨잠 머리핀만 하나 꽂았다. 벨라레는 아쉽지만 할 수 있는 게 없었고.
"늦겠다, 가자."
호두에게 집 잘 보라고 하곤 방송국으로 출발했다.

방송국 전부 돌아가며 명절인사 녹화를 할 수 없었기에 한 군데를 내가 직접 골랐다. 회귀 전에 그나마 악의적인 소문 덜 낸 곳으로. 지금이야 다들 나한테 친절하기 그지없었지만 역시 방송국을 좋아하긴 힘들 듯했다.
지금도 삐끗했다간 득달같이 달려들 테고. 만에 하나 내가 특별한 스킬들을 다 잃었다, 하면 결국 F급은 F급 운운해 댈 게 불 보듯 뻔했다. 등급 이전에 그냥 평범한 사람일 뿐인데도.
"최근엔 길드가 아니라 방송국 소속인 거 같다니까요. 매일같이 출퇴근을 해서."
예림이가 아는 사람을 만났는지 안녕, 언니! 하고 손을 흔들며 말했다.
"하지만 역시 연예인보단 헌터가 더 적성에 맞아요."

"연예인도 괜찮지 않아?"

무엇보다 위험해질 일 없이 안전하고.

"나름 재밌긴 한데, 갑갑하기도 해서요. 던전에서 펑펑 터뜨려 대는 게 제일 속 시원하고 즐겁죠!"

예림이가 팔을 크게 흔들며 말했다. 하긴 광고 촬영이나 인터뷰 같은 거 한 번에 딱 끝나는 것도 아니고 반복해야 하니까. 예림이 성격에 답답하고 지루해질 법도 했다.

"아저씨, 관심 있어요?"

"응?"

"연예인이요."

아니, 갑자기 무슨 엉뚱한 소리야. 내가 연예인을 왜 해. 예림이의 말에 유현이까지 덩달아 나를 돌아봐 왔다.

"혹시 명절인사도 형이 찍고 싶어서 하자고 한 거야? 본격적인 활동은 안 되겠지만 광고 같은 건—"

"아냐, 야, 나 다 거절했어. 내가 무슨."

"연기는 잘하실 거 같은데."

"안 해, 못 해. 뭣보다 너희 둘 놔두고 왜 나냐."

한다면 유현이와 예림이가 딱이지. 그냥 세워만 둬도 그림 되잖아. 노아 씨야 말 그대로 눈이 부시고 성현제도 그렇고. 송 실장님은… 발연기랬지만. 성현제는 연기도 잘할 것 같다. 현아 씨도 액션영화 같은 거 찍으면 딱이겠지. 송 실장님과 같이 출연하면 눈 호강 제대로 하지 않을까.

"나는 됐고 유현이 네가 광고 찍으면 멋있을 거 같은데."

"에이, 한유— 길드장님 못 찍어요. 아저씨가 카메라 들고 지시 보조 코디 등등 다 하면 모를까."

"형이 원한다면 찍을게."

"네가 억지로 하는 건 싫어."

"나는 괜찮아."
"아, 또 내숭이야. 피스야, 너도 정말 고생이다. 저런 주인을 두다니."

- 끼앙.

 잡담을 나누며 대기실로 향했다. 추석이 코앞이다 보니 한복 차림의 사람들이 더러 보였다. 유현이보단 못해도 잘생긴 연예인이 눈에 들어오자 문득 박하율이 생각났다. 명절인데 입국 안 했으려나. 윤윤도 추석은 집에서 보내야 할 텐데 연락 한 번 없고.

 너른 대기실에 도착하고 얼마 지나지 않아 명우가 도착했다. 문현아도 동행한 채였다.
"현아 씨도 명절인사 하시게요?"
"난 다른 방송국에서 이미 찍었어. 가발에 치마저고리 곱게 차려입으라기에 걷어차 주고 도포 걸쳤지."
 방송 안 나올지도 몰라, 하며 문현아가 손으로 붉게 염색된 머리칼을 쓸어올렸다. 고작 그런 걸로 방송 막진 않을 텐데. 브레이커 길드 뒤쪽에 있는 인간들이 거부하면 통과 못 되긴 하겠구나.
"대장장이님 만날 일 있어서 들렀다가 기사 노릇 해 준 거야. 예쁘게 차려입었네, 한 소장님."
"뭘요, 그냥 한복인데."
"언니도 한복 입고 오지!"
"방송국에 한복 널렸을 텐데 갈아입고 올까?"
"네, 같이 셀카 찍어요."
 오냐, 하며 문현아가 대기실을 나갔다.
"노아 씨는 같이 안 온 거야?"

명우가 소파에 앉으며 고개를 끄덕였다. 한복 차림이 생각 이상으로 잘 어울렸다. 원래도 그랬지만 지금은 더더욱 듬직해 보였다.

"추석에는 올 거 같은데, 생각이 많은 모양이더라. 선물 고맙다고 전해 달랬어. 오늘은 선글라스 안 꼈네."

"한복에 무슨 선글라스겠냐."

아무렇지 않은 척 가볍게 말했다. 눈치 못 챘겠지? 아직 시력이 다 회복된 건 아니지만 대략적인 형체는 보였다. 거기에 벨라레의 도움까지 받으니 유현이나 예림이도 내 시력에 문제가 있다는 사실을 언뜻 봐선 잘 모르겠다고 했다.

"추석에 다 같이 모일 거 생각하니 좋다."

명우 눈치를 살짝 살피며 말했다. 남의 집안 문제에 간섭할 순 없지만 그래도 신경이 쓰이긴 했다. 명우는 아무렇지 않아 보였지만 시기가 시기니만큼 조금쯤은 쓸쓸하지 않을까 걱정도 되었다.

"좀 지나면 사람 수가 더 늘어날 수도 있고. 나가기도 하겠지만."

"난 안 나가."

유현이가 기다렸다는 듯이 딱 잘라 말했다. 예림이가 말 안 해도 다 알거든? 하고 핀잔을 던졌다.

"전 아직 한참 멀었어요. 연애 같은 거 해 보고 싶긴 한데 죄다 애들뿐이라~"

"예림이 너도 애야. 혹시라도 마음에 드는 사람 생기면 집에 한번 데려와라. 그냥 얼굴만 볼게. 아냐, 이름만 살짝 말해 줘도 돼."

"그러곤 뒷조사하시게요?"

"안 해, 무슨 뒷조사를…….'"

할 거지만. 물론 몰래, 들키지 않게 조용히 확인만 할 거다. 예림이는 아직 어리니까 조심해야지. 성인 되면, 아니 대학 졸업하면 그땐 내가 간섭할 일이 아니지만 지금은 보호가 필요했다. 무엇보다 유명한 만큼 이상한 놈들이 꼬일 가능성이 높으니까.

"난 많이는 안 바란다. 너희 둘 다 말이야. 1순위는 너희들을 제일 사랑해 주는 사람! 이건 절대 양보 못 하지. 그리고 성격도 좋아야 해. 최소한 평범한 수준은 되어야지 욱하는 다혈질은 안 된다. 특히 폭력은 절대 안 돼! 그런 인간은 죽어도 반대야!"

"저희 S급 헌턴데요."

"그래도 안 돼. 또 둘 다 나이 차 많이 나는 상대도 안 된다. 열 살 차이? 양심이 있냐 진짜. 띠동갑? 50세와 62세면 뭐 이해해 준다. 열다섯 살 이상? 그냥 죽었다가 환생하라고 해."

예림이보다 두 배 더 살았다니, 죽여야지. 성인이라도 스물에 서른다섯이라니 역시 죽여야 한다. 어린애 꼬실 마음 먹는 것부터가 범죄다. 조카뻘이잖아. 옛날이면 거의 자식뻘이잖아. 우리 예림이가 눈이 낮을 리는 절대 없지만 상상만으로도 열이 올랐다.

"그럼 유진이 너는?"

명우가 불쑥 물어왔다.

"…나?"

"그래, 너. 모여서 점심 먹을 때 가끔 이야기 나오거든. 한 소장님은 왜 연애를 안 할까, 하고."

"엥? 아니, 왜 날?"

"애들보단 당연히 네가 더 화제지. 연애는 물론이고 결혼도 좀 이르지만 할 만한 나이잖아. 거기에 스탯은 F급이니 비각성자나 하급 각성자와 사귀는 것도 쉽고."

상급 헌터라고 해서 비각성자와 사귀지 못할 건 없지만 장벽이 있기는 했다. 그래도 왜 나야. 제일 급한 건 성현제 씨 아니냐. 송 실장님도 결혼해야 할 나이고.

"난 결혼은 딱히……."

"뭐야, 한 소장님도 결혼 잔소리 듣고 있어?"

문현아가 문을 벌컥 열며 말했다. 저벅저벅 걸어오는 움직임에 맞춰 도포 자락이 흔들렸다. 좀 많이 현대적인 머리스타일임에도 무척이나 잘 어울렸다.

"나도 집안사람들 모일 거 생각하면 갑갑~ 하다. 결혼 안 하면 죽나."

"현아 씨한테 잔소리하는 사람도 있어요?"

"대놓고 앞에서 말하는 건 우리 엄마뿐인데, 귀가 좋다 보니 들을 필요 없는 것도 들리거든. 부모님한테 소곤거리는 게 다 들리니 짜증 나지. 그래서 한 소장님 비밀연애라도 하시나?"

"아, 없는 거 뻔히 아시면서."

연애는 무슨 연애야, 진짜. 문현아가 의자를 끌어다 앉으며 테이블에 팔꿈치를 대고 턱을 괴었다. 그러곤 싱글벙글 나를 쳐다본다.

"하긴 도련님 때문에라도 결혼하기 힘들겠다, 한 소장님."

"유진이가 다른 건 다 좋은데, 그게 제일 큰 문제긴 하죠."

"맞아, 대장장이님. 그래도 너무 기죽진 마, 형님. 그냥 사귀고 싶은 상대 생기면 저는 평생 돌봐야 할 애가 딸린 홀아비나 마찬가집니다, 양심고백 정도나 하라고. 받아 주는 사람이 없진 않을걸. 진짜 홀아비도 돈만 많으면 결혼 잘만 하더라."

…결혼 안 해. 안 할 거라고.

"애 딸린 정도로 되겠어요? 한유현인데. 아저씨 결혼 엎지나 않으면 다행이지."

"난 형만 행복하면 괜찮아."

유현이의 말에 예림이가 눈을 가느스름하게 떴다.

"이것이 알고 싶다, 어느 S급 헌터와 형의 연인. H헌터는 왜 형의 연인인 A를 조용히, 남모르게 해외로 보내 버린 것일까요. 일각에서는 어긋나 버린 치정 사건이라고도 말하고 있습니다. 형의 연인을 사랑했다. 사실일까요? 그런데 말입니다, 소문과는 다르게 A가 해외로 나간 후 H헌터는 단 한 번도 A를 만난 적이 없다고 합니다. 오히려 형의 옆에 딱 달라붙어서 불여우 짓이나 하고 있었다는데요~"

"…뭐 하니, 예림아."

"미래 예지요. 이렇게나 잘 아는데 스킬 하나 안 생기나."

하하. 웃으며 명우를 돌아보았다.

"그러는 우리 대장장이님도 장난 아니실 텐데. 심지어 선까지 들어오고 있다면서?"

문현아와 예림이의 시선도 나를 떠나 명우를 향했다. 죽을 거면 같이 죽어야지. 명절답게 친구 연애사 좀 털어 보자.

"난 일과 결혼했어."

명우가 딱 잘라 말했다.

"야, 너무 전형적인 핑계잖아. 그러지 말고 이상형 같은 거 슬쩍 털어놔 봐."

"지금은 잘 때 빼곤 대장간 밖에 나와 있는 시간보다 들어가 있는 시간이 훨씬 긴걸. 누굴 사귈 여유가 없어. 그렇다고 대장간에 데리고 들어가는 건 내키지 않고."

이스무아르 때문에 좀 덥긴 해도 숲속이라 데이트하긴 나쁘지 않겠던데. 두 사람만의 공간으로 오히려 더 좋지 않나?

"대장장이님은 바쁘시지, 아무렴."

"명우 오빠야 바쁜 거 빼면 다 괜찮잖아요."

현아 씨와 예림이가 명우 편을 들었다. 그야, 그렇긴 한데, 그래도! 내 편은 유현이밖에 없구만.

명절 인사만 간단히 하는 것이었기에 녹화는 금방 끝났다. 방송국 측에서는 이참에 인터뷰도 따고 싶어 했지만 어물거리기만 하다가 유현이의 눈길을 받곤 화들짝 물러났다. 그래도 명함은 몇 장 내 손에 쥐어졌다.
'기승수들 방송은 한번 하긴 해야지.'
성장한 블루와 코메트에 더해 새로운 새끼 몬스터들도 보여 주고 인형 광고도 할 겸. 시간이 촉박해 추석 한정판을 낼 수 없었다며 아쉬워하던 김하연 팀장이 떠올랐다. 설날에는 한복 입은 피스, 삐약이, 블루 등등이 출시되겠구나.
이왕 한복 입고 나온 김에 다 같이 외식도 하고 명절 지낼 물품들도 마저 쇼핑했다.
"유현아, 그냥 사면 된다니까 뭘 또 만들려고."
말려 봤지만 동생 녀석은 나물감에 육전 외의 전 부칠 재료도 사 버렸다. 그나마 다른 건 돈으로 해결했다.
"저기, 아저씨. 저 이 종이 붙이는 거 쓸 줄 모르는데요."
"지방 말이야? 검색해 보면 자세히 나와. 아니면 그냥 부모님 성함만 한글로 써도 괜찮아. 형식보다는 예림이 네가 부모님 생각하고 상 차려 드린다는 게 중요하지."
예림이가 작게 고개를 끄덕였다. 제기를 만지작거리며 입을 다문 모습이, 나름 생각이 복잡해진 모양이었다.
그렇게 잔뜩 사 들고서 추석 전날 옥상정원에 간이 주방이 차려졌다. 환기 설비가 잘되어 있어도 냄새가 많이 날뿐더러 피스 털이 너무 날리기도 했다. 환절기라. 내 눈이 되어 주는 벨라레는 털이 없어서 다행이지.
"저 밤 깎을까요? 깎을게요. 깎던데, 깎게 해 주세요!"
전 부치는 거 금지당한 예림이가 심심해하며 말했다.
"그래, 밤 많으니까 깎아 먹자."
"지금 먹어도 돼요?"
"사람 먹으라고 만드는 건데 안 될 게 뭐가 있냐."
예림이가 얼른 밤과 과도를 집어 들었다. 딱딱한 껍데기가 종잇장처럼 술술 벗겨진다. 그 옆에서 유현이가 계란 물을 풀고 있었다. 애들이 일하는 사이에 나 혼자 얌전히 앉아 있으려니까 뱃속이 꼬이는 듯했다.

"유현아… 나도 전 좀. 꼬지라도 끼우게 해 주라."

"안 돼."

"두부 썰기만 하면 안 될까."

"응. 안 돼."

"육전은 내가 하고 싶었는데!"

"형 눈 완전히 회복되면."

하지 말란 소리잖아. 설 전에는 진짜 몸조심해야지. 평소에는 내가 해 주는 거 잘만 받아먹더니 몸 상태 안 좋아지니 어림도 없다. 예림이도 유현이 편을 들며 내게 밤이나 드시라며 건네주었다.

유현이가 요리를 할 줄 안다 해도 명절 음식은 처음이다 보니 약간씩 헤매기도 했다. 그래도 이내 능숙하게 전을 부쳐 내는 걸 보니 기특하면서도… 나도 좀…….

"많이 했네."

그때 명우가 옥상정원에 나타났다. 노아 씨와 함께.

"안녕하세요, 유진 씨."

오랜만에 보는 노아 씨가 조금 쑥스럽게 웃었다.

"어서 오세요, 노아 씨!"

얼굴은 괜찮아 보이네. 묻고 싶은 건 많았지만 일단은 눌러 두었다. 명절이잖아. 이왕이면 마음 편하게 보내야지. 노아 씨가 먼저 이야기를 꺼낸다면 당연히 들어 주겠지만, 그럴 생각은 없어 보였다. 오히려 약간 불안해하는 기색이 보였다.

아직은 말하고 싶지 않은 거구만.

"이제 송편 빚을 건데 딱 맞춰 잘 왔어요. 노아 씨도 한복 입으면 좋을 텐데, 한 벌 보내 달라고 할까요?"

이왕이면 내일 한복 입고 오라는 말에 노아가 머뭇거리다가 고개를 끄덕였다.

"네."

"좋아하는 색 있어요? 노아 씨 도포 같은 거 잘 어울릴 듯한데."

뭘 입어도 외모가 다 받쳐 주겠지만. 노아를 끌어다 한쪽에 있는 테이블 의자에 앉혔다. 테이블 위에는 송편 반죽과 소가 놓여 있었다. 송편 만들기 세트를 사서 색색별로 반죽 덩어리를 만들고 소도 넣기만 하면 되었다.

"나물만 무치면 끝나나?"

명우가 손을 씻으려는 듯 주위를 둘러보았다. 그걸 눈치챈 예림이가 물 덩이를 만들어 주었다.

"물 필요하면 말만 하세요~"

전 부치는 유현이 옆에서 명우가 나물을 다듬기 시작했다. 나물이 담긴 그릇을 들고 잠깐 사라졌다 돌아오니 나물이 데쳐져 있었다. 자꾸 음식 만드는 데 쓰려니 이스무아르에게 미안해지네.

얼마 지나지 않아 완성된 전과 나물을 플라스틱 통에 차곡차곡 담아 뚜껑을 덮었다. 그러곤 다 같이 테이블에 둘러앉아 송편을 빚기 시작했다.

명우 손재주야 말할 것도 없고 다른 사람들도 조물조물 예쁘게 송편을 만들었다. 그러다 예림이가 질렸는지 슬금슬금 반죽 크기를 키워 갔다.

"이거 봐요, 토끼."

동그랗게 웅크린 분홍 토끼를 내밀며 예림이가 웃었다.

"귀엽네. 먹기 아깝겠다."

"아저씨 줄게요."

그러곤 삐약이 만들겠다며 송편을 둥글게 뭉치기 시작했다. 너무 크게 만들면 잘 안 익을 텐데.

"형."

그때 유현이도 송편을 내밀어 왔다. 하얀색, 음.

"강아지?"

"응. 형 줄게."

"고마워. 잘 만들었다, 귀여워."

내 동생 손재주도 좋지. 토끼 옆에 강아지를 놓아두는데 이번에는 노란색 반죽으로 만든 송편이 쑥 내밀어졌다.

"저도, 이거."

"와, 용이네요? 노아 씨예요?"

"저라고 생각하고 만든 건 아닌데, 유진 씨 주고 싶어서요."

"고마워요. 멋진데요."

토끼 옆에 나란히 용을 놓아두었다. 이제는 명우 차롄가, 했는데 명우는 평범한 모양의 송편을 빚고 있었다. 그러다가 내 시선을 눈치채곤 미소 짓는다.

"어차피 내가 만든 것만 먹고 싶어질걸."

모양이 중요한 게 아니라는 자신감을 내보이며 명우가 송편을 내려놓았다. 아직 찌기 전인데도 무심코 군침이 돌았다. 그냥 송편인데, 재료도 평범한데, 그래도 보통 맛이 아니겠지.

다 빚어진 송편들을 솔잎을 깐 찜기에 넣었다. 명우가 대장간에서 쪄 오겠다며 찜통째로 사라졌다. 그사이 옥상정원을 정리했다.

"참, 아저씨. 현아 언니가 내일 피신 와도 되냐고 묻던데요."

"피신?"

"네. 사육소에 볼일 있다며 튈 거랬어요."

잔소리 피하려는 거구나.

"물론 와도 되지."

음식 모자라진 않을까. 선물로 들어온 고기 좀 꺼내야겠다.

"알은 아직 깨어나려면 멀었을까요?"

"응? 글쎄다."

"어떤 정령이 태어날지 궁금해요. 설마 린이처럼 도마뱀은 아니겠죠."

- 당연히 아냐!

어느새 내 손등 위로 기어 올라온 이린이 말했다.

- 린이가 도마뱀 모습으로 나온 건 이 세계에선 불의 정령의 형태로 도마뱀이 제일 유명해서 그래!

제일 유명하다면, 샐러맨더?
"그럼 물의 정령은 운디네로 태어나는 건가. 운디네가 어떻게 생겼더라."
"여자 모습이요."
예림이가 물의 정령에 대해 검색해 봤다면서 말했다.
"말처럼 생긴 켈피도 유명하대요. 켈피는 귀여울 것도 같지만……."
예림이의 표정이 살짝 흐려졌다. 아무래도 둘 다 마음에 들지 않는 모양이었다.
"린아, 무조건 그 세계에서 유명한 정령 모습으로 태어나는 거야?"

- 린이는 유현이가 원하는 모습이 없어서 그런 거예요, 형. 린이가 태어나는 줄도 몰랐고. 알았으면 형이랑 똑같이 생겼을걸요! 유현이는 형 말곤 생각 안 하니까.

나랑 똑같은 불의 정령이라니. 그건 조금, 그런데.
"그럼 물의 정령은 예림이가 원하는 모습대로 태어날까?"
린이가 불만스럽게 양 볼을 부풀리다가 마지못해 고개를 끄덕였다.

- 응. 흥. 마음에 안 들어.

그러곤 유현이한테 쪼르르 가 버린다. 이린의 말에 예림이가 활짝 웃었다.

"원하는 모습이라니! 아저씨, 뭐가 좋을까요? 곰? 토끼? 정령이니까 합칠 수도 있겠죠?"

"뭐든지 예림이 네가 바라는 대로, 지."

"바로 태어나진 않겠죠? 고민해 봐야겠어요. 요정 날개를 다는 건 어떨까요? 소영이 언니가 아저씨 새 용 엄청 귀엽다고 하던데."

예림이가 잔뜩 들떠 하며 온갖 동물들을 다 꺼냈다. 물의 정령 바니바니베어… 저작권 침해되는 건 아니겠지. 그러는 사이 명우가 돌아왔다. 찜통 속에서 반지르르하게 익은 송편들이 테이블 위에 놓여졌다.

"내 토끼 귀가!"

"강아지 꼬리가……."

"용 꼬리도요……."

분홍 하양 노랑 세 마리가 제각각 부상을 입고 말했다. 어차피 먹을 거라며 세 마리 다 꺼내 접시에 내려놓았다. 그리고.

"가위바위보로 하자."

얼른 막듯이 말했다. 뚫어져라 쳐다보는 시선들이 내가 어느 걸 먼저 먹을지 경쟁하는 티가 팍팍 났다. 그대로 뒀다간 정원이 반파쯤은 될 기세였다. 가위바위보라는 말에 예림이가 소매를 걷어붙였다.

"정정당당하게 가자, 한유현. 삼세판이다."

"한 번에 끝내. 송편 식어."

"저도 끼워 주세요!"

셋이 자리에서 일어나 옆으로 옮겨 갔다. 제각기 주먹을 쥐는 모습이 금방이라도 한판 거하게 붙을 듯했다. 옥상 바닥 부수는 건 아니겠지.

"먹으면서 구경해, 유진아."

명우가 평범한 송편 접시를 내밀었다. 이걸 평범하다고 할 수 있을지 모르겠지만. 윤기 도는 거 봐라. 맛있겠지. 하지만 안 돼. …하나만 살짝 먹을까.

"늦게 내면 무조건 꼴찌야!"

다들 열 올라 있어서 모를 거 같은데. 으, 으.

"…일단 저 송편들부터 먹고."

"그래. 하긴 내 거 먼저 먹으면 맛없을 거야."

그때 바람을 가르는 소리가 들려왔다. 이어 쿵, 하고 바닥이 살짝 꺼졌다. 가위바위보의 여파로.

"현아 언니랑 연습 많이 했는데!"

가위를 낸 예림이가 소리쳤다. 유현이와 노아는 주먹이었다. 이긴 둘이 다시 가위바위보를 하고 최종 승리자는 유현이였다. 가위바위보도 스탯이 높으면 더 유리하겠지.

"자, 형."

유현이가 당당하게 강아지 송편을 내밀었다. 맛있네. 이어 드래곤과 토끼도 차례로 먹었다. 마지막으로 명우가 만든 송편은, 음, 뭐라 말할 수 없이 최고였다. 송편이 이렇게 맛있을 수도 있네.

"아저씨, 곧 방송 시간이에요."

예림이의 말에 다 같이 집으로 들어갔다. 노아 씨는 좀 머뭇거리긴 했지만 얼른 오라는 손짓을 거부하진 않았다. 음식을 주방에 가져다 놓고 소파에 앉았다. 무릎 위로 폴짝 올라오는 피스를 안아 주며 TV를 켰다. 얼마 지나지 않아 익숙한 얼굴이 나타났다.

[국민 여러분, 안녕하십니까. 각성자관리실 실장 송태원입니다.]

와… 딱딱하다. 굳었어. 평소에도 좀 딱딱한 편이셨지만 지금은 **뻣뻣함**까지 더한 나무토막 같았다. 어두운 색의 낙낙한 두루마기를 걸치고 있었지만 가슴 부분은 전혀 느슨해 보이지 않았다. 그냥 딱 맞다.

"송 실장님 방송 진짜 안 맞나 봐요."
"그러게. 카메라 너무 노려보신다."

[…차량에 던전 브레이크 대비 안전 용품을 갖추시는 것을 잊지 마십시오. 던전 브레이크 발생 시 대피소 위치를 미리 확인하시고 대피소와의 거리가 멀 시 문과 창문을…….]

책 읽는 것 같았다. 눈동자의 움직임이 전혀 없는 거 보면 전부 외워서 말하는 모양이었지만. 열심히 추석 연휴 주의 사항을 나열한 송 실장님이 마지막으로 인사를 했다. 어쩐지 박수라도 쳐 줘야 할 것 같은 기분이 들었다.
"현아 씨 명절인사는 방송 안 된대?"
"음, 네. 안 나오나 봐요. 와, 난리 났다. 녹화한 거 소문 퍼져서 왜 안 해 주냐고 사람들이 방송국 욕하고 있어요."
예림이가 폰을 들여다보며 말했다. 그러게 왜 방송 안 하냐. 뭐 어때서. 도포 입은 거 보니 멋지기만 하던데.

얼마쯤 뒤 드디어 우리 차례가 돌아왔다. 나와 예림이가 앞에 서고 유현이와 명우는 비스듬하게 뒤에 서 있었다.
"아저씨, 긴장한 티 나요."
"저 정도면 멀쩡하잖아. 예림이 넌 너무 웃어서 지적받았으면서."
긴장했다기보단 어색한 쪽에 가까웠는데. 피스를 안아 들고 있는 내 모습이 TV 화면 너머로 비쳤다. 내가 입고 있는 한복은 반팔의 답호였다. 어차피 상체만 주로 나올 거라 어깨가 좀 넓어 보이는 답호가 좋을 거라고 추천받았다며 유현이가 말했었다. 그에 더해 일반 한복과 자기 것과 같은 쾌자까지 안겨 줬었지.

확실히 평소보다 덩치가 좀 더 커 보이긴 하지만… 그래 봤자 양옆의 둘이, 너무, 음.

[안녕하세요.]

내가 말했다. 다른 셋도 차례로 인사했다.

[추석 연휴 잘 보내고 계신가요. 갑작스러운 몬스터 출몰 사태에 많이들 놀라셨겠지만 다행히 예년과 다름없는 풍성한 한가위가…….]

인사말은 대부분 나 혼자만 했다. 예림이가 서너 마디 끼어드는 정도에 명우가 한마디 하고, 유현이는 조용했다. 마지막으로 피스 앞발 하나를 들어 흔들어 주며 명절 인사 방송이 끝났다.
"뭐, 잘 찍었네."
조오금 쪽팔렸다. 그래도 애들 예쁘게 나왔으니 영상파일 잘 보관해 둬야지.

추석 날 아침, 차례상이 두 개 차려졌다. 하나는 예림이가 직접, 다른 하나는 유현이가 날 앞혀 놓고 도맡았다. 유현이의 손끝에서 불꽃이 탁 튀며 네 개의 초가 차라락 빛을 머금었다.
"음식 놓는 순서 맞는지 모르겠어요."
"괜찮아, 괜찮아. 정성이야. 잘 지내고 있어요, 하고 절 올리자."
셋이 나란히 서서 절을 올렸다. 피스와 삐약이가 뭐 하나, 하고 우리를 쳐다보았다.
"이다음에, 향 피우고 술 올리던가?"

나도 제대로 차려 보는 건 처음이라. 그렇게 차례를 지내고 상을 치웠다. 할 일 하나 끝낸 것 같은 기분이 들었다. 이제는 뭐.

"아니, 왜 죄다 모야!"

던져진 윷가락 네 개가 전부 뒷면이었다. 문현아가 손으로 윷짝을 쓸어 쥐며 웃었다.

"한 번 더!"

"이거 완전 선 잡으면 승리 아닙니까. 봐, 또 모야!"

예림이와 노아는 몇 번 다른 게 나오기도 했지만 그것도 초반 잠깐이었다. 익숙해지자마자 나와 명우를 제외하곤 죄다 모였다.

"모 나와도 다시 던지기 없기 해요! 아니, S급들은 눈 감고 안 쓰는 손으로 던지기!"

"눈 감았다, 형님. 어이차!"

"아, 왜 또!"

사기다. 이래서야 어쩔 수가 없었다.

"화투도 있긴 합니다만."

"애들 빠지면 딱이겠네. 네 명도 괜찮은데, 송 실장님 부를까?"

"에이, 바쁘실 텐데요."

"여기 오는 게 휴가야. 보나 마나 높으신 분들 경호원 노릇이나 하고 있을걸."

그런가. 망설이다가 휴대폰을 들었다.

[송 실장님, 저희 집에 모여서 화투 치는데 오시지 않을래요?]

그냥은 안 올 테니까.

[점 오백인데. 단위는 만 원. S급 네 명. 어쩌면 세성 길드장도 끼어들지

도 몰라요. 그럼 싸움 날 확률 한 88퍼?]

얼마 지나지 않아 답장이 왔다.

[확인만 하겠습니다.]

일단 오면 끝이지 뭐. 문현아가 인벤토리에서 담요를 꺼내 바닥에 접어 깔았다. 나도 화투 패를 착착 섞었다.
"명우 너, 화투 칠 줄 알아?"
"패는 볼 줄 아는데 점수 계산은 잘 못해."
"송 실장님 오기 전에 도련님, 낄래?"
"언니! 저도 화투 칠 줄 아는데!"
"뭐? 예림이 네가 왜 화투를 칠 줄 알아?"
"작년에 교실에서 잠깐 유행했어요."
세상에, 중학교에서 화투라니.
"아님 우리끼리 치게 화투 더 있어요?"
…있긴 한데 줘도 되나. 유현이와 노아야 성인이지만 예림이는 너무 어린데.
"노아 씨, 혹시 화투 칠 줄 알아요?"
"처음 들어 봐요, 그거."
역시 모르는구나.
"유현이 넌."
"몰라."
그럴 줄 알았다. 이럴 수가, 예림이 혼자 알다니. 요즘 애들이란. 예림이가 새 화투 패를 꺼내 들곤 으스대며 유현이와 노아를 바라보았다.
"자자, 그림을 잘 봐요. 이게 다 짝이 있어."

…화투 패 내려놓는 손놀림도 예사롭지 않았다. 예림이가 둘에게 규칙을 가르쳐 주고 내가 명우에게 점수 계산법을 가르쳐 주는 사이 벨이 울렸다. 송 실장님이었다. 정말로 일하다 왔는지 답답한 정장 차림을 하고 있었다.

"송 실장님! 딱 한 판만!"

묵직한 시선이 나를 내려다보았다. 이어 다른 사람들을 차례로 살펴보곤 입을 열었다.

"…안 됩니다."

"가실 때 선물세트 잊지 마시고요. 깜박하시면 댁까지 직접 배달해 드릴 겁니다. 싼 거예요."

"한유진 씨."

짧은 부름에 복잡한 심경이 녹아든 듯했다. 여러모로 생각이 많으시겠지. 하지만 오늘은 명절이잖아.

"아, 송 실장 뭐 하나, 얼른 와서 안 앉고. 송 실장님 있으면 점 오백 원! 없으면 점 오천만 원!"

문현아가 소리쳤다. 오천은 나도 부담입니다만. 화투판에서 집 날아가겠다. 결국 송태원은 돈을 걸지 않겠다는 조건으로 자리에 앉았다. 그의 손에 들린 패가 미니어처 장난감 같다.

파멸의 원턴킬 윷놀이와 달리 화투는 S급이라 해도 뾰족한 수가 없었다. 특히 송 실장님은.

"쌌다! 또 쌌다!"

문현아가 껄껄 웃었다. 연속으로 싸 버린 송태원이 무심하게 자신의 패를 바라보았다. 운이 너무 없으셨다. 그리고 옆에서는.

"아, 길드장님 쪼잔하게 굴지 말고 마석 걸자, 마석! A급 이상!"

예림이가 한 재산 마련하려 들고 있었다. 얘들아, 바로 뒤에 송 실장님 계신다.

규칙을 바꿔서 윷놀이를 다시 시도해 보고, 열심히 먹기도 하고, 가려는 송 실장님 발목 잡기도 하다 보니 어느새 해가 졌다. 달 보고 소원 빌자며 우르르 옥상정원으로 나갔다. 커다랗고 둥근 달이 보였다.

소원이야 별거 있나. 그냥. 늘 오늘만 같았으면 좋겠다. 그리고 잃은 사람도 없고, 돌아올 사람은 모두 돌아오고.

그때 문자가 들어왔다.

[전 가져다준다더니.]

소식이 없단 소리에 웃음이 새어 나왔다. 깼네.

[애들이 다 먹었습니다. 재료 남았으니 직접 부치러 오시죠. 식빵 정도는 구워 줄게요.]

테두리는 직접 떼시고.

그리고 얼마 후, 약간의 소동이 일었지만 송 실장님에게 잡혀 간 사람은 다행히도 없었다.

8장 세 배로 안전합니다

8장
세 배로 안전합니다

2년여 전, 벨기에.

길게 늘어진 햇살이 바닥의 나뭇결 사이로 스며들었다. 어둑하고 홈이 난 벽돌 벽에는 점박이 강아지 사진이 걸려 있었다. 길쭉한 바와 마호가니 테이블이 딱 두 개 있는 조그만 카페였다.

그마저도 사람이라곤 단 한 명밖에 보이지 않았다. 주인은 자리를 비우고 손님만이 홀로 커피를 마시는 둥 마는 둥 하고 있었다. 종이를 깐 작은 바구니에 썰려 담긴 바게트에는 손을 댄 흔적조차 없었다.

그때 가게 문이 열리며 금갈색 머리칼을 길게 땋아 내린 여자가 안으로 들어섰다. 에블린 밀러는 안경알 너머의 눈을 살짝 휘며 테이블의 남자를 바라보았다.

"지루해 보이시네요, 미스터."

"시간 내어 왔는데 허탕만 쳤으니."

성현제가 의자 등받이에 기대며 말했다. 긴 다리가 테이블과 의자의 간격에 맞질 않아 어색하게 기울어져 있었으나 그마저도 일부러 연출한 듯한 느낌을 주었다.

"요즘 들어 거짓 정보가 더욱 판을 치는 것 같더군요. 미스터까지 헛수고할 정도니까요."

"익숙해져 가고 있다는 뜻이지. 바뀐 세상에."

던전과 각성자가 나타난 지도 벌써 1년이 훌쩍 넘었다.

"런던으로 넘어간 뒤에, 귀국할까."

"이대로 그냥 가실 겁니까?"

"오랜만에 속았으니 수고비 정도로 쳐주지."

남은 커피를 한 모금 더 마시며 그가 말했다.

"한국엔 오랜만에 돌아가시는 거군요. 한 달쯤 됐죠?"

"언제 돌아올 거냐며 불만 섞인 소리가 들려오더군. 복에 찬 엄살이야."

S급 헌터가 국외에 오래 나돌아다니면 어쩌냐는 핀잔들이었다. 그렇게 툴툴대면서도 협회는 세성 길드장이 국내에 없다는 사실을 열심히 감춰 주었다. S급 헌터가 한 명이라도 더 한국에 머물러 있어야 안정적으로 비치기 때문이었다.

물론 일반 대중만 잘 모를 뿐, 성현제가 종종 해외로 나간다는 사실은 상급 헌터들 사이에선 잘 알려져 있었다.

"송태원을 가지고도 불안해하다니."

"아, 그 특이하다는 S급 헌터 말이지요?"

"덕분에 한국에 오래 머무를 필요가 없어졌지."

원래라면 세성 길드를 만든 후 최소 1년 이상 한국에 터를 닦아 놓을 생각이었다. 하지만 송태원의 존재로 그 기간을 반년으로 줄였다. 그가 중립적인 공직자로서 버티고 있는 한 S급 길드장이 자리를 비운다 해도 길드가 무력적인 공격은 받진 않을 것이기 때문이었다.

다른 일들이야 해외에서도 충분히 처리가 가능했다. 던전 내부와 달리 통신 가능하고 멀리 있어도 하루면 귀국할 수 있으니 한국의 던전에 들어가는 것보다 해외로 나가는 것이 리스크는 훨씬 적었다.

던전 또한 아직은 낮은 등급이 대부분이라 더욱 한국에 머물러 있을 필요가 없었다. 그럴 시간에 해외에서 쓸 만한 헌터와 아이템을 찾고 군데군데 선을 만들어 놓는 편이 나았다. 각국의 길드들이 전부 확실하게 자리 잡고 난 후에는 헌터와 아이템을 빼돌리기 더 힘들어진다는 이유도 있었다. 쉽게 영향을 뻗어 두려면 빠르게 움직여야 했다.

"작년에 해외 출장까지 오게 만든 건 다시 생각해 봐도 미안해."

"미안한 얼굴이 전혀 아니십니다만."

성현제가 그린 듯한 미소를 머금었다. 바게트는 그대로였지만 커피 잔은 거의 비워졌다. 에블린이 바게트 한 조각을 들어 끄트머리를 물었다.

"해연 길드장은 여전히 한국에 머물러 있나?"

"공식적으로든 비공식적으로든 한 번도 벗어난 적이 없어요. 이것도 미스터가 틀렸군요. 길어야 석 달 내에 한국을 뜰 거라시더니."

의자가 가볍게 밀리며 성현제가 몸을 일으켰다.

"직접 본 건 고작해야 두 번뿐이니 파악이 덜되었을 수도 있지만. 그래도 의외야. 한국은 송태원 실장 때문에 날뛰기 좋은 환경이 아니니 오래 못 버틸 줄 알았는데."

"미스터와, 리에트와 비슷한 류라고 했지요. 그 최연소 S급."

"그래. 성질로 따지자면 나와 리에트가 더 가깝겠지만."

"그래 봤자 둘 다 동급으로 생각하진 않으시잖아요. 죄다 아래지."

성현제가 가볍게 눈웃음을 지으며 걸음을 옮겨 갔다. 바 위에 지폐가 내리 놓아졌다.

같은 태생 S급, 동족이라고 말은 해도 에블린의 말처럼 성현제에게 있어 한유현과 리에트는 동등한 위치에 서는 상대는 절대 아니었다. 나란히 서기에는 좁힐 수 없는 간격이 너무도 뚜렷하게 느껴졌다.

그에게 있어선 태생 S급이라 해도, 사실상 다른 S급 헌터들 혹은 비각성자와도 같았다. 손 내밀어 키워 줄 가치가 있는지 없는지 확인할 감별 대상으로. 흥미가 생기지 않는다면 태생 S급이 하급 각성자보다도 못한 것이다. 어찌 보면 지극히 공평한 시선이라 할 수 있었다.

"올해 내 생일에는 해외의 S급 헌터들에게 초대장을 돌릴 생각이야. S급 헌터 에블린 밀러도 그때 소개하고."

이미 S급으로 각성한 에블린이었지만 아직은 그 사실을 감추고 있었다. 기척을 숨기는 스킬을 가볍게 응용하면 S급 헌터 상대로도 평범한 비각성자처럼 비치는 게 가능했다.

"그리고 세성에—"

"사양하겠습니다."

에블린이 딱 잘라 말했다.

"한동안은 프리 헌터로 남고 싶어요."

"섭섭한데."

"결혼이라도 하시면 고려해 보죠."

문이 열리고 탁 트인 풀밭이 나타났다. 양 몇 마리가 울타리 너머에서 서로 몸을 맞댄 채 웅크리고 있었다.

"여기서도 결혼 소리를 들을 줄이야."

"정확히는 미스터를 감당할 만한 사람이 필요하다는 겁니다. 지금은 여차할 땐 도망가면 그만이지만 길드에 소속된 후엔 튀기 힘들어지니까요."

암갈색, 적갈색, 회갈색 등의 벽돌집이 나란히 서 있는 길은 텅 비어 있었다. 일견 평화로운 분위기였지만 얼마 가지 않아 박살 난 승용차가 나타났다. 깨진 창문과 부서진 벽 부근에 체액이 흘러넘친 흔적이 남아 있다. 도로 한쪽도 무언가에 흥건히 젖었다가 햇살에 말라 가고 있었다.

그때 하늘 위에서 요란한 소리가 들려왔다.

타다다— 헬기가 두 사람에게로 접근해 오더니 아무 예고도 없이 기관총을 쏘아 대기 시작했다. 쏟아지는 총탄이 도로의 표면을 비 오는 날 흙탕물 튀기듯 박살 낸다. 그와 동시에 금빛 사슬이 차르륵 주인의 앞을 가로막았다.

사람 몸뚱이쯤 가볍게 걸레짝으로 만들어 버릴 화력이었지만 단 하나의 총알도 사슬을 통과하지 못했다. 흠집조차 나지 않은 사슬이 이번엔 제 차례라는 듯 헬기를 향해 쏘아졌다.

콰득! 수색자의 사슬이 헬기의 바닥 부분을 꿰뚫고 그대로 천장을 가로질러 회전하는 날개를 박살 낸다. 날개를 잃은 헬기가 기우뚱 바닥으로 떨어진다. 추락의 요란한 소리가 울리기 직전, 다섯 명의 사람이 헬기 밖으로 뛰어내렸다.

"이런 면에서 한국은 비교적 평화로워."

"어차피 기관총쯤 통하지도 않잖아요. 총알에 마력이라도 넣을 수 있다면 도를까."

"옷이 상해."

"그건 귀찮긴 해요. 매일 던전 아이템만 입고 다닐 수도 없고."

잡담이 오가는 사이 헬기에서 뛰어내린 자들이 둘의 앞으로 다가왔다. 그중 가장 앞에 선 남자는 S급 헌터였다.

"나는—"

"자기소개는 비서실을 통하도록."

잡상인을 대하는 듯한 시선에 S급 헌터의 미간이 확 찌푸려졌다. 그로선 S급으로 각성한 이후는 물론 이전에도 이런 대접은 처음이었다. 에블린은 비각성자인 척 조용히 뒤쪽으로 물러섰다.

"네게 S급 무기가 있다고 알고 있다."

"나보다 인기 많다니까."

성현제가 어깨를 으쓱하며 자신 주위를 맴도는 금빛 사슬을 가볍게 매만졌다.

고상한 수색자의 사슬은 현재 세계에서 유일한 S급 이상 무기로 알려져 있었다. S급 던전의 수가 극히 적은 지금은 S급 다른 장비는 소수 있어도 무기는 나오지 않았기 때문이었다. 덕분에 수색자의 사슬을 탐내는 S급 헌터들이 더러 있었다.

"그 사슬을—"

탓, 구둣발이 바닥을 박찼다. 성현제의 몸이 순식간에 S급 헌터의 바로 앞까지 쇄도한다. 움직임을 눈으로도 따라잡기 힘든 급습이었지만 상대 또한 S급은 S급. 그가 재빠르게 태도를 들어 올리며 반격하려는 순간.

탕! 뜬금없는 총성이 울렸다. 어느새 사슬로 무리들 중 하나의 총을 빼앗은 성현제가 S급 헌터의 이마를 향해 쏜 것이었다.

"윽!"

몬스터와 마찬가지로 중급 이상 헌터들 또한 스스로의 마력이 자연스럽게 몸을 보호하기에 일반적인 무기로는 상처를 잘 입지 않았다. 하지만 무방비한 상태로는 S급 헌터라 해도 코앞에서 쏘아진 탄환에는 이마를 강하게 얻어맞는 정도의 타격은 있었다. 심지어 머리다 보니 두개골 안쪽까지 전해지는 흔들림에 조금쯤은 어지러울 수밖에 없었다.

성현제가 평범한 총을 쓸 것이라곤 예상치 못했던 S급 헌터가 당황하기도 전에, 힘을 실은 킥이 그의 복부를 강하게 두들겼다.

쾅!

그대로 날아간 S급 헌터의 몸이 건물 벽을 뚫고 처박혔다. 그와 동시에 금색 사슬이 날카로운 쇳소리를 내며 남은 넷을 채찍처럼 한 번에 휘둘러 후려쳤다. 비명 소리와 함께 네 명의 장정이 짚단처럼 풀썩풀썩 쓰러져 나뒹군다. 피가 튀진 않았지만 뼈는 한두 군데쯤 부러졌을 터였다.

"각성한 지 얼마 안 된 애송이인가."

"그렇지 않을까요. 무턱대고 덤벼드는 꼴을 보면."

"S급 헌터를 일부러 줄일 필요는 없겠지. 아무리 멍청해도."

구멍 난 벽에서 기어 나온 S급 헌터가 노려봐 왔지만 성현제는 눈길 한

번 주지 않고 몸을 돌렸다.

 런던에 도착한 성현제는 자신의 손길이 닿아 있는 영국 헌터 길드 길드장과 만났다. 눈에 차지 않는 점이 더러 있는 남자였지만 아직은 괜찮아 보였다. 그 밖의 몇 가지 일을 처리한 뒤 공항으로 향했다.
 영국에 도착해 잠깐 헤어졌던 에블린도 배웅을 위해 공항으로 왔다.
 "이번에는 좀 오래 머무시길 바랍니다. 아니면 이쪽으로 오지 마시거나."
 "인도 쪽으로 가 볼 예정이야. 체계가 아직 엉망인 만큼 건질 것도 많겠지."
 "덤비는 멍청이들도 더 많을 거고요. 어느 공무원분께서 또 고생하게 될 확률이 높겠군요."
 "생일선물이라도 잘 챙겨 줘야겠군."
 두 사람 외엔 아무도 없는 고급스러운 대기실에 누군가가 들어왔다. 겉보기에는 마흔 살 안팎쯤 되어 보이는 여자였다. 그럼에도 머리카락은 눈이라도 내린 듯 새하얬다.
 성현제가 약간 놀란 듯 그녀를 바라보았다. 그런 그의 반응에 에블린 또한 놀라고도 의아한 얼굴을 했다.
 "안녕하세요, 세성 길드장님. 영국 헌터협회 소속 마리사 무어입니다."
 그녀가 유창한 한국어로 말했다.
 "처음 뵙는 듯하군요."
 "네. 최근에 각성했습니다. 스탯 B급, 등급 B급의 중급 헌터지요."
 마리사가 자신의 등급을 먼저 밝혔다. 그녀를 살피던 성현제가 입을 열었다.
 "실례가 되지 않는다면 연세를 여쭤봐도 되겠습니까."
 "올해로 64세입니다."
 "무척이나 젊어 보이시는군요."
 "감사합니다."

마리사는 영국 헌터협회 인장이 찍힌 편지를 성현제에게 건넸다.

"덧붙여 영국으로 오실 시 최대한 편의를 봐 드리겠습니다."

"말씀은 감사합니다만, 거절하겠습니다."

용건을 마친 마리사는 길게 시간을 끌지 않고 곧장 돌아갔다. 내내 이해할 수 없다는 눈빛이던 에블린이 문이 닫히자마자 물었다.

"이상하리만치 정중하군요, 미스터."

"해연 길드장보다는 리에트가 나와 성질이 가깝다고 말했었지."

"예. 그랬었지요."

"저분은, 그보다 더 가깝게 느껴지는군."

성현제가 손에 들린 편지를 내려다보며 말했다. 에블린이 한쪽 눈가를 약간 찌푸렸다.

"분명 B급이라고 했습니다만. 제가 느끼기에도 스탯은 B급 정도였습니다. 혹시 스탯을 감춘 겁니까?"

"아니, 내가 보기에도 B급이야. 하지만."

잠시 생각에 잠겼던 성현제가 다시 입을 열었다.

"현재 각성한 S급 헌터는 대부분이 20대지. 많아도 30대 중반 정도고 40살을 넘긴 사람은 단 한 명도 없어."

"확실히 그렇긴 합니다만."

"만약 S급으로 각성할 수 있었던 사람이 시기를 놓치고 50세, 60세가 되었다면. 그럼 타고난 능력치보다 낮은 등급으로 각성하지 않을까."

에블린이 고개를 갸웃 기울였다.

"아직 그 부분에 대해서는 밝혀진 바가 없지만, 젊은 사람의 각성 등급이 대체로 높은 건 사실이지요. 그럼 무어 여사께선 원래는 S급 각성자였을까요."

"나 또한 알 수 없는 일이지."

"신경 쓰이신다면 영입 시도라도 해 보시지요. 한국어도 잘하던데."

"받아들일 것 같진 않아. 대신 정기적으로 확인 정도는 해 보도록."

성현제의 시선이 닫힌 문에 잠깐 닿았다가 거두어졌다.

"길드장님! 이거 보실래요?"

강소영이 휴대폰을 성현제 앞에 내밀었다. 폰 화면 속에 캡처된 사진이 가득 차 있었다. 분홍빛 도는 은발을 한 성현제였다.

"아직도 화제라니까요. 세성 길드장의 새로운 스타일!"

휴대폰을 거둔 그녀가 이번에는 다른 사진을 열었다. 역시나 성현제, 체인질링의 사진이었다.

"용 모습은 거절해서 못 찍었어요. 정말 귀여웠는데. 아, 한 소장님 부럽다~"

"주책맞다, 벌써 노망났나 하는 소리도 있지만 대체로 반응은 좋습니다. 어울리긴 하니까요."

에블린이 대응하시겠냐고 물었다. 성현제는 짧게 고개 저으며 자신이 자리를 비운 사이의 일을 물었다. 에블린이 간략하게 그간의 일을 말해 주었다.

"그리고 해외에서 몇 가지 변화가 생길 듯합니다. 한국과 달리 몬스터 출몰 사태로 피해가 컸던 곳이 많으니까요."

"아직은 나갈 일이 없었으면 싶건만."

"예전 생각나네요. 한국에 오래 머무는 일이 없으셨는데."

"밀러 헌터가 세성 길드에 들어오기 싫다고 한 적도 있었지."

"지금은 여차하면 한 소장님을 던져 놓고 튀면 되니까요. 모자라다 싶으면 송 실장님도요."

맞아요, 하고 강소영이 거들었다.

"편하다니까요, 한 소장님. 그래도 다치게 하시면 안 돼요. 앞으로 또 어떤 용을 키워 주실지 모르니까요! 어? 손에 뭐예요?"

강소영이 직접 잡고 확인은 차마 못 하고 손가락질로만 가리켰다. 성현제가 자신의 손바닥을 들여다보았다. 다 지워지지 못한 펜 자국이 희미하게 남아 있었다.

"내 이름."

"…와, 진짜 노… 음. 흠흠."

강소영이 말을 하다 말고 스르륵 뒷걸음질 쳤다.

"반테스를 불러 주게. 내일 중요한 발표가 있을 예정이라."

국내는 물론 해외에도 상당한 반향을 일으킬 만한 이야기였다.

흐릿한 시야 속에 내 쪽으로 몸을 돌린 채 잠든 동생이 보였다. 상체를 일으켜 머리맡의 벨라레를 어깨 위로 올리며 선생님 스킬을 썼다. 예림이는 이미 일어났는지 구겨진 이불만 남아 있었다.

어젯밤 성현제는 정말로 전 부치러 왔고, 구속감까진 아닌 약간의 소동이 있은 후 밤 10시가 되자마자 착한 어린아이처럼 잠들어 버리고 말았다. 한동안 잠이 많을 거라고 하더니 정말이었다. 누가 업어 가도 모를 정도로 곯아떨어진 걸 아무렇게나 내버려둘 순 없어서 일단 우리 집에 데리고 갔다.

손님방이야 남아 있으니 침대 위에 던져 놓자, 이번에는 유현이가 내 침실로 왔다. 성현제가 또 저번처럼 발작이라도 하면 안 된다는 이유에서였다. 이어 예림이도 베개와 이불을 들고 나타났다.

덕분에 셋이 자게 되었는데 예림이는 괜찮았지만 유현이는 집 안에 익숙지 않은 S급 각성자가 존재한다는 사실을 거슬려 했다. 결국 달래다 못해 스킬을 써서 재워 주었다. 집 밖에서는 제대로 못 자고, 집에서도 타인이 있으면 신경 쓰이고. 예민하다니까.

'예전에는 전혀 몰랐는데.'

나 없으면 잘 못 자긴 했지만 어릴 때 일이었고. 커서는 괜찮을 줄 알았지. 손을 뻗어 동생의 머리를 쓰다듬어 주었다. 유현이도 반쯤 깨어 있었는지 눈을 살짝 뜬다. 날 보자마자 얼굴 위로 웃음이 번져 나갔다.

"…형."

"잘 잤어?"

"응."

보는 나까지도 기분이 좋아질 정도로 행복하게 미소 짓는다. 아직 졸음기가 남은 데다가 머리칼도 부스스해서 평소보다 더 어려 보였다. 옛날 생각도 났다. 아무 일도 없었더라면 계속 이랬을 텐데.

"좋은 꿈이라도 꿨냐."

"그냥 지금이 좋은걸."

"그러게. 요 며칠 평화로웠지."

진짜 이대로 평온하다면 더 바랄 게 없을 텐데, 불가능하다는 사실이 안타까웠다. 마음 같아선 유현이라도 아무것도 몰랐으면 싶었다. 지금처럼 계속 행복한 얼굴만 할 수 있다면 좋겠지만, 눈이 완전히 회복되면 흑룡의 심장 조각에 대해서도 말해야 했다. 싫어할 거 뻔하지만 어떻게든 설득해야만 하겠지. 채터박스에 대해 알게 되면 또 얼마나 걱정을 할까.

그리고 회귀 전 일은, 이것만큼은 정말로 모르기를 바랐다.

…누가 나 대신 싹 해결해 주고 이젠 걱정할 거 없습니다! 해 줬으면 좋겠다. 어디 히어로 없냐. 하지만 세계를 구해 주실 영웅님 대신 온 건 문자 알림음이었다.

[조사 끝났습니다!]

석하얀 연구실에서 온 문자였다. 던전 상태 변화 조사에 연구팀은 추석에도 쉬지 않고 매달렸다. 외국인이 다수라 추석 안 쇠는데, 라는 이유도 있었지만 학구열에 휴가도 반납했다, 쪽이 더 커 보였다. 석하얀 씨도 매년 있는 추석 하루 빼먹어도 된다며 집에 안 가겠다고 하다가 강제로 끌려갔었지.

아무튼 오늘 결과가 나온 모양이었다. 바로 전화를 걸자 강제 귀가 당한 하얀 씨 대신 다른 사람이 받았다. 그가 내게 조사 결과에 대해 설명해 주었다.

"그러니까 던전 리셋 속도는 그대로라는 거죠?"

[네. 포화 속도만 종전의 세 배로 느려지고 리셋 속도는 동일합니다. 원한다면 예전처럼 잦은 공략도 가능하다는 뜻이지요. 즉, 부산물의 가치가 높은 던전 위주로 공략팀을 집중시킬 수 있다는 말입니다.]

던전의 가치는 다 다르다. 같은 등급과 난이도의 던전이라고 해도 수익은 천차만별이었다. 하지만 던전이 터지게 놓아둘 수는 없으니 들이는 시간과 노력 대비 수익이 적은 던전이라도 꼬박꼬박 돌아 주는 수밖에 없었다. 그래서 비인기 던전을 길드에 일정 비율 할당하는 법규도 있었다.

그런데 이제는 가치 낮은 던전에 시간을 덜 들일 수 있게 되었다.

[국내의 모든 던전을 확인해 본 것은 아닙니다만, 각 지역별로 조사해 본바 동일한 결과가 나왔습니다. 반면에 국외 던전은 종전 그대로라고 하더군요. 일본은 아마테라스 길드의 협조를 받아 직접 확인했습니다.]

시시오 씨, 추석 선물도 보내왔었지. 다시 만나고 싶진 않지만 유용하기는 했다. 그럼 우리나라만 바뀐 건가.

"알겠습니다. 발표를 위해 자료 정리는 부탁드리겠습니다만 아직은 비밀로 해 주세요."

[예.]

전화를 끊고 잠시 고민에 빠졌다. 던전이 보다 안정적이게 되었다는 건 분명 좋은 소식이다. 하지만 우리나라만 그렇다는 사실이 밝혀지면 세계 모든 나라의 관심이 일시에 쏠리게 될 것이었다.

'이유를 궁금해하겠지만 밝힐 수도 없고.'

제가 마수를 하나 키워 냈는데요, 걔가 우리나라에만 특별한 보호막을 쳐 주었네요, 하하. 라는 소리를 미쳤다고 하겠냐.

'그런데 보호막이 얼마나 오래 지속되는 거더라.'

물어봤던가? 기억이 안 나네. 던전이 세 배 더 안전해지게 되었어요! 했다가 며칠 만에 짠, 원래대로 돌아가 버렸네요~ 할 순 없잖아.

"음, 체인질링아? 자는데 미안하지만 딱 하나만 물어봐도 될까."

"형?"

"궁금한 게 있어서 그래. 착하지, 잠깐만 일어나자. 응?"

가슴의 상처 부분을 툭툭 건드리며 말하자 얼마 지나지 않아 분홍빛 도는 은색 용이 나타났다.

— 하아아암, 우으으…….

졸려 죽겠다는 얼굴로 눈도 제대로 못 뜬 채 하품을 한다. 등의 날개도 축 늘어져 있었다.

"아이구, 졸려요. 미안해. 지금 한국 던전 포화 속도가 느려졌는데, 이게 언제까지 지속될지 알 수 있을까? 이것만 말해 주고 푹 자자."

— 으우, 손대지 않으면, 백 년? 누가 약화시키려고 해도 십 년은 갈 거야, 아빠.

십 년이면 뭐, 그때쯤엔 어떻게든 결판났겠지. 체인질링의 머리를 착하다며 쓰다듬어 주었다. 그때 문이 벌컥 열렸다.
 "낯선 목소리가— 어?"
 예림이가 체인질링을 보고 눈을 커다랗게 떴다.
 "귀여워! 얘가 그 요정용이에요? 진짜 예쁘게 생겼다! 안아 봐도 돼요? 말랑할 거 같은데!"
 예림이가 다가오자 체인질링이 내 품을 파고들었다.

 - 아빠, 나 다시 자. 이젠 불러도, 잘 못 일어…….

 "그래, 그래. 얼른 자. 고마워."
 빨간 혓바닥과 조그만 이빨들이 드러나도록 크게 짜악 하품한 체인질링이 사라졌다. 예림이가 무척이나 아쉬워하며 빈자리를 바라보았다.
 "역시 요정날개는 꼭 있었으면 좋겠어요."
 물의 정령을 말하는 건가. 바니바니베어 회사에 미리 연락해 둬야겠다.
 "유현아, 통화 내용 들었지? 아무래도 의논 좀 해 봐야 할 거 같은데, 세성 길드장 일어났나."
 "지금 아침 차리고 있어요."
 재워 준 값은 하네. 일어나서 씻고 옷을 갈아입었다. 그리고 나가려는데.
 "…유현이 너, 손."
 "으, 응?"
 유현이가 당황하며 손을 등 뒤로 감췄다. 잠깐만, 야.
 "제대로 안 씻었지! 설마 예림이 너도, 예림아!"
 "물로는 씻었어요! 얼굴은 비누칠도 했고요. 손으로 말고 물만 가지고 요렇게, 비눗물 만들고."

"안 돼! 제대로 씻어, 제대로. 설마 너희들 밤에도 손 제대로 안 씻은 거냐?"

어두워서 잘 못 봤더니! 문제의 손바닥에는 펜글씨 자국이 선명하게 남아 있었다. 유현이는 해연 길드장, 한유현. 예림이는 물의 지배자, 박예림. 어젯밤 성현제의 손바닥을 보고 둘이 무척이나 서운해하기에 써 준 것이었다.

물론 다른 사람들도 빼놓지 않았다. 명우에겐 황금대장장이, 유명우. 노아에겐 황금드래곤, 노아. 현아 씨에겐 브레이커 길드장, 문현아. 마지막으로 송 실장님은 사양했지만 성현제의 송태원 실장님만 따돌림당한다면 마음이 아파서 사고를 쳐 버릴지도 모르겠어, 라는 헛소리에 실장님, 송태원을 손바닥에 달고 돌아가야만 했다.

아무튼 손바닥에 이름 적고 논 것까지야 좋은데, 왜 씻지를 않냐.

"얼른 욕실로 가, 한유현."

"하지만 형, 아깝잖아."

"아깝기는. 언제든지 다시 써 줄 수 있으니까 씻어! 예림이 너도!"

하여간 애들도. 애들 제대로 씻는 거 확인한 뒤에 주방으로 나갔다. 피스가 주방 문 앞에서 감시하듯 앉아 있고 삐약이는 어째서인지 또 성현제 머리 위에 올라가 있었다. 역시 높아서일까. 그런 것치곤 유현이 머리엔 안 올라가던데, 성현제는 올라가도 괜찮다고 생각하는 건지.

- 끼앙!

인사해 오는 피스를 쓰다듬어 주고 성현제에게 다가갔다.

"음, 좋은 아침입니다."

"시력은 좀 더 회복된 듯하군. 다행이야."

"덕분에 댁 눈도 무사할 수 있고 말이에요."

"원한다면—"

"됐습니다."

진짜 됐거든. 필요 없다. 그런 거 가졌다간 밤중에 초승달이 나타나서 내 작은달 눈 내놔 하고 발목 잡아 올 거 같다고.

"유현이는 성현제 씨가 만든 거 손도 안 대려 할 테니 저도 도와드릴게요."

"한유진 군을 부려먹었다고 바로 쫓겨나는 게 아닐지 모르겠군."

"엄살은."

태도만 보면 평소와 같았다. 그러니까 검은 소의 숲 던전 들어가기 이전의. 무슨 생각을 하고 있는지, 앞으로는 어쩔 셈인지 물어보고 싶었지만 참고 계란을 톡톡 두드려 깼다.

"중요한 이야기가 있으니까 완전히 안정되었다 싶으면 연락하세요."

회귀 전 일에 대해 말해 주고, 그리고 초승달은. 어쩐다. 우리가 딱히 어떻게 할 방법이 없다는 게 문제였다. 다시 생각하니 또 살짝 열받네. 지금쯤 우리 세상을 어떻게 해야 할지 회의 중이려나. 나는, 우리는 잘못한 거 하나도 없는데 결과만 기다리는 입장이라니. 세상 불공평한 거 잘 알고는 있지만 그래도 싫다.

씻고 나온 유현이가 내가 할게, 하고 나섰지만 그냥 앉으라고 했다. 추석 때 일했으니 아침 정도는 받아먹어야지. 상이 차려지고 꺼림칙해하는 유현이에게 성현제가 만든 반찬을 알려 주었다. 역시나 손도 안 댄다.

"댁네 길드 돌아가시기 전에 잠깐 논의해 봐야 할 일이 있습니다."

아침을 거의 다 먹고 휴대폰을 식탁 위에 올려놓으며 말했다. 문현아에게 영상통화를 걸자 얼마 지나지 않아 받는다.

[무슨 일이야, 한 소장님? 성현제가 사고라도 쳤어?]

"아뇨, 그보다 옆에 누가 있습니까?"

[막 길드에 도착했는데, 잠시만.]

휴대폰 속의 풍경이 바뀌고 다시 문현아가 비쳤다. 됐어, 아무도 못 들어 라는 말에 용건을 꺼냈다.

"던전이 변화했습니다. 한국에 한해서요."

연구실로부터 들은 이야기를 그대로 전해 주었다. 성현제도 문현아도 진지하게 내 말을 경청했다.

"원인은 아마도 검은 소의 숲 던전에서 일어난 일 때문일 겁니다. 일본이 유독 피해가 컸고, 반면에 우리나라는 피해도 적었거니와 던전 자체도 훨씬 안전하게 변화된 거지요."

원인이 체인질링이라는 사실은 감추었다.

"요정용이 느끼기로는 최소 10년에서 최대 백 년까지 유지될 거라고 합니다."

[기간도 기네.]

"그럼 우선 길드 소속 던전들 재분류가 필요하겠어. 공략팀도 재구성해야 하겠고."

"알려지게 되면 반향이 상당하겠군."

"그렇겠죠. 하지만 어차피 오래 숨기진 못할 겁니다."

던전 포화상태는 게이트 색으로도 알 수 있으니 결국은 들키고 말 것이다. 그럴 바엔 대비를 한 뒤 발표하는 편이 낫다.

"이미 시간이 꽤 흘렀으니 빠르게 알리는 편이 좋겠지요. 오늘 오후에 협회로 가 논의해 보고 정하는 게 어떨까 싶습니다만."

[주가 백 퍼센트 오를 텐데 사 두면 걸리려나. 해외에서 말 많겠어. 가

특이나 요즘 한국에 S급 헌터들 너무 몰려 있는 거 아니냔 말 나오던데.]

"그래요? 우린 둘이나 죽었는데."

[예림이와 김성한 헌터, 둘이 새로 S급이 되었잖아. 플마 제로인데 여기에 해외에서 셋이나 더 들어왔고. 리에트는 옮기진 않았지만 계속 머물러 있으니.]

"S급 기승수가 둘에 곧 코메트도 성장이 끝나지. 말이 나올 만은 해. 여기에 던전까지 종전에 비해 안전해졌다 하면 압력이 들어올 가능성도 있다네."
…귀찮네. 왜 남의 나라 인재를 탐낸담. 인구수 대비 한국의 S급 헌터 수가 많은 건 사실이긴 했다. 그래도 말이야.
"하지만 더 미룰 순 없는 일이니까요. 발표하고 나면 조심은 해야겠네요."
국가 대 국가로 압력 넣어 봤자 S급 헌터들에게 목줄 걸고 끌고 가는 건 불가능하겠지만. 대놓고 시비 걸어 오면 우리도 확 기승수 안 키워 주고 스태미너 포션 안 판다고 해 버릴 테다.
문현아는 물론이고 성현제도 미리 대비해야 할 일이 많겠다며 세성 길드로 돌아갔다. 유현이도 마찬가지였다. 오래 감출 수 있는 일도 아니기에 발표는 내일쯤 하기로 했기에 더더욱 바쁘게 움직여야 했다.
물론 나는 예외였지만.
"어, 하민아. 선물은 잘 보냈냐?"

[당연히 잘 보냈지.]

추석 선물을 내가 신세 졌던 사람들에게도 보냈다. 회귀 전에 내게 호의를 보여 준 이들에게도. 누구인지는 밝히지 않고 과거에 도움을 받았습니다, 정도로 편지를 넣었다. 맞는 말이기는 했다. 내게 있어선 과거고, 도움을 받은 것도 사실이다.

"그리고 조사한 자료들도 보내 줘."

[민의가 가지고 갈 거야. 우리 금동이는 아직인가?]

"이번에 난리 났으니까, 모르겠다. 연락 오면 바로 알려 주마."
전화를 끊고 길게 숨을 내뱉었다. 연휴가 끝나면, 찾아가 봐야지. 명우나 예림이 때처럼 예전에 근처 살았는데요, 는 좀 그런가. 그보다는 익명의 추천을 받았다는 핑계가 낫겠지.
얼마 지나지 않아 김민의가 자료를 배달해 왔다. 그 속의 익숙하지만 한층 젊은 얼굴들을 바라보며 몇 번이나 할 말을 입속으로 되뇌었다.

느지막한 오후, 헌터협회에서 회의가 진행되었다. 해연과 세성, 브레이커, 한신에 더해 협회와 정부 쪽 사람들까지 모인 자리였다. 물론 각성자 관리실 실장도 빠지지 않았다.
여러 가지 말이 오가긴 했지만 오래 감출 수 없다는 점은 모두가 동의했다. 그리하여 예상대로 던전의 변화에 대한 발표는 다음 날 저녁에 이루어지게 되었다.

"나는 안 와도 될 거 같은데."
정장의 목깃을 매만지며 주위를 둘러보았다. 어제에 이어 각 길드의 S급 길드장들이 다시금 자리에 모였다. 바쁘신 분들이 이틀 연속 이렇게 전부

모이는 건 오랜만일 터였다. 어쩌면 처음일 수도 있고. S급 헌터들은 각개 활동하기로 유명하니까.

"사육소도 S급 길드 못지않다는 거 보여 줘야 한다잖아요."

길드장은 아니지만 내 경호 명목으로 따라온 예림이가 내 앞에 앉아 다리를 가볍게 흔들며 말했다. 어제 회의에는 빠졌지만 오늘은 내가 오게 된 이유는 석시명의 조언 때문이었다. 이런 중요한 사안을 발표하는 자리에 얼굴을 비추는 건 필수라나. 그 말에는 동의하지만.

'기승수 사육소를 그렇게 열심히 키우고 싶진 않단 말이야.'

동생 덕 보며 놀고먹는 건 글러 먹은 지 오래긴 하지만 기회가 된다면 언제든지 은퇴하고 싶다는 생각은 그대로였다. 저항 스킬도 끄고 은혜도 쓸 일 없는 그런 은퇴 생활이, 언젠가는 가능하겠지.

안 되면 뭐 어쩔 수 없고.

"S급 헌터들 사이에 앉아 있는 건 여전히 부담도 된다고. 열심히 화장 받기는 했다만 얼굴은 물론이고 몸은……. 아, 갑자기 의욕이 바닥을 치네. 운동 하나 안 하나 뱁새와 황새인데."

"운동이야 건강을 위해서잖아요, 건강을."

"맞아, 형. 그리고 형이 뭐 어때서."

"말은 고맙다만 유현이 네가 봐도 차이가 나긴 하잖냐."

아무리 내가 최고라 말하는 내 동생이라 해도 이 부분만큼은 너무 확실하게, 차이가 나서……. 내 말에 예림이가 혀를 쯧쯧 찼다.

"아저씨, 길드장님한테 그런 거 물어보면 안 돼요. 미추에 관심이 없다 못해 구분 자체가 안 된다고요, 해연 길드장님은."

"응?"

"아저씨 말에는 맞장구쳤을지도 모르지만 사람은 물론 뭐든지 외양에 저언혀 신경 안 써요. 그냥 인간이구나, 개구나, 고양이구나 하고 끝이라 니까요."

어… 그랬던가. 유현이가 좋다 싫다 표현을 정말 안 하는 편이긴 했지만. 문득 추석 전날 만든 송편이 떠올랐다. 그, 미적 감각이 약간 없는 건가 싶긴 했는데. 예시대로 따라 하는 건 잘 만들곤 했지만.

"그래도 설마. 유현아, 저기 봐 봐."

마침 들어서는 세성 길드장을 가리키다 못해 일어나 그에게로 다가갔다.

"세성 길드장님, 잠시만 이쪽으로 와 보시겠습니까."

성현제는 무슨 일인가, 하는 표정을 지었지만 순순히 내 손에 끌려왔다. 그보다 한발 앞서 대기실에 들어섰던 문현아도 따라왔다.

"자, 유현아. 이 얼굴, 어떠냐."

언제 봐도 재수 없을 정도로 반반한 얼굴이다. 문화마다 미형의 기준이 다르다곤 하지만 이 정도로 완벽하게 균형이 잡혀 있다면 어디 내놔도 높은 평가를 받을 수밖에 없을 터였다. 유현이가 성현제를 힐끗 쳐다보았다가 이내 내게로 시선을 옮겼다.

"어떠냐고 해도, 그냥 세성 길드장이잖아."

"…다른 감상은 없어?"

"없어."

"한유진 군, 도련님은 내게 개인적인 관심이 아주 조금도 없다네."

그건 알고는 있었지만. 괜히 내가 억울해져서 성현제의 얼굴을 올려다보았다.

"아니, 잘생기긴 잘생겼는데. 외모만큼은 흠잡을 수 없어서 짜증 날 정도인데."

"고맙군."

"그럼 현아 씨는 어때, 유현아?"

이번에는 문현아의 옆으로 가 서며 물었다. 유현이가 무덤덤하게 대답했다.

"브레이크 길드장."

"뭘 하나 했더니, 한 소장님. 형님 동생한테는 그런 거 물어봤자 소용없어요."

"그럼 저기 저, 송태원 실장님!"

"각성자관리실장."

"…마지막으로, 자!"

휴대폰의 앨범에서 노아 씨 사진을 열어 유현이에게 보여 줬다. 우리 노아 씨, 사진 속에서도 반짝거리네.

"용."

…아니, 인간이다만. 유현이 녀석 설마 속으론 삐약이는 그냥 새고, 피스도 그냥 화염뿔사자고, 블루도 그냥 그리폰이고, 벨라레도 그냥 뱀으로만 생각하고 있는 거 아니냐.

"형은 잘생겼다고 생각해."

"어… 으응. 고맙다."

이전이라면 내 동생이 형을 많이 생각해 주는구나, 하겠는데 성현제에 현아 씨, 송 실장님, 노아 씨까지 무반응이었다 보니 무어라 할 말이 없어졌다. 이래서 우리 유현이가 여태까지 연애의 ㅇ자도 기미가 안 보였던 것일까. 사람에게 호감을 느끼는 부분이야 다양하지만 보통 외모가 가장 첫걸음인 경우가 많지. 거기서부터 아무 감정도 못 느끼면, 으음.

"괜찮아! 사람은 역시 속이 알차야지! 외모에 혹하지 않는 자세야말로 바람직한 거 아니겠냐."

"아저씨는 길드장이 팥으로 메주를 쑨다고 해도 같은 콩과니까 괜찮다고 싸고돌걸요."

"예림아, 팥메주도 있더라."

고개를 절레절레 젓던 예림이가 진짜요? 하고 눈을 동그랗게 떴다.

"들어오십시오!"

그때 협회 직원이 외쳤다. 회견실로 들어가자 석하얀을 포함한 연구원들이 설명을 위한 자료를 준비해 두고 있었다. 게이트 탐지&측정기도 보였다. 이번에 던전 상태를 발표하면서 함께 선보일 예정이었다. 사실 저 기계야말로 진짜 대단한 물건이었다. 저건 국내는 물론 해외에도 적용될 수 있는 것이었으니까.

우리야 그냥 보증인 겸 얼굴마담 정도라 준비된 자리에 얌전히 앉았다. 오랜만에 보는 한신 길드의 박민규가 내 눈에 들어왔다.

'한번 이야기 나눠 보고 싶긴 한데.'

성한 씨와는 사이가 영 좋지 않지만 특별한 문제를 일으킨 적 없는 S급 헌터다. 아까도 가볍게 인사만 하고 말았었지. 조만간 직접 찾아가 볼까.

얼마 지나지 않아 회견장에 기자들이 들어섰다. 카메라가 설치되고 작동 램프에 빨갛게 불빛이 들어왔다. 원래라면 각성자관리실 실장인 송태원이 나섰겠지만 카메라 앞에서는 뻣뻣해지는 탓에 행정안전부 장관이 대신 국민들에게 인사했다. 카메라를 노려보면서 설명하는 건 좀 그렇지. 심지어 생방송이라.

"그리하여 던전이 포화되는 데 소요되는 시간이 종전의 세 배로 늘어났음을 확인하였습니다."

장관이 간략하게 발표를 했다. 기자들이 작게 수군거리기 시작하고 이어 석하얀이 앞으로 나섰다. 평소와 다르게 무채색의 정장 차림에 머리카락도 깔끔하게 올려 둥글게 감아 묶었다. 정장이야 그렇다 쳐도 전체적으로 나이 들어 보이는 차림이었다. 너무 젊은 여자가 나서면 신뢰성이 떨어지지 않겠냐는 우려가 나왔던 탓인 듯했다. 연구팀 팀장이 하얀 씨인데 어쩌라고.

석하얀은 자료화면을 비춰 가며 알기 쉽게 현 상황에 대해 설명했다. 내용이 점점 더 뚜렷해져 갈수록 기자들의 흥분도 또한 높아져 갔다.

던전과 몬스터가 완전히 해결된 것은 아니다. 아니, 사실 이제 와서 한국에서만 던전이 사라지면 오히려 곤란해질 것이었다. 안전하고 깨끗한 에너지원인 마석을 해외에서 수입해야 하며 각종 던전 관련 산업도 모조리 중지, 뒤처지게 될 터였으니까.

사람들은 멸망에 대해 모른다. 던전의 난이도가 얼마나 높아질지도 알지 못한다. 던전 관리만 제대로 된다면, 던전은 존재하는 편이 훨씬 이득이라 생각할 수밖에 없는 것이다.

그런 상황에서 이득은 그대로에 훨씬 안전해졌다. 정확히는 던전을 골라 공략할 수 있게 되었으니 이득도 커졌다고 볼 수 있었다. 타국에 비해 얼마나 유리해질지는 하나하나 계산하기도 힘들 정도였다.

기자들이 흥분을 억누르려 애쓰며 질문을 던져 왔다.

"그럼 던전 브레이크가 일어날 확률이 예전에 비해 낮아졌다는 뜻입니까?"

"때가 되면 터지는 것은 동일합니다. 다만 관리하기는 더욱 쉬워졌으니 실질적으로 낮아졌다 볼 수 있습니다."

"정말로 한국만 세 배 더 안전해졌다는 겁니까?"

"현재 확인된 바로는 그렇습니다. 하지만 전 세계를 조사할 시간은 없었으니 동일한 현상이 나타난 다른 국가가 존재할 수도 있습니다."

석하얀이 탁상에 놓인 기계를 들어 보였다. 던전에 대해 설명할 때완 다르게 뿌듯하기 그지없는 얼굴이었다. 마치 빛이라도 나듯 환하고 당당하다.

"임시명 게이트-S입니다. 던전 게이트의 상태를 측정 및 탐지 가능한 기계지요."

그녀가 자랑스럽게 내보이는 투박하게 생긴 둥근 기계를 향해 카메라와 시선이 모여들었다.

"현재 던전 브레이크는 고의적인 범죄를 제외하고는 미발견 게이트로 인한 경우 외엔 없습니다. 즉, 이 기계를 전국에 보급, 사용하게 되면 던전 브레이크의 위험성이 현저히 줄어들게 됩니다. 숨겨진 던전 게이트를 보다 쉽게 발견할 수 있게 되니까요."

짧은 침묵이 흘렀다. 몇몇 사람이 빠르게 상황을 파악하곤 저도 모르게 벌떡 일어났다.

"그럼, 사실상 던전 공략만 제대로 이루어진다면 던전 브레이크가 일어나지 않게 된다는 거 아닙니까?"

"심지어 포화 시간도 세 배고요!"

"아직은 탐지 범위가 그리 넓지 않으니 놓치는 경우가 아주 없지는 않을 겁니다. 하지만 한국은 포화 시간이 길어진 만큼 웬만해선 전부 파악 가능하겠지요."

석하얀은 침착하게 말했으나 기자들은 침착하지 못했다.

던전 브레이크가 일어나지 않는다. 즉, 던전은 에너지원과 온갖 신소재를 제공하는 안전한 보물고가 된다는 뜻이었다.

떠들어 대는 소리 사이에 헉, 주식! 하고 사욕을 챙기는 외침도 섞여 들었다. 국가 안전도와 신용도가 올라갈 테니 주식도 덩달아 오르긴 하겠네. 나도 사 둘 걸 그랬나? 관련자이니 금융법 위반인가? 그래도 아깝다.

"게이트-S는 국내에는 제작비만 받고 제공할 예정입니다. 해외에는 약간의 조건이 추가되겠지만 가능한 빠르게 보급되도록 과도한 요구는 하지 않을 생각입니다. 무엇보다도 사람들의 안전이 가장 중요하니까요."

아깝다 여길 수도 있겠지만 저것만큼은 이익을 우선할 부분이 아니다. 게다가 측정&탐지 기계를 제공함으로써 우리나라만 안전하다는 사실에 불만을 품는 것도 어느 정도 막을 수도 있을 것이다. 다른 나라만 운 좋게 잘되면 질투하다 못해 해코지까지 하려 드는 경우가 없진 않으니까.

그렇게 30여 분쯤 더 질의응답이 오간 뒤 기자회견은 종료되었다.

"아저씨, 이거 봐요! 여기저기 난리도 아니에요!"

예림이가 휴대폰을 들이밀며 말했다. 보여 주는 기사에 흥분한 댓글이 잔뜩 달려 있었다. 검색 순위도 1위부터 그 아래로 주르륵 관련 단어로 가득 찼다. 나라가 더 안전해졌다는 사실에 기뻐하는 댓글이 대부분이었지만 수도권과 상급 던전 주위 집값 오르겠네, 지방 던전은 더 소외되는 거 아니냐 하는 걱정도 있었다.

"하얀 언니 연구에 아저씨가 도움 많이 줬다는 기사도 있네요."

"어, 으응."

그런 기사도 났냐. 예림이가 보여 주려고 했지만 사양했다. 긍정적인 기사라고 하지만 댓글을 직접 보는 건 역시 좀……. 저런 기사에도 깎아내리려 드는 사람은 틀림없이 있을 테니까. 어떤 식으로 험담하고 있을지 절로 상상 가는 걸 애써 머릿속에서 지웠다.

송 실장님은 일 때문에 급히 공항으로 향하고, 한신 길드장은 상대적으로 정보가 늦었던 만큼 역시나 바삐 협회를 떠났다.

"지금으로선 해연은 인력이 남아돌게 되지 않나."

문현아가 유현이를 바라보며 말했다. 유현이가 짧게 고개를 끄덕였다.

"상급 던전 중 수익률이 낮은 던전을 관리 후순위로 미룰 시 상급 헌터들이, 특히 S급 헌터들이 공략할 던전이 부족하기는 합니다."

속성이나 환경이 맞지 않아 공략이 까다롭거나 마석 외의 변변한 수익이 없는 던전은 굳이 예전처럼 꼬박꼬박 공략해 줄 필요가 없다. 하지만 그렇게 되면 안 그래도 S급 헌터가 훌쩍 늘어나 버린 해연으로서는 공략할 만한 던전이 부족해지고 마는 것이었다.

"그래서 해외의, 우선적으로는 주변국의 던전의 공략권을 구할 예정입니다. 특히 일본은 현재 던전을 관리할 능력이 부족한 상황이니까요."

알짜배기만 골라 공략하겠다고 나서도 감사합니다, 해야 할 판이었다. 그 밖의 홍콩이나 기타 S급 헌터들이 부족한 나라라면 충분히 유리한 협상을 할 수 있을 것이다. 유현이의 말에 문현아가 커다랗게 한숨을 내쉬었다.

"아, 우리도 S급 헌터 한 명쯤 더 있으면 좋을 텐데. 해연 길드장이야 형님 두고 한국 뜰 생각 없을 테고, 예림이가 가려나?"

"네, 언니. 특히 일본에는 강이나 바다는 물론 아예 수중인 환경도 많다더라고요. 운 좋으면 괜찮은 몬스터 새끼를 구할 수 있을지도 몰라요!"

예림이가 신나 하며 말했다. 잘 맞는 던전이 많다고 해도 애 혼자 해외에 보내려니 절로 걱정이 들었다. 비행기 타면 금방이긴 하지만.

"리에트를 꼬셔 볼까."

"피해 보상비가 더 나올 거 같은데요."

"그래도 능력은 좋단 말이야. 한 소장님, 벨라레 좀 천천히 키워 줘. 시도라도 해 보게."

"지금도 성장 속도가 느린 편인걸요."

목에 감겨 있는 벨라레를 쓰다듬으며 말했다. 벨라레를 보내고 싶지 않은 마음은 있었지만 그래도 스킬은 써 줬는데 이상하게 잘 안 자라는 편이었다. 특히 덩치는 어느 순간부터 변화가 없었다. 설마 벨라레도 피스처럼 유체화 스킬을 얻은 건 아니겠지.

"세성 길드장님은 어때? 또 나가실 생각 있으신가?"

문현아가 전화통화 중인 성현제를 쳐다보며 말했다.

"또요?"

"아, 한 소장님은 모르겠구나. 대외적으론 감췄으니. 세성 길드장 한국에 잘 안 붙어 있었거든. 길드 세우고 한 반년? 던브 터진 거 쫙 해결하고 순식간에 자리 잡곤 툭하면 해외로 나갔잖아."

금시초문이다. TV에선 그런 말 없었는데.

"처음엔 협회에서 잔소리 많았는데 상급 헌터에 힐러까지 낚아 오니 결국 입 다물었지."

"그러고 보니 세성엔 유독 해외 출신 헌터가 많았지요."

생일날에도 해외 헌터들이 여럿 왔었고. 그 정도 인맥 쌓으려면 바쁘게 돌아다녀야 했겠구나. 당연한 추론인데 워낙 잘난 인간이다 보니 뭐 어떻게 했겠지, 싶어서 미처 생각지 못했다.

회귀 전에도, 그러니까 지금으로부터 대략 2년쯤 후에는 아예 대놓고 한국을 종종 떠나 있긴 했다. 그리고 그때 길드장 대리는 강소영이 맡았었다. 유현이와 염문 생긴 것도 그런 탓이 컸겠지. 국내 1, 2위를 다투는 젊디젊은 길드장과 길드장 대리. 둘 사이에 뭐가 있든 없든 엮어 보고 싶을 법한 배경이었다.

…전부 헛소문이었지만. 유현이도 유현이지만 소영 씨도 용 아니면 관심이 없는 듯했다. 겉만 보면 참 잘 어울리는데.

"세성으로서도 한국 던전을 관리할 인력은 차고 넘치지."

성현제가 전화를 끊고 이쪽으로 다가오며 말했다.

"특히 소영이와 코메트는 기승수가 없는 웬만한 S급 헌터보다 공략 속도가 빠를 테니."

"하긴 그렇겠네요."

코메트는 S급 몬스터고 강소영은 그런 코메트에게 탑승 시 S급 헌터 수준의 스탯을 갖추게 된다. 거기에 기동력까지 붙으니 S급 헌터 부럽지 않게 던전을 쓸고 다닐 수 있었다.

결국 세성도 사실상 S급 헌터가 셋인 거나 마찬가지였다. 정확히 따지면 해연은 기승수 포함 다섯이지만.

아무튼 그럼.

"성현제 씨도 해외로 관심을 돌릴 겁니까?"

그에게로 마주 다가가며 물었다. 직접 나갈 생각인 걸까. 해연처럼 근처 나라 정도론 만족하지 않겠지. 그렇게 되면 얼굴 보기 힘들어지지 싶어 손톱만큼 서운해졌다. 그간 정이 조금 들—

"형!"

갑자기 팔이 잡혀 확 끌어당겨졌다. 유현이가 나를 붙들려 했지만 양쪽에서 당기는 꼴이 되면 내가 다칠까 봐서인지 흠칫 멈추었다. 예림이도 놀란 듯 나를 불렀다.

"나는 나로서 남을 거라네."

주위의 S급 헌터들조차 듣기 힘들 정도로 작은 목소리가 내 귀에 닿아 왔다. 순간 무슨 소린가 했지만.

"이 세계에서."

초승달. 그녀에게 더 이상 묶이고 싶지 않다고, 성현제가 말했다. 짙은 달과 같은 눈을 마주 보았다.

"그건, 당연히 그래야죠."

자기 자신이 지워진 채 끌려다니는 건 한 번으로도 너무 많다. 그리고 나도, 유현이도 신처럼 행세하는 자들의 손아귀에서 놀아나는 건 한 번으로도 충분하다.

성현제가 내 팔을 잡은 손을 놓았다. 유현이가 얼른 나를 자신 쪽으로 감싸 끌어당겼다. 동생의 사나운 시선을 본체만체, 그가 미소를 머금었다.

우리가 우리 알아서 살게 내버려둬라! 하고 가운뎃손가락을 올린들 세계 밖의 존재들은 눈 하나 깜박하지 않을 것이다. 성현제가 자유를 되찾을 뾰족한 방법이 있는 것도 아니다. 그나마 지금 당장 할 수 있는 일이라면.

'멸망을 막는 것이겠지.'

그나마, 라는 말이 붙을 일은 전혀 아니다만. 어쨌든 세계가 망하지만 않으면 초승달도 쉽게 뚫고 들어오지는 못할 것이다. 체인질링 덕분에 더 튼튼하게 복구도 되었으니. 즉, 우리나라는 일단 놓아두고 해외 쪽에 신경을 쓰는 게 맞다.

"그래서 언제 나가시게요. 배웅은 해 드리죠."

설마 오늘 바로 나가는 건 아니겠지. 아직 회귀에 대한 이야기도 못 했는데.

"매정하게 혼자 보내려는 건가. 말만 파트너였군."

성현제가 버림받은… 이하생략과 비슷한 표정을 지었다. 문현아가 못 볼 꼴 봤다는 듯 손바닥으로 자신의 얼굴을 덮었다. 예림이도 인상을 잔뜩 찌푸렸다.

"제가 뭐 좋을 일 있다고 해외까지 나갑니까. 일본으로 충분해요. 나가 봤자 납치 미수나 주야장천 당하겠지."

"애초에 왜 형이 세성 길드와 같이 움직입니까. 나간다면 해연과 함께여야지."

유현이가 냉랭하게 말했다. 그것도 그렇지. 사육소는 중립이긴 해도 해연과 가깝다는 사실을 부정할 수 없었다. 동시에 성현제와도 일단 파트너긴 하지만.

"아무튼 납치라도 당하면 모를까, 한국 뜰 생각 없습니다. 일본 정도나 가끔 갈까."

일본은 시시오가 키워드 적용되었고 계약으로도 엮여 있으니 안전할 것이다.

"납치를 하라는 뜻인가."

"아 진짜, 송 실장님께 사과하세요. 석고대죄하십쇼."

일을 또 얼마나 키우려고 무서운 소리를 하고 있다. 내가 끌려가면 따라붙을 사람이 몇인데. 일정이나 말하라는 타박에 성현제가 아쉬워하며 대답했다.

"국내 공략팀 체계를 바꿔야 할 필요가 있으니 이 주 후로 예정 중이라네. 기꺼이 따라와 주겠다 할 줄 알았건만."

"잘 가세요, 안녕히, 와 한동안 맘 편하겠네. 선물 사 오시고요, 이왕이면 그 동네 특산물 S급 무기 이런 거 환영합니다."

특히 송 실장님 앓던 이가 **빠진** 기분이 아닐까. 성현제가 아예 사라지는 것도 아니고 단순히 먼 나라에 있을 뿐이니까 좀 더 마음이 평온해지지 싶었다. 마침 송태원이 들어서고 있었다. 그를 향해 한쪽 손을 흔들며 외쳤다.

"송 실장님! 세성 길드장 다시 해외 나갈 거래요!"

내 말을 듣자마자 송태원이 우뚝 굳어 섰다. 전혀 반기는 기색이 아니었다. 자신의 기준점이 되는 성현제가 멀리 떠나는 게 싫은 것일까. 그 정도로 성현제에게 의지를…….

"송 실장님 성현제 사고 친 거 수습하러 해외 출장 여러 번 갔었지."

문현아가 오랜 옛날이야기를 하듯 아련하게 말했다.

"괜히 한국의 송태원이 해외 헌터들 사이에서도 유명한 게 아니라니까. 한국이랑 다르게 헌터는 물론이고 총화기도 튀어나오는 동네다 보니 말이야. 맨손으로 상급 헌터 섞인 전차부대 날려 버린 거 한 소장님은 모르지?"

당연히 모른다. 그러고 보니 해외에서는 현대화기를 상대해야 할 수도 있겠구나. 미사일 날아오고 전투기가 폭격하고. 응, 역시 안 나가. 내가 터뜨리는 건 나름 즐거웠다만 남이 터뜨리는 불꽃에 휘말리긴 싫다.

"그… 송 실장님, 죄송합니다."

"…아닙니다. 예상은 하고 있었습니다. 오히려 오래 잠잠했지요."

송태원이 살짝 찌푸려졌던 표정을 펴며 내게 말했다.

"아마테라스 길드장이 도착했습니다."

시시오는 게이트-S를 가장 처음 받아 갈 외국 헌터였다. 무턱대고 끝내주는 상품 있는데 팔아 줄게~ 하는 게 일반 소비자도 아니고 나라 대 나라로 쉽게 통할 리가 없었다. 성능 확인하고 이래저래 조율 거치고 질질 끌게 될 게 분명했다. 그동안 피해 입고 불안에 떠는 거야 평범한 사람들이니, 알 바 있을까.

그래서 시시오에게 부탁했다. 직접 한국에 와서 기계를 받아 가 달라고. 흔쾌히 와 준 건 고맙지만.

'…만나기 싫다.'

아직 마음의 준비가 되질 않았다. 그래도 눈치가 없진 않을 테니 생방송 중에 그, 그 호칭을 입에 담지는 않겠지. 그랬다간 집에 처박혀서 석 달 열흘은 꿈쩍도 하지 않을 거다. 쪽팔려서 어떻게 얼굴 들고 다니냐.

"가… 죠. 가기는, 가야."

와 주는 조건 중 하나가 나와 만나는 거였으니 어쩔 수 없다. 아, 진짜 왜 하필 그거야. 시시오 아버지 뭐 했냐. 왜 애 키우는 데 손을 놨어.

"한유진 소장님!"

왕이라도 된 것처럼 화려한 길드 제복 차림의 시시오가 환한 얼굴로 나를 반겨 주었다. 다행히 호칭은 멀쩡했다. 카메라가 비추는 속에서 나도 힘껏 미소 지어 주었다.

"일본 최고의 길드장님께서 이렇게 직접, 선뜻 찾아와 주시다니. 영광입니다."

"가치를 못 알아보는 멍청이나 망설이겠지! 요."

시시오가 하하하 하고 커다랗게 웃었다. 그러곤 무척이나 반갑다며 나를 향해 팔을 뻗었다. 야, 잠깐만. 뭘 포옹까지, 으, 아니, 전에는 더 담백했던 거 같은데. 카메라 앞이니 나도 가볍게 안아 주려고 시도는 했다. 이 인간도 몸뚱이 장난 아니게 두꺼워.

"그럼, 석 팀장님께 설명 들으시지요."

풀려나자마자 후다닥 뒤로 물러나며 하얀 씨에게 시시오를 넘겼다. S급 헌터 상대라 조금 걱정되었지만 다행히 석하얀 씨는 문외한이 또 하나 왔구나, 하는 자세로 쉽고 친절한 설명을 해 주었다. 물론 석하얀 씨 입장에서였고 시시오는 알아듣는 척하다가 결국 굳어 버렸다. 카메라 돌려, 카메라.

"참, 세성 길드장님. 다음 주쯤에 시간 좀 내주세요. 조용히 드릴 말씀이 있습니다."

"언제든지 연락하게."

"그리고……."

말을 꺼내려다 말았다. 지금 말고 그때 가서 이야기하자.

시시오는 약속대로 게이트-S에 대한 기대를 제법 잘 떠들어 주었다. 인터뷰가 끝나고 내게 살짝 소름 돋는 간질간질한 시선을 보내며 일본에 다시 방문해 달라고 말한 것 외에는 별다른 일도 없었다. 무슨 생각으로 저런 촉촉한 눈을 하는 건지는 영원히 모르고 싶었다.

집에 돌아오는 길에 시력 확인도 할 겸 안경을 맞췄다. 회복되었다곤 해도 아직 마이너스를 겨우 면한 수준이었다. 그래도 볼 수 있는 게 어디냐.
오늘 발표 관련 뉴스를 보고 있는데 피스가 달칵, 서랍을 열어 새 휴대폰을 꺼냈다. 상자째 입에 앙 물린 휴대폰이 내 발치에 놓였다.

- 끼앙.

작은 앞발이 휴대폰 상자를 툭툭 두드렸다.
"왜, 피스야. 휴대폰 꺼내 줘? 가지고 놀게?"
요즘 폰값 만만찮지만 이쯤이야 못 해 줄까. 상자 속에서 휴대폰을 꺼내 피스에게 내밀었다. 피스가 휴대폰을 받아 물더니 다시 내 발 앞에 내려놓곤 앞발로 두드렸다.

- 꺄앙, 끄웅.

"피스야?"

- 끄우으웅, 꺙!

뭘 원하는 거지. 휴대폰을 켜 주자 코끝으로 액정을 쿡 찌른다. 왜 갑자기 폰에 관심을 보이는 걸까. 설마.

"유현아! 피스가 폰 가지고 싶은가 봐!"

"엥? 휴대폰이요? 피스가? 설마요."

유현이 대신 예림이가 자기 방에서 날아 내려오며 말했다.

"하지만 자꾸 휴대폰을 만지작거리며 낑낑대더라고. 애완동물용 휴대폰도 있나?"

별의별 애동용품이 다 있던데 폰도 있지 않을까. 유현이가 주방에서 약을 들고 나오며 피스를 쳐다보았다.

"형 때문인 거 같은데."

"나 때문에?"

"저번처럼 형의 몸 상태가 안 좋아도 피스는 밖에 연락할 수가 없잖아. 아직 시력이 다 회복되지도 않았으니 만약을 대비해 외부 연락 수단을 가지고 싶은가 보지. 얼른 마셔."

약을 받아 들며 유현이와 피스를 번갈아 바라보았다. 가끔 생각하는 건데 피스를 가장 사람 대접해 주는 건 유현이가 아닐까 싶었다. 유현이한테는 피스나 노아 씨나 성현제나 송 실장님이나 현아 씨나 다 동등하겠지. …피스가 더 우위에 있을 수도 있고. 자기 기승수니까.

"피스야, 휴대폰이 가지고 싶은 거니?"

"형, 약."

"…이거 좀 맛없더라."

"저 선물받은 초콜릿 있어요."

"그럼 하나만… 잠깐만, 초콜릿을 선물받았다고?"

"제 팬이라는 언니가 줬어요."

아, 언니가. 혹시나 했네. 약을 마시고 예림이에게 초콜릿도 받아먹은 뒤 다시 피스에게 말을 걸었다. 휴대폰을 들어 보이며 이거 가지고 싶다고, 하는 물음에 꼬리를 살랑살랑 흔든다.

"피스가 쓸 수 있는 휴대폰이 있을까?"

"특별 주문해야 하지 않을까요? 어, 다른 기능 없이 단순하게 단축키로 영상통화 되는 폰 같은 거요?"

그 정도면 피스도 사용할 수 있을 듯했다. 똑똑하잖아, 우리 피스.

"내가 알아볼게."

"유현이 네가?"

"형의 안전에 도움이 될 테니까. 내 기승수기도 하고."

"고맙다. 피스야, 고맙습니다 해."

- 꺄우웅.

인사도 참 잘해요.

"삐약이 너도 휴대폰 장만해 줄까?"

- 삐약!

삐약이가 크게 대답했다. 알아듣고 삐약거린 건 아닌 듯하지만. 아냐, 우리 삐약이도 은근 똑똑하다고.

9장 형제 싸움 (1)

9장
형제 싸움 (1)

TV에서는 밤늦게까지 계속해서 던전 관련 특별방송이 흘러나왔다. 앞으로의 변화에 대한 기대감이 화면 밖으로까지 넘쳐흘렀다. 언젠가는 일상용품까지 던전산으로 대체되지 않겠느냐는 이야기도 나왔다. 새로운 산업과 직업이 계속해서 나타날 거고, 모든 사람이 헌터는 아니어도 각성은 해서 인벤토리와 스킬을 가지게 되고.

분명 예전보다 더 좋아질 수 있을 것이다. 환경문제가 다수 해결된 것만 해도 어디냐.

다만 세상이 망해 가는 도중이라서 곤란한 거지.

"사육장 잠깐 살펴볼 건데 갈래?"

TV를 끄며 옆에 앉아 있던 유현이에게 말했다. 당연히 그러겠다는 대답이 돌아왔다.

야행성 몬스터들도 있어서 사육장과 연결된 운동장은 아직 열려 있었다. 하얀 늑대 새끼들이 자기들끼리 뒹굴거리며 놀다가 내게 다가왔다.

- 캬웅!
- 아르르!

별생각 없이 꼬리치다가 뒤늦게 유현이를 발견하곤 이를 드러낸다. 강아지들도 몬스터랍시고 제법 사납게 캬릉거렸다.

"괜찮아, 무서운 형 아니야."

새끼 타조와 양은 잠들어 있었다. 송 실장님 조금만 더 찌르면 넘어올 거 같은데. 이름까지 지어 줬으면 끝 아니냐. 그날 나온 이름들 중 어떤 게 마음에 드냐고 결정하게 한 뒤 떠넘겨야지.

사육장을 살펴본 뒤 옥상정원으로 올라갔다. 호수도마뱀의 우리는 옥상정원 연못 근처에 있었다. 넓적한 바위 위에 엎어져 자고 있는 도마뱀이 보였다.

"유현이 너, 오늘 기분 좋아 보이더라."

"한국은 안전할 거라고 하잖아."

동생 녀석이 미소 지으며 말했다.

"형은 계속 한국에 있을 거고."

그리고 성현제는 해외로 간다고도 했지. 나 때문에 그간 세성 길드장이 꽤 거슬렸던 거 같은데 덕분에 더 기분이 풀린 듯싶었다. 내 눈도 많이 회복되었고.

그래, 역시 지금이 딱이다.

"요 며칠 참 좋았지. 추석도 즐겁게 잘 쇠었잖냐. 아직도 달이 큼직하다. 유현이 넌 소원 뭐 빌었냐?"

"지금 이대로, 형이랑 계속 함께 있고 싶다고. 우리 집에서."

"나도 꼭 한가위만 같아라, 하고 빌었지. 예림이는 뭐 빌었을까."

"박예림도 비슷할걸."

"그럼 좋겠다."

유현이 녀석이 그래도 예림이는 꽤 신경 써 준단 말이야. 예림이도 어떻게 보이는지 물어볼 걸 그랬나. 아냐, 그랬다가 그냥 박예림, 하고 끝나면 괜히 예림이가 상처받을지도 모른다. 예림이가 입으로는 한유현 아저씨밖에 몰라요, 하지만 막상 대놓고 별 관심 없단 소리 들으면 아쉽긴 할 테니까. 사람 마음이 그렇잖아.

"너희들이 행복하면 나도 진짜 더 바랄 게 없거든."

"나도 형이랑만 같이 있으면 더 바라는 거 없어. 지금 충분히 행복해. …내가 어쩔 수 없는 일들이 있다는 건 알고 있지만."

불안을 완전히 떨쳐 버리지 못한 목소리로 유현이가 말했다.

"만약에, 다시 전처럼 형과 떨어져야 하는 일이 생긴다면……."

"그럴 일 없어. 설사 강제로 떨어지게 되더라도 말이다, 우리 집은 그대로야. 언제든 돌아갈 수 있어."

예전에는 우리 집 자체가 사라져 버렸었다. 단순한 장소만이 아닌, 그 의미 자체가. 하지만 지금은 아무리 먼 곳으로 끌려간다 해도 우리 집은 우리 집이다. 돌아갈 곳은 변하지 않는다. 무슨 일이 생겨도 다시 만나고 다시 함께하기 위해 노력할 것이다.

"그러니까 걱정하지 마. 뭣보다 너도 나도 서로 같이 있고 싶잖냐. 그거면 충분하지!"

"응."

유현이가 고개를 끄덕이며 웃었다. 생각해 보면 애들 다 컸다고 해서 나가 살 이유는 없지 않나. 옛날에는 결혼해도 한집에 살고 그랬잖아. 대가족, 좋지 뭐. 집 크고 돈 있으면 뭐가 문제냐.

"그러니까-"

어, 음. 뭐라고 말하지. 지금의 행복을 지키기 위해 네가 더 강해질 필요가 있으니 흑룡의 심장을… 젠장. 그런 식으로 말하고 싶진 않았다. 약하면 행복한 삶을 유지할 자격도 없는 건가 뭐. 아니, 애초에 충분히 강한데.

이런 식 말고, 음. 마땅한 변명도 떠오르지 않거니와 환한 동생의 얼굴을 보고 있자니 더더욱 입이 떨어지질 않았다. 요즘 기분 좋은 애한테 굳이 폭탄을 떨어뜨릴 필요가 있을까. 어차피 시력이 완전히 회복하고 나서니까, 지금 말고 조금만 더 미루자.

대신 다른 이야기를 꺼냈다.

"유현이 네 정신계에 들어가 볼까 하거든."

"정신계?"

"어. 이게 일종의 정신계 스킬인데, 예전에 디아르마 잡으면서 얻은 거거든."

"…잡으면서라니. 패륜아들 도움을 받았다고 하지 않았어?"

"당연히 도움받았지! 근데 그 전에 정신계로 내가 끌려갔었어. 얼굴 펴, 얼굴! 거기선 내가 선생님 스킬로 경험한 능력치를 쓸 수 있어서 오히려 한 방 먹여 줬다니까."

그러기 전에 좀 구르긴 했다만, 어쨌든.

"게다가 거기선 죽지도 않아. 진짜가 아니니까. 그래서 내가… 유현아?"

뭐라고 핑계를 댈까 고민하는데 유현이가 돌연 활짝 웃었다. 무척이나 설레 하는 표정이었다.

"그럼 형이랑 싸워 볼 수 있는 거야? 안전하게?"

"응?"

얘가 왜 이렇게 좋아하냐. 혹시 알게 모르게 나한테 쌓인 불만이… 있었다 해도 폭력으로 풀 동생이 아니지만. 그래도 한 번쯤은 패고 싶었을지도 모른다. 내가 마음고생 한두 번 시킨 것도 아니고. 양심이 살짝 따끔거렸다.

"흠, 저기 유현아. 형한테 불만 같은 게 있다면 오늘 다 털어놓는 게 어떻겠니."

"불만? 당연히 없……."

유현이가 말을 하다 말았다. 응, 역시 있긴 있구나. 나는 괜찮다며 동생의 어깨를 토닥여 주었다.

"말해 봐, 말해 봐. 괜찮아. 뭐든 다 들어 주마."

"형이 밖에 나가는 게 싫어. 위험한 일에 휘말리는 것도 싫고."

"…어, 그건."

대뜸 나온 대답에 내가 당황하자 유현이가 신경 쓰지 말라며 짧게 고개 저었다.

"말하라고 해서 말한 것뿐이야. 형도 내가 헌터가 된 거 싫었잖아. 지금도 던전 공략하러 가면 불안할 거고."

"그래. 나도 뭐, 가능만 하다면 네가 안전한 일만 했으면 좋겠다. 예림이도 그렇고."

일도 안 하고 학교 다니면 더 좋고. 동생 녀석과 마주 보다가 동시에 설풋 웃었다. 여전히 어쩔 수 없는 일이었지만 그래도 예전과는 다르게 느껴졌다. 며칠간의 평화 덕분일까, 언젠가는 가능하지 않을까 하는 막연한 희망이 있었다. 유현이도 비슷한 마음이겠지.

"그리고 운동 좀 해."

"…어?"

"몸 상태가 안 좋다고 해도 그럴수록 가벼운 스트레칭이라도 해 줘야지. 미리 꾸준히 운동을 해야 나이 들어서도 건강을 유지할 수 있댔어."

그런데 왜 안 하냐며 유현이 녀석이 엄한 눈초리를 보내왔다. 아니, 내가 안 하려고 한 건 아니고 그냥 음. 어쩌다 보니.

"밤늦게 먹지도 말고. 식사는 시간 맞춰서 제때 해야지 귀찮다고 거르지 좀 마. 박예림도 이제 자기가 사 온 간식 형 못 먹게 한댔어. 브레이커 길드장과 강소영 헌터한테도 먹을 거 사 오지 말라고—"

"아니, 유현아! 내가 뭘 그렇게 많이 먹었다고……."

"많이 먹는 건 좋지만 끼니 거르고 간식만 좀 먹고 마는 건 안 돼. 세 끼 제대로 챙겨 먹고 나면 괜찮지만. 그리고 내일 치과 예약해 뒀어. 오전이야."

혼자 있으면… 차려 먹기 귀찮아서. 변명할 말이 없어서 앞으론 잘 챙길게, 라고 대답했다. 두어 번만 더 아팠다간 아예 전담 감시라도 붙이는 거 아닐지 모르겠다. 매일매일 식단 관리해 주는 트레이너라거나.

"설마 정신계 스킬로 붙어 볼 수 있어서 기뻐한 거, 나 단련시킬 작정이라서였냐. 거기서 운동해도 별 소용은 없다만."

운동하는 습관은 들일 수도 있겠지만.

"아니야."

"…그럼?"

"그냥 좋아서."

유현이가 왜 그걸 묻느냐는 듯 고개를 갸웃하다가 설명을 이었다.

"난 다른 일에는 그다지 흥미가 없어. 형과 관련되지 않은 일 중에서 관심 있다고 할 만한 건 딱 하나, 전투뿐이야."

나도 알고는 있었다. 유현이가 상당히 호전적인 성향이라는 것을. 다른 S급 헌터들도 전투계, 특히 공격 스킬이나 스탯 위주면 호전적이긴 했지만.

"누르고 있던 걸 발산할 수 있어서인가, 꽤 기분 좋거든. 몬스터 사냥도 나쁘진 않지만 그보다는 헌터를 상대하는 게 더 즐겁고."

"너랑 현아 씨가 싸움 많이 걸고 다녔단 소린 들었다."

"던전 브레이크가 거의 일어나지 않게 되고선 그러지도 못했어."

유현이가 약간 시무룩하게 말했다.

"한국은 S급 헌터가 공직에 있으니까. 상급 헌터가 날뛰어도 법적인 처벌을 가하기 힘든 해외와는 다르지. 거기에 S급 헌터들은 서로 해치지 못하게 제한도 많고."

"잘못되기라도 하면 큰 손해잖냐."

그나마 밖에서 싸우는 건 눈에 안 띌 수가 없는 데다 빠르게 제재가 가능하니 괜찮았지만 문제는 던전 내부였다. 그래서 전투계 S급 헌터가, 특히 타 길드 소속이 둘 이상 같은 던전에 들어가는 건 국내는 물론 해외에서도 금기시되었다. 던전에서 죽여 버리곤 몬스터에게 당했다, 라고 해 버리면 조사할 방법도 없는 탓이었다. 차라리 셋 이상이면 모를까, 단둘만 들어가는 건 국내에서는 엄격히 막고 있기도 했다. 공직자인 송 실장님만 제외하고 말이다.

유현이와 예림이는 같은 길드 소속이니 괜찮았고. 아마 성현제와 에블린도 별 제재가 없겠지. 에블린 씨가 성현제 뒤통수 노릴 가능성은 높아 보이지만.

그게 아니더라도 S급 헌터를 별 이유 없이 단순 공략을 위해 둘 이상 같은 던전에 보낸다는 건 멍청한 짓이다. 아직 던전 난이도가 그리 높지도 않은데 그런 아까운 짓을 왜 하겠냐고. 이삼 년 후면 몰라, 그야말로 인력 낭비다.

"그래도 송태원 실장이 붙기엔 제일 재밌긴 했어. 특히 내가 각성한 지 얼마 안 되었을 때는 근접전으로 가면 힘겨운 상대였거든. 일부러 흑염은 쓰지 않고 싸우기도 했고."

…송 실장님, 죄송합니다. 제가 진짜 정말 뭘 보답해 드리고 싶은데 받아 주시질 않아서 슬프네요.

"불러내기도 쉬워서 가장 많이 싸워 봤지. 다른 S급 헌터들도 송 실장님을 주로 상대했을 거고."

"정말 국내 국외 할 것 없이 고생이 많으셨구나."

"브레이커 길드장도 괜찮았고. 세성 길드장도 나쁘진 않았고. 나머지는 시시했어."

현아 씨보다 성현제가 더 별로였던 건가. 송 실장님 같은 근접계 스타

일을 좋아하는구나. 하긴 유현이 스스로도 멀리서 불태우기보단 접근해서 직접 처리하는 걸 더 선호하는 편이었다.

"하지만 역시 형이 최고겠지!"

유현이가 기대 가득한 눈으로 나를 바라보며 말했다.

"형이랑 같이하는 건 다 좋은데, 싸워 볼 수도 있다니. 이것만큼은 불가능할 거라고 생각했거든."

"어… 나도 그럴 줄 알았지."

"그때처럼 박예림과 세성 길드장 스킬도 쓸 수 있는 거야? 내 스킬도?"

"그래, 쓸 수 있어. 다만 원래 주인에 비하면 숙련도가 많이 떨어져. 까다로운 스킬일수록 쓰기 어렵더라."

"능숙하게 잘 사용하던데? 무기는? 가지고 들어갈 수 있어?"

"정신계 스킬 쓸 때 가지고 있던 아이템은 사용할 수 있더라."

"그럼 준비 좀 해야겠다. 형이 쓸 수 있는 스킬이 다양하니까 냉기 저항템도 챙기고, 독도 써?"

"어, 노아 씨 스킬도 사용 가능해."

"정말? 까다롭겠는데."

동생 녀석이 소풍 전날 어린애처럼 들떠 말했다. 실제론 유현이는 소풍을 별로 좋아하지 않았지만.

"언제 할 건데, 형?"

"우리 둘 다 무방비해지니까 예림이한테 지켜 달라고 부탁도 해야 해. 오래 걸리진 않겠지만 혹 모르니까 시간도 넉넉히 비워 놓아야지."

스케줄 확인해 보고 최대한 빨리 맞추겠다며 유현이가 생글생글 웃었다. 저렇게 좋을까.

'한판 붙고 나면 흑룡 심장 조각에 대해 말하기도 편해지겠지.'

싸우다 보면 상처가 안 날 순 없으니 내 등에 칼 대는 것에 대한 거부감도 적어질 테고. 또 내가 마냥 약하게만 느껴지지도 않을 것이다. 정신세계와 실제는 다르다고 해도 일단 겪고 나면 조금쯤은 생각이 바뀔 수밖에 없을 테니까.

던전의 변화가 공표된 후 많이 바빠지긴 했지만 유현이는 바로 이틀 뒤로 시간을 내었다. 길드 내부 일이야 손댈 게 많았지만 던전 공략 자체는 느긋해진 덕이기도 했다. 예림이도 그때 집에 와서 우리를 지켜 주기로 하였다.

"드디어 사육소 정식 직원을 채용하시는 거군요."

내 방문 요청에 바쁜 상황에도 불구하고 한달음에 달려와 준 석시명이 무척이나 반가워하며 말했다.

"사무직 쪽은 제가 염두에 둔 사람들이 있습니다."

시력이 완전히 회복되고 나면 직접 찾아가 데리고 올 것이다. 하지만 내가 아는 사람들은 모두 하급 헌터들이었다.

"경비와 몬스터 관리를 위한 중상급 헌터를 고용하는 데는 해연 쪽에서 도움을 주셨으면 합니다."

"물론 도와드려야지요. 그 밖의 전문 인력 또한 필요하시면 언제든지 말씀해 주십시오."

열과 성을 다해 찾아봐 드리겠다며 석시명이 말했다. 하루라도 빨리 사육소에서 타 길드 소속 헌터들을 쫓아내고 싶은 모양이었다. 유현이와 예림이가 살고 있기도 하니 더 신경 쓰이는 거겠지.

그래, 애들 생각하면 잘 지내야 할 사람이다. 나한테도 도움이 되고. 성현제한테 괴롭힘도 당했고.

"세성 길드장님께서도 도와주시겠다더라고요."

그런 적 없었지만 슬쩍 말을 꺼냈다. 그와 동시에 석시명의 표정이 아주 살짝 무너졌다. 이내 다시 멀끔하게 돌아왔지만.

"솔직히 말씀드려 가까이하기에 좋은 상대는 아니라고 생각합니다. 위험한 분이지요, 세성 길드장님은."

"저한텐 잘해 주세요. 알고 보면 나름 괜찮은 분이시던데."

"아… 예. 그래도 세성 길드장을 겪어 본 사람들이 괜히 입을 모아 피하라고 충고하는 게 아니니까요. 화려한 겉모습에 넘어가 낭패당한 사람이 한둘이 아닙니다."

"혹시 석 팀장님께서도 그중 한 명이신가요?"

아무것도 모르는 척 묻는 말에 석시명이 괜히 헛기침을 했다. 저 정도로 흔들린 티를 내다니, 성현제에게 어지간히도 괴롭힘당했던 모양이구나. 속도 약간 풀렸고 눈곱만큼 미안해지기도 해서 화제를 돌렸다.

"빌딩 쪽에 노아 헌터가, 바로 옆에 해연 길드가 있는 만큼 헌터로서의 능력보다는 신뢰할 수 있는 사람으로 부탁드리겠습니다."

"당연히 그래야지요. 이미 눈여겨봐 둔 헌터들이 있습니다."

거대 길드 인사팀장인 만큼 석시명의 안목은 믿을 수 있을 것이다. 무엇보다도 해연의 구성원들도 대부분 저 사람의 손을 거쳤다. 지금의 흔들림 없는 길드를 만들어 낸 사람이니 내가 일일이 찾아 돌아다니는 것보다 훨씬 낫겠지.

"아, 그리고 각성센터에 대한 의견이 나뉘고 있습니다."

"각성센터요? 아직 재개장하려면 멀었지 않습니까."

내가 리에트 시켜서 박살 낸 후 다시 열심히 공사 중이긴 하지만 완공까진 시일이 꽤 걸릴 터였다. 반만 부술 걸 그랬나.

"센터 건물을 올리는 데는 시간이 걸리지만 내부 시설 자체야 이미 연구가 끝났으니 다른 장소에서 임시 개장은 가능합니다. 다만 던전의 상황이 변해 버려 각성자를 늘려야 할 필요성이 낮아진 탓에 말이 많습니다."

아, 하긴 이제는 던전 관리하기가 훨씬 쉬워졌지. 그래도 던전의 수와 난이도가 올라갈 미래를 생각하면 각성센터가 필요하기는 한데. 무엇보다도 인벤토리가 편하단 말이야.

"아예 센터를 없애자는 건 아니죠?"

"예. 대신 지원을 줄여……."

"와, 진짜 어떤 새끼래요? 제가 전에 요구했던 대로 각성자 수를 줄여야지 왜 지원을 줄인대? 교육 강화는 필수건만!"

날 잡아서 헌터협회 한번 찾아가야겠다. 아니면 국회 쪽인가? 협회는 그래도 물이 반쯤 갈렸지만 국회는 그대로 아니냐. 여의도에 S급 길드 안 생긴다고 앙심 품고 지랄하나. MKC 길드가 있던 자리는 아직 공석이었다.

"한 소장님의 제안을 무시할 수는 없을 테니 너무 신경 쓰지 마시고 우선은 사육소 일에 집중해 주십시오."

석시명이 그냥 그런 말이 나왔다는 정도만 알아 두시라며 나를 달랬다. 확실히 지금 내 의견 무시하고 일치기는 힘들겠지. 일본 건에 연구소에 연달아 크게 터진 성과들과 엮여 있으니. 곧 스태미너 포션도 나오고.

살짝 부담되네.

석시명은 이번 주 내로 명단 정리해 보내 주겠다며 자리를 떠났다. 나도 일어나서 새끼 몬스터들 살펴본 뒤 집에 돌아가려 하는데.

- 형!

갑자기 이린이 튀어나왔다. 붉은색 도마뱀이 내 손목을 빙그르 감아 돌았다. 뭐야.

"린이 너, 유현이는 어쩌고?"

- 유현이 바빠요. 린이 잠깐 놀다 온다고 했어.

"혼자 돌아다니기도 해?"

- 유현이 옆이 제일 좋은데, 가끔은요. 멀리는 못 가요! 원래는 여기까지도 오기 힘든데 형 옆은 괜찮거든요.

"그래도 힘든데 뭐 하러 와. 데려다줄까?"

- 그보다, 형!

린이가 꼬리를 살랑이며 나를 올려다보았다.

- 유현이 안에 들어간다고 했잖아요.

"응, 내일."

- 거기서 형 많이 강해요?

강하냐고 묻는다면, 강하지. 스물다섯 살의 동생의 능력을 제외한다더라도.
"내가 공격 스킬 두 배 강화가 가능하잖아. 그러니 공격 스킬만 치면 유현이보다 강해."

- 그럼 안 돼요!

이린이 앞발로 내 손등을 탁 쳤다.

- 유현이랑 비슷한 정도로 조절해 주면 안 돼요? 네? 혁엉. 형이 너무 강하면 유현이가 마음껏 움직이기도 전에 끝나잖아요.

"내가 잘 맞춰 볼게."

- 아예 스킬 제한하고 들어가는 건요? 유현이 형이 봐주는 거 금방 눈치챌 텐데!

그건 그렇겠지. 어쩐다. 디아르마가 은혜를 막았던 것처럼 나도 내 스킬의 일부를 막을 수 있을 거 같긴 한데.
"으음, 시도는 해 보마."

- 고마워요, 형! 형이 최고야!

린이가 신나 하며 빙그르 맴을 돌았다. 혹시 단순히 유현이가 지는 게 싫은 거 아니냐, 요 녀석.
"나도 아저씨랑 붙어 보고 싶다~"
예림이가 소파에 자리 잡으며 말했다.
"그냥 지키고만 있으면 되는 거죠?"
"응. 겉으로는 그냥 잠든 것처럼 보일 거야. 유현아, 준비됐어?"
유현이가 고개를 끄덕였다. 약간 긴장한 듯도 보였다.
'공격 스킬 두 배 적용을 막으면 되겠지.'
그리고 회귀 전의 두 배 적용된 유현이의 스탯치도. 흑혈염은 어쩔까. 내가 스물다섯 살 유현이의 능력을 쓸 수 있는 것 자체는 이상하게 비치지 않을 것이다. 선생님 스킬이야 회귀 덕분에 얻은 스킬도 아니고. 그러니 흑혈염은, 보여 줄까. 도움이 될 수도 있을 테니.
눈을 감으며 유현이에게 정신계 스킬을 적용했다. 거부감 없이 스킬이 받아들여지고.
"형."

어둑하던 시야가 밝아지며 황량한 벌판에 서 있는 유현이가 보였다.

안경 없이 흐릿한 시야에 얼른 내 몸이 기억하고 있는 능력치를 끌어왔다. 우선은, 유현이로 할까. 이내 주위 풍경이 뚜렷해졌다. 동생 녀석이 옅게 미소 짓고 있었다. 그런데.

"…은혜야?"

은혜가 없다. 손목에도 발목에도 목에도, 다른 어디에도 보이지 않았다. 혹시나 싶어 다리와 허리도 매만져 봤지만 역시나 없었다.

"형? 왜 그래?"

"아니, 은혜가 없어서… 뭐지."

스킬 쓰면서 실수라도 했나. 디아르마 스킬 따라 하려다가 그때처럼 은혜까지 막아 버린 걸까. 내 말에 유현이가 눈썹을 살짝 찌푸렸다.

"그럼 위험하지 않아? 은혜가 없으면 내 공격을 그대로 받게 될 텐데. 아무리 정신 속이라 해도 통증이 없지는 않을 거잖아."

"진짜 다치는 건 아니니 괜찮아. 게다가 은혜까지 쓰면 너무 불공평하지. 피해무효화 효과가 사기잖냐. 그냥 없어져서 놀란 것뿐이야."

말은 그렇게 했지만 은혜를 무기 대용으로는 쓸 생각이어서 곤란했다. 절대 안 부서지고 변형도 가능하니 그것만으로도 쓸 만하다 싶어 무기는 몇 개 안 챙겼는데. 일단 살쾡이 재킷과 신발을 꺼내 신었다.

'이거 만만찮겠는데.'

둘의 능력치는 비슷하다. 하지만 스킬과 장비가 문제였다. 스킬의 종류는 내가 더 다양하지만 숙련도는 당연히 유현이가 훨씬 더 높다. 거기에 장비는, 비교가 안 되었다.

'화염 저항, 전기 저항, 거기에 냉기 저항과 독 저항도 준비해 왔겠지.'

잠깐만, 이거 일단 성현제와 유현이 스킬은 효과가 거의 없는 거 아니냐. 흑혈염은 무기화 가능하고 독기도 섞을 수 있으니 조금은 통하겠지만. 그나마 나도 화염 저항이 있긴 하지만 유현이의 현재 화염 스킬을 감당하긴 부족할 듯했다. 특히 마지막 문 버프까지 받으면 말이다.

"스탯은 어떻게 할래? 내 응원 받았을 때로? 아니면 평소대로?"

"평소가 좋아."

"그래. 근데 주위 풍경이 왜 이러냐. 썰렁하네."

설마 동생의 무의식 세계가 이 꼴이라는 건 아니겠지.

"다른 곳으로 바꿀까? 생각하면 바꿔지는 거 맞지?"

"어. 넌 아직 익숙지 않을 테니까 내가 바꾸마."

어디로 할까. 짧은 고민 끝에 주위 풍경이 뒤바뀌었다. 커다란 호수가 있는 도시, 드로시아였다. 단단하게 포장된 도로를 뒤꿈치로 가볍게 두들겼다. 이 동네 건물은 튼튼해서 좋지. 밤이라 둥글게 떠 있는 달을 슬쩍 올려다보았다.

'상대의 의식에 접근하기 힘들도록 조정해 놓았으니 내 기억을 들키진 않겠지.'

이 정신계 스킬 몇 번 쓰긴 했다만 그래도 아직 손에 완전히 익진 않았다. 덕분에 살짝 불안했지만, 유현이도 정신계 스킬엔 소질이 없는 듯하니까. 오히려 내가 더 그쪽 특화지. 그러니 쉽게 내 기억을 뒤지진 못할 것이다.

그럼 일단, 걱정할 부분은 딱히 없고.

"호수는 나한테 유리하지만 건물들은 너한테 유리할 테니, 이 정도면 균형이 맞지? 마지막 문도 경험은 했다만 아직 쓸 자신은 없거든."

고작 한 번, 잠깐이었고 상황 탓에 제대로 그 감각을 느끼기도 힘들었다. 덧붙여 유현이의 화염 컨트롤 능력도 내가 따라 하긴 불가능했다. 단순한 스킬이 아닌 이린의, 정령의 힘이 더해진 능력이기 때문이었다.

단검을 꺼내어 손에 쥐었다. 유현이 또한 군림자의 검을 꺼내 들었다. 제대로 할 작정이구나, 내 동생.

"내가, 선생님 스킬로 경험한 힘은 쓸 수 있다고 말했었지?"

"응, 형."

"정확히는 그런 식으로 직접 경험한 거나 마찬가지인 힘이면 이곳에선 웬만한 건 다 사용할 수가 있어. 내 스킬을 통해서든 남의 스킬을 통해서든. 숙련도의 차이는 있겠지만."

설명을 덧붙이며, 최대한 담담하게 말을 이었다.

"5년 후의 너도, 나는 알고 있어."

이제는 내게만 남은 너의 불꽃. 단검을 들어 팔에 상처를 냈다. 새어 나오는 피에 유현이가 일순 눈을 찡그렸지만 그 이상 반응하진 않았다. 좋은 자세다. 정말로 죽거나 다치는 건 아니니까 지금 이 순간만큼은 너도 나도 봐주거나 걱정할 필요 없다.

팔을 따라 흘러내린 피가 검게 물들며 불꽃으로 변하였다. 그리고 이글거리는 창이 되어 내 손에 쥐어졌다.

"네 불과는 조금 다를 거다."

"색은 흑염인데 피를 매개체로 하는 거야?"

"흑혈염이지."

손가락 끝까지 굴러간 핏방울이 발치로 뚝 떨어졌다. 핏물을 삼키고 태어난 검은 불길이 도로의 표면을 순식간에 녹이며 진득한 자국을 만들어 낸다.

화르륵, 유현이의 주위로도 불꽃이 피어올랐다. 짙고 짙어 그 속을 들여다볼 수 없는 흑혈염과 달리 푸른빛을 띤 맑은 흑염이.

신호는 필요 없었다.

순간이동 스킬을 썼다. 그와 동시에 군림자의 검이 길게 늘어나며 유현이의 주위를 감싸 돌았다. 내가 접근해 오는 것을 막기 위함일 터였다. 하지만 나는 유현이에게 덤벼드는 대신 은신 스킬을 사용하며 높게 솟은 빌딩 벽에 발을 디뎠다. 동생의 머리 위쪽이었다.

"형?"

유현이가 나를 불렀다. 의아한 듯이. 하지만 저건 속임수다. 나도 유현이를 잘 알고 있지만 유현이도 나를 잘 알고 있다. 폭탄을 하나 꺼내 건물 벽에 쑤셔 넣었다. 우득, 소리가 나기 무섭게.

콰아앙!

연검이 쇠채찍처럼 휘둘러졌다. 화기를 품은 검은 칼날이 건물을 갈라 버릴 듯 후려치고 동시에 폭탄이 터져 나갔다. 후드득 떨어지는 돌덩어리와 피어오르는 흙먼지. 순식간에 시야가 가려졌지만 나는 아무렇지 않게 한 손으로 총을 겨누었다.

벨라레의 열감지. 몬스터의 능력은 익숙해지기 더욱 까다로웠지만 며칠간 내 시력 대신 의지한 덕분에 쉽게 사용할 수 있었다.

탕! 열덩어리를 향해 마탄을 날리고 곧장 자리를 이동했다. 연이은 사격에 펑, 펑! 불꽃이 튀고 먼지가 더욱 짙어졌다. 지독한 안개 속에 파묻힌 것만 같았다.

'여기서도 포인트 상점 쓸 수 있나?'

소지 중인 아이템은 그대로 사용 가능하니 포인트도 똑같지 않을까. 혹시나 싶어 상점을 열자, 눈앞에 나타났다. 동생에게 살짝 미안해졌.

폭탄을 아낄 것 없이 반대쪽 건물에도 처박았다. 요란한 소리와 함께 빌딩이 기우뚱 넘어진다. 덤으로 연막탄도 하나 터뜨려 주었다. 비처럼 쏟아지는 건물 파편에 시야를 가리는 먼지, 청각을 교란시키는 폭발음. 심지어 상대는 은신 스킬까지 쓰고 있으니 제아무리 잘난 S급 헌터의 감각이라 해도 마비될 수밖에 없었다.

하지만 나는 유현이의 위치를 쉽게 파악할 수 있다.

구구궁- 건물 꼭대기 층이 바닥에 처박혔다. 잔해를 뛰어넘으며 동생에게 접근—

'어?'

똑같은 온도와 모양의 열덩어리가 여럿 생겨났다. 순간 웃음이 나왔다. 내가 벨라레의 열감지를 쓰고 있다는 걸 눈치챘구나! 불길로 사람 체온을 똑같이 만드는 건 불가능하다. 하지만 대신 스스로의 몸에 불길을 휘감을 수는 있었다. 똑똑하기도 하지.

하지만.

파지직!

전기가 튀었다. 약한 전류를 넓게 흘려보내자 다른 열덩어리와는 서로 뒤엉켰지만 딱 하나, 전류가 그대로 막히듯 사라져 버리는 것이 있었다. 전기 저항, 예장. 그것을 확인하자마자 움직였다.

은신 스킬을 쓴 채 순식간에 유현이의 근처에 다다랐다. 휘익, 낮춘 몸 위로 검은 칼날이 스치고 지나간다. 동시에 창을 내찔렀다.

쾅!

다리를 노리고 찔러 들어간 창끝이 뱀처럼 유연하게 방향을 바꾼 군림자의 검 끝과 맞부딪쳤다. 불꽃의 창과 용의 검이 서로 격돌하며 폭음이 울렸다. 창이 터져 나가고 내 몸은 물론 유현이의 몸 또한 뒤로 주륵 밀려 나간다.

감탄이 나올 정도로, 이미 연검을 다루는 것이 숙달되어 있다. 저 길이의 연검을 자유자재로 움직이게 할 수 있다면 웬만한 능력자라 해도 유현이에겐 접근조차 하기 힘들 것이다. 버티기 위해 힘을 준 발끝 아래 갈라진 도로 표면이 움푹 파여 들고, 그것으로 내 위치를 파악한 유현이가 무섭게 달려들었다.

"눈으로만 보려 들지 말고."

카앙! 새로 만들어 낸 혈염검이 군림자의 검과 맞부딪쳤다. 스킬 등급이 높아 SS급 검에도 그럭저럭 버티고는 있지만 역시 쉽지 않다.

"여러 가지 방식으로 시도해 봐! 내 은신 스킬 재킷 버프 받아서 S급이나 다름없다. 이걸 파악할 수 있다면 은신 스킬 같은 거 너한텐 소용없어질걸?"

내 말에 유현이의 주위로 푸른 버들잎이 흩날리기 시작했다. 이어 이파리들이 불길에 휩싸였다. 성현제가 전류를 퍼뜨리는 것처럼 보이지 않는 상대를 감지하기 위함이었다. 은신 스킬이 무슨 유령처럼 형체까지 손댈 수 없는 게 아니고서야 무수히 흩어지는 불의 이파리를 전부 피하는 건 불가능하다.

역시나 잎이 내게 닿을 때마다.

카르르르—

단단한 비늘이 서로 부딪치는 소리를 내며 군림자의 검이 예측하기 힘든 각도로 쇄도해 왔다. 불길을 두른 연검이 공기를 데우며 훅, 파고든다. 캉, 카앙! 검과 검이 계속해서 격돌했다. 혈염검이 버티다 못해 터져 나가면 총부리로 연검을 튕겨 내고 다시 검을 만들어 냈다.

처음에는 엉뚱한 방향을 스치기도 하던 공격이 점차 정확성을 더해 간다. 슬슬 까다로워진다 싶을 때.

콰르릉!

전격을 흩뿌리고 위로 뛰어올랐다. 그러고는.

"푸른 버들잎."

내게만 보이는 투명한 이파리들이 불의 잎들과 뒤섞이기 시작했다. 유현이의 눈썹이 살짝 치켜 올라갔다. 어찌 된 영문인가 싶을 것이다. 보이지 않으니까. 은신 스킬을 풀었다. 유현이가 기다렸다는 듯 연검을 검으로 바꾸고 검푸른 불길을 휘감은 채 나를 향해 뛰어오른다. 자신의 버들잎을 밟고 도약하는 동생을 내려다보다가 내 버들잎의 투명화를 풀었다.

"……!"

갑작스럽게 시야를 가리는 버들잎의 춤에 유현이가 순간적으로 흠칫 움직임을 멈추었다. 그 누구보다도 더욱 놀랐을 것이다. 자신의 스킬이니까. 틈을 놓치지 않고 순간이동했다. 카강! 단검으로 군림자의 검을 아슬아슬하게 막아 내며 팔꿈치를 굽혀 유현이의 가슴을 가격했다. 힘을 실은 공격에 그대로 밀려난 동생의 등이 건물 외벽과 부딪쳤다.

쿠웅!

벽에 둥글게 금이 가나 싶더니 우르르 무너지며 둘이 함께 건물 안으로 나뒹굴었다. 내부까지 상세히 상상할 순 없었는지 인테리어 하나 없이 텅 비어 있다. 내 밑에 깔린 유현이를 재빠르게 무릎으로 찍어 누르며 와이어를 휘둘러 군림자의 검을 감아 당겼다. 포인트를 써서 꺼낸 S급 와이어건만 이내 칼날에 쓸려 투둑, 서서히 끊어져 간다.

"윽, 형. 방금 그건!"

"스킬 등급 올라가면 투명화가 가능하단다. 유용성이야 길게 설명 안 해도 짐작 가지?"

유현이의 눈이 동그랗게 커졌다가 이내 환히 웃는다. 그것도 잠시, 와이어가 완전히 끊어지고 검은 칼날이 휘어지며 내 등을 찔러 왔다. 뒤로 몸을 날려 둥글게 공중을 돌며 공격을 피해 내려섰다. 그 사이 유현이가 바닥을 박차고 일어나 덤벼들었다.

흑혈검을 만들 시간은 없다. 다른 무기로는 군림자의 검을 받아 내기 힘들다. 유현이가 돌격해 오는 속도를 늦추기 위해 차디찬 안개와 새하얀 얼음조각들을 흩뿌리며 발아래로 폭탄을 터뜨렸다.

콰콰광!

건물이 무너지며 내 몸이 아래로 쑥 꺼진다. 그와 동시에 은신 스킬을 쓰고 유현이의 등 뒤로 순간이동했다. 유현이의 눈에는 내가 아래로 떨어진 것처럼 보였을 것이다. 그 짧은 허점을 놓치지 않고 새 와이어를 꺼내 동생의 목을 휘감았다. 와이어를 당김과 동시에 휘두르는 단검을 유현이가 아슬아슬하게 몸을 비틀어 피했다.

흰 뺨에 핏줄기가 길게 나는 것이 순간 가슴을 뜨끔하게 만들었지만 주저 없이 발길질을 날렸다. 그대로 퍽, 허리께를 가격당했지만 와이어를 잡고 있는 탓에 유현이의 몸은 밀려나지 않았다. 충격 완화 또한 거의 되지 않았다는 뜻이다. 이를 악무는 입매의 움직임이 보이고 유현이가 와이어를 끊어 내며 뒤로 뛰어 물러났다.

"은신에 순간이동 섞이니까, 정말 까다롭다, 형."

"거기에 난 화염 저항도 있으니 불길로 막지도 못하지."

"버들잎도 신경 쓰여. 언제 눈앞을 가로막을지 모르니까."

"너도 머잖아 쓸 수 있을 건데, 뭐."

그리고 다른 스킬들도. …더 많이 경험하게 해 주고 싶었지만, 그때, 내가 사용한 유현이의 스킬은 몇 없었다. 이것저것 다 써 볼걸. 실드를 비롯한 몇몇 스킬은 특수 보상이나 소모형 아이템으로 얻은 거라 지금의 유현이는 가질 수도 없을 텐데. 나라도 다 써 보고, 익혀 놓을걸.

다시 흑혈검을 만들어 내며 자세를 갖추었다.

"너도 그렇고 나도 아직 안 쓴 스킬 여럿이잖냐."

무엇보다도 녹아내린 마지막 문. 그 사기 스킬도 아직이다. 유현이가 입술 끝을 올리며 미소 지었다. 두 눈이 평소보다 훨씬 생기 넘치게 빛나고 있다. 누가 봐도 즐거워 보인다. 그리고 나도.

호숫가는 아니지만, 그림자 없는 낮을 펼쳤다. 동시에 유현이가 마력을 움직였다. 그림자 없는 낮과 그 마력이 부딪치고.

"웃!"

그림자 없는 낮이 그대로 부서지듯 사라져 버렸다! 아니, 그새 이걸 익혔, 잠깐!

"유현이 너, 마지막 문을!"

열기 어린 마력이 확 퍼져 나간다. 둘 다 파괴된 게 아니라 유현이의 스킬은 내 스킬을 삼키고서 살아남았다!

"내 광역 보조 스킬만 남도록 하는 것도."

화르륵! 불길이 번져 나가며 주위 건물을 녹여 내리기 시작했다.

"가능해, 쉽진 않지만."

"예림이랑 연습 많이 했구나."

그래도 며칠 지나지도 않았고 많이 바빴는데 틈틈이 한 걸로 이게 되냐! 유현이의 공격을 피하며 영역에서 벗어나려 했지만 그보다 먼저 와이어가 날아들었다. 은신 스킬을 쓴 상태인데도 정확하게 내 다리를 휘감는다.

주위는 온통 화염으로 휩싸였다. 녹아내린 마지막 문 스킬 효과가, 화속성 스킬 효과 상승, 타속성 스킬 효과 하락, 스탯 누적 상승에 금속과 광물 방어력 하락.

쩡!

방어력이 약화된 S급 단검이 순식간에 부러졌다. 검은 칼날이 내 어깨를 스치고 지나간다. 마침 흘러나온 피로 흑혈검을 만들고 나서야 겨우 유현이의 공격에 맞설 수 있었다. 맞부딪치는 힘이 확실히 더 강해졌다. 건물은 계속해서 녹아내리고 유현이의 스탯 또한 올라가고 있는 것이다.

진짜 사기야!

발목을 잡은 와이어를 끊을 시간을 주지 않고 유현이가 연이어 검을 휘둘러 왔다. 그나마 다행인 건 화속성 스킬 효과 상승은 내게도 해당된다는 것이었다. 다른 속성은 망했지만.

'어떻게든 벗어나야 하는데.'

틈을 안 주네. 독을 써 봤자 지금으로선 흘려 내기도 전에 불에 타 버릴 거고 속성 스킬들은 소용없고. 전투 예지도 지금은 쓸모가 없었다. 코앞에서 휘몰아치는 공격이라 미리 알든 모르든 빈틈을 만들어 낼 수가 없다.

하는 수 없이 이를 악 물고.

"큭!"

군림자의 검을 흑혈검이 아닌 내 팔로 받아 냈다. 피가 튀어 오르며 눈앞이 아찔해지는 고통이 뒤따랐다. 유현아, 미안. 그 통증을 그대로 두 배로 되돌려주었다.

"…윽!"

예상치 못한 극통에 순간 비틀거리는 유현이를 걷어찼다. 동시에 팔에 치유 스킬을 쓰고 발목을 묶은 와이어를 끊어 냈다. 뒤로 날아가 반쯤 녹아내린 벽에 처박힌 유현이가 곧장 몸을 일으키며 나를 바라봐 왔다.
 "진통제로 반감 가능한 스킬이다만 권유는 안 하마. 감각도 떨어지거든."
 성현제야 전투 예지가 있으니 감각이 좀 떨어져도 쓸 만했지만. 날개를 펼치며 훌쩍 녹아내린 마지막 문의 스킬 범위를 벗어났다. 버들잎을 흩날리며 유현이가 나를 쫓아온다.
 이번에는 나한테 유리하게, 호수 쪽으로 가 볼까.

[외전] 출장

[외전]
출장

"이곳입니다."

파리드는 자신의 뒤에 서 있는 남자를 힐끔 쳐다보았다. 남자, 세성 길드장의 얼굴에는 긴장의 작은 조각조차 찾아볼 수 없었다. 오히려 약간 지루해하는 기색이었다.

"작군."

성현제가 서치라이트를 휘감은 요새를 올려다보며 말했다. 높게 둘러쳐진 담 위에는 무장한 병사들이 순찰을 돌고 있었다.

"위치를 감추기 위해서입니다. 교묘한 지형 탓에 위성사진에도 나타나지 않습니다. 대신 신호를 보내면 추가 병력이 들이닥칠 겁니다."

십수 대의 헬기가 오 분 내 도착할 거라며 파리드가 경고했다. 성현제는 지루해하며 자신의 검은 장갑을 매만졌다. 안내인이 위장복을 입어야 한다고 주장한 탓에 평소와 달리 새카만 상하의에 택티컬 베스트를 걸쳤다. 하지만 페이스 가드는 거절했다.

"그러니 지금 인원으로는—"

"칼리."

"네."

비공식 세성 길드원, 칼리가 무기를 꺼내 들었다. 마치 세 개의 석궁을 합쳐 놓은 듯 특이하게 생긴 활이었다.

세 개의 작고 가는 볼트를 석궁에 장착한 칼리가 하늘을 향해 방아쇠를 당겼다. 핏! 조용히 날아간 볼트들이 각기 다른 방향에 내리꽂혔다. 파리드가 당황하며 말했다.

"저러면 눈치를… 못 채는군요?"

"스킬입니다. S급 헌터도 직격당하는 게 아니고서는 볼트를 발견하기 힘들죠."

칼리가 이어 볼트를 쏘았다. 요새의 사방 곳곳에 금속성 조그만 화살이 들이박히고, 성현제가 앞으로 한 걸음 나섰다.

"통신이란 건."

결국 전자기기다. 성현제는 그대로 요새 입구를 향해 걸어갔다. 서치라이트가 이내 그를 발견하고 담 위의 경비병이 경고해 왔다.

"멈춰라! 여긴—!"

차르륵—

금빛 사슬이 허공에 나타났다. 그러곤 그대로, 벽을 향해 화살처럼 쏘아졌다.

콰득!

사슬이 요새의 벽을 꿰뚫은 직후.

콰르릉!

벼락이 쳤다.

눈이 타 버릴 듯 엄청난 빛이 터져 나가고 요새 곳곳으로 강한 전류가 퍼져 나간다. 원래라면 일부만 태우고 흩어져야 할 전류가 미리 꽂아 놓은 볼트들을 타고 계속해서 사납게 튀어 올랐다.

"으악!"

"습격이다!"

서치라이트는 물론 요새의 모든 불이 꺼졌다. 시커멓게 물든 암흑 속에서 재차 천둥이 울리며 황금빛이 폭포처럼 쏟아져 내린다.

사방에서 비명 소리가 들리는 가운데, 닫혀 있는 문 앞으로 다가간 성현제가 한쪽 발을 치켜들었다. 그대로 가볍게 휘두른 발차기에.

쿵!

육중한 철문이 우그러지다 못해 떨어져 나갔다. 병사들 몇이 당황하며 총을 겨누어 왔다. 하지만 그보다 먼저 사슬이 휘둘러졌다.

차르르, 금속성 맑은 소리와 함께 성현제를 포위하려던 병사들이 태풍을 만난 지푸라기처럼 바닥을 나뒹굴었다. 컴뱃 부츠가 연회장에 입장하는 매끈한 구두처럼 가볍게 앞으로 나아갔다.

"전부 마비되었습니다!"

"신호탄이라도 쏘아 올려!"

요새의 병사들이 급한 대로 신호탄을 쏘았지만 요새 벽 위로 드러나기가 무섭게.

펑!

칼리의 볼트가 탄을 명중시켰다. 신호탄이 너무 낮은 위치에서 허무하게 꺼져 갔다.

그사이 성현제는 거침없이 요새를 휘저었다. 비각성자나 중급 이하 헌터들은 변변한 반항조차 하지 못한 채 제압당했다. 몇 없는 상급 헌터들 또한 조금 더 버텼을 뿐 결과는 같았다.

작은 요새를 가득 채우던 목소리들이 점차 줄어들어 가고, 이윽고 밤부엉이 소리가 들릴 만큼 고요해졌다.

"저희도 들어가죠."

칼리가 인벤토리에 석궁을 넣으며 말했다. 요새를 멍하게 바라보고 있던 파리드가 반사적으로 고개를 끄덕이며 몸을 일으켰다.

건물 내부까지 강력한 전류가 흘러, 안쪽도 바깥과 마찬가지로 캄캄했다. 터져 나간 전구 조각이 파직 밟혀 으스러졌다. 파리드가 손전등을 꺼내 불을 밝혔다.

"항, 항복!"

지하로 내려가자 누군가가 외쳤다. 칼리의 손에 들려 있던 낚싯대처럼 길고 가는 막대가 항복해 온 남자의 뒷목을 후려쳐 기절시켰다.

복도가 길게 이어지고 일정 간격을 둔 여러 개의 문이 나타났다. 파리드가 앞으로 나서며 소리쳤다.

"국제 헌터협회 산하 각성자 보호기관에서 나왔습니다!"

보통은 각성자라고 해서 비각성자와 달리 취급되진 않았다. 동일한 인권을 지니고 있으며 오히려 중급 이상 각성자로부터 비각성자를 보호해야 하는 경우가 더 많았다.

하지만 던전이, 헌터가 나타나기 전부터 인권을 개소리 취급하던 일부 나라와 사람들은 각성자를 좋은 상품으로 취급했다. 상급은 손대기 힘들어도 중급 이하, 특히 치유계나 보조계, 특수계 같은 비전투 각성자는 고가에 거래되었다.

그중에서도 가장 악질은.

"어린애들이로군."

성현제가 중얼거렸다. 안에 갇혀 있던 각성자들은 대부분이 미성년자였다. 던전 브레이크에 휩쓸려 각성한 어린애들. 어른보다 다루기 쉽다는 점에서 더 비싸게 팔려 나가곤 했다.

턱 아래를 매만지던 성현제가 칼리를 향해 손을 내밀었다. 칼리가 통신기를 길드장의 손에 쥐여 주었다.

"먼 길 오시느라 수고 많으셨습니다."

[…어떻게 되었습니까.]

통신기 너머에서 송태원의 목소리가 흘러나왔다.
"십 대 초반 다섯, 중반 셋, 후반 일곱. 성인 추정 셋. 그러니 마음껏."
증인을 확보했다. 하니 쓸어버려도 된다. 알겠다는 짧은 대답과 함께 통신이 끊어졌다. 칼리에게 통신기를 돌려준 성현제가 먼저 지상으로 올라갔다. 밤하늘에 가느다란 달이 걸려 있었다.
"시시하군."
지금 이 모든 것이 흔하디흔한 일들이다.

"송 실장만 또 고생이지."
차창을 내리며 문현아가 말했다. 베스트를 벗고 코트를 걸친 성현제가 그녀를 향해 허리를 약간 숙이며 미소 지어 보였다.
"예쁘게 포장한 전용기를 건네어도 한사코 거절하는 것을 어쩌겠어."
"받겠냐. 그냥 같이 타고 가자고 해도 고민하는 판에."
"그래도 브레이커 길드장님 덕분에 편히 왔겠군."
"애초에 송 실장 나갈 일을 만들질 마시지?"
문현아가 타라며 손가락을 까닥거렸다. 송태원이 성현제와 관련된 문제로 해외 출장 간 것이 올해로 벌써 세 번째였다. 이번에는 마침 볼일이 있었던 문현아와 함께 브레이커 길드 전용기 신세를 졌지만 평소에는 일반 비행기를 타고 다녔다.
세성 길드장은 공식적으로 한국에 있다. 따라서 비공식적인 해외 방문이 되었기 때문이었다. 각성자관리실 실장이 개인적으로 해외에 나가는 것 또한 감춰야 할 일이었기에 매번 인식저하 아이템을 써 가며 얼굴을 숨기기도 했다. 다만 중급 이하에게만 통했기에 상급 헌터들이라면 알음알음 성현제와 송태원의 관계를 알고 있었다.

두 사람이 탄 차는 통으로 빌린 호텔 앞에 멈춰 섰다. 평소 그들이 찾는 호텔에 비하면 초라하고 낡은 건물이었다. 차에서 내린 문현아가 호텔 직원에게 차 키를 던지곤 앞서 안으로 들어갔다.

"여긴 실내도 후덥지근하네. 전력 공급이 잘 안되나."

한잔하자며 엘리베이터 버튼을 누르자 느릿느릿 숫자가 변했다. 문현아가 혀를 쯧 찼다.

"괜찮은 헌터는 찾았고? 난 쉽게 영입도 못 하는데 좋겠다."

성현제만큼 자주 출국하는 것은 아니었지만 문현아 또한 발이 넓은 편이었다. 하지만 그녀의 길드는 대기업의 후원을 받은 만큼 제약도 많았다. 조건 잘 주고 헌터를 데리고 오려 하면 손해 보는 짓이라고 잔소리하며 발목 잡는 치들이 많다는 뜻이었다.

"어린애들뿐이라."

엘리베이터에 오르며 성현제가 가벼운 한숨을 내쉬었다. 몇 없는 성인은 그의 눈에 찰 만한 스킬을 지니지 못했다.

"봉사활동 한 셈이지. 송태원 실장님께 점수 정도나 땄을까."

"일 년 내내 사람 구하고 다녀도 마이너스 못 면할걸."

호텔 최상층에 위치한 바에 들어선 문현아가 직원들에게 나가라고 손짓을 했다.

"계산은 이쪽으로."

여기 있는 술값 전부 달아도 된다며 성현제를 가리킨다. 이곳 역시 공기는 텁텁했다. 이런 곳보다는 편한 분위기가 좋다며 문현아가 투덜거렸다.

"그놈의 품위, 술집도 맘대로 못 가지. 두고 봐, 일 년 내로 삭발해 버린다."

늙은이들 잔소리가 어찌나 심한지. 문현아는 가끔은 혈통 좋은 사냥개라도 된 것 같은 기분이라며 오만상을 찌푸린 채 바 앞 의자에 앉았다.

"세성 길드장님 너 의외로 애들은 잘 안 건드리더라? 사람 가지고 노는 게 취미인 주제에."

"시시하니까."

자연스럽게 바 안쪽으로 들어서며 성현제가 말했다.

"다양한 환경 속에서 자라난 편이 재미있지. 내가 건드려서야 사회적으로 훌륭하고도 지루한 인간 하나가 만들어질 뿐이야."

잔이 스르륵, 바를 따라 밀려갔다.

"그러니 완전히 성장한 사람이 적당해. 한국으로 친다면 최소 스물에서, 대학을 졸업한 시점일까. 내가 모르는 환경 속의 인간이 건드리기 즐겁지."

이미 알고 있는 것은 재미없다고 말하는 남자를 문현아가 씁쓸한 눈으로 올려다보았다.

"이럴 때마다 재수 없더라."

다른 사람들은 물론이요, 같은 S급조차 동등하게 보지 않는 남자. 성현제와 적당히 어울리고는 있었지만 이따금 등에 서늘한 것이 스치는 느낌이 들었다.

그녀가 아는 S급 헌터들, 송태원, 리에트, 한유현 등과도 전혀 달랐다. 홀로 선 밖에 서 있는 것만 같았다. 무수한 사람들을, 마치 개미집을 관찰하듯 내려다보며.

"진짜 재수 없는 놈."

"이번에는 확실히 재수 없었어."

성현제가 울상을 지으며 칵테일을 만들었다.

"빈손으로 한국에 돌아가면 소영이가 또 실망하겠지."

"용 때문에? 소영이 봐주는 것도 어려서야? 아빠 소리 했을 때 웃겨 죽는 줄 알았는데!"

"가끔은 너무 자유분방한 게 아닌가 싶지만."

다른 길드원에 비해 강소영에게는 확실히 간섭을 안 하고 있었다. 유일한 미성년자 S급인 한유현에게도 최대한 영향이 미치지 않도록 손을 내밀었고. 해연 길드장을 떠올린 성현제가 칵테일을 잔에 채우며 말했다.

"소영이와 해연 길드장은 어떨까."

"응? 소영이랑 도련님? 설마."

문현아가 눈을 동그랗게 떴다.

"둘이 나이도 비슷하고 겉만 보면 잘 어울리긴 한데, 안 될걸. 갑자기 아저씨 같은 소릴 하네. 아저씨 맞지만."

"정략결혼이지. 소영이는 용이 아니면 안 되고, 한유현은 타인을 사랑하지 못할 테니."

"아니, 그 전에. 소영이가 참 착하고 귀엽긴 하지만 A급이잖아. 해연에서 거절할걸. 석시명이 펄펄 뛰는 게 눈에 선하다."

"세성 길드 한국 지부장."

두 번째 잔이 붉게 차올랐다. 깔끔하게 끊어진 칵테일이 희미하게 흔들거린다. 문현아의 눈동자도 살짝 흔들렸다.

"…소영이를 그렇게 높이 평가하는 줄은 몰랐는데."

"현재의 세성에서는 무척 중요한 존재지."

자세한 설명 대신 성현제의 입술 위로 미소가 떠올랐다.

드래곤 라이더 스킬을 지닌 강소영은 그 특성상 무척이나 담대했다. 특히 자신보다 강한 인외의 존재에게 공포 저항과 같은 효과를 가져, S급 헌터들조차 이따금 위축되곤 하는 성현제 앞에서도 기죽는 일이 별로 없었다. 그에 더해 해맑은 소녀다.

덕분에 세성 길드 내 분위기 완화는 물론, 대외적인 성현제의 이미지에도 도움이 되었다. 또한 S급 헌터에게 눌리지 않는 만큼.

"소영이라면 도련님과도 대등하게 설 수 있을 테고. S급 드래곤만 구할 수 있다면……."

성현제가 시무룩한 척을 했다. 강소영의 간절하다 못해 재촉하기 시작한 따가운 눈초리가 그로서도 살짝 간지러운 정도는 되었다.

"뭐, 세상 많이 바뀌었다고 해도 여전히 결혼이 좋은 동맹 방법이긴 하지. 소영이랑 도련님이면 각방 정도가 아니라 각자 살림할 것 같지만. 근데 진짜 해외로 뜨게?"

"한국에서 유일하게 흥미로운 존재는—"

성현제가 입구 쪽으로 시선을 돌렸다. 피곤한 기색의 송태원이 안으로 들어서고 있었다.

"열렬히 나를 쫓아다녀 주고 있으니."

별다른 미련이 없다는 말에 문현아가 송태원을 안타깝게 바라보았다.

"전생에 무슨 죄를 지은 걸까."

송태원의 상태는 그리 좋아 보이지 않았다. 몸이야 멀쩡했지만 흙투성이에 핏자국도 간간이 있었다. 셔츠의 한쪽 팔은 아예 뜯겨 나가고 넥타이도 사라진 채였다.

"성현제 헌터."

바 가까이 다가가며 송태원이 말했다.

"당신은 줄곧 이 호텔에 머물렀습니다."

"진하게 흔적을 남겨 놓았는데."

"세성 길드장은 이번 일과 아무런 관련이 없습니다."

송태원이 딱 잘라 강조했다. 각성자를 납치, 매매한 길드는 처리했지만 연관된 길드 또는 조직이 없을 리 만무했다. 만약 세성 길드장이 직접 나섰다는 사실이 알려진다면 한국에까지 여파가 미칠지도 몰랐다.

송태원의 단호한 태도에 성현제가 어깨를 으쓱했다.

"Bo-ring."

"저런. 호텔 날려 버리기 전에 잘 달래 봐, 존 왓슨 씨."

문현아의 말에 송태원이 무슨 소리냐는 듯 한쪽 눈썹을 움찔 올렸다.

"…셜록 홈즈는 신사적인 사람입니다."

"드라마 안 보지?"

"…예?"

혀를 쯧쯧 차던 문현아가 돌연 조용히 몸을 일으켰다. 성현제 또한 송태원에게 주려던 잔을 도로 내려놓았다. 송태원이 한숨을 약하게 삼켰다.

"따라붙었던 모양입니다. 죄송합니다."

"어쩔 수 있겠어. 던전 밖에는 별의별 게 다 있으니. 성현제처럼 쓸모 있는 스킬을 가지지 않고서야."

위성에 드론에 기타 다양한 추적 장비들이 존재한다. S급 헌터의 시력이 제아무리 뛰어나더라도 대구경 망원경을 따라잡을 순 없다.

"호텔은 세성 길드장님께서 사들이는 것으로 하고."

"그렇잖아도 적자건만."

"호텔 직원들은 미리 대피하도록 말해 놓았습니다."

"오, 역시 송 실장님!"

"…호텔이 남아난 적이, 드물었으니까요."

쾅!

폭음이 울렸다. 문현아가 이를 드러내며 달려 나갔다. 한쪽 벽을 전부 차지한 통유리를 단숨에 박살 내며 거침없이 허공으로 몸을 던진다. 그녀의 발아래로 전차와 군용트럭이 모여 있는 것이 보였다.

"이 동네는 화끈하다니까!"

떨어지는 문현아를 향해 총과 포탄이 쏟아졌다. 어느새 문현아의 손에 창이 들리고, 빙글 반 바퀴 회전하며 날아드는 포탄을 갈랐다.

콰앙!

폭음이 울린 직후, 구름처럼 피어오르는 연기를 뚫고서, 더욱 거대한 굉음과 함께.

콰과광!

창끝이 전차를 내리쳤다. 두꺼운 철판으로 감싸진 전차가 종잇장처럼 구겨지며 땅을 움푹 파고든다. 충격파가 원형으로 퍼져 나가며 병사들이 나뒹굴었다. 아스팔트 또한 지진 난 것처럼 쩌저적 갈라졌다.

"다 덤벼!"

우렁찬 외침을 들으며 성현제가 훤히 뚫린 창 쪽으로 걸음을 옮겼다. 그 끝에 서서 송태원을 돌아본다.

"가실까요."

"호텔로 끝내 주십시오."

"노력해 보지."

성현제에 이어 송태원 또한 아래로 뛰어내렸다. 그리고 약 10분 뒤, 호텔이 완벽하게 무너졌다.

한국으로 돌아가는 전용기 안, 보고서를 작성하는 송태원의 뺨에 차가운 맥주가 눌러졌다. 송태원은 움찔도 하지 않고 시선만 들어 문현아를 올려다보았다.

"쉬면서 해, 쉬면서. 자."

"업무 중입니다."

"취하지도 않잖아. 시시하게도."

각성하고 제일 안 좋은 게 술이 듣질 않는 거라면서 문현아가 긴 소파에 앉았다.

"가끔은 성현제 네 기분이 이해될 것 같더라."

각성 전에 즐겼던 일들이 한순간에 시들해지고 말았다. 프로 선수였던 문현아기에 그 차이는 더욱 크게 느껴졌다.

긴긴 노력이 순식간에 하찮아져 버린 그 기분. 뚜렷한 기록을 재는 육상 종목이었다면 더 이상한 감정이 들지 않았을까.

"그래도 너도 살다 보면 또 재밌는 일이 생기겠지. 송 실장님도 오래가고 있잖아. 불행하게도."

송태원의 타자 소리가 일순 멈추었다가 다시 이어졌다. 성현제는 소파에 비스듬히 기대어 앉은 채 그런 송태원을 관찰하듯 바라보았다.

"글쎄, 또 있을 것 같진 않군."

"답지 않게 약한 소리는."

"우리 송태원 실장님만으로도 이번 생의 복은 다 쓴 기분이라."

이번 해외행에선 송태원을 낚아 전용기에 태운 것이 가장 즐거웠다. 세성 길드의 지반 다지기가 끝났음에도 한국에 좀 더 머물까 싶은 생각이 드는 유일한 이유.

성현제는 시선을 돌려 창밖의 하늘을 바라보았다. 겹겹이 쌓인 권태로움이 다시금 스멀스멀 눅눅한 냄새를 피워 올린다.

"나를 즐겁게 해 주는 것이라면, 그게 무엇이든 사랑스럽겠지."

"송 실장님 고백받으셨네. 소영이랑 도련님이 아니라 둘이서 정략결혼을 하지 그래."

"……."

"브레이커 길드장님은 왜 빼놓으실까. 올해 명절에도 피신처를 찾으셔야 할 텐데."

"으, 벌써부터 끔찍하다. 정략혼은 됐고, 송 실장님 침실에 몰래 숨어들어 갈 생각은 있는데."

"동참하지."

먹이를 노리는 매와 같은 눈길들 속에서 송태원은 묵묵히 손가락을 움직였다.

[외전] 치과

[외전]
치과

가출을 할까.

아침에 눈을 뜨자마자 그런 충동이 들었다. 동시에 유현이 녀석이 어제 한 말이 귓가에 맴돌았다.

'내일 치과 예약해 뒀어. 오전이야.'

오전이라는 말인즉 12시 이전이다. 아침 먹고 나서 점심 먹기 전에 끌려가게 된다는 뜻이었다. 아니 왜 갑자기 치과냐고. 내 치아는 멀쩡하다. 회귀 전까지 멀쩡했으니 지금도 멀쩡할 것임이 분명했다.

'…충치는 없다고 해도 최소한 스케일링은 해야 하겠지.'

1년에 한 번 이상 꼭 하라고 하지만 솔직히 꼬박꼬박 챙기진 않았다. 좀 아프기도 하고 소리도 기분 나쁘고 물도 차갑고 바람도 시리고… 계속 입을 벌리고 있는 것도 힘드니까 말이다. 마취 가글을 해도 턱이 얼얼하고 잇몸이 약간 시린 건 어쩔 수 없다고.

특히 소리가 제일 싫어.

- 끼아앙.

내가 잠에서 깼음에도 계속 누워만 있자 피스가 폴짝 뛰어 다가왔다. 내 머리 위쪽으로 빙그르 돌더니 다시 가슴 쪽으로 내려와 앞발로 꾹꾹 가볍게 누른다.

"안녕, 피스야. 잘 잤어?"

- 갸르르르.

피스를 쓰다듬어 주며 상체를 일으켰다. 다시 생각해 봐도 역시 나는 치과를 갈 필요가 없었다. 적어도 앞으로 5년은 괜찮았다. 그래, 유현이를 잘 설득해 보자. 치과는 무슨 치과야.

"저도 치과 검진받아 보래요."

아침 식탁에서 예림이가 불쑥 말했다. 내가 치과엔 갈 필요 없다는 말을 꺼내기 직전이었다.

"…응? S급은 그럴 필요 없지 않아?"

"각성하기 전에 충치가 생겼을 수도 있으니까요. 각성하면 세균이 더는 치아를 상하게 하진 못하지만 그 전에 생긴 게 사라지진 않는대요."

"그래?"

"네. 근데 S급 이를 치료하긴 또 힘들어서요, 충치가 있으면 그냥 뽑고 치유 스킬이나 포션으로 회복시키는 게 낫다고 했어요."

예림이가 자신의 새하얀 치아를 딱딱 맞부딪쳐 보이며 말했다. 그렇구나. 어, 그러면.

"…예림이 너도 치과 가게?"

"네."

"음, 내가 보기엔 충치 같은 건 없어 보이는데. 굳이 갈 필요는 없지 않을까. 뭐냐, 애들은 보통 치과를 싫어하기도 하고."

"전 별로 안 싫어해요."

…세상에. 우리 예림이 용감하기도 하지. 어떻게 중학생이 치과를 싫어하지 않을 수가 있단 말인가. 나를 생각해서 싫지 않은 척하는 게 아닐까? 사실을 예림이도 치과를 무서워하는 게 아닐까? 역시 내가 어른으로서 예림이의 마음을 잘 헤아려 오늘 치과 갈 필요 없다고 말해 주는 게…….

"예약 시간은 11시야."

유현이가 찌개 냄비를 가져와 국그릇에 퍼 주며 말했다. 11시구나. 이제 몇 시간 남지 않았구나. 눈앞이 흐려서 시계가 잘 안 보였다. 안경 알 좀 닦아야겠어.

"설거지는 내가 할게."

"형은 아직 완전히 회복되지 않았잖아. 가만히 앉아서 쉬어."

동생이 단호하게 말했다. 아니, 그 정도는 아닌데. 이젠 눈도 그럭저럭 보이고 움직이는 거야 원래도 별문제 없었고 치아도 당연히 멀쩡할 거고. 중얼거리면서 피스를 안아 들고 거실 소파로 가 앉았다.

"유현이 너 출근은 안 하냐."

"형 치과 갔다 와서."

응, 집에서 나갈 생각이 없구나. 어쩔 수 없네. 아니, 뭐 내가 치과를 무서워한다거나 하는 건 아니니까.

애초에 공포 저항도 있는데 무서울 게 뭐가 있겠어 그냥 좀 싫은 것뿐이지.

"그래, 다 같이 치과 가자."

까짓것 못 갈 게 뭐가 있겠어.

"어서 오세요. 예약자 한유현 님 맞으시지요?"
"네. 한유진, 박예림 이 두 명이 오늘 치과 검진을 받을 예정입니다."
우리가 도착한 곳은 각성자 전문 병원에 소속된 각성자 전문 치과였다. 아쉽게도 피스는 병원에서 털 날리면 안 된다고 해서 함께 오지 못했다. 친절해 보이는 간호사 선생님이 우리를 맞이하며 상냥한 미소를 머금었다. 근데 어째 병원이 텅 비었네. 장사가 잘 안되나?
"상급 각성자의 검진 및 치료 중에는 안전을 위해 다른 환자분의 예약을 받지 않습니다."
그런 내 의문을 눈치챘는지 간호사 선생님이 설명해 주었다. 아, 그렇군요. 우리 외의 환자가 없다는 건 좋긴 한데 안전이라니 그냥 치과 검진 아닌가요. 이어 마흔 안팎쯤으로 보이는 인상 좋고 몸집 좋은 의사……? 선생님이 나타났다. 하얀 가운 아래로 근육이 도드라지시네요.
"안녕하십니까, 원장인 최은행이라고 합니다."
최은행 선생님이 인사를 건네 왔다. 직업과 이름이 좀 안 어울리시네요. 사실 외양도 치과보다는 헬스장에 계셔야 할 것 같았다. 저 헐렁한 가운으로 감춰도 저 정도라니, 부럽구나.
"두 분 모두 일반 검진이시지요? 박예림 헌터는 아직 사랑니 날 시기는 아니네요."
"각성자도 사랑니 나요?"
예림이가 손을 들며 물었다.
"물론 나지요. A급 각성자의 사랑니도 여섯 번이나 발치해 봤답니다."
최은행 선생님이 웃으며 우리를 안쪽으로 안내해 갔다.

"국내외 사례를 보아 상급 각성자는 사랑니가 나더라도 정상적으로 자리를 잡는 경우가 많습니다. 그런 경우 통증도 없고 불편함도 느끼지 못하기에 굳이 발치를 할 필요가 없지요."

"저도 그랬으면 좋겠어요."

예림이가 말했다. 유현이는 나와 같이 살 때까지만 해도 사랑니가 나지 않았었는데. 슬쩍 쳐다보자 동생이 눈치채고 입을 열었다.

"나는 아직 안 났어."

"그래? 늦게 나기도 한다만 나도 없으니까 우리 집안은 사랑니가 나지 않는 걸지도."

"한유진 헌터는 아직 25세이니 모를 일입니다. 더 늦게 나는 사람도 많고요."

최은행 선생님이 초를 쳤다. 아뇨, 저 30살까지도 안 났거든요. 유현이도 났다는 소문 못 들었고. 났어도 해연 길드장이 사랑니가 났다! 하고 떠들어 대진 않았겠지만. 성현제나 송태원은 사랑니가 났을까? 그 둘이야 났더라도 각성 전에 발치했겠지만.

"설사 사랑니가 나더라도 너무 걱정하지 마십시오. 저는 각성 전 사랑니를 5만 개 이상 발치한 전문가이니까요. 정확히 세어 보질 않아 최소치랍니다."

최은행 선생님이 하하하 웃었다. 5만 개……. 그보다 각성하셨구나. 그냥 봐도 각성하셨을 거 같아.

"그럼 선생님은 치아 치료 스킬을 가지고 계신 거예요? 의사 선생님들은 보통 힐러로 각성한다던데."

예림이의 말에 최은행 선생님이 짧게 고개 저었다.

"굳이 나누자면 저는 전투계에 가깝습니다."

"전투계요?"

의사가 전투계로 각성했다는 사실이 놀라워야 했지만 그다지 놀랍지

앉았다. 선생님, 인자한 전투계로 보이세요.

"예. B급 각성자로 스킬은 무장해제, 치아와 발톱과 같은 신체의 일부이면서 무기로 사용할 수 있는 부위를 최대 S급까지 순식간에, 아프지 않게 뽑을 수 있답니다."

"몬스터 상대할 때 편하겠네요!"

"그래서 가끔 던전 공략 보조로 도와주러 가곤 합니다."

농담인지 진담인지 모를 말을 하며 최은행 선생님이 1층 복도 끝의 문을 열었다.

"스탯 B급 이상 각성자의 진료실은 1층에 있습니다."

문 너머로 넓고 깨끗한 진료실이 나타났다. 그리고 튼튼한 치과의자⋯ 어, 치과의자가⋯⋯.

"⋯치과의자가 정말 튼튼해 보이네요."

"치료 도중 의자가 흔들리지 않도록 지하 깊숙이 매립된 기둥과 연결되어 있답니다."

와, 그렇구나.

"만약을 대비해서 팔다리를 묶어 두기에 보기에 조금 살벌하긴 하죠."

솔직히 말해 고문의자 같았다. 실상 치과의자나 고문의자나 큰 차이 없긴 하겠지만. 최은행 선생님이 예림이에게 의자에 앉으라고 말했다.

"예림아, 손잡아 줄까?"

"괜찮아요. 어린애도 아닌데."

넌 어린애가 맞다고 생각한다만. 예림이의 얼굴 위로 입 부분에 구멍이 난 천이 덮이고 불이 켜졌다.

"아, 하세요~ 치석도 없고 건강하네요. 상급 헌터는 치석이 잘 쌓이지 않더군요. 하지만 음식물 찌꺼기는 등급 고하를 막론하고 남으니까 충치가 생기지 않는다고 양치를 게을리했다간 입냄새가 나게 될 겁니다."

하긴 음식을 먹는 한 이에 묻거나 끼지 않을 수가 없을 테니까. 그러니

S급도 양치질은 해야 한다.

"됐습니다, 가글 하세요. 사랑니가 나지 않기를 기도합시다."

가글을 한 예림이가 최은행 선생님을 돌아보며 물었다.

"사랑니가 나도 선생님이 S급까지 뽑을 수 있으니까 괜찮은 거 아니에요?"

"상급 각성자는 뽑는 것보다 그 이후가 문제거든요. 회복력이 무척 뛰어나다 보니 발치한 사랑니마저 다시 나기도 하고, 또 전투 도중 치유 스킬을 받거나 포션을 쓰는 바람에 재생하기도 하지요."

"아! 맞다. 그렇겠네요."

"그래서 치유력을 약화시키는 아이템으로 발치 부분을 덮고 부분 치유 불가 저주를 거는 등의 조치가 필요하답니다. 최소 한 달에서 길게는 석 달 이상 조심하지 않으면 다시 처음부터~ 가 되는 것이죠."

"삼 개월이나요?"

"등급과 개인 능력치에 따라 달라집니다만 인체가 변형된 형태를 받아들이는 데에는 시간이 꽤 걸리니까요. 그래도 사랑니와 같은 인식이 잘되지 않고 쓰임새도 없는 부위는 적응 시간이 빠른 편입니다."

그래서 부상의 치료는 신체가, 마력이 인식하고 적응해 버리기 전에 빨리 해야만 한다. 늦어지면 후유증이 있는 상태가 원래의 상태로 여겨지기 때문에 평범한 치유 스킬이나 포션으로는 치료가 어려워진다.

"자, 한유진 헌터."

"…네에."

드디어 내 차례가 왔다. 나도 충치는 없을 테니까 괜찮아. 내 치아는 튼튼하다.

"일반 진료실로 올라가셔도 되고 여기서 진료를 받으셔도 괜찮습니다. 기본적인 기기는 동일하거든요."

"그럼 그냥 여기서 받겠습니다."

빨리 끝내고 집에 가자. 치과 의자에 앉자 가슴이 살짝 두근거렸다. 이어 입을 벌리고 선생님이 내 입안을 확인했다.

"충치는 없네요. 마지막으로 스케일링한 지 1년 이상 지나셨죠?"

"에-."

"치석이 약간 쌓여 있어요. 스케일링만 하시면 되겠습니다."

아… 결국 스케일링은 해야 하는구나. 나름 양치 열심히 했는데. 간호사 선생님이 마취 가글을 준비해 주었다. 시키는 대로 마취약을 입에 머금었다가 뱉고 다시 누워 입을 크게 벌렸다. 그래도 마취가 되었으니 괜찮…….

"자, 시작합니다."

잠깐, 안 괜찮아! 독 저항! 긴장해서 독 저항 끄는 걸 깜박했어! 독 저항 스킬이 있으면 마취는 당연히 안 된다. 될 리가 없었다. 뒤늦게라도 껐지만 그래 봤자 당연히 소용없었다. 마취약은 이미 뱉은 지 오래, 악! 바람! 악! 물!

위이이잉- 날카로운 소리와 함께 내 치아와 잇몸에 서늘한 것이 와 닿았다. 악, 악! 잠깐만요, 저 마취 안 되었는데요! 악! 시려! 아파!

"형, 괜찮아?"

"아저씨 치과 싫어하는 거 같긴 했는데 진짜 많이 싫어하시나 봐."

"조금만 참으세요. 괜찮아요. 많이 불편하시면 손 드시고."

얼른 손을 들었다. 저 마취 다시 해야 합니다! 하지만 최은행 선생님은 나의 간절한 손짓을 깨끗이 무시했다. 저기요, 불편하면 손 들라면서요!

"아플 리가 없는데. 좀 시리신가? 가족분, 손잡아 주세요."

아니, 아프거든요! 유현이가 다가와 내 손을 잡아 주었다.

"조금만 참아, 형."

"금방 끝날 거예요, 아저씨. 여기 인형 있는데 드릴까요?"

"자, 자, 왼쪽 아랫니 끝났습니다. 이제 오른쪽~"

으아아악, 아악! 찌르고 있어! 파고드는 게 너무 생생하게 느껴지는데요! 콰르르르 소리와 함께 물을 빨아내고는 있었지만 그럼에도 고이는 물과 침도 괴로웠다. 살려 줘, 유현아. 형 마취 안 되었다고! 손등만 토닥이지 말고 마취!

"괜찮아, 형. 괜찮아."

"잘 참으시네. 다 했습니다~ 다 됐어요."

선생님! 다 됐다는 말 아까도 하셨습니다만! 영원할 것만 같은 시간이 흐르고 드디어 끔찍한 기계 소리가 멈췄다. 흐으으으윽… 턱도 아파……. 눈물까지 찔끔 맺혔다.

"아저씨 울었어요?"

"…아니, 이건 생리적인 눈물이거든."

가글을 하고 치과 의자에서 벗어나자 살 것 같았다. 병원에서는… 독 저항 끄는 거… 잊지 말자, 절대로…….

"형, 수고 많았어."

"아저씨, 잘하셨어요!"

유현이와 예림이가 비틀거리는 나를 토닥여 주었다. 아니, 얘들아. 내가 스케일링을 그렇게까지 못 견디는 게 아니라 마취가 안 되어서 그런 거거든. 예상치 못한 아픔이라 더 크게 느껴졌다고 할까. 뭐 그런 것일 뿐이라고.

"여기 인벤토리에도 넣을 수 있는 칫솔 치약 세트입니다. 던전에서도 양치질을 잊지 마세요! 한유진 헌터는 정기적으로 스케일링 받으러 오시고요."

"네……."

다음번에는 독 저항 끄는 거 절대 잊지 말아야지. 아무튼 무사히 진료를 마치고 치과를 나섰다. 하늘이 참 환하게 맑구나.

"유현아, 예림아, 점심 먹으러 가자."

밥 먹고 나서는 양치 잘하고.

10권에서 계속.

 9

초판 1쇄 발행 2025년 07월 10일
초판 2쇄 인쇄 2025년 09월 17일
초판 2쇄 발행 2025년 10월 13일

지은이 근서
펴낸이 김주형
마케팅 한재혁

펴낸곳 제이플미디어(주) | **이메일** jplusmedia@hanmail.net
출판등록 2017년 5월 25일 제25100-2022-000077호

주소 서울특별시 구로구 디지털로 288, 2층 204호(구로동, 대륭포스트타워 1차)
전화번호 02-322-6076 | **팩스번호** 02-332-6076

ISBN 979-11-396-4979-6 (04810)
ISBN 979-11-396-3514-0 (set)

정가 13,000원

*저자와 협의하여 인지는 붙이지 않습니다.
*이 책은 제이플미디어(주)가 저작권자와의 계약에 따라 발행한 것으로 본사와 저자의 허락 없이 어떠한 형태나 수단으로도 내용을 이용할 수 없습니다.